HEYNE <

Das Buch

Noah Harper hat die Absicht, seine Verlobte Kara in Kürze zu heiraten, obwohl er dem Ereignis leidenschaftslos gegenüber steht. Eines Tages aber erwischt er sie mit einem anderen Mann im Bett. Fast erleichtert löst er die Verlobung und gibt für die Trennung auch dann keine Begründung, als von beiden Familien ein Sturm der Entrüstung über ihn hereinbricht. Er wendet sich der einzigen Person zu, die ihm nicht die Schuld gibt am Scheitern seiner Beziehung: Grace. Aus einer zufälligen Annäherung wird eine leidenschaftliche Affäre ohne sexuelle Tabus und schließlich – Liebe.

Die Autorin

Lori Foster entdeckte ihr schriftstellerisches Talent erst mit Anfang dreißig, hat aber seitdem eine große Anzahl überaus erfolgreicher Liebesromane geschrieben. Sie lebt mit ihrem Mann und zwei Söhnen in Ohio.

LORI FOSTER

Tage der Versuchung

Roman

Aus dem Amerikanischen
von Michael Koseler

WILHELM HEYNE VERLAG
MÜNCHEN

HEYNE ALLGEMEINE REIHE
Band-Nr. 01/13778

Titel der Originalausgabe
TOO MUCH TEMPTATION

Umwelthinweis:
Dieses Buch wurde auf
chlor- und säurefreiem Papier gedruckt.
Redaktion: Joern Rauser

Deutsche Erstausgabe 6/2003

Der Wilhelm Heyne Verlag ist ein Verlag der
Ullstein Heyne List GmbH & Co. KG
http://www.heyne.de
Printed in Germany 2003
Umschlagillustration: ZEFA VisualMedia/
Graphikstock Sheila Metzner
Umschlaggestaltung: Nele Schütz Design, München
Satz: hanseatenSatz-bremen, Bremen
Druck und Bindung: Ebner & Spiegel, Ulm
http://www.heyne.de

ISBN: 3-453-86968-0

Erstes Kapitel

Wie erstarrt stand Noah Harper in der mit Teppich ausgelegten Eingangshalle im Haus seiner Verlobten, während ein unbestimmtes, beunruhigendes Gefühl seine Haut zum Kribbeln brachte. Zorn oder Schmerz war es eigentlich nicht. Und Eifersucht ganz gewiss auch nicht.

Wenn Noah es nicht besser gewusst hätte, hätte er schwören können, dass es ... Erleichterung war. Bei diesem Gedanken schüttelte er den Kopf. Nein, er wollte Kara ja heiraten. Er hatte das als sein Schicksal akzeptiert und es sogar als einen Teil seines großen Plans für die Zukunft betrachtet. Nicht wirklich als *seinen* Plan, denn er dachte nicht in so großen Begriffen. Das tat seine Großmutter.

Noah mochte Kara, er achtete sie und ihre Eltern – doch seine Großmutter betete sie an. Schon als er Kara kennen gelernt hatte, war jedermann davon ausgegangen, dass sie eines Tages heiraten würden. In einem Monat hätte es so weit sein sollen.

Aber nun ...

Ohne sich bewusst dafür entschieden zu haben, ging Noah den eindeutigen Geräuschen leisen Stöhnens, gedämpfter Aufforderungen und raschelnder Laken entgegen. Er hatte es nicht sonderlich eilig, denn er wusste bereits, was er vorfinden würde.

Er sollte sich irren. *Sehr, sehr irren.*

Oh, Kara lag durchaus im Bett und tat genau das, was er erwartet hatte: Sie hatte leidenschaftlichen Sex, während alles, was er jemals von ihr bekommen hatte, eher einer nachlässigen Dienstleistung gleichkam. Es war ihr Partner, der ihn so überraschte.

Nicht, dass das wirklich von Bedeutung gewesen wäre.

Noahs Augen wurden schmal, als Kara besonders wild aufstöhnte und sich ihr schlanker Körper in einem wilden Orgasmus wand. Völlig ungerührt schaute er zu.

Noah überlegte, was angesichts dieser bizarren Umstände zu tun war, und entschied sich dafür, sich mit verschränkten Armen gegen den Türrahmen zu lehnen und abzuwarten. Sicher würde er bald entdeckt werden, und im Augenblick verbot ihm sein Revierinstinkt, die beiden allein zu lassen. Immerhin war Kara seine Verlobte – oder besser, sie war es gewesen.

Doch nun hatte sich alles verändert.

Als Kara sich zurücklehnte, war ihre Haut nach der Anstrengung feucht, ihr Blick in einer Weise benommen und sanft, wie Noah es nie bei ihr erlebt hatte. Seufzend meinte sie: »O Gott, das war unglaublich.«

»Mmm«, kam die heisere, zufriedene Antwort. »Ich kann's dir noch mal besorgen.«

Mit erregtem, gierigem Blick gurrte Kara »Ja?« und stützte sich auf den Ellbogen, um ihrem Liebhaber zuzulächeln.

In diesem Augenblick bemerkte sie Noah.

Karas schönes Gesicht wurde bleich und ihre vom Küssen geschwollenen Lippen öffneten sich zu einem verblüfften, erschrockenen *Oh*. Ihr Liebhaber, dessen dunkle Augen frech funkelten, rekelte sich in gegnerischem Schweigen.

Paradoxerweise griff Kara nach dem Betttuch, um ihren Körper vor ... Noah zu verbergen.

Noah schüttelte voller Ekel den Kopf – ein Ekel, der sich weitgehend gegen ihn selbst richtete. Was war er doch für ein unglaublicher Narr gewesen! Er war ihr mit Freundlichkeit, Achtung und Geduld begegnet. Und sie hatte ihn betrogen.

»Keine Sorge, Kara. Ich werde hier keine Szene machen.« Er gab sich gar nicht erst damit ab, den anderen Mann mit einem Blick zu bedenken – der war völlig belanglos.

Stattdessen konzentrierte Noah all seine Aufmerksamkeit auf die Frau, von der er angenommen hatte, sie würde seine Ehegattin werden. »Unter diesen Umständen gehe ich davon aus, dass du damit einverstanden bist, die Hochzeit abzusagen.«

Kara keuchte panisch auf. Nachdem er seinen Teil gesagt hatte, machte Noah auf dem Absatz kehrt und stakte hinaus. Er merkte, wie sein Puls raste und die eben getroffene Entscheidung sein Blut in Wallung brachte. Es würde nicht angenehm sein, die weit gediehenen Pläne zu stoppen. Die Upperclass von Gillespe, Kentucky, musste sich auf eine kleine Überraschung gefasst machen.

Karas Eltern, Hillary und Jorge, hatten alle Vorbereitungen für die Feierlichkeit getroffen. Sie hatten einen riesigen Saal gemietet und ein Hochzeitskleid gekauft, das teurer war als so manches Haus. Gäste aus dem ganzen Land waren eingeladen worden, und ganz Gillespe wusste von der bevorstehenden Hochzeit.

Seine Großmutter ... Gott, an Agathas Reaktion wollte Noah lieber gar nicht denken. Sie hielt sich für eine der führenden Persönlichkeiten der Gesellschaft und hatte Hillary und Jorge, die sie wie Verwandte und gleichzeitig wie ihre liebsten Freunde behandelte, fest an der Kandare. In vielerlei Hinsicht betrachtete sie Kara bereits als ihr Eigentum.

Noah sprang immer gleich zwei der mit Teppich bezogenen Stufen der Wendeltreppe hinunter, nur von dem Wunsch erfüllt, dieses Haus hinter sich zu lassen, damit seine Gedanken zur Ruhe kommen und er sich darüber klar werden konnte, was weiter geschehen sollte. Bereits in frühen Jahren, als er zwischen verschiedenen Pflegeeltern hin- und hergeschoben worden war, hatte er gelernt, klare, überlegte Entscheidungen zu treffen und sich ihre Konsequenzen zu vergegenwärtigen, um ein für alle Mal vor Überraschungen gefeit zu sein.

Diesmal blieb ihm kaum eine Wahl, weshalb ihm die Entscheidung leicht fiel. Er würde Kara jetzt nicht mehr heiraten, auch wenn er es hasste, seine Großmutter zu enttäuschen.

Er wollte gerade die Haustür aufziehen, als eine kleine Hand nach seinem Oberarm griff. »Noah!«

Verflucht. Er hatte wirklich gehofft, diese Konfrontation vermeiden zu können. Er seufzte und drehte sich um.

Kara starrte ihn mit feuchten Augen und bebendem Mund an. Ihre schöne Haut war bleicher als sonst, ohne das rosige Glühen, das sie normalerweise zeigte. Sie hatte sich nur hastig einen Morgenrock übergeworfen, der sämtliche Hügel und Täler ihres Körpers betonte – eines Körpers, den er einst für sehr sexy gehalten hatte. Ihr kurzes goldbraunes Haar war zerzaust, und als Noah sie anschaute, gab sie ihn frei und fuhr sich mit zitternder Hand über die Stirn, um sich die Ponyfransen aus dem Gesicht zu streichen.

Sie stand mit hängenden Schultern da und blickte auf ihre nackten Füße. »Es tut mir Leid.«

Noahs Mund kräuselte sich in einem zynischen Lächeln. Er konnte sich nur zu gut vorstellen, wie Leid Kara das Ganze in diesem Augenblick tat. Wie hatte er nur jemals daran denken können, sie zu seiner Frau zu nehmen? »Dass ich dich erwischt habe?«

Sie rang die Hände. »Es steht mehr als nur unsere Hochzeit auf dem Spiel, Noah, das weißt du. Meine Eltern ...« Sie erschauerte. »O Gott, ich wage mir gar nicht vorzustellen, wie sie darauf reagieren werden. Alle Welt geht seit so langer Zeit davon aus, dass wir heiraten.«

Noah schnaubte wütend. »Deine Leute, Kara, haben mich hauptsächlich aus Respekt vor meiner Großmutter akzeptiert. Ich bezweifle, dass es ihnen das Herz brechen wird, wenn ich nicht zur Familie gehören werde. Es gibt genug andere Männer, die sie lieber mit dir verheiraten würden, und wir beide wissen das.«

»Sie lieben Agatha.« Mit wildem Blick schaute Kara ihn an. »*Ich* liebe Agatha.«

Zumindest das stimmte, wie Noah wusste. »Ja, meine Großmutter liebt dich auch.« *Viel mehr, als sie sich je aus mir machen wird.* »Du bist die Tochter, die sie nie hatte, die Enkelin, die sie sich gewünscht hat, die weibliche Verwandte, die ihr so fehlt. Sie ist vernarrt in dich, und ich glaube nicht, dass sich das ändern wird.«

Kara schluckte schwer. »Das wird sie umbringen.«

Das Lachen platzte völlig überraschend aus ihm heraus. »Agatha umbringen? Die wird uns noch alle überleben.«

»Noah, bitte, tu das nicht.«

»Das?«

Große Tränen kullerten über ihre Wangen, ein Zittern erfasste ihren ganzen Körper, während sie völlig außer sich und flehend vor ihm stand. Warum um alles in der Welt mussten Frauen immer zu Tränen Zuflucht nehmen, um zu ihrem Ziel zu gelangen?

»Bitte, tu mir das nicht an. Tu meiner Familie das nicht an. Ich könnte den Gedanken nicht ertragen, dass jeder ...«

Als ihm dämmerte, worum es ihr ging, erfasste ihn eine gute Portion Ekel. Kannte Kara ihn denn wirklich so wenig?

Noah schaute in ihre traurigen, angsterfüllten Augen und musste sich eingestehen, dass dem in der Tat so war. Sie hätte ihn geheiratet, aber sie kannte ihn im Grunde nicht.

Genau wie sie ihn niemals wirklich gewollt hatte.

Er sagte sehr sanft: »Hey«, während er beobachtete, wie sie versuchte, sich wieder zusammenzureißen. Gleich würde er eine völlig hysterische Frau auf dem Hals haben.

Betrachtete er nun aber, da er wusste, was sie von ihm erwartete, das Ganze aus ihrer Perspektive, so konnte Noah verstehen, warum.

Von einer Welle des Mitleids erfasst, nahm er ihre zarten Hände in seine. »Hör zu, Kara. Es wird keine Hochzeit geben; daran ist nicht zu rütteln. Aber warum das so gekommen ist, ist einzig und allein unsere Sache, okay?«

Ihr Mund öffnete sich und sie schnappte nach Luft. Sie wischte sich die Augen an der Schulter ab und schniefte laut. »Meinst du das ernst? Meinst du das wirklich ernst?«

Himmel, er hatte schon mehr einstecken müssen als ein wenig Missbilligung. Kara dagegen war ihr Leben lang verhätschelt, von aller Hässlichkeit fern gehalten worden und niemals gezwungen gewesen, den harten Realitäten ins Gesicht zu schauen, die das Leben oft bereithielt.

Noah hatte von Kindesbeinen an gelernt zu überleben. Er konnte Druck viel leichter standhalten als sie. »Klar, warum nicht?« Dann fügte er noch hinzu: »Wenn du willst, werde *ich* es allen erzählen.«

Sie schälte ihre Hände aus den seinen und kramte in ihrer Tasche nach einem Taschentuch herum. »Ich kann es noch gar nicht glauben.« Sie rang sich ein zittriges Lachen ab. »Du bist einfach viel zu gut, Noah Harper.«

Na, das war ja wohl ein Witz. »Quatsch. Ich halte bloß nichts davon, gedemütigt zu werden.«

Sie bedeckte das Gesicht mit den Händen und schluchzte auf. »Es tut mir so unendlich Leid. Ich wollte nicht, dass all das geschieht.«

»Wir wären wohl besser nie auf die Idee gekommen zu heiraten, Baby, das denkst du sicher auch.« Noah schaute die Treppe hoch, doch ihr Geliebter ließ sich klugerweise nicht blicken. Noah schüttelte den Kopf, immer noch verwirrt von ihrer Wahl. »Dein Geheimnis ist bei mir in sicheren Händen.«

Sie warf sich in seine Arme, doch ihre Dankbarkeit war ihm unangenehm. Noah wollte einfach nur weg. Selbst zu ihren besten Zeiten hatte er sich mit Kara nie ganz wohl gefühlt. Sie war zu kultiviert, zu proper, zu angepasst – das ganze Gegenteil von ihm.

Noah schob sie von sich und erklärte: »Vielleicht solltest du dir überlegen, eine kleine Reise zu machen, bis du dir darüber klar bist, was für eine Geschichte du erzählen willst. Ich werde bis morgen damit warten, Agatha alles zu sagen, damit du Zeit hast loszufahren.«

Sie brachte ein schmerzliches Lächeln zu Stande. »Danke, Noah. Wirklich.«

Kara hatte ihn gerade davor bewahrt, einen furchtbaren Fehler zu machen. Obwohl er versucht war, ihr ebenfalls zu danken, nickte er ihr bloß zu und ging hinaus. Nicht nur wegen des offensichtlichen Grundes, der oben wartete, wäre es für ihn ein Desaster gewesen, sich an Kara zu binden.

Zum einen hatte er sie einfach nie geliebt. Wenn er das getan hätte, wäre ihm dies alles jetzt viel näher gegangen. Und das hätte er früher erkennen müssen.

Als er die Straße hinunterging, spürte er die Sonne auf seinem Gesicht, die Kühle einer Frühlingsbrise, die Frische des Tages – aber er fühlte weder Schmerz noch Traurigkeit. Ein echtes Verlustgefühl wollte sich einfach nicht einstellen.

Zum anderen war der Sex mit Kara nie mehr als die Befriedigung primitiver körperlicher Bedürfnisse gewesen. Niemals war er bei ihr in Ekstase geraten oder vor Lust schier vergangen. Während ihrer Beziehung war er ihr treu geblieben und hatte sich mit den wenigen schnellen, leidenschaftslosen Ficks zufrieden gegeben, die sie ihm gewährt hatte.

Dabei hatte er bei Gott die sengende Befriedigung von heißem, schweißigem, wildem Sex vermisst. Er hatte den Schmerz vermisst, den die Nägel und Zähne einer Frau verursachen, wenn sie vor Lust außer sich gerät. Er hatte es vermisst, dass sich glatte Schenkel um seine Hüften klammerten und dass sich der Körper einer Frau in weicher, gieriger Umklammerung um seinen Schwanz schloss. Er hatte das kehlige, raue Stöhnen einer Frau vermisst, die einen Orgasmus hat.

Er hatte die Feuchtigkeit vermisst.

Kara war selbst dann noch durch und durch Lady, wenn sie unter ihm lag. Ha! Was für ein blinder Narr er doch gewesen war! Ein blinder Narr, der Glück gehabt hatte, denn jetzt war er frei.

Es würde nicht einfach sein, doch er würde mit allem fertig werden, mit den Familien wie auch mit dem ganzen Klatsch, der sicher aufkäme – und dann würde er sich eine wilde Frau suchen, eine Frau, die in jeder Beziehung zu ihm passte. Er würde sie so hart reiten, bis die ganze Spannung aus seinem Körper heraus war. Und dann würde *er* derjenige sein, der *sie* verließ.

Als Noah vom Haus seiner ehemaligen Verlobten wegfuhr, konnte er es kaum erwarten, dass sein neues Sexleben begann.

Grace war so wütend auf sich selbst, dass sie sich hätte anspucken können. Auch der wolkenbruchartige Regenguss schaffte es nicht, ihre platschenden Schritte, in denen sich rasender Zorn ausdrückte, zu verlangsamen, als sie den Bürgersteig entlang auf Noahs Haus zuging. Acht Tage. Acht gottverfluchte Tage war sie weg gewesen, und wahrscheinlich hätte Noah sie gerade da am meisten gebraucht. Sie hatte erwartet, bei ihrer Rückkehr eine Liste mit Dingen vorzufinden, die sie noch für die Hochzeit erledigen sollte, denn Agatha liebte es, ihr solche Listen zu geben.

Stattdessen war sie nach Hause gekommen, um alles in Aufruhr zu finden.

Sie wischte sich die Zornestränen weg, die vermischt mit den Regentropfen ihre Wangen herunterliefen. Es war immer dasselbe. Verletzte man sie, beleidigte man sie, kam sie damit bestens zurecht. Dann brachte sie eine ruhige Würde auf und wusste zu reagieren. Wenn sie aber einmal richtig wütend wurde, heulte sie gleich los wie ein Baby.

Sie verfluchte ihr Auto, weil es eine Panne gehabt hatte, verfluchte Agatha, weil sie solch eine sturköpfige Matriarchin war, und verfluchte alle, die jemals an ihm gezweifelt hatten.

Armer Noah. Armer ehrlicher, loyaler Noah.

Er *brauchte* sie.

Von dieser Gewissheit angetrieben, eilte Grace weiter. Als sie die Tür zum Foyer aufriss und auf die glatten Marmorfliesen trat, geriet sie ins Rutschen. Wäre nicht Graham, der Portier, gewesen, der sie beim Arm packte und hochriss, wäre sie sicher auf ihrem wohlgepolsterten Hintern gelandet.

»Immer mit der Ruhe!«, sagte Graham in leicht überraschtem Ton, während er Grace, die schon weitereilen wollte, am Arm festhielt.

Er brauchte einen Augenblick, um sie zu erkennen, so wie ihr das Haar in langen, nassen Strähnen ins Gesicht hing und so völlig durchnässt, wie ihre Kleidung war, was diese noch sackartiger aussehen ließ als sonst. Als er sie dann erkannt hatte, weiteten sich seine alten Augen.

»Ms. Jenkins! Was um alles in der Welt treibt Sie denn bei diesem Wetter auf die Straße?«

Grace zwang sich zur Ruhe. »Sorry, Graham. Ist Noah zu Hause?«

»Ja, *Ma'am*. Sein Bruder ist bei ihm.«

Gott sei Dank. Grace hätte Noah zwar lieber allein angetroffen, ohne Ben als Zuschauer, aber immerhin war Noah zu Hause. Im Übrigen hätte sie sich ohnehin denken können, dass Ben da war. Er achtete seinen Bruder sehr und bot ihm stets ohne Wenn und Aber seine Hilfe an.

Grace war erleichtert, dass Noah diese Pein nicht allein durchstehen musste.

»Mein blödes Auto ist einige Blocks von hier liegen geblieben«, sagte sie zu Graham. »Ich werde von Noah aus den Abschleppdienst anrufen.«

»Soll ich Sie melden?«

Es war eines der unumstößlichen Prinzipien Noahs, dass seine Familie stets willkommen war. Grace war zwar keine Blutsverwandte, doch da sie die Privatsekretärin seiner Großmutter war, dehnte Noah diesen Status auch auf sie aus. Sie hatte ihn vor drei Jahren kennen gelernt. Seit ungefähr dieser Zeit liebte sie ihn auch.

Nicht, dass sie das jemals irgendwem gesagt hätte, von Noah selbst ganz zu schweigen.

»Nein, ich geh einfach rauf. Aber trotzdem danke.«

Als sie sich umdrehte, schüttelte der Portier den Kopf. Wahrscheinlich dachte er bei sich, sie müsse völlig meschuggge sein, bei diesem Hundewetter in der Gegend herumzurennen. Doch sie hatte einfach nicht die Geduld aufbringen können, in ihrem Auto sitzen zu bleiben, bis ein Taxi vorbeikam. Ein bisschen Regen würde ihr nichts ausmachen, sie war ja nicht aus Zucker, und seit sie gehört hatte, was Agatha gestern getan, wie sie Noah wegen der Entlobung behandelt hatte, verspürte Grace das immer dringendere Bedürfnis, ihn zu sehen, um ihn wissen zu lassen, dass zumindest ein Mensch ... was? Noch immer an ihn glaubte, noch immer auf die ihm eigene Ehrenhaftigkeit vertraute?

Der Fahrstuhl war so langsam, dass Grace die ganze Zeit ungeduldig mit dem Fuß wippte, so dass immer mehr Regentropfen von ihrem Körper auf den Boden des Lifts platschten. Im Nu stand sie in einer Lache.

Als sich die Türen öffneten, sprang sie hinaus, nur um sofort wieder zurückzuspringen, weil sie feststellte, dass es die falsche Etage war. Die Frau, die jetzt mit ihr zusammen in den Fahrstuhl stieg, bedachte sie mit einem befremdeten Blick, sagte aber selbst dann kein Wort, als sie um den nassen Fleck im Teppich herumgehen musste.

Grace kaute auf ihrem Daumennagel herum. Eine ekelhafte Angewohnheit – wie ihr Agatha oft genug gesagt hatte –, aber sie konnte es einfach nicht lassen.

Diesmal überzeugte sie sich, bevor sie ausstieg, ob das Stockwerk stimmte. Bei jedem Schritt, den sie machte, glibberten ihre Füße in ihren Pumps herum, die feuchte Tapser auf dem Teppich hinterließen. Bei Noahs Tür angelangt, atmete sie tief durch, schob ihr langes, nasses Haar hinter die Ohren und klopfte energisch an.

Nichts.

Sie klopfte noch einmal und drückte sogar mehrmals auf den Klingelknopf, aber nach wie vor rührte sich nichts. Gleichwohl gab sie nicht auf und versuchte es mit der Tür selbst, die in der Tat nicht abgeschlossen war. Sie schlich sich hinein und rief: »Noah?«, erhielt aber keine Antwort. Und dann hörte sie Stimmen, die vom Balkon herüberdrangen.

Obwohl Grace durch das Apartment huschte, bemerkte sie die leeren Bierflaschen, Pizzakartons und Chipstüten, die überall herumlagen. Ein fast leerer Becher mit einem Crèmefraîche-mit-Schnittlauch-Dip versank halb zwischen den Sofakissen.

Die Putzfrau würde begeistert sein.

Grace fragte sich schon, ob Noah vielleicht eine Party gegeben habe, um die geplatzte Hochzeit zu feiern. Eigentlich sah ihm das aber nicht ähnlich. Schon seit vielen Jahren hatten alle angenommen, dass er und Kara heiraten und in ihrer perfekten Hochglanzwelt glücklich werden würden. Die Entlobung hatte alle wie ein Blitz aus heiterem Himmel getroffen – und Grace besonders.

Endlich hatte sie ihn entdeckt.

Noah saß mit seinem Bruder auf dem überdachten Balkon, und zusammen gaben beide ein derart eindrucksvolles Bild ab, dass es Grace den Atem verschlug. Junge, Junge, die zwei hatten ein paar verdammt exzellente Gene mitbekommen. Kein Wunder, dass Agatha all ihren Stolz hatte fahren lassen, um den unehelichen Nachkommen ihres verstorbenen Sohns ausfindig zu machten. Noah war ein Mann, auf den man in der Tat stolz sein konnte.

Die Brüder unterhielten sich, ohne Grace zu bemerken, so dass diese die beiden genauer unter die Lupe nehmen konnte. Ihre großen, nackten Füße lagen auf der Brüstung und wurden vom Regen nass. Beide fläzten sich in ihren Stühlen, Ben war mit seinem sogar zurückgekippelt.

Noah ließ zwischen seinen Fingern eine Bierflasche mit langem Hals herabbaumeln, die andere Hand ruhte schlaff auf seinem festen Bauch. Er steckte in ausgeblichenen Jeans und einem grauen Sweatshirt mit abgeschnittenen Ärmeln. Sein seidiges, kohlrabenschwarzes Haar schien ganz zerzaust, sein Gesicht von Bartstoppeln überschattet. Sein ganzer Körper war Person gewordene Mattigkeit.

Sie hatte noch nie einen Mann getroffen, der so sexy, so anziehend war.

Selbst von dort, wo Grace stand, konnte sie die frappierende Länge seiner dunklen Wimpern erkennen, seiner sündig langen Wimpern, die für einen Mann eigentlich viel zu extravagant waren. Sie bildeten einen scharfen Kontrast zu seiner sonst eher harten Ausstrahlung.

Grace seufzte.

»Soll'n sie doch alle zur Hölle fahren«, meinte Ben. Er sprach undeutlich, nuschelte und hörte sich wütend an.

Grace legte die Ohren an. Oh, oh. Ben klang ... betrunken. Sturzbetrunken.

Wie Noah trank er nur selten, weshalb es sich hier wohl um einen Fall von ... Besäufnis aus Mitgefühl handeln musste. Sie wusste zu wenig von Männern, als dass sie hätte sagen können, welche Gewohnheiten sie an den Tag zu legen vermochten, fand den Gedanken aber ganz einleuchtend.

Sie ließ den Blick durchs Apartment schweifen, und diesmal zählte sie die leeren Bierflaschen, die überall herumlagen. Mein Gott! Sie mussten seit gestern Abend ununterbrochen gepichelt haben. Hatte Noah Ben angerufen, unmittelbar nachdem er von Agatha nach Hause gekommen war? Hatten sie seitdem getrunken?

Mit großen Augen wandte Grace sich wieder den beiden Brüdern zu.

Auch Noahs Stimme klang undeutlich, als er sagte: »Es hat halt einfach jeden kalt erwischt, das ist alles.«

»Yeah, und deshalb ziehen sie den voreiligen Schluss, dass du ein alter Herzensbrecher bist. Die Arschlöcher.«

»Herzensbrecher?« Noah gab einen Laut von sich, der halb Lachen, halb Fluchen war. »Oh, die haben viel drastischere Ausdrücke benutzt, das kannst du mir glauben. Wenn man sie so reden hörte, hätte man annehmen können, ich hätte sie vor dem Altar sitzen lassen.«

Grace schluckte den würgenden Schmerz und die in ihr aufsteigende Wut hinunter. Agatha hatte ihr alles von der grässlichen Zusammenkunft erzählt. Sie hatte ihn in ihr Haus beordert und ihn dort mit Kara und ihren Eltern konfrontiert. Allein gegen alle hatte er dagestanden, hatte ihre Beleidigungen und Beschimpfungen ertragen, ohne sich zu verteidigen – so wie er der Welt die meiste Zeit seines Lebens gegenübergestanden hatte.

Gemeinsam hatten sie ihn zur Rechenschaft gezogen, und als Noah sich geweigert hatte, ihnen zu erklären, warum er die Verlobung aufgelöst hatte, hatte Agatha sogar damit gedroht, ihn zu enterben.

Nein. Grace schlug die Arme um sich, als ein heftiger Schmerz ihr Inneres durchzuckte. Niemals würde sie zulassen, dass das geschah. Noah war inzwischen zu einem Teil der Familie geworden, und das würde er auch bleiben. Sie würde Agatha schon weich kochen. Als ihre Privatsekretärin hatte sie einigen Einfluss auf sie.

Hoffte sie zumindest.

»In Situationen wie diesen«, ließ sich Ben aus, wobei er mit der Bierflasche gestikulierte, »weiß ich genau, warum ich ihr diesen beschissenen Bluttest verweigere.«

Noah streifte seinen jüngeren Bruder mit einem Blick.

»Du weißt, dass sie vorsichtig sein muss, Ben. Aber im Grunde ihres Herzens weiß Agatha, dass du zur Familie gehörst. Sie ist nur halsstarrig und misstrauisch.«

»Sie sollte einfach das glauben, was meine Mutter sagt.«

»Stimmt. Aber das lässt ihr Stolz nicht zu.«

»Und der Stolz von allen anderen kann zur Hölle fahren, ja?«

Noah zuckte die Achseln. »Agatha hat mehr Stolz als die meisten anderen.«

»Ha! Sie ist eine ...«

»Pass auf, was du sagst.« Noahs Augen verengten sich. »Ich habe im Augenblick zwar eine Stinkwut auf sie, aber sie ist immer noch meine Großmutter. Und *deine* Großmutter.«

»Was sie nicht zugibt.«

Ohne auf diese Bemerkung einzugehen, fügte Noah hinzu: »So wie du mein Bruder bist.«

»Halbbruder.« Noah setzte seine Flasche an, kippte den Rest Bier hinunter und rülpste.

»Ganz, halb, da ist doch drauf geschissen! Du bist mein Bruder, und das wissen wir auch ohne alle Bluttests.«

Grace wurde das Herz weit, während die in ihr aufsteigenden Gefühle ihr die Kehle zuschnürten. Ja, Ben war Noahs Bruder, war Agathas Enkel. Das sah man an dem glänzenden schwarzen Haar, das er mit Noah gemein hatte, an der breitschultrigen Statur, dem olivfarbenen Teint.

Mit sechs Fuß und vier Inch war Noah von ebenso beeindruckender Größe, wie es sein Vater gewesen war. Ben brachte es zwar nur auf sechs Fuß, aber seine Körperhaltung war dieselbe wie die seines Bruders, und beide hatten sie das gleiche herausfordernde sexy Lächeln.

Nur die Augen wirkten unterschiedlich. Noah hatte helle, auffallend blaue Augen, die kalt wie Eis, aber auch so heiß sein konnten, dass es einem die Seele versengte. Bens Augen waren das genaue Gegenteil, nämlich schwarz und sündig wie die Nacht. Er brauchte eine Frau nur anzuschauen und schon wurde sie rot und geriet ins Stottern.

Agathas Sohn hatte mit zwei verschiedenen Frauen zwei Söhne in die Welt gesetzt, von denen er keinen anerkannt hatte. Was wohl auch Agatha nicht getan hätte, wäre ihr Sohn nicht gestorben und hätte sie nicht völlig allein und ohne Familie dagestanden. Deshalb hatte sie vor fünfzehn Jahren einen Privatdetektiv beauftragt, Noah ausfindig zu machen, den Agatha heute aufrichtig liebte. Dessen war Grace sich absolut sicher, auch wenn Agatha es nie zugegeben hätte. Trotz der momentanen Missstimmung blieb Noah ihr ein und alles.

Obgleich Agatha voll und ganz damit zufrieden gewesen war, einen Enkelsohn ausfindig gemacht zu haben, der die Lücke in ihrem privaten wie geschäftlichen Leben auszufüllen vermochte, war der Detektiv auch noch auf Ben gestoßen, bevor Agatha die Suche abblasen konnte.

Vom ersten Augenblick an – Ben war damals noch ein respektloser Rüpel von vierzehn Jahren – war zwischen ihm und Agatha alles schief gelaufen. Aber Grace wusste, dass Agatha ihn schließlich doch noch akzeptieren würde. Wie sollte sie auch nicht, wenn Ben Noah in den wichtigsten Punkten so sehr glich und damit bewies, dass er ihr eigen Fleisch und Blut war?

Das Problem war leider, dass Agatha mit eiserner Hand vorzugehen pflegte und ihren Stolz häufig allem anderen voranstellte. Doch Ben war sein eigener Herr, der sich weigerte, sich den Launen einer alten Frau zu beugen. Insgeheim freute Grace sich sogar über Bens Widerspenstigkeit. Er brachte Agatha zur Weißglut, was sie in Trab hielt und verhinderte, dass sie verkalkte.

»Wir brauchen mehr Bier«, verkündete Noah, während er seine leere Flasche auf den steinernen Balkonboden fallen ließ.

Mehr Bier!

»Das musst *du* schon holen«, meinte Ben, ohne sich auch nur zu rühren. »Ich kann kaum noch gerade stehen.«

»Weichei.« Laut ächzend versuchte Noah sich hochzurappeln.

»Nein.« Grace machte einen Schritt nach vorn und zog damit die Aufmerksamkeit beider Männer auf sich. Sie drehten sich in ihren Stühlen um und starrten sie mit unverhohlener Überraschung an.

»Hey«, sagte Noah, um in seiner Verwirrung dann noch anzuhängen: »Wo kommst du denn her?«

»Die Wohnungstür war nicht abgeschlossen.«

»So?«

In missbilligendem Ton meinte Grace: »Ich glaube, ihr beide habt wirklich genug getrunken.«

Die Männer wechselten einen Blick und Ben grinste. »Ah, Gracie, kann es sein, dass irgendjemand versucht hat, dich zu ertränken, Schätzchen?«

»Ha, ha.« Sie machte eine Grimasse in Bens Richtung. Er hatte stets eine spöttische Bemerkung auf den Lippen, was ihr normalerweise aber gefiel. »Nein, ich bin nur in den Regen geraten.« Verlegen schob sie sich erneut die Haare hinter die Ohren. Ihr Pullover klebte an ihren Brüsten und an ihrem Rücken, während sich die prallen Schenkel und der Bauch deutlich unter ihrem langen Rock abzeichneten. »Mein blödes Auto ist liegen geblieben«, erklärte sie, um von ihrem Anblick abzulenken.

Noah richtete sich auf und stand steifbeinig auf. »Warum zum Teufel hast du mich denn nicht angerufen? Ich wär' dich holen gekommen.«

Als Grace sah, wie Noah schwankte, zog sie eine Augenbraue hoch. »In deinem Zustand? Ich glaube, dass wäre nicht nur gefährlich, sondern auch gesetzwidrig gewesen.«

Er nahm ihr Kinn in die Hand und beugte sich vor. »Dann hätte ich halt ein Taxi für dich gerufen.«

Allein die schlichte Berührung am Kinn ließ Graces Herz fast explodieren. Erschauernd atmete sie durch, machte sich von ihm los und sammelte geschäftig die leeren Bierflaschen ein.

Um sie herum wütete noch immer das Unwetter. Regen klatschte auf den Balkon, während der Abendhimmel in einer atemberaubenden Entfesselung elektrischer Energie erstrahlte. Der Donner grollte fast in einem fort, rüttelte an den Fenstern und ließ den Fußboden vibrieren, so dass es nur zu verständlich war, dass die beiden ihr Klopfen nicht gehört hatten.

»Ist doch egal«, erwiderte Grace, als beide Männer sie weiterhin anstarrten, was sie ganz nervös machte. »Jetzt bin ich ja hier.«

Sie ging zurück ins Apartment, merkte aber, dass sie hinter ihr hertorkelten. »Außerdem hatte ich es sehr eilig.«

Ben lehnte sich gegen die Wand. Auch er trug Jeans, die jetzt bis zu den Knien nass waren, und ein Poloshirt, das seine breite Brust besonders gut zur Geltung brachte. Sein Gesicht, sein Hals und seine kräftigen Arme waren sonnengebräunt und zeugten davon, dass er viel Zeit im Freien und in der Nähe eines Pools verbrachte.

»Yeah?«, wunderte er sich. »Warum das?«

Verwirrt fragte Grace: »Warum was?«

»Warum hattest du es so verflucht eilig?«

Schlagartig fiel ihr der Grund ihres Besuchs wieder ein. Sie fuhr derart zusammen, dass sie die Flaschen fast hätte fallen lassen. Noah nahm ihr einige davon ab und knallte sie auf den Esstisch. »Grace, bist du okay?«

»O mein Gott«, stieß sie hervor. Dann packte sie Noah mit beiden Händen beim Sweatshirt und hielt ihn fest, während sie sein attraktives Gesicht musterte. »Als ich euch beide da draußen betrunken hab sitzen sehen, habt ihr so süß ausgesehen, dass ich fast alles vergessen hätte.«

Ben gluckste und murmelte das Wort ›*süß*‹ vor sich hin, doch Noah schüttelte den Kopf. »Hör auf, an meinen Sachen zu zerren, und sag mir, was du vergessen hast.«

»*Fast* vergessen.« Dann wurde Grace sehr weich und gefühlvoll. »O Noah, es tut mir alles so furchtbar, furchtbar Leid.«

Er und Ben wechselten abermals einen Blick, in dem sich diesmal eine gewisse Sorge ausdrückte. »Was denn?«

»*Was?* Alles, was passiert ist, tut mir Leid!« Ihre Hände, die immer noch sein Sweatshirt umklammerten, trommelten gegen seine Brust. »Dass Agatha einen derart falschen Schluss gezogen hat und wie sich alle dir gegenüber verhalten und ...«

Noah presste zwei große warme Finger auf ihre Lippen, woraufhin sich ihre Zehen in den durchnässten Schuhen kräuselten und eine Welle sinnlicher Lust sie durchströmte. »Was für einen falschen Schluss hat Agatha denn gezogen? Und wie zum Teufel behandeln mich denn deiner Ansicht nach alle?«

Seine Finger lagen noch immer auf ihrem Mund. Grace schluckte schwer, griff nach seinem kräftigen Handgelenk und zog seine Hand sanft nach unten. O Gott, dieser Mann brachte sie zum Zittern ... aus vielerlei Gründen.

»Agatha geht völlig zu Unrecht davon aus, dass du an der geplatzten Hochzeit schuld bist. Und nach allem, was sie mir erzählt hat, hat sich die Familie von Miss Callen nicht viel klüger verhalten.« Schon wieder geriet Grace in Wut, als sie sich in Erinnerung rief, wie man ihn behandelt hatte. »Man könnte fast annehmen, dass keiner von denen dich wirklich kennt!«

Ben stieß sich von der Wand ab. Sein Gang war kaum sicherer als zuvor. »Willst du damit sagen, du gibst ihm nicht die Schuld an der Sache?«

Grace wirbelte zu ihm herum. »Ben Badwin! Du solltest es wirklich besser wissen!«

»Hey ...« Er hatte beide Hände erhoben und war kurz davor loszulachen. »Ich habe ja nicht gesagt, dass *ich* ihm die Schuld gebe.«

»Das will ich auch hoffen.«

Noah verschränkte die Arme und lehnte sich mit der

Hüfte gegen den Esstisch. Er schwankte noch immer ein wenig, schaukelte nach vorn und wieder nach hinten. »Und wem gibst du dann die Schuld?«

»Na ... niemandem.« Grace fuchtelte mit der Hand herum. »Oh, natürlich habe ich gehört, dass Kara geweint hat und wie fertig sie ist und all das. Agatha meint, du hättest sie vor allen Leuten in Gillespe gedemütigt, indem du sie hast sitzen lassen, nachdem schon alle Vorbereitungen getroffen waren, und dass Kara emotional völlig am Boden sei und sich vielleicht nie wieder davon erholen werde. Und sie tut mir auch entsetzlich Leid, wirklich.«

Ben brach abermals in Gelächter aus.

»Aber ich weiß, dass ihr beide eure eigenen Gründe gehabt haben müsst. Zumindest weiß ich, dass du ihr niemals so wehgetan hättest, wenn du irgendeine andere Wahl gehabt hättest.«

Grace entfuhr ein Quieken, als Ben seine kräftigen Arme von hinten um sie legte und sie hochhob. Ihr Gewicht schien für ihn nicht zu existieren, und Grace kam der Gedanke, dass es für einen Mann von Bens Größe tatsächlich so sein mochte.

Und Noah war sogar noch größer!

Bens Umarmung hatte Grace derart überrascht, dass ihre Arme und Beine starr abstanden – wie bei einem strangulierten Seestern, der versuchte, das Gleichgewicht zu wahren.

Regenwasser troff aus ihrer Kleidung, tropfte an ihrem Körper herunter und landete schließlich auf Ben. Er gab ihr einen schmatzenden Kuss auf den Hals. Seine impulsive Geste ließ Grace erstarren. Sie konnte die Male, wo solch ein hinreißender Mann ihren Hals geküsst hatte, an einer Hand abzählen.

Eigentlich konnte sie es sogar an einem Finger abzählen, denn das war eine Premiere.

Noah betrachtete sie unterdessen eingehend, registrierte jede ihrer Reaktionen, was Bens Verhalten zur völligen

Nebensache machte. In ihr glomm ein verzehrendes Feuer auf, und sie wusste, dass sie die Lage in den Griff bekommen musste.

Sie bedachte Ben, der sie nun zwar freigab, gleichwohl aber sein schelmisches Grinsen beibehielt, mit einem argwöhnischen Blick. Sie wandte sich Noah zu, um seinen Gesichtsausdruck zu studieren. Seine muskulösen Arme hatte er noch immer vor der Brust verschränkt, seine ausdrucksstarken blauen Augen zu Schlitzen verengt. Aufmerksam musterte er sie. Auf seinem Gesicht drückte sich Verwirrung und noch etwas anderes aus, vielleicht ... Zärtlichkeit.

»Ich wäre schon früher gekommen«, stieß Grace krächzend hervor, immer noch um Fassung ringend. »Aber ich war nicht in der Stadt.«

»Ach ja«, murmelte Noah und hielt sie weiter mit seinem Blick gefangen. »Agatha hat dich als Headhunter losgeschickt, nicht wahr?«

»Ja, um einen neuen Küchenchef anzuwerben, von dem sie gehört hatte. Er hat ihre Bedingungen angenommen, und sie hat ihn, äh, eingestellt. Er fängt sofort an.«

»Na großartig.«

Noah klang eher verärgert als begeistert. Schon seit Jahren waren diese Einstellungen Noahs Aufgabe. Wenn Agatha sich einmischte, führte das oft zu Schwierigkeiten, die Noah dann ausbügeln musste.

Grace wollte ihn jedoch jetzt nicht mit Sorgen dieser Art belästigen. »Aber das ist ja nicht so wichtig.«

»Nein? Was ist *dann* wichtig?«

Grace kaute auf der Unterlippe herum und versuchte, Noahs Stimmung zu erkennen. Wenn er wollte, konnte er eine absolut steinerne Miene aufsetzen, der sich rein gar nichts entnehmen ließ, und im Augenblick hatte er sich vollends hinter diese Maske zurückgezogen. Er wirkte entspannt, unbeteiligt, bestenfalls ein wenig neugierig.

Doch diese silberblauen Augen, diese von langen dichten Wimpern überschatteten Augen, hörten nicht auf zu brennen. Und Grace spürte, wie die Hitze bis in ihr Inneres drang. Sie schaute zu Ben hinüber, der aber nur zwinkerte, während seine braunen Augen spitzbübisch funkelten.

»Wichtig ist«, sagte Grace, »dass du weißt: Nicht alle geben dir die Schuld.«

»Aber das tun doch alle.«

»Ich nicht.«

Ben schlang erneut die Arme um sie und legte sein Kinn auf ihren Kopf. »Wie kommt das, Süße?«

Oh, bitte, dachte Grace in einem leichten Anfall von Panik. Ben konnte doch nicht allen Ernstes annehmen, sie würde auch nur ein vernünftiges Wort herausbringen, wenn er direkt hinter ihr und Noah vor ihr stand? Das Testosteron schien sie förmlich zu umflirren, so dass sie sich von purem Machismo in die Zange genommen fühlte. Unmöglich, jetzt etwas zu sagen.

Es war ja schon irritierend genug, dass Ben einen Körper wie eine Statue aus Stahl hatte und obendrein auch noch sexy war. Dass er sie in einer Weise anfasste, in der sie nie zuvor angefasst worden war, machte die Sache nur noch schlimmer. All das brachte sie gewaltig aus der Fassung.

Doch obgleich Ben sie mit seiner dynamischen Präsenz verwirrte, hatte er ihre Gefühle niemals in der Weise aufgewühlt, wie es Noah vermochte, hatte er es niemals geschafft, dass ihr abwechselnd heiß und kalt und sie sich ihres Körpers derart *bewusst wurde.*

Vor allem jetzt, da Noah kaum mehr als einen Fuß von ihr entfernt stand, die nackten Füße gespreizt, das dunkle Haar feucht vom Regen, die Augen heiß und blau wie eine Flamme. Graces Herz hämmerte wie wild, und sie wunderte sich, dass Ben es nicht bemerkte.

Dann sandte Noah seinem Bruder einen amüsierten Blick zu. »Du treibst sie noch in eine Ohnmacht, Ben.«

»Tatsächlich?« Ben spähte über Graces Schulter, um ihre

Miene zu betrachten. Sie konnte seinen Atem an ihrer Wange spüren. »Ist dir schwummerig zu Mute, Honey?«

»Ich, äh ...«

»Hör auf damit, Ben.« Noah schaute sie an, als wüsste er, was sie empfand, und obwohl er über ihre missliche Lage lächeln musste, wollte er ihr helfen.

Grace atmete zitternd durch. »Ich bin es, äh, nicht gewohnt, von Männern angefasst zu werden.«

Noahs Augen funkelten. »Ha, was für ein Geständnis!«

Bevor Grace auf den Unterton in Noahs Stimme reagieren konnte, rettete Ben sie, indem er sich schockiert gab. Theatralisch rief er aus: »Nein! Das glaube ich einfach nicht, Gracie.«

Grace nahm es Ben nicht übel, dass er sich über sie lustig machte. Fast jede andere fünfundzwanzigjährige Frau, die sie kannte, hatte schon längst ihre Jungfräulichkeit verloren.

Ohne Noah anzusehen, erklärte sie: »So ist es aber.« Dann fügte sie in dem Versuch, die Spannung zu durchbrechen, hinzu: »Zumindest nicht von so großen, attraktiven und sexy Männern, wie du einer bist.«

»Du hast es also auf mich abgesehen?«, fragte Ben mit einem verschmitzten Grinsen. Er konnte ein so charmanter Halunke sein.

»Nein«, versicherte Grace ihm, »denn ich wüsste nichts mit dir anzufangen.«

Auflachend schüttelte er den Kopf. Dann tätschelte er ihr die Wange und ließ sie los. »Sie gehört ganz dir, Noah.«

Noah lächelte.

Als Grace dieses Lächeln sah, musste sie schwer schlucken.

Ben bemerkte Graces Verlegenheit offenbar nicht oder scherte sich nicht darum, denn er fügte noch hinzu: »Ich würde vorschlagen, du befreist sie erst einmal von diesen nassen Kleidern, bevor du dein Verhör fortsetzt.« Er blickte über die Schulter zu Grace zurück und ließ seine Augenbrauen mehrmals hochschnellen. »Ich würde dir ja gern behilflich sein, weißt du, aber ich muss jetzt gehen. Verdammt, ich bin vielleicht betrunken! Hoffentlich schaffe ich es noch bis zu meinem Bett.«

Grace wirbelte herum und hielt Ben von hinten am Hosenbund fest. »Du kannst in deinem Zustand doch nicht Auto fahren!«

Ben war so unsicher auf den Beinen, dass er fast in Grace hineingefallen wäre, als sie seinen Abgang so jäh unterbunden und ihn zu zwei stolpernden Rückwärtsschritten gezwungen hatte. Im letzten Moment konnte er sich dann aber doch noch halten und lachte los. »Alles, was ich vorhabe, Gracie, ist, mir meine Schuhe zu nehmen, zum Fahrstuhl zu wanken und dann Graham zu bitten, mir ein Taxi zu rufen. Vorausgesetzt, ich schaffe es, in aufrechtem Gang bis zur Lobby zu kommen. Dank unserem guten Noah habe ich mehr getrunken, als ich gewohnt bin.«

»Tatsächlich?«, fragte Noah, wobei er eine seiner glänzenden schwarzen Augenbrauen in die Höhe zog. »Ich meine mich zu erinnern, dass du derjenige warst, der hier mit dem ersten Kasten Bier aufgetaucht ist.«

Der erste Kasten Bier? Grace hielt Ben noch immer fest. »Ich bringe dich zu Graham.«

Ben blickte auf ihre Hände, die seinen Bund weiter fest im Griff hatten. »Lass mich los, Frau. Ich schaff's auch allein.«

Sie schaute fragend zu Noah hinüber.

»Lass ihn nur«, meinte Noah. »Ich ruf unten an und bitte Graham, ein Auge auf ihn zu haben.«

»Na gut.« Grace gab ihn frei und Ben stolperte vorwärts. Er stieß gegen das Sofa, rappelte sich zurecht und suchte dann seine Schuhe. Er machte sich gar nicht erst die Mühe, sie anzuziehen.

»Benehmt euch anständig, ihr beiden, okay?«

Noah, der fast genauso unsicher auf den Beinen war wie

Ben, brachte seinen Bruder zum Fahrstuhl. Danach rief er über die Hausleitung Graham an.

Unterdessen schnappte sich Grace einen leeren Bierkasten, in den sie die leeren Flaschen stellte. Während sie noch damit beschäftigt war, kam Noah ins Zimmer zurück.

Noch immer hatte er dieses nicht ganz geheure, feurige Glitzern in den Augen, das sie ausgesprochen nervös machte. Und ihr voll und ganz zu Bewusstsein brachte, dass er ein Mann war.

»Du hast gehört, was Ben gesagt hat«, meinte Noah, der jede ihrer Bewegungen verfolgte.

»Äh, nein.« Grace leckte sich über die trockenen Lippen. »Was hat er denn gesagt?«

Noah kam auf sie zu, leicht schwankend zwar, aber trotzdem ausgesprochen zielstrebig. Wenn er doch nur nicht den einen Mundwinkel zu diesem verruchten Lächeln verzogen hätte. »Du bist absolut ...« Sein Blick glitt über ihren molligen Körper, dessen Rundungen sich unter den an ihr klebenden Kleidern abzeichneten, glitt vom Kopf bis zu den Füßen und wieder zurück und machte sie derart verlegen, dass ihr Herz bis zum Hals schlug. Ihre Blicke trafen sich. »... nass.«

Grace öffnete den Mund, brachte aber kein einziges Wort heraus.

Noah kam näher und näher, obgleich sie instinktiv zurückwich. Zumindest solange, bis er direkt vor ihr stand, bis die Kraft, die er ausstrahlte, bis der starke männliche Geruch, den er verströmte, sie überwältigte.

Ihr stockte der Atem, ihr Puls raste.

»Gracie«, murmelte er. Er berührte ihre Wange und schaute sie in einer Weise an, in der er sie nie zuvor angeschaut hatte, in der sie überhaupt nie zuvor ein Mann angeschaut hatte. Sein Lächeln wurde immer intensiver, der Glanz in seinen Augen heller. »Du solltest zusehen, aus deinen nassen Sachen zu kommen.«

Grace schloss die Augen und wünschte sich, dass er nicht

mehr betrunken wäre. Aber Wünschen half natürlich nichts. Er *war* betrunken – allein dass er ihr einen derart empörenden Vorschlag gemacht hatte, bewies das –, und das hieß, dass sie die Situation nicht ausnutzen durfte, egal, was er sagte, egal, wie gern sie es auch getan hätte.

Verflucht noch mal.

Zweites Kapitel

Selbst in seinem benebelten Zustand wusste Noah, dass die Hälfte dessen, was er sagte oder tat, in keiner Weise zu ihm passte. Oder besser: Es passte nicht zu dem Mann, der er zu sein versucht hatte, um den Vorstellungen seiner Großmutter gerecht zu werden.

Aber zum ersten Mal seit Jahren war er wieder mit sich selbst im Reinen. Er war ein freier Mann, der machen konnte, was er wollte – und mit wem auch immer er wollte. Er war Kara keine Rechenschaft schuldig – und nach dem Wutausbruch seiner Großmutter war er auch ihr keine Rechenschaft mehr schuldig.

Wie es seine Art war, hatte er zunächst einmal gründlich darüber nachgedacht, wie er die Dinge angehen sollte, jetzt, da er verstoßen worden war. Erst dann hatte er Pläne gemacht, die er zum Teil auch schon in die Tat umgesetzt hatte. In Kürze wäre er von Agatha völlig unabhängig. Wenn sie danach immer noch miteinander zu tun hatten, wenn seine Großmutter danach immer noch ihre Ansprüche auf ihn geltend machen würde, dann einzig und allein deshalb, weil sie es wollte, nicht weil sie ihn brauchte.

Da er nicht dazu neigte, sich Illusionen zu machen, war er auf jede Reaktion von ihr vorbereitet.

Auf Grace hingegen war er nicht vorbereitet gewesen. Sie hatte ihn in einen emotionalen Strudel gerissen, indem sie ihm ohne Wenn und Aber ihre Unterstützung und Loyalität angeboten hatte. Als der uneheliche Sohn, der er war und der erst spät in der Harper-Familie Aufnahme gefunden hatte, bedeutete Loyalität für Noah alles.

Vielleicht, weil sie ihm selbst nie zuteil geworden war.

Agatha hatte erst kürzlich unter Beweis gestellt, dass er sie von ihr nicht zu erwarten hatte, ganz gleich, was für Verrenkungen er machte – und deshalb würde er für sie auch keine Verrenkungen mehr machen.

Und es war so sicher wie das Amen in der Kirche, dass sie ihm nie von seinen Pflegeeltern zuteil geworden war, die ihn ohnehin nur widerwillig aufgenommen hatten. Nur sein Bruder, den er aber erst kennen gelernt hatte, als er fast schon erwachsen war, hatte ihm bisher diese Form bedingungsloser Unterstützung gewährt.

Und jetzt Grace.

Agatha hatte an dem Tag, als sie Grace Jenkins einstellte, eine exzellente Wahl getroffen. Noah erinnerte sich noch an das Bewerbungsgespräch, bei dem er diese etwas zu dralle Zweiundzwanzigjährige, die frisch vom College kam und nicht eine einzige Empfehlung vorweisen konnte, zum ersten Mal gesehen hatte. Sie war ganz auf sich gestellt, ihre Eltern waren vor Jahren bei einem Unfall ums Leben gekommen. Damals hatte er sich auf seltsame Weise zu ihr hingezogen gefühlt. Beide waren sie allein, eigensinnig und resolut.

Grace hatte ihr rundes Kinn vorgestreckt, Agathas scharfen Blick gelassen erwidert und aufgezählt, was sie für ihre besten Eigenschaften hielt.

Belastbarkeit, Arbeitseifer, Intelligenz, Sachlichkeit, Loyalität.

Die Erinnerung ließ Noah die Stirn runzeln. Er nahm Grace bei der Hand und zog sie in Richtung Schlafzimmer. »Weiß Agatha, dass du hier bist?«

Noah musste sie förmlich mit sich zerren, solchen Widerstand leistete sie. Aber er ließ nicht locker. Er mochte es, wie ihre weiche Hand in seiner lag, und vor allem gefiel ihm, wie sie ihn mit diesen unglaublich großen braunen

Augen anschaute. Sie waren sexy, keine Frage. Schon immer hatte er ihre Augen genauso gemocht wie ihre Entschlossenheit und ihr Rückgrat.

Und jetzt mochte Noah sie besonders.

Natürlich war er im Augenblick einfach scharf auf sie, aber da war auch noch etwas anderes. Es war ... er wusste nicht so recht, wie er es nennen sollte, aber im Moment war er auch weit davon entfernt, nach dem richtigen Wort zu suchen. »Gracie?«

Er zog sie ins Schlafzimmer und drehte sich um, damit er sie ansehen konnte.

Sie schaute durch die Wimpern zu ihm hoch. Lange nasse Strähnen ihres braunen Haars klebten ihr im Gesicht und am Hals. Sie ließ den Blick durch den Raum schweifen und befeuchtete sich die Lippen. »Wie?«

»Weiß Agatha, dass du hier bist?«, fragte er noch einmal.

»Ja.«

Noah verschränkte die Arme. »Ich könnte wetten, dass sie nicht besonders glücklich darüber ist.«

Ihr wunderbar resolutes Kinn reckte sich nach oben. »Ich bin eine erwachsene Frau, Noah Harper. Ich treffe meine Entscheidungen selbst.«

Noah schüttelte den Kopf und wandte sich von ihr ab, um in einem Schubfach herumzuwühlen. »Willst du damit sagen, sie hat dir verboten herzukommen?«

Grace war schon dabei zurückzuweichen, als er ein weißes T-Shirt entdeckte und es herauszog. Er hielt sie am Oberarm fest. Sie war ... sehr weich. Drall, ja das wusste er schon, aber auch weich, warm und ungemein weiblich.

Er konnte ihr nasses Haar riechen, ihre feuchte Haut. Sein Blut geriet in Wallung.

Es war noch nicht allzu viel Zeit vergangen, seit er Kara in flagranti ertappt hatte, aber seitdem hatte er viel erledigen müssen und keine Zeit gehabt, sich eine Frau zu suchen. Gerade weil er wusste, dass er nun seine wahre Natur entfalten konnte, fiel ihm das Warten doppelt schwer. Er war so frustriert, sexuell so aufgeladen nach der langen, durch seine Verlobung bedingten Enthaltsamkeit und der emotionalen Belastung, die die Entlobung mit sich gebracht hatte, dass er nun die Bereitschaft in sich spürte, alle Hemmungen abzuschütteln.

Doch er durfte nicht vergessen, dass er es hier mit Grace zu tun hatte, der Sekretärin seiner Großmutter, einer Dame, einer sehr respektablen, unschuldigen Frau.

Ich bin es nicht gewohnt, von Männern angefasst zu werden. Gott, allein die Vorstellung, dass er ihr erster Mann wäre, ließ seine Fantasie auf Hochtouren laufen und führte dazu, dass sich alle seine Muskeln anspannten.

»Grace«, sagte Noah mit zu schroffer Stimme, »wirst du Ärger kriegen, weil du hierher gekommen bist?«

Sie zuckte mit der Schulter. »Keine Ahnung. Damit werde ich mich später auseinander setzen. Ist auch nicht so wichtig.« Ein wildes Funkeln, das ihre ganze Bereitschaft, ihn zu schützen, ausdrückte, glomm in ihren Augen. »Niemand von denen hatte das Recht, dich ans Kreuz zu nageln. Ich konnte doch nicht tatenlos zusehen und dich glauben lassen, wir würden alle so denken.«

»Weil du nicht so denkst?«

»Natürlich nicht.«

»Weil du mich so gut kennst?«

Sie stammelte herum, riss sich dann aber zusammen. »Noah Harper, ich kenne dich jetzt seit drei Jahren. In vielen Dingen bist du genau wie ich. Du kannst hart arbeiten, bist stolz und gewissenhaft. Du würdest niemals so etwas Schäbiges tun, wie eine Verlobung auflösen, wenn du nicht gute Gründe dafür hättest.«

Ihr Vertrauen zu ihm tat ihm unendlich wohl. Es sickerte förmlich in ihn hinein, wärmte ihn von innen und baute einen Teil seiner inneren Spannung ab.

Noah war einigermaßen stolz auf seine Fähigkeit, Situationen zu analysieren und in aller Ruhe vernünftige Entscheidungen zu treffen. Jetzt war er jedoch außerstande,

Grace oder die Gefühle, die sie in ihm weckte, zu verstehen.

Ohne weiter darüber nachzudenken, beugte Noah sich zu ihr herunter und küsste sie.

Grace prallte derart zurück, dass sie ihr Gleichgewicht verlor und auf dem Hintern landete.

Verwirrt von ihrer Reaktion, runzelte Noah die Stirn und bückte sich, um ihr hochzuhelfen. Dabei verlor er ebenfalls das Gleichgewicht und landete beinahe auf ihr. Sie stemmte die Arme gegen ihn, bis er sein Gleichgewicht zurückgewonnen hatte und wieder aufrecht stand.

»Also, wirklich, Noah!«, stammelte Grace, die ihm immer noch zu Füßen saß.

In der Hoffnung, eher sanft als wie ein Räuber zu klingen, schaute Noah zu ihr hinunter und sagte: »Raus aus diesen nassen Sachen, Baby.«

Unbeholfen rappelte sie sich in aller Eile hoch und verschränkte die Hände vor dem Pullover, als wolle sie ihn unter gar keinen Umständen ausziehen.

Was denn? Glaubte Grace etwa, er wolle sich auf sie stürzen? Verdammt noch mal, schließlich konnte er kaum gerade stehen. Nicht, dass die Vorstellung, sie unter sich zu spüren, ihn nicht angemacht hätte. O nein. Ganz im Gegenteil. Aber Noah bezweifelte, dass er viel zuwege bringen würde. Immerhin war Gracie eine Art Frau, die eine besondere Behandlung verdiente.

Sie war ganz gewiss nicht die Frau für einen schnellen Fick.

Trotzdem bemerkte er, wie ihre prächtigen Brüste erregt auf und ab gingen. Ohne den Blick davon lösen zu können, versuchte er sich vorzustellen, wie sie wohl nackt aussähe. Dann fragte er: »Was ist denn los, Grace?«

Noah hörte förmlich, wie sie schluckte. Es war sehr, sehr lange her, seit er eine schüchterne Frau getroffen hatte. Irgendwie gefiel ihm das. Vor der Verlobung mit Kara – und einige Male auch während der Verlobung – hatte er es stets mit Frauen zu tun gehabt, die mit einem unerschütterlichen Glauben an den eigenen Körper ausgestattet waren. Selbst Kara hatte trotz ihrer kühlen, vornehmen Art nie an ihrem Sexappeal oder ihrer Wirkung auf ihn gezweifelt.

Grace dagegen sah wie ein verängstigtes Kaninchen aus, das aufspringen und davonrennen würde, sobald er nur *Buh* sagte.

Aber vorhin, als sie seine verletzte Ehre so vehement verteidigt hatte, hatte sie nicht so ausgesehen. Noah grinste. Ja, das gefiel ihm. Sie gefiel ihm. Sehr.

»Ich habe keinen Grund, meine Sachen zu wechseln«, murmelte Grace, »denn ich werde sowieso wieder nass, wenn ich gehe.«

Noah war betrunken, keine Frage, aber er war nicht tot. Grace war Balsam für ihn, war wie ein warmer Sonnenstrahl inmitten eines Unwetters. Er wollte sie.

Er wartete, bis sie zu ihm aufsah, um dann ihren Blick einzufangen. Argwöhnisch riss sie die Augen auf. »Ich will nicht, dass du gehst, Grace.«

»Nein?«

Noah merkte, wie er schwankte, und drückte die Brust heraus. »Würdest du bei mir bleiben, Gracie?«

Ihr Blick glitt zu dem Bett hinter ihm. »Hier?«, piepste sie.

Dieses eine Wort kam einer Offerte, einer Verführung gleich. Ihm wurde ganz flau im Magen. »Ja.«

Grace blickte schockiert drein und ... vielleicht auch sehnsüchtig? Noah wünschte inständig, er wäre nicht so benebelt. Er hatte den Eindruck, dass es kompliziert werden könnte, sich mit Grace zu befassen. Vor allem, weil er im Augenblick nicht so recht wusste, was er eigentlich wollte – von dem, was sie wollte, ganz zu schweigen. Er wusste nur, dass er wollte und dass das irgendwie an Grace gekoppelt war.

Zumindest jetzt.

»Warum?«, fragte Grace, die nach wie vor ihre Hände umklammert hielt und noch immer sehr unsicher wirkte.

»Ich brauche dich.«

Das sagte er, ohne nachzudenken, doch Grace schien daraufhin vor seinen Augen dahinzuschmelzen. Ihre Knie wurden weich, und sie stützte sich auf die Kommode, während ihre tiefen dunklen Augen ihn förmlich verschlangen. Ihr voller Mund entspannte sich, ihr Gesicht wurde ganz weich und drückte Zärtlichkeit, Bereitwilligkeit und Liebe aus.

Erst als Noah alles, wonach es ihn verlangte, deutlich in Graces Gesicht geschrieben sah, wurde ihm klar, wie ausgehungert er war.

»O Noah«, flüsterte sie.

Ganz langsam ging er auf sie zu, damit sie nicht vor ihm davonrannte. Er warf sich das T-Shirt über die Schulter und machte sich daran, ihren Pullover aufzuknöpfen, ohne dabei den Blick von ihr zu wenden.

Grace keuchte auf und schaute nach unten, zur Seite, überallhin, nur nicht auf ihn.

»Hey.«

Sie schluckte und schüttelte den Kopf. Und sie zitterte – vor Kälte oder vor Nervosität?

»Wir ... wir sollten das Licht ausmachen.«

»Es ist doch gar nicht an.« Doch die Gardinen waren zurückgezogen, und ungeachtet des regnerischen Wetters und der tief hängenden, violetten Wolken kam genug graues Licht zu den Fenstern herein, so dass Noah sie klar und deutlich erkennen konnte. Was ihm sehr gelegen kam, da er sich vorgenommen hatte, ihren ganzen üppigen Körper mit den Augen abzutasten, Inch für Inch.

Er schob ihr den durchnässten Pullover von den Schultern und stieß scharf die Luft aus. Ihre Brüste waren weiß Gott mehr als eine Hand voll, sie waren prall, schwer und so sexy, dass es seinem Schwanz in der Jeans zu eng wurde.

Ihr BH war von der robusten Sorte, weiße Baumwolle

mit Verstärkungsbügeln, was bei einer Frau mit ihrem Vorbau auch nötig war. Aber auch der BH war feucht und infolge der Nässe durchsichtig geworden. Noah konnte die Konturen ihrer rosafarbenen Brustwarzen hindurchschimmern sehen.

Nach wie vor starrte er sie an und versuchte, seine Lust zu zügeln, als Grace sich plötzlich losriss, ihm den Rücken zudrehte und den Oberkörper zusammenkauerte.

Da er versucht hatte, seinen Ärger im Alkohol zu ertränken, kamen seine Reflexe verlangsamt. Deshalb brauchte Noah einen Augenblick, um überhaupt zu verstehen, was geschehen war. Als ihm endlich dämmerte, dass sie versuchte, sich vor ihm zu verbergen, war es bereits zu spät. Grace fasste hinter sich und fuchtelte ungeduldig mit der Hand herum. »Gib mir das T-Shirt.«

Ein seltsames Zittern schwang in ihrer Stimme mit, das Noah ganz und gar nicht passte, ließ es doch darauf schließen, dass sie total verlegen war.

Egal, er würde schon einen Weg finden, ihr klar zu machen, was für einen Sexappeal sie hatte.

Er reichte ihr das T-Shirt und sagte: »Zieh den BH auch aus.« *Ja, zieh alles aus.* Er räusperte sich, aber selbst mit seinen berauschten Ohren konnte er noch die Erregung aus seiner Stimme heraushören. »Du bist bis auf die Knochen nass, Grace, und ich will nicht, dass du dich erkältest.«

Wenn sie ihm das glaubte, würde er ihr auch ein X für ein U vormachen können.

Wie erstarrt stand Grace da und presste das T-Shirt mit ihren kleinen Fäusten zusammen. Dann streifte sie es sich mit der Geschicklichkeit eines Schlangenmenschen über den Kopf, ohne dabei aber den Pullover aus dem Griff zu verlieren. Unter dem Schutz des T-Shirts entledigte sie sich des BHs und zog schließlich sogar den nassen Pullover aus – ohne dass Noah zusätzlich auch nur ein einziges Stückchen Fleisch zu sehen bekommen hätte. Pullover wie BH legte sie über die Armlehne eines Stuhls neben dem Bett.

Noah zog eine Braue in die Höhe, belustigt und zugleich verstimmt, weil er nichts von ihr zu sehen bekommen hatte. Er fühlte sich von Sekunde zu Sekunde betrunkener. Und ihm wurde immer heißer. »Jetzt den Rock.«

Grace schaute ihn über die Schulter an, wobei er sehen konnte, dass ihre Wangen knallrot waren. Aber sie hatte Mumm, seine Gracie. Sie streifte sich mit den Füßen die Schuhe ab, hob sie auf und stellte sie ordentlich neben die Tür. Die Unterlippe zwischen die Zähne gepresst, griff sie sich unter den Rock und zog ihre Strumpfhose aus, die sie zusammenfaltete und in die Schuhe legte.

Ohne es zu wollen, legte sie vor Noah einen Strip hin, der ihn nahezu umhaute. Seine Hoden zogen sich zusammen, sein Blut kochte.

Noah schlug die Knie übereinander und sagte: »Weiter!«

Weil er viel größer war als Grace, reichte ihr sein T-Shirt bis zur Mitte der Oberschenkel und verdeckte zur Hälfte den langen, weiten Rock. Da sie es über ihre nassen Sachen gezogen hatte, war es jetzt ebenfalls feucht. Unter dem T-Shirt zeichneten sich die Brüste nicht minder gut ab, und als Noah bemerkte, dass sich die Baumwolle unter ihren harten Brustwarzen spannte, war es schon fast um ihn geschehen.

Grace trat zur anderen Seite des Bettes, wo Noah ihren Unterleib nicht sehen konnte, und griff nach hinten, um den Reißverschluss des Rocks zu öffnen. Sie betrachtete sein Gesicht, während er ihren Körper betrachtete. Durch die Bewegung wurden ihre Brüste nach vorn geschoben, was ihre Warzen noch deutlicher zur Geltung brachte. Fast schmeckte er sie schon, fast spürte er ihre Haut schon auf der Zunge.

Unwirsch fragte Noah: »Warum willst du nicht, dass ich dich sehe, Grace?« Er hatte zwar einen bestimmten Verdacht, wollte ihn sich aber aus ihrem eigenen Munde bestätigen lassen.

Sie spitzte den Mund und ließ sich den Rock über die fleischigen Schenkel gleiten. *Weiche, seidige, fleischige Schenkel.* Noah wollte diese Schenkel an seinen Schultern spüren, oder, noch besser, an seiner Wange, während er sie leckte ...

»Ich bin zu dick.«

Seine Kopf schnellte hoch; der Gedanke, sie zu vernaschen, trat vorübergehend in den Hintergrund. »*Was bitte schön hast du da eben gesagt?*«

Grace runzelte die Stirn und legte den Rock über das Fußende des Bettes. Mit roten Wangen und sanftem Blick stand sie ihm gegenüber. Jetzt hatte sie nur noch sein weißes T-Shirt und ihr Höschen an. Ihr nasses Haar wallte ihr über die Schultern, die Füße hatte sie eng aneinander gepresst. »Du bist doch nicht blind, Noah. Du kennst mich schon seit drei Jahren«, sagte sie.

»Ja, und?«

»Dann weißt du auch, dass ich zu dick bin.«

Wut stieg in ihm auf. Nicht von der Art, wie er sie bei der Konfrontation mit seiner Großmutter, Kara und ihren Eltern verspürt hatte. Nein, das hier war echte Wut, die durch seine Adern brauste und sein Blut zum Lodern brachte.

Wie durch einen roten Schleier musterte Noah Grace, und das Einzige, woran er denken konnte, war, dass er sie endlich anfassen wollte. Alles von ihr. »Wer sagt das?«, knurrte er.

Betreten senkte sie den Kopf. »Das braucht mir niemand zu sagen. Ich habe einen Spiegel.«

»Und ich habe einen Steifen.«

Sie wich zurück und blinzelte hektisch. »Du ... du bist betrunken.«

»Yeah.« Das konnte er wohl schlecht abstreiten, so schwankend, wie er dastand. »Außerdem vergehe ich vor Verlangen, in dich einzudringen.« Sollte sie doch zusehen, wie sie mit dieser Art Aufrichtigkeit klarkam.

Ihr Blick wanderte seinen Körper hinunter bis zu seinem Schritt. Ihre Faszination war fast mit Händen zu greifen. Noah empfand das Ganze wie das Lecken einer Flamme.

Oder einfach wie Lecken.

»Nicht ...«, krächzte er, um sie wieder zu beruhigen, »... dass ich die Absicht hätte, irgendetwas in der Art zu tun.«

Grace kaute sich an den Lippen herum und starrte weiterhin auf seinen Schwanz, der sich ohne sein Zutun unter dem groben Stoff seiner Jeans wölbte und spannte. Dann hob sie den Blick, um ihn mit ihren dunklen Augen anzusehen. »Nein?«

»Du bist eine unglaubliche Frau, Grace. Viel zu gut, um mit mir ins Bett zu gehen«, stieß Noah zwischen den Zähnen hervor.

Das führte dazu, dass ihr Schamgefühl sich im Handumdrehen in nichts auflöste. »Nein!« Furiosen Schrittes umrundete sie das Bett, was interessante Effekte auf all die Teile von ihr hatte, die hochhüpfen konnten. Während sie ihm mit dem Finger gegen die Brust stieß, rief sie aus: »Du bist der beste Mann, den ich kenne, Noah Harper!«

Er packte sie beim Handgelenk und zog ihre Hand an seine Brust, damit sie kein Loch in ihn bohrte. »Ein Mann, der gerade von der einzigen Familie verstoßen worden ist, die sich jemals zu ihm bekannt hat.«

Sie erzitterte vor Zorn. Ihre auf seiner Brust liegende Hand öffnete sich und packte sein Sweatshirt. »Agatha ist dickköpfig wie immer. Aber keine Sorge, ich werde sie mir vornehmen.«

Dieser Gedanke alarmierte ihn aufs Höchste. »Mit Agatha werde *ich* mich auseinander setzen.«

Entschlossen reckte sie das Kinn vor. »Ich werde tun, was ich für richtig halte.«

Noahs Blick verfinsterte sich. »Grace, es ist wirklich nicht nötig, dass du dich da einmischst. Ich habe keinen Zweifel daran, dass meine Großmutter sich schon bald eines Besseren besinnt. Mag sein, dass sie mich nicht mehr in der Familie haben will ...«

»Tut sie aber!«

»... aber trotzdem braucht sie mich.«

Sie runzelte die Stirn. »Was meinst du damit?«

»In den vergangenen Jahren hat es zumindest in einem Punkt eine Veränderung der Machtkonstellation gegeben«, erklärte Noah voller Genugtuung. »Nicht nur, dass ich mich um die Finanzen kümmere und alle Entscheidungen ohne Agatha treffe. Es ist auch so, dass die Loyalität der Angestellten im Restaurant in erster Linie mir gilt, und Agatha erst an zweiter Stelle rangiert. Und das weiß sie.«

Mit verblüfftem Gesichtsausdruck murmelte Grace: »Darüber habe ich noch gar nicht richtig nachgedacht, aber du hast natürlich Recht. Sie lässt dir schon so lange freie Hand ...«

»Du meinst, sie lädt mir die ganze Arbeit auf. Besonders all die Dinge, die ein gewisses diplomatisches Geschick erfordern.« In *Harper's Bistro* hatte Noah das Sagen, was ihm einige Macht verlieh. »Agatha neigt dazu, viel zu verlangen und wenig zu geben. Ihre Ungeduld ist Legende. Ich hingegen glaube, dass gute Arbeit entsprechend honoriert werden sollte.«

Gedankenverloren starrte Grace ihn an. »Ich weiß, dass die Leute dich ungeheuer respektieren. Agatha prahlt sogar ständig damit.«

Das vermochte Noah nicht so recht zu glauben. Komplimente seiner Großmutter waren dünn gesät. Aber inzwischen war ihm das ziemlich schnuppe.

»Dass Agatha einem ohnehin schon bunt gemischten Team nun auch noch einen neuen Küchenchef aufzwingt, wird ihr das Personal nur noch weiter entfremden. Wenn sie nicht aufhört, sich da einzumischen, wird sie am Ende von einigen wichtigen Leuten aus dem Team die Kündigung präsentiert bekommen.«

Und dann, dachte Noah, würde sie ihn wieder huldvoll aufnehmen, auch wenn ihre Freunde aus der feinen Gesellschaft sich vielleicht das Maul darüber zerrissen.

Er wusste, wie er seine Großmutter nehmen musste – und würde sich entsprechend verhalten.

»O je«, seufzte Grace, die in Gedanken schon alle bevorstehenden Komplikationen durchgespielt und erfasst hatte, wie viel Mehrarbeit ihr ein solches Szenario eintragen würde. Als Agathas Privatsekretärin war Grace voll und ganz dem Temperament seiner Großmutter ausgesetzt und musste sich mit den Folgen herumschlagen, wenn die Dinge nicht so liefen, wie Agatha es sich vorstellte. Grace hatte schon mehr verfahrene Angelegenheiten wieder in Ordnung gebracht, als Noah es je tun würde.

Noah sah, wie sich auf Graces glatter Stirn Falten bildeten und wie sie nachdenklich den Mund spitzte. Selbst mit ihrer ganzen Tapferkeit konnte es Grace nicht mit seiner hartherzigen Großmutter aufnehmen. Noah strich Grace über die Wange. Sie war so verflucht weich. Am ganzen Körper. Und das machte ihn verrückt. »Ich brauche dich nicht, damit du meine Schlachten für mich schlägst, Gracie.«

»Sich für das Richtige einzusetzen, ist niemals verkehrt.«

Er lachte. »Mein Gott, wie konnte ich dich nur so lange Zeit übersehen?«

Diese Bemerkung sicherte ihm ihre volle Aufmerksamkeit. Irritiert verzog sie den Mund und in einem Ton, als spräche sie mit einem absolut begriffsstutzigen Menschen, sagte sie wieder: »Ich bin zu dick.«

»O nein.« Noah umfasste ihr Gesicht. Seine Daumen strichen über ihre Kinnlade und unter ihrem Kinn entlang. »Du bist rundlich, verflucht noch mal, gerade so, wie eine Frau sein sollte. Mit wundervollen Brüsten, einem Arsch zum Umkippen und den hinreißendsten Schlafzimmeraugen, die man sich nur vorstellen kann. Deine Augen sind mir schon vor langer Zeit aufgefallen, Grace, und ich habe mich immer gefragt, was sie wohl für einen Ausdruck haben, wenn du Sex hast.«

Brennende Röte ergoss sich über ihr Gesicht und den oberen Teil ihrer Brust. »Das glaube ich nicht«, erwiderte sie, wenn auch mit hoffnungsvollem Unterton.

»Doch, das habe ich. Und das tu ich immer noch«, versicherte Noah.

Sie atmete mehrmals so tief durch, dass es fast zu einem Keuchen wurde. Dann trat sie dicht an ihn heran, umarmte ihn und drücke ihn mit aller Kraft an sich.

Einen Augenblick lang stand Noah völlig reglos da, so schockiert war er, sie zu spüren, zu merken, dass alles genauso war, wie es sein musste. Gewiss, Grace war übergewichtig, zumindest wenn man vom heutigen Standard der superdünnen Models ausging. Aber gerade spürte er ihren üppigen Körper an seinem, merkte, wie sie sich sogar noch enger an ihn pressen wollte, und registrierte jede einzelne ihrer prachtvollen *weiblichen* Kurven.

»Mannomann!« Noah packte sie und zog sie noch fester an sich. Grace roch nach Frau. Sie roch *heiß*. Sein Begehren machte ihn rasend. Er gab alle Zurückhaltung auf und fasste nach unten, um seine Hände mit ihrem Hintern zu füllen.

Grace quietschte auf und schnellte vor Überraschung auf die Zehenspitzen, wodurch sie ihre Brüste nur noch fester an ihn drückte und ihren Bauch gegen seine Ausbuchtung stieß.

Er stöhnte von neuem und verging fast vor Lust, einer Lust, wie er sie schon viel zu lange nicht mehr gespürt hatte.

Und es war Grace, auf die sich diese Lust richtete.

Bei dem Gedanken wurde ihm ganz schwindelig, was nicht unbedingt mit seiner Betrunkenheit zusammenhing.

Grace war in vielerlei Hinsicht tabu. Sie arbeitete für seine Großmutter, konnte als ihre Privatsekretärin geradezu als sakrosankt gelten. Sie war eine Frau zum Heiraten, die nicht für eine Nacht oder sogar eine Woche heißen Sex geeignet war – auch wenn er ahnte, dass Sex mit ihr ein unglaubliches Erlebnis sein würde. Sie war bodenständig, einfach, häuslich und ... ehrbar.

»Scheiße.« Enttäuschung machte sich in Noahs Kopf breit, während sein Körper noch mit dem gesunden Menschenverstand zu kämpfen hatte.

»Noah?«

Er ließ sie los, um zum Bett zu wanken, taumelnd vor Begier und Betrunkenheit. Er ließ sich auf den Matratzenrand plumpsen und stützte den Kopf in die Hände, während er mit sich rang und versuchte, sich wieder unter Kontrolle zu bekommen.

Er konnte mit Grace nicht einfach bloß Sex machen. Auch wenn er das Gefühl hatte, dass es mit ihr genau richtig sein würde, ein Gefühl, das er seit Jahren nicht gehabt hatte, und während seiner Verlobungszeit schon gar nicht.

Und es spielte auch keine Rolle, dass sie ihn ebenfalls zu begehren schien. Wenn er die süße, unschuldige Grace ausnutzte, wäre er mit Sicherheit all das, was seine Großmutter ihm erst vor kurzem vorgeworfen hatte.

Sie setzte sich neben ihn und berührte seinen Nacken. Ihre Finger fühlten sich auf seiner heißen Haut kühl und federleicht an. »Bist du okay?«

Noah fuhr sich mit den Händen durchs Haar. Obwohl er wusste, was er tun musste, lehnte er sich innerlich dagegen auf.

»Schsch, ist ja alles gut«, flüsterte sie. »Du hast einfach zu viel getrunken.«

Unter dem Schutzschild seiner Hände verengten sich Noahs Augen vor Überraschung. Prügeln hätte sie ihn sollen, statt ihn zu liebkosen.

»Ich kümmere mich um dich«, versprach Grace und strich ihm mit sanften Händen das Haar glatt. »Jetzt ziehen wir dir erst einmal das Sweatshirt aus, damit du es etwas bequemer hast.«

Noah ließ die Hände sinken und starrte sie mit geröteten Augen und aufgewühlten Gefühlen an.

Ihr süßes Lächeln berührte Stellen in ihm, von denen er gar nicht gewusst hatte, dass sie existierten. »Morgen wird es dir ganz bestimmt besser gehen«, versicherte sie ihm. Und für jemanden wie Noah, einen Mann, der nie umhätschelt worden war, bedeutete ihre Zärtlichkeit mehr als die Lust, die ihm gerade eben den Atem verschlagen hatte.

Ohne jeden Anflug von Schüchternheit kniete sich Grace aufs Bett und fing an, sich an seinem Sweatshirt zu schaffen zu machen. Gänzlich hingerissen half Noah ihr, indem er die Arme hob, obwohl er es sich nicht versagen konnte, ihre anbetungswürdigen Knie, die voller Grübchen waren, zu betrachten oder sich an der Art und Weise zu ergötzen, wie ihre Brüste unter dem T-Shirt wogten.

Es war, als spräche ihn jedes Detail von ihr plötzlich an. Nachdem Grace ihm das Hemd ausgezogen hatte, drückte sie ihn energisch nach hinten, und er streckte sich auf dem Bett aus. Dann starrte sie den Druckknopf seiner Jeans an, und Noah fragte sich, ob sie die Courage haben würde weiterzumachen.

Er hatte fast schon beschlossen, sie zu schonen und sich die Hose selbst auszuziehen, doch in dem Moment legte sie jene eiserne Entschlossenheit an den Tag, die es ihr ermöglicht hatte, drei lange Jahre mit Agatha auszukommen, und widmete sich mit kundigem Eifer dem Knopf und dem Reißverschluss seiner Jeans.

Nachdem Noah seine Hüften angehoben und die Jeans nach unten geschoben hatte, warf Grace einen kurzen, ehrfürchtigen Blick auf die Ausbuchtung in seinen eng anliegenden Boxershorts. Dann schlüpfte sie aus dem Bett, um die Hose wegzulegen.

Mit zitternder, atemloser Stimme sagte sie: »So.« Ihre Lippen waren geöffnet, ihre Augen ganz glasig. »Ist das nicht ... bequemer?«

Noah war so verdammt steif, dass es schon fast an Leichenstarre grenzte. Er konnte sich nur wundern, dass seine Boxershorts unter diesem Druck nicht barsten. Bequemer? Von *bequem* konnte wohl kaum die Rede sein.

Obwohl es ihm natürlich nicht schlecht ging. Was an Grace lag.

Er betrachtete sie durch einen Nebel sinnlicher Empfindungen hindurch – zu denen Lust gehörte, aber auch andere Gefühle, die weitaus stärker waren. »Ja.«

»Und jetzt rein mit dir.« Sie schlug die Bettdecke für ihn zurück und schüttelte sein Kopfkissen auf.

Sie war eine Frau, die einen umsorgte. Eine häusliche Frau. Alles Qualitäten, die Noah sehr ansprachen, obwohl er sich fragte, ob sie auf elementarerer Ebene, im Bereich sexueller Bedürfnisse, ihre Entsprechung hatten. Würde Grace Jenkins auch im Bett die Gebende und Umsorgende sein? Oder würde sie die Fordernde sein, die nur an ihre eigene Befriedigung dachte?

Während Noah im Bett verschwand, grummelte er: »Ich kann sowieso nicht schlafen, Gracie.«

»Warum nicht?«

»Weil du dann gehst.« Dieses Geständnis kostete ihn einiges, aber verdammt noch mal, er wollte wirklich nicht, dass sie ging. Noah ahnte, dass er morgen Früh, wenn er wieder nüchtern war, alles bereuen würde, was er heute getan hatte. Doch im Augenblick schien ihm nichts auf der Welt wichtiger, als Grace bei sich zu wissen.

Sie legte den Kopf schräg, während sich in ihren Zügen erneut Hoffnung abzeichnete, aber auch Unsicherheit. »Wenn du willst, bleibe ich hier.«

Genau das hatte er hören wollen. Noah packte sie bei der Taille und zog sie zu sich ins Bett. »Ja, bleib. Hier neben mir.«

»Oh!«

Er kuschelte sich dicht an sie, ohne darauf zu achten, dass sie aufkeuchte und sich versteifte. »Entspann dich mit mir, Gracie«, murmelte er, während er den Mund gegen ihre Schläfe presste und ihr Haar küsste. »Schlaf mit mir.«

Er zog sie halb auf sich, bis ihr Kopf an seiner Schulter ruhte und ihre Hand verkrampft und unsicher auf seinem Bauch lag. Er konnte das wilde Hämmern ihres Herzens spüren – oder vielleicht war es auch sein Herz –, doch dann merkte er, wie ihn allmählich die Müdigkeit übermannte.

Er hatte wenig geschlafen, seit er Kara mit ihrem Liebhaber ertappt hatte. Sie war nicht auf seinen Vorschlag eingegangen, eine kleine Reise zu machen, sondern war gleich am nächsten Tag heulend zu ihren Eltern gelaufen, die mit Empörung und Wut reagiert hatten. Agatha hatte die Neuigkeit von ihnen und nicht von Noah selbst erfahren, was einen Teil ihres Zorns erklärte.

Man hatte sie überrumpelt, sie vor ihresgleichen bloßgestellt, und für eine Frau mit dem Stolz Agathas bedeutete das einen unverzeihlichen Affront.

Noah verstand Karas Absicht, alle Schuld auf ihn abzuwälzen und den eigenen Hintern so gut wie möglich ins Trockene zu bringen, durchaus. Trotzdem ärgerte er sich darüber. Er hatte ihr einen Ausweg angeboten, und zum Dank dafür war sie ihm in den Rücken gefallen. Manchmal fragte er sich, ob ihr Liebhaber sie vielleicht dazu angestiftet hatte.

Und wenn ja, warum.

Graces Hand öffnete sich und strich über seine Haut, verfing sich in seinem Brusthaar und liebkoste ihn auf eine Weise, die aus ihrer Neugier kein Hehl machte. Und die ihn innerlich auflodern ließ. »Ich bleibe so lange, wie du willst, Noah.«

Das klang sehr gut. *So lange, wie du willst.* Vielleicht konnte er sie ja einfach für immer behalten.

Er verdrängte alle Gedanken an Kara, ihre Eltern und seine Großmutter. Er wollte sich ganz auf Graces Berührungen konzentrieren, auf ihr Verständnis. Doch allzu bald merkte er, wie er in den Schlaf hinüberglitt.

Noah hätte schwören können, dass er in seinem letzten lichten Moment Graces Lippen auf seinem Fleisch spürte, die ihn sanft und flüchtig berührten.

Dann dämmerte er weg.

Drittes Kapitel

Das dumpfe Dröhnen in seinem Kopf weckte Noah.

Er öffnete die Augen und blinzelte in die schmerzende Helligkeit, konnte jedoch nichts als ein verschwommenes Durcheinander erkennen. Das Zimmer drehte sich um ihn, in seinem Magen rumorte es, und er lag absolut still, um sich nicht übergeben zu müssen.

Nachdem sein rebellierender Magen sich so weit beruhigt hatte, dass die Übelkeit sich in Grenzen hielt, versuchte er mit aller Kraft, seinen Blick zu konzentrieren. Etwas Weißes und Großes tauchte in seinem Blickfeld auf. Noah blinzelte zweimal, bis das verschwommene Etwas Konturen gewann und er erkannte, dass es sich um einen BH handelte.

Verständnislos starrte er das Ding an.

Es war nicht irgendein BH, sondern ein großer, gedacht für eine große Frau. Für eine Frau, die ohne Zweifel eindrucksvolle Brüste haben musste.

Sein Gehirn schien eine riesige Ödnis zu sein, und je intensiver er nachzudenken versuchte, desto heftiger pulsierte es.

Während Noah diesen robusten, voluminösen BH anstarrte und versuchte dahinter zu kommen, was um alles in der Welt das Ding in seinem Schlafzimmer zu suchen hatte, bewegte sich neben ihm ein warmer Körper.

In ihm schrillten sämtliche Alarmglocken und das Herz schlug ihm bis zum Hals. Ganz langsam, so langsam, dass es fast wie eine Ewigkeit schien, drehte Noah den Kopf.

Sein Blick fiel auf Grace Jenkins.

Grace Jenkins mit den wunderschönen, üppigen Brüsten.

Großer Gott! Sie klebte an ihm wie eine Schnecke, den weichen weißen Arm auf seiner Brust, die kleine Hand zur Faust geballt, die Finger mit seinem Brusthaar verflochten. Ihr Kopf ruhte praktisch in seiner Achselhöhle. Die Nase hatte sie in seine Seite gepresst, und er hätte schwören können, dass er an seiner linken Brustwarze ihren warmen Atem spürte.

Ein Kribbeln und Prickeln ging durch seinen Körper, das in seinen Zehen einsetzte und sich crescendohaft in seinem ohnehin schon benommenen Kopf entlud.

Es war nicht zu fassen, aber Grace lächelte sogar im Schlaf. Ein feines Lächeln, das sexy und einladend wirkte.

Wovon sie wohl träumte?

Ihr volles braunes Haar, das erstaunlich lang und dicht war, wallte über ihren Rücken und ihre Schultern und bedeckte einen Teil seines Körpers. Es kitzelte ihn am Arm und am Bauch. Noahs Kehle schnürte sich zusammen.

Was hatte er getan?

Grace streckte und reckte sich wie ein kleines pummeliges Kätzchen und gab einen süßen, weiblichen Ton des Erwachens von sich, was dazu führte, dass Noahs empfindlichsten Körperteile sich spannten.

In diesem Augenblick bemerkte er, dass ihr warmer nackter Schenkel auf seinem Schritt lag und dagegen rieb.

Entsetzt hielt er den Atem an.

Er war schon steinhart und wurde jede Sekunde noch härter.

Blinzelnd schlug Grace die Augen auf und schaute ihn an. Einen ausgedehnten Moment lang rührte sich keiner von beiden. Ihre unglaublichen Augen hatten Noah schon immer fasziniert, aber nie mehr als in diesem Moment, wo sie so verschlafen und süß dreinblickte und ... so glücklich wirkte, weil sie ihn sah.

Als Noah Grace anstarrte, errötete sie zwar ein wenig,

schaute aber nicht weg. Selbst als sein Schwanz sich aufrichtete, gegen ihren Innenschenkel stieß und sich gegen seinen Willen selbstständig machte, zog sie sich nicht von ihm zurück.

Doch er wusste, dass er sich zurückhalten musste. »Hey.«

Ihre Wimpern senkten sich und sie blickte auf seine Brust. Das Morgenlicht strömte durch die offenen Vorhänge zum Fenster herein und schickte seine langen weißen Sonnenstrahlen über das Bett und ihre Körper.

Als Grace das Gesicht drehte, um sich an ihn zu schmiegen, fiel ein einzelner Strahl auf die klare Linie ihrer Kinnlade, auf die kleine Stupsnase und eine lange Locke ihres zerzausten Haars. Er ließ ihre kurzen Wimpern aufschimmern und verlieh ihren dunklen Augen einen geheimnisvollen Glanz.

In diesem Augenblick meinte Noah, dass Grace einfach das Schönste war, was er je gesehen hatte.

Aber was zum Teufel tat sie hier in seinem Bett?

Schüchtern und zögernd öffnete sich die auf seiner Brust liegende Hand und berührte ihn. Sanft glitten ihre Fingerspitzen über seine Brustmuskeln und sein Schlüsselbein. Noah spürte diese zärtliche, unschuldige Berührung am ganzen Körper.

Mit einem Lächeln, das wissend und zugleich voller Ehrfurcht war, sah Grace ihn an. »Du bist so warm.«

Weil er in der Hölle schmorte. Noah schloss die Augen, denn er hoffte, dass es ihm, wenn er sie nicht sah, leichter fallen würde, sich zu überlegen, was er tun sollte.

Ihre Fingerspitzen strichen über seine Stirn und spielten in seinen Haaren. »Bist du okay, Noah? Oder ist dir schlecht? Ich verstehe zwar nicht viel vom Trinken, aber ich könnte mir vorstellen, dass du einen Kater hast.«

Ihm fiel ein, dass er zusammen mit Ben ein Bier nach dem anderen heruntergekippt hatte. Bei weitem zu viele. So stockbesoffen war er bisher nur einmal gewesen, und zwar als rowdyhafter Teenager, noch bevor Agatha ihn adoptiert hatte. Auch damals war ihm hundeübel gewesen, und er hatte sich geschworen, es nie wieder zu tun.

Natürlich war er davon ausgegangen, dass nur sein Bruder und niemand sonst dieses verrückte Besäufnis miterleben würde. Aber dann war plötzlich Grace aufgetaucht, mit ihrem völlig unangebrachten Wunsch, ihn zu schützen ...

Einige Fetzen und Ausschnitte des vergangenen Abends blitzten in Noahs Gehirn auf. Ein Stöhnen brach aus ihm heraus, und er legte den Unterarm über die Augen, um sich gegen das Licht, die Erinnerungen und Graces wissenden Blick abzuschirmen. Die Dinge, die er zu ihr gesagt und die er über sie gedacht hatte, wirbelten in seinem Kopf herum, bis ihm vor Selbstekel ganz schlecht wurde.

Er mochte es nicht, jemanden zu brauchen. Er *würde* auch niemanden brauchen. Aber Grace ... in der letzten Nacht hatte er sie für einen Rettungsanker gehalten.

Fast hasste er sich dafür.

»Ich werde mal Kaffee machen«, bot sie an, wobei sie sich bemühte, mit Rücksicht auf seinen Kater leise zu sprechen.

Noah ließ den Arm sinken, um zu beobachten, wie sie aus dem Bett sprang, um sich dann sogleich ein Betttuch zu schnappen und es sich um den Körper zu wickeln.

Obwohl er sich ziemlich gemein dabei vorkam, fragte er: »Ist es nicht ein bisschen spät für solche Prüderie?«

Grace sah ihn mit großen Augen an. Diesen Gesichtsausdruck hatte sie oft, wenn sie nicht genau wusste, was sie als Nächstes tun sollte. So hatte sie Noah schon unzählige Male angesehen. Grace konnte bis über beide Ohren in Arbeit stecken, konnte gerade in ein angeregtes Gespräch vertieft sein, doch wenn er den Raum betrat, hielt sie sofort inne und richtete ihre dunklen Augen gespannt auf ihn. Er wusste, dass Grace keine Angst vor ihm hatte. Er konnte sich noch nicht einmal vorstellen, dass Grace vor irgendwem Angst hatte.

Hatte sie ihn denn all die Zeit über gewollt?

»Vermutlich hast du Recht«, sagte sie schließlich zu Noahs Überraschung und warf ihm mit einer trotzigen Kopfbewegung das Betttuch zu. Noah blieb nur ein Augenblick Zeit, um ihre ausladenden Kurven in dem eng anliegenden T-Shirt zu bewundern, denn schon im nächsten Moment verlor sie die Nerven und stürzte aus dem Zimmer.

Der Anblick, den sie von hinten bot, war ... interessant. Ihr langes, üppiges braunes Haar hörte direkt über ihrem prallen, herzförmigen Hintern auf. Die weiße Baumwolle vermochte ihren Körper kaum zu verbergen, und in ihrer Eile hüpften ihre Rundungen noch mehr auf und ab.

Noah hörte, wie die Tür des Badezimmers im Flur zuschlug.

»Scheiße, Scheiße, Scheiße.« In seinem Magen rumorte es schon wieder. Er zwang sich, durchzuatmen und still zu liegen, bis die Übelkeit vorüber war.

Verdammt, er hatte gehofft, sie würde ihm sagen, er liege mit seiner Vermutung völlig falsch, und dass in der gemeinsam verbrachten Nacht absolut nichts geschehen sei. Dass sie sich möglicherweise auch betrunken habe und sie beide einfach umgekippt seien. Aber er wusste ja: Grace trank nicht.

Sie ging auch nicht wahllos mit Männern ins Bett.

Je mehr er versuchte nachzudenken, desto mehr dröhnte ihm der Schädel. Das Letzte, woran er sich wirklich erinnern konnte, war, dass er Grace gewollt hatte. Heftig gewollt hatte.

Er wollte sie ja immer noch.

Noah warf seine Beine über die Bettkante – und hätte sich beinah übergeben, als das Schlafzimmer sich um ihn zu drehen begann. Er brauchte einen Moment, um wieder zu sich zu kommen. Dann torkelte er in das ans Schlafzimmer grenzende Bad, stieg aus seinen Shorts, griff nach der Zahnbürste und stellte sich unter die Dusche. Der erste

Schwall kalten Wassers ließ all seine Schmerzen noch peinigender werden, bevor sie dann langsam betäubt wurden.

Unter dem warmen Wasser wurde sein Kopf wieder klar. Er stand da, die ausgestreckten Arme gegen die Wand der Duschkabine gestemmt, und ließ sich das Wasser auf Nacken und Schultern prasseln. Es dauerte einige Minuten, bevor er sich wieder so weit als Mensch fühlte, um seine Zähne zu putzen und sich zu waschen.

Als Erstes musste er sich bei Grace entschuldigen.

Dann konnte er nur noch hoffen, dass sie ihm vergeben würde.

»Noah?«

Ihre Stimme drang durch die offene Badezimmertür herein. Da er bereit war, der Wahrheit ins Auge zu sehen, stellte Noah das Wasser ab, stieg aus der Dusche und warf seine Zahnbürste ins Waschbecken. Grace, gleichermaßen neugierig und schockiert, drehte sich so schnell um, dass sie die Hälfte des Kaffees verschüttete, den sie ihm gebracht hatte.

»Hey.« Immer noch verstimmt über die ganze Situation, trocknete Noah sich ab und schlang sich das Handtuch um die Hüften. »Fall mir jetzt ja nicht in Ohnmacht, okay? Mir geht es heute Morgen so dreckig, dass wir beide auf dem Fußboden landen würden, bevor ich dich auffangen könnte.«

Grace kniete sich hin, um den verschütteten Kaffee mit einem Waschlappen aufzuwischen. Ihm noch immer den Rücken zuwendend, piepste sie: »Okay.«

Noah rieb sich das stoppelige Kinn, während er sie betrachtete. »Jetzt seh ich wieder anständig aus, Gracie.«

Sie spähte zu ihm hoch, um ihn dann mit großen Augen von oben bis unten zu mustern und ihn förmlich mit Blicken zu verschlingen. Ihr Blick verweilte so lange auf seinem Bauch, dass er sich nach einer Weile räusperte.

»Grace? Das Handtuch sitzt fest, das versprech ich dir.«

Sie nickte und lächelte ihn zaghaft an. »Ich dachte, das

würde dir vielleicht gut tun.« Sie richtete sich wieder auf und hielt ihm den nunmehr halb leeren Kaffeebecher hin.

Indem sie einfach sie selbst war, schaffte Grace es, dem entscheidenden ›Morgen danach‹ jede Peinlichkeit zu nehmen. Noah nickte und nahm den Becher dankbar entgegen.

»Mann, das tut gut«, sagte er nach dem ersten Schluck. Noch sechs weitere Tassen, und er würde sich allmählich wieder wie ein Mensch fühlen. Noah fiel auf, dass dies seiner Erinnerung nach das erste Mal war, dass er sich in seinem Apartment tatsächlich wie zu Hause fühlte. Kara hatte es für ihn ausgesucht, ein Innenarchitekt Möbel und andere Sachen verteilt. Er verbrachte so wenig Zeit wie möglich darin, weil ihm die Wohnung nie wirklich zugesagt hatte.

Doch jetzt, nachdem er mit Grace an seiner Seite aufgewacht war, nachdem sie ihm lächelnd einen Kaffee gereicht hatte und er ihrem Geplauder lauschte ... fühlte er sich geborgen. Die Wohnung wirkte auf ihn so, wie ein Zuhause wirken sollte, ungeachtet der ganzen Ungewissheit darüber, was letzte Nacht eigentlich geschehen war.

Das Apartment gefiel ihm, zugleich aber gefiel es ihm auch nicht. »Wenn du willst, kannst du jetzt unter die Dusche.«

»O nein!« Grace strich sich das Haar hinter die Ohren und trat von einem nackten Fuß auf den anderen, ganz die nervöse Grace. »Das geht doch nicht.«

Noah lehnte sich mit der Schulter gegen die Wand des Badezimmers und beäugte sie, während er mehr Kaffee in sich hineinschüttete. Ihre Beine waren große Klasse, nicht wirklich lang, aber wohlgeformt, mit vollen Schenkeln, niedlichen Knien voller Grübchen und kleinen Füßen mit hohem Spann.

Jetzt, da er nüchtern war, fiel Noah auch ihre schmale Taille auf, die die Üppigkeit ihrer Brüste und ihres Hinterns nur um so deutlicher hervortreten ließ. Sein Blick glitt genießerisch über ihre runden Schultern und die

Wölbung ihres Bauches. Sie erinnerte ihn an eine griechische Statue: Man brauchte sie bloß in eine Toga zu hüllen, und schon hätte man eine perfekte Nachbildung.

Grace hatte etliche Rundungen vorzuweisen – jede davon sexy bis dorthinaus. »Du bist aber jetzt hier«, argumentierte Noah, auf das Offensichtliche hinweisend. »Du hast die Nacht hier verbracht.« *Eine Nacht, an die er sich einfach nicht erinnern konnte.* »Unter diesen Umständen kannst du sogar meine Zahnbürste benutzen, wenn du willst.«

Ihr Blick verfinsterte sich noch mehr und glitt zum Waschbecken, in dem seine nasse Zahnbürste lag. »Ich, äh, ich habe etwas Natron in der Küche gefunden und mir damit beholfen.« Sie hielt einen Finger wie eine Zahnbürste vor den Mund und machte eine entsprechende Geste. »Aber trotzdem danke.«

»Grace, was letzte Nacht betrifft ...«

Sie zog am Saum des T-Shirts, das er ihr gegeben hatte, und versuchte, ihre Oberschenkel möglichst weit darunter zu verbergen, was ihn derart ablenkte, dass er vergaß weiterzusprechen.

»Geht es dir jetzt besser?«, fragte sie, als er nicht fortfuhr. Ihre Stimme klang weich und voller Mitgefühl, was Noah den Rest gab.

Es war schon schlimm genug, dass er mit ihr geschlafen, dass er all diese köstlichen Kurven genossen hatte, ohne sich jetzt auch nur an eine von ihnen erinnern zu können, aber die Vorstellung, dass er vielleicht auch noch herumgejammert hatte, war einfach unerträglich.

»Mir geht's bestens«, stieß Noah zwischen den Zähnen hervor.

»Fein.«

Er musste die Spur wieder aufnehmen. Grace wurde von Sekunde zu Sekunde reizvoller. Fast wünschte er, dass sie nicht solch ein Schatz wäre, denn dann hätte er sie schon längst von ihrem Höschen befreit, und der Gedanke, sich zu entschuldigen, wäre sicher das Letzte gewesen, was ihm in den Sinn gekommen wäre.

Resigniert trank Noah den letzten Schluck Kaffee. »Ich wollte mich bei dir entschuldigen.«

»Das ist nicht nötig.« Ihr Lächeln wirkte aufrichtig. »Dafür gibt es absolut keinen Grund. Es hat mir sogar ... « Sie errötete. »Also, es hat mir gefallen.«

Verblüffte starrte Noah sie an. Grace war eine Dame, durch und durch. Keine Zimperliese wie Kara, aber genauso proper. Sicherlich aber wesentlich tugendhafter. Und trotzdem hatte es ihr gefallen?

Er hörte sich sagen: »Na, Gott sei dank.«

»Wie?«

Er schüttelte den Kopf und kam zu dem Schluss, dass jetzt ein paar Bekenntnisse angesagt waren. »Ich war so fürchterlich betrunken, dass ich nicht einmal mehr weiß, ob ich nicht eine ziemlich schlechte Figur abgegeben habe.« Falls er gestern Nacht mittendrin eingeschlafen und Grace unbefriedigt geblieben war, wäre das Ganze noch viel peinlicher gewesen.

Er wünschte bei Gott, er könnte sich an ihren Orgasmus erinnern.

Grace runzelte die Stirn. »Du brauchst dir wirklich keine Gedanken darüber zu machen, ob du mir gegenüber eine schlechte Figur abgibst. Außerdem hattest du ja allen Grund für dein Verhalten.«

Abermals machte sich das Hämmern in seinem Kopf bemerkbar. Noah stellte den Becher ab und griff nach ihren Schultern. »Ich hätte dich nicht anfassen dürfen, Grace. Ob ich nun betrunken war oder nicht, ob es dir gefallen hat oder nicht – das war einfach vollkommen daneben. Du solltest mir eine runterhauen, statt Entschuldigungen für mich zu finden.«

Sie hielt den Atem an und starrte wie gebannt auf seinen Mund.

»Grace?«

»Aber du hast doch gar nicht ...«, stieß sie mit wogenden Brüsten hervor, was seine Aufmerksamkeit für einen Moment ablenkte.

»Was hab ich nicht?«, fragte Noah, obwohl in seinem Kopf gerade eine erotische Fantasie ablief, in deren Mittelpunkt diese prallen Brüsten standen.

»... gemacht ...« Sie gestikulierte zwischen ihren beiden Körpern hin und her. »... was du denkst.«

Noah hatte sich vorgenommen, alles wieder gutzumachen und Grace zu versprechen, dass dergleichen nie wieder vorkommen würde. Daher hätte er eigentlich erleichtert sein müssen, dass es nicht zu dem gekommen war, was er befürchtet hatte.

Stattdessen breitete sich Enttäuschung in ihm aus.

»Dann ... dann ist ja gut«, meinte er. Es war besser so, das wusste er, doch die Tatsache, dass er sie unter seinen Händen spürte, weich und warm, ließ seinen Entschluss ins Wanken geraten. Sie stand dicht vor ihm und schaute mit einem Blick zu ihm hoch, der äußerst einladend wirkte – ob ihr das nun klar war oder nicht.

Er wollte sie, jetzt, mehr als je zuvor.

»Noah«, flüsterte Grace in zaghaftem Ton, »meinst du damit, dass du mich eigentlich gar nicht wolltest?«

Die Frage haute ihn um. »Natürlich will ich dich.«

»Du bist nicht mehr betrunken?«

»Nüchterner geht's nicht.« *Niemals* wieder würde er betrunken sein.

»Dann ...« Sie bewegte sich und schaute zu ihm hoch. »Okay.«

Beinahe hätten ihm seine Knie den Dienst versagt. Wollte Grace ihn umbringen? Er verstärkte den Druck auf ihre Oberarme und zog sie ein winziges Stückchen näher. »Okay? Was um alles in der Welt soll dieses *Okay* bedeuten?«

»Gestern warst du so betrunken ... und ich konnte die Situation doch nicht einfach ausnutzen.«

»Du konntest ...« Ihm fehlten die Worte.

»Ich wollte nichts mehr als dich berühren. Es war auch nicht gerade leicht, dich in deinen Boxershorts stecken zu lassen. Aber ich schwöre, dass ich mich anständig benommen habe.«

Sie hatte sich anständig benommen? »Grace, willst du damit sagen, dass zwischen uns nichts gewesen ist? Absolut *nichts?* Dass wir uns noch nicht einmal geküsst haben?«

»Kannst du dich denn nicht daran erinnern?«

»Nicht wirklich.«

»Oh.« In diesem einzigen Wort schwang unendliche Enttäuschung mit. »Du, äh, na ja, du hast mich ein paar Mal geküsst. Das war ... sehr schön.«

Die schüchterne Art ihres Eingeständnisses ließ in Noah den Wunsch aufkeimen, sie erneut zu küssen. Er *musste* sie einfach küssen. Als er sich zu ihr hinunterbeugte, stellte sich Grace auf die Zehenspitzen, um ihm auf halbem Wege entgegenzukommen. Er machte sich ohne die Behutsamkeit, die ihm sonst zu Eigen war, über ihren Mund her. Aber schließlich war er im Augenblick kaum im Stande, klar zu denken, geschweige denn, Finessen aufzubieten.

Graces Lippen öffneten sich, kaum dass seine Zunge sie berührt hatte. Aufstöhnend ließ er sie tief in ihren Mund gleiten und spürte, wie Graces Fingernägel sich in seine Schultern gruben.

O ja. Er *liebte* es, wenn sich die Nägel einer Frau in sein Fleisch bohrten.

Ihr Mund war heiß und süß. Jede Pore seines Körpers brannte in gierigem Verlangen. »Grace ...« Er küsste ihren Hals, gleich unter ihrem Ohr. Er saugte an ihrer Haut, bis er ihr einen Knutschfleck verpasst hatte.

»Du hast gesagt, du willst mich«, stöhnte Grace leise. Sie schmiegte sich an ihn, den Kopf schräg gelegt, damit sein Mund ungehindert an ihren Hals gelangen konnte. »Aber ich habe gedacht, das sei nur der Alkohol, der aus dir spricht. Ich wollte nicht, dass du etwas tust, was du heute Morgen bereuen würdest.«

Sehr langsam kam ihm zu Bewusstsein, was er gerade tat. Obwohl es zum Schwersten gehörte, was Noah jemals getan hatte, zwang er sich, seine Hände von ihr zu lösen und sie freizugeben.

Mein Gott, er hatte sie gestern Nacht nicht angefasst, als er total betrunken gewesen war, und jetzt, da er noch nicht einmal die Entschuldigung hatte, betrunken zu sein, war er dabei, mit ihr ins Bett zu gehen.

Er drehte sich weg und rieb sich den Nacken. »Entschuldige bitte, Grace.«

Schweigen.

Noah hätte sich am liebsten selbst in den Hintern getreten. Als er sich ihr wieder zuwandte, sah er, wie erschüttert sie war. Ihr Gesicht schien kreidebleich, die Arme hatte sie wie zur Abwehr vor der Brust verschränkt.

Ihre Qual gab ihm einen Stich ins Herz. Das Letzte, was er wollte, war, ihr wehzutun. »Gracie ...«

»Ich versteh schon.« Sie machte zwei hastige Schritte zurück, weg von ihm. Ihre Augen schimmerten feucht, doch sie weinte nicht. Sie versuchte aufzulachen, was ihr aber nicht gelingen wollte. »Ich weiß auch nicht, was ich mir in meiner Naivität eingebildet habe.«

Noah war emotional wie durch den Wolf gedreht, was diesmal aber weder etwas mit seiner Großmutter noch mit seinen geplatzten Hochzeitsplänen zu tun hatte.

Es hatte einzig und allein etwas mit Grace zu tun. Er kniff die Augen zusammen und spannte die Kiefermuskeln an. »Was zum Teufel soll das denn heißen?«

»Ich bin fünfundzwanzig.« Sie lachte auf. »Ich sollte mehr von diesen Dingen verstehen.«

Er trat entschlossen auf sie zu, näherte sich ihr, pirschte sich geradezu an sie heran. Sechzehn Jahre lang hatte er im Abseits gelebt, war mit jedem Tag härter geworden, um überleben zu können. Diese Härte hatte sich in seiner Psyche eingenistet, und selbst seine Großmutter hatte es mit ihrer verfeinerten Lebensform und ihrem Einfluss nicht geschafft, ihn weicher werden zu lassen.

Er hatte gelernt, diese Härte zu verbergen, hatte sie jedoch niemals überwunden, und jetzt, da Grace so weich und warm und zaghaft vor ihm stand, spürte er, wie diese primitive Vergangenheit sich wieder mit Macht geltend machte. »Diese Dinge?«

Sein Ton rief ihre Wachsamkeit auf den Plan. »Betrunkene Männer, Gerede über Sex, die Kombination von beidem. Es bedeutet einfach nichts.« Sie zuckte die Achseln und wich erneut zurück. »Ist schon in Ordnung, Noah, wirklich. Wenn ich ein bisschen nachgedacht hätte, hätte ich eigentlich darauf kommen müssen, dass ... nun ja ...« Sie blickte kurz zu ihm hoch, um sofort wieder wegzusehen. »... hätte ich wissen müssen, dass du mich nicht willst.«

Es gab unzählige Gründe, warum er sich sexuell nicht mit Grace Jenkins einlassen durfte. Keiner davon spielte im Augenblick eine Rolle. »Bist du blind, Gracie?«

»Bin ich ... was?«

»Du weißt doch wohl, wie ein Ständer aussieht, oder?«

Ihr verständnisloser Gesichtsausdruck wirkte geradezu komisch. Dann schüttelte sie so heftig den Kopf, dass ihr das Haar über die Schultern peitschte. »Nicht genau, nein.«

Noah hätte beinahe gegrinst. Die ehrliche, dumme Grace. Sie schaffte es wirklich immer, ihn in den überraschendsten Momenten zu amüsieren.

Noah ließ die Arme sinken und stellte sich mit gespreizten Beinen hin. »Wenn du in Abenteuerstimmung bist, kann ich das Handtuch fallen lassen und es dir zeigen.«

Ruckartig richtete sie sich auf. Ihr Blick glitt mit quälender Langsamkeit nach unten, bis er sich an der Stelle verfing, wo das Handtuch jetzt deutlich spannte. »Oh.«

»Was hältst du davon, Grace?«

Sie streckte die Hand aus und stützte sich an der Wand ab. »Ich muss mich erst mal hinsetzen.«

»Ich will dich, Grace. Daran solltest du nicht zweifeln.«

Den Blick immer noch auf die Gegend südlich seines Nabels gerichtet, schluckte sie schwer, um sich dann über die Lippen zu lecken und zu nicken. »Ich habe doch schon *okay* gesagt.«

»Es wäre alles viel einfacher«, presste Noah hervor, »wenn du eine Entschuldigung oder so etwas von mir verlangen würdest.«

Grace schnaubte verächtlich. »So dumm bin ich nicht.« Sie zwang sich, das Kinn hochzurecken und ihn unverwandt anzusehen. »Im Übrigen will ich dich ja auch.«

Ohne es eigentlich zu beabsichtigen, trat Noah dicht an sie heran. Sie machte ihn wild, doch sie weckte auch den Beschützer in ihm. »Im Augenblick ist alles ziemlich verfahren, Grace. Ich kann mich auf keine ernsthafte Beziehung mit einer anderen Frau einlassen, und ich will das auch gar nicht.« Ihre großen Augen blickten ihn offen und ohne zu blinzeln an. »Alles, was ich will, alles, was ich wirklich brauche, ist Sex.«

»Okay.«

Noah drückte die Augen fest zusammen. »Ich war noch nicht fertig.«

»Entschuldigung.«

Er sah Grace an und bemerkte an ihren weit aufgerissenen Augen, ihren geröteten Wangen und ihrem stoßweise gehenden Atem, wie erregt sie war. Und er war es nicht minder, verflucht noch mal. Die Frau würde ihn noch verrückt machen.

»Grace, ich bin kein kultivierter, feiner Mann.«

Ihre Lippen kräuselten sich, ihr Blick wurde schwer. »Du bist der beste Mann, den es gibt.«

»Nein, verdammt noch mal!« Ihr Glaube an ihn demütigte ihn, doch er musste es ihr begreiflich machen. »Ich bin mehr auf den Straßen groß geworden als irgendwo sonst. Ich bin hart, innen und außen.«

»Ich weiß.« Sie warf einen viel sagenden Blick auf seine Brust und seine Arme. »Dein Körper ist ... also, er macht mich sprachlos. Du bist einfach umwerfend.«

Seine Hände ballten sich zu Fäusten. Die kleine Hexe war dabei, ihn zu verführen, und er musste ihr begreiflich machen, woran sie mit ihm war. »Ich arbeite gern exzessiv, ich spiele exzessiv, und ich ficke gern exzessiv.«

Langsam klappte ihr der Unterkiefer herunter.

»Ich kann mich aber auch zurückhalten, wenn es darum geht, mich mit anderen auseinander zu setzen, mich in die Welt meiner Großmutter einzupassen.«

»Es ist auch *deine* Welt«, hielt sie hitzig dagegen.

Noah schlang den Arm um ihre Taille und hielt ihr mit der freien Hand den Mund zu. »Hör auf, mich zu verteidigen und zu beschützen, und hör einfach mal zu, was ich zu sagen habe.«

Mit runden Augen legte Grace ihm die Hände auf die Schultern, um nicht das Gleichgewicht zu verlieren, und nickte.

»Du hast Recht, wenn du annimmst, dass das, was letzte Nacht passiert ist, nur passiert ist, weil ich betrunken war. Herrgott noch mal, hör auf, schon wieder so betreten dreinzuschauen. Wenn ich dich nicht schon seit langem gewollt hätte, wäre das nicht passiert. Aber so ist es nun mal. Und dann bist du hier aufgetaucht und ich war gerade so betrunken, dass ich aufgehört habe, darüber nachzudenken, was ich nicht tun sollte, und stattdessen angefangen habe, darüber nachzudenken, was ich gerne möchte.«

»Noah.« Ihre Lippen wölbten sich gegen seine Hand vor, was ihm durch und durch ging. »Wir wollen beide das Gleiche.«

Er presste seine Finger stärker gegen ihren Mund. »Ich will Sex. Heißen, nassen, heftigen Sex. Ich will eine Frau, die bereit ist, mich mit ihrem Körper machen zu lassen, was ich will. Solange alles andere noch nicht geregelt ist – und Gott allein weiß, wie lange das dauern wird –, will ich nichts anderes. Keine Bindungen. Keine Verpflichtungen.«

Sie nickte überschwänglich.

Noah lehnte seine Stirn gegen die ihre. »Grace, du weißt nicht, was du mir anbietest.«

Sie griff nach seinem Handgelenk und befreite ihren Mund sanft von seinen Fingern. »Ich biete dir alles an, was du willst. Alles.«

Er erbebte vor Lust. Er merkte, dass er kurz davor war, Gewalt anzuwenden, so stark war sein Verlangen. »Und wenn ich dich auffordern würde, dich nackt auszuziehen und dich auf dem Bett auszustrecken ... würdest du das dann tun?«

Sie erbleichte, sagte aber nach wenigen Sekunden: »Wenn du sicher bist, dass du das willst.«

»Und wenn ich dich auffordern würde, deine Schenkel so zu spreizen, dass ich dich küssen kann?«

Sie brauchte einen Augenblick, um zu begreifen, was er meinte. Heiße Röte überflutete ihre Wangen. »Du meinst doch nicht etwa ...« Ihre Stimme war nur noch ein krächzendes Flüstern.

»Doch, genau das meine ich. Ich will dich überall küssen, Grace, vor allem zwischen den Beinen.« Um sie zu provozieren, fügte er noch hinzu: »Ich will auch, dass du mich überall küsst.«

»Oh.«

Sie klang, als habe er sie neugierig gemacht.

Noah schüttelte sie sanft hin und her. »Ich habe dir doch gesagt, dass Sex für mich kein nettes, freundliches Spielchen ist, Grace!«

Keuchend gurrte sie: »Wir können ganz nach deinen Regeln spielen.«

Seine Stirn und sein Rücken bedeckten sich mit Schweiß. Seine Muskeln zitterten vor Erregung.

»Ich gebe mich nicht damit zufrieden«, stieß er zwischen

den Zähnen hervor, »im Dunkeln zu vögeln, unter der Bettdecke. Es reicht mir nicht, es nur einmal in der Woche zu tun. Möglicherweise reicht es mir noch nicht einmal, es nur einmal pro Tag zu machen. Wenn ich dich nehme ...« *Was zum Geier redete er da eigentlich?* »Grace, ich will dich schreien und stöhnen hören, will sehen, wie du dich windest, will dich mit meinen Händen, meinem Mund und meiner Zunge spüren, alles von dir, innen und außen. Und dann will ich hören, wie du um mehr bettelst, bis wir beide so erschöpft sind, dass wir uns nicht mehr rühren können. Ich will ...«

Sie warf sich auf ihn und küsste sein Kinn, seinen Hals, seine Brust. »Noah!«

Er fing sie auf und steuerte sie, rasend vor Lust, in Richtung Bett. Grace schmiegte sich an ihn, berührte ihn am ganzen Körper und legte ein Verlangen an den Tag, das genauso leidenschaftlich war wie die Art und Weise, in der sie ihn verteidigt hatte.

Sie fielen zusammen quer über das Bett. Noah nahm sich ihren Mund vor und versenkte seine Zunge tief in ihr, schmeckte sie, raubte ihr den Atem. Als seine Hand ihre Brust umschloss, erstarrten sie beide und stießen ein wollüstiges Stöhnen aus.

»Grace«, röchelte er, während er ihre straffe, geschwollene Brustwarze mit den Fingerspitzen berührte. Wie elektrisiert prallte sie zurück.

In dem Augenblick klingelte das Telefon.

Er ignorierte es einfach, bis sich der Anrufbeantworter einschaltete und die schneidende Stimme seiner Großmutter erklang. »Noah, du solltest lieber herkommen. Mit Grace ist irgendetwas passiert.«

Mit Grace würde gleich *etwas passieren.*

»Wir haben uns gestern gestritten – deinetwegen –«, fuhr Agatha fort, »und jetzt ist sie nicht hier, obwohl sie schon längst im Büro sein sollte, und niemand weiß, wo sie ist. Du weißt, dass sie nie zu spät kommt und nie der Arbeit fernbleibt, ohne Bescheid zu sagen. Ich wäre dir dankbar, wenn du mich zurückrufen würdest. Wenn sie nicht bald auftaucht, werde ich die Polizei verständigen.« Nachdem sie aufgelegt hatte, spulte der Anrufbeantworter zurück.

Graces Körper versteifte sich. Noah stemmte sich schwerfällig hoch. »Grace?«

»*O Gott, o Gott, o Gott!* Wie spät ist es denn?« Sie drehte sich unter ihm herum, schaute auf die Uhr und katapultierte sich förmlich aus dem Bett. »Ich sollte vor über einer Stunde an einer Besprechung teilnehmen!«

Noah schaute sie mit zusammengekniffenen Augen an. »Vergiss die verfluchte Besprechung.«

»Das geht nicht!« Sie strich sich das lange Haar aus dem Gesicht und begann hektisch, ihre Kleidung zusammenzusuchen. »Du hast doch gehört, was Agatha gesagt hat. Sie wird die Polizei rufen.«

»Na und?«

Grace sah ihn an. Sein Unverständnis verblüffte sie. »Wenn meinetwegen solch ein Wirbel gemacht werden würde, würde ich vor Scham im Boden versinken!«

Die Sache war gerade ins Rollen gekommen. Graces Brustwarzen waren prall und standen spitz hoch, und Noah hatte es verdammt nötig, sich endlich Befriedigung zu verschaffen. Verdammt nötig.

Grace stieg in ihren abgetragenen, zerknitterten Rock. Offenbar hatte sie trotz ihrer eben getroffenen Abmachung die Absicht zu gehen. Ausgerechnet jetzt.

Noah seufzte. So sah also ihr Angebot aus, alle seine sexuellen Wünsche zu erfüllen.

»Und was ist mit mir?«

»Ach, Noah.« Sie angelte nach ihrem BH und machte sich daran, ihn anzulegen – unter dem T-Shirt. »Es tut mir Leid. *Ehrlich.*« Ihrem Gesichtsausdruck nach zu urteilen, stimmte das auch. Dann drehte sie ihm den Rücken zu, riss sich das T-Shirt vom Leibe und schlüpfte in Rekordzeit in ihren Pullover. Anschließend setzte sie sich auf die Bettkante, doch als Noah nach ihr fasste, griff sie nach dem Telefon.

Er stützte sich auf den Ellbogen und nahm ihr den Hörer aus der Hand. »Was tust du denn da, Grace?«

»Mein Auto ist letzte Nacht liegen geblieben, weißt du das nicht mehr?«

»Honey, wenn ich schon nicht mehr weiß, ob ich dich gezwungen habe, deine Sachen auszuziehen, kannst du davon ausgehen, dass ich keinen blassen Schimmer habe, was mit deinem Auto los ist.«

»Oh.« Sie senkte ihr Kinn. »Entschuldige. Mein Auto hatte gestern Abend eine Panne. Deshalb bin ich hier auch so pudelnass angekommen und deshalb hast du mich gezwungen, meine Sachen auszuziehen.«

Er nickte langsam. Jetzt fiel ihm alles wieder ein. »Stimmt. Jetzt kann ich mich daran erinnern, dass ich dir das eingeredet habe.«

Ihre Brauen schnellten in die Höhe. »Willst du damit sagen, dass das eine Finte war?«

»Ich will damit sagen, dass ich dich aus deinen Sachen raushaben wollte. Dass sie nass waren, war ein guter Vorwand.«

»Oh.« Einen Moment lang schaute Grace verwirrt drein, doch dann hellte sich ihre Miene auf. Sie beugte sich zu ihm hinunter, um ihm einen schmatzenden Kuss zu geben. »Es wird mir viel Spaß machen, mit dir Sex zu haben.«

Er stöhnte auf, hin und her gerissen zwischen Zärtlichkeit, Belustigung und einem derart heißen Verlangen, dass er eigentlich Feuer hätte spucken müssen.

Grace erhob sich vom Bett und griff erneut nach dem Telefon. »Ich muss ein Taxi rufen.«

»Den Teufel wirst du tun.« Da er vermutete, dass sie anders nicht zu beeinflussen war, rappelte Noah sich hoch und setzte sich neben sie. »Ich werde dich fahren.«

»Aber ...« Sie schüttelte den Kopf. »Noah, ich bin auf dem Weg zu deiner Großmutter.«

»Ja, das hab ich auch schon mitbekommen.« Nach allem, was er eben gehört hatte, würde er jetzt auf keinen Fall zulassen, dass sie Agatha allein gegenübertrat. Seine Großmutter hatte behauptet, sie hätten sich gestern Abend gestritten – seinetwegen. Ohne Zweifel hatte Grace ihn mit aller Kraft verteidigt, und ohne Zweifel hatte seine sturköpfige Großmutter an Graces Meinung Anstoß genommen.

»Aber Noah ...«

»Ich fahr dich, und damit basta.«

Empört richtete sie sich auf. »Ich verbitte mir diesen Ton! Ich habe vielleicht zugestimmt, im Schlafzimmer zu machen, was immer du von mir verlangst, aber ich habe nie gesagt, dass du mich auch sonst herumkommandieren kannst.«

Grinsend zog Noah seine Jeans an. *Sie hatte zugestimmt, im Schlafzimmer zu machen, was immer er von ihr verlangte.* Das Leben schien sich ihm plötzlich von seiner schönsten Seite zu zeigen.

»Meine kleine Sexsklavin«, neckte er sie, worauf sie knallrot wurde. »Gracie, das Schlafzimmer ist wirklich der einzige Ort, wo ich dir was sagen will. Wir sind uns also völlig einig.«

Sie schaute ihn misstrauisch an, nickte aber. »Dann ist ja gut.«

»Trotzdem«, fügte er hinzu, damit sie ja nicht das letzte Wort hatte, »fahre ich dich jetzt zu meiner Großmutter. Aber danach bringe ich dich hierher zurück, und dann werden wir schon herausfinden, wie gehorsam du im Bett bist.«

Statt sich von seinem autoritären Ton abgestoßen zu fühlen, nickte Grace nur. Ihre Augen strahlten vor Vorfreude, als sie sagte: »Ich verspreche, mein Bestes zu geben.«

Sie hatte also doch das letzte Wort behalten.

Noah war indes zu sehr damit beschäftigt, nach Luft zu ringen, als dass er etwas hätte entgegnen können.

Viertes Kapitel

Agatha ging um Kara herum, deren Wimpern von ihrem jüngsten Weinkrampf noch feucht waren. Wie lästig das doch alles war! Für Geheule und Gejammere hatte Agatha noch nie etwas übrig gehabt. Natürlich hatte das Mädel Grund genug. Diesmal hatte Noah den Bogen überspannt, als er Kara so plötzlich den Laufpass gegeben hatte. Agatha musste einen Weg finden, damit er sich eines Besseren besann. Das war das Beste für alle, und für Noah erst recht.

Sie musste die Sache ausbügeln.

Komisch, jedes Mal wenn sie das Kara gegenüber erwähnt hatte, hatte diese nur noch heftiger geweint. Ein launenhaftes Mädel. Wahrscheinlich nahm sie an, das Ganze sei aussichtslos. Sie wusste ebenso gut wie Agatha, wie unnachgiebig Noah sein konnte, wenn er sich erst einmal etwas in den Kopf gesetzt hatte. Sein Dickschädel bewies, dass er durch und durch ein Harper war.

Doch aber Noah liebte seine Arbeit, vor allem die Leitung von *Harper's Bistro.* Und Agatha hatte schnell herausgefunden, dass die Angestellten ihn sehr mochten. Abgesehen davon hatte die Verantwortung, die sie Noah in vielen Bereichen übertragen hatte, ihm in den gesellschaftlichen Kreisen, in denen sie verkehrte, Respekt und Bewunderung eingetragen. Die Leute hörten auf Noah und schätzten seine Meinung.

Darüber hinaus waren alle im Restaurant – von den Pikkolos bis zu den leicht aufbrausenden Küchenchefs – Noah gegenüber loyal. Diese Beziehungen würde Agatha zu nutzen wissen, um Noah dazu zu bringen, sich ihrer Sicht der Dinge anzuschließen.

Dabei brauchte sie Graces Hilfe. Grace oblag nicht nur die Organisation ihres Lebens, sondern sie erwies sich auch stets als Fels in der Brandung und hatte eine beruhigende Wirkung, die dazu beitrug, Katastrophen abzuwenden. Wenn Grace bei dieser Auseinandersetzung in der Stadt gewesen wäre, wäre Agathas Temperament wohl kaum mit ihr durchgegangen, und sie hätte Noah nicht enterbt. Nun musste sie sich etwas einfallen lassen, um ihn zurückzuholen, die Hochzeit zu retten und obendrein das Gesicht zu wahren.

Dummerweise war Grace nach ihrem Streit verschwunden. Aus irgendeinem Grund hatte sie an der angeblichen Kränkung, die Agathas eigensinnigem Enkel widerfahren war, Anstoß genommen.

Hillary und Jorge, Karas Eltern, saßen schweigend da und warteten darauf, dass Agatha ihnen eine Lösung des ganzen Problems präsentierte. Sie mochte beide und zählte sie zu ihren engsten Freunden, aber bisweilen konnten sie echte Einfaltspinsel sein. Was erwarteten sie eigentlich von ihr? Dass sie Noah im Zimmer einsperrte? Noah, der sie manchmal an eine wilde Bestie erinnerte, die sich in ein Haustier verwandelt hatte! Doch so gezähmt Noah auch scheinen mochte – Agatha wusste, dass das meiste davon Fassade war. Tief in seinem Innern war Noah noch immer ein Wesen, das seine Unabhängigkeit liebte und entschlossen war zu überleben.

Er hatte einen unverbesserlichen Hang dazu, nur das zu tun, was er für das Beste hielt. Da er aber über einen ausgeprägten Instinkt verfügte, lag er dabei oft richtig.

Diesmal konnte das freilich nicht der Fall sein.

»Herrgott noch mal, Grace, wo bist du bloß?«, murmelte Agatha vor sich hin.

Jorge räusperte sich. »Machst du dir wirklich Sorgen um sie?«

»Natürlich tu ich das. Sie ist die zuverlässigste Angestellte, die ich jemals hatte. Wenn sie nicht kommt, heißt das, dass ihr etwas passiert ist.« Agatha war zu der Überzeugung gelangt, dass ein wenig geheuchelte Sorge ihr Zeit verschaffen und ihr sogar einen Vorwand an die Hand geben würde, den Kontakt zu Noah wieder aufzunehmen.

Hillary, die ihre Ungeduld nicht verhehlte, reichte ihrer leise weinenden Tochter ein weiteres Papiertaschentuch und wandte sich dann an Agatha. »Du hast gesagt, dass ihr beide euch gestritten habt. Vielleicht ist sie ja immer noch verärgert.«

»Dann hätte sie angerufen und das klipp und klar gesagt.«

Jorge zog seine Brauen hoch. »Sie sagt dir, wenn sie sich über dich ärgert?«

Wenn die wüssten, dachte Agatha und lächelte in sich hinein. Grace nahm nie ein Blatt vor den Mund, vor allem dann nicht, wenn sie sich im Recht fühlte. Agatha erwiderte lakonisch: »Ja, aber immer auf höchst diplomatische Weise.«

Wie aufs Stichwort wurde in diesem Augenblick die Tür der Bibliothek aufgerissen, und die völlig derangiert aussehende Grace platzte herein.

»Agatha! Es tut mir ja so Leid, dass ich mich verspätet habe.«

Agatha, der es die Sprache verschlagen hatte, starrte Grace an. Großer Gott, hatte sie die Nacht in der Gosse verbracht? Oder war sie überfallen worden?

»Unter verspätet«, sagte Agatha, als sie sich wieder gefasst hatte, »verstehe ich ein paar Minuten. Du hast uns hier aber mehrere Stunden warten lassen, Grace!«

»Ich weiß.« Grace strich sich dicke Strähnen ihres zerzausten Haars aus dem Gesicht. »Und ich habe ja gesagt, dass es mir Leid tut.«

Agatha betrachtete sie von oben bis unten. Sie bemerkte, dass Jorge plötzlich aufstand und Kara und Hillary Grace mit stummem Entsetzen anstarrten. In scharfem, gleichwohl besorgtem Tonfall fuhr Agatha sie an: »Was um alles in der Welt ist denn mit dir passiert?«

»Was mit mir passiert ist?«, wiederholte Grace und wurde im selben Augenblick knallrot.

Agatha ging um die Möbel und ihre Gäste herum und trat, von echter Sorge erfüllt, auf Grace zu. »Spiel hier nicht die Dumme. Das passt überhaupt nicht zu dir. Du solltest dich nur mal sehen. Du siehst völlig verlottert aus.«

Grace strich sich über den Pullover – bei dem zwei Knöpfe im falschen Loch gelandet waren, so dass man einen Teil ihres Busens erspähen konnte – und zog ihren zerknitterten Rock glatt. Ihre Beine waren nackt, ihre Schuhe hatten Wasserflecken. »Mein Auto ist gestern Abend liegen geblieben, und ich bin in den Regen geraten.«

»Und Sie konnten die ganze Nacht nicht nach Hause?«, fragte Hillary, deren Stimme aufrichtig besorgt klang.

»Nein, also ...« Grace zappelte nervös hin und her. »Nein.«

Agatha zog ein finsteres Gesicht. »Was soll das heißen?«

Kara trat hinter Agatha und legte ihr die schlanke, sorgfältig manikürte Hand auf die Schulter. »Ich glaube, wir sollten gehen, Agatha. Vielleicht möchte Grace lieber unter vier Augen mit dir ihr ... Problem erörtern.«

Grace schaute Kara auffällig lange an und drehte dann ruckartig den Kopf. »Ist die Besprechung denn schon vorbei?«

Agatha war völlig konsterniert. Sie hatte es noch nie erlebt, dass Grace durcheinander war, doch jetzt errötete sie in einem fort und gab kompletten Unsinn von sich. »Natürlich ist die Besprechung nicht vorbei. Ohne dich konnten wir ja noch nicht einmal anfangen.«

»Ach!«

»Wir wollten die geschäftlichen Aspekte der Hochzeit durchgehen.«

Grace blinzelte. »Welcher Hochzeit?«

Agatha tappte ungeduldig mit dem Fuß auf und ab. »Noahs.«

»Aber ... ich dachte eigentlich, die sei abgesagt.«

Kara zog zittrig die Luft ein, und Agatha tätschelte ihr die Hand, die noch immer auf ihrer Schulter ruhte. »Es gibt da einige Fragen, die geklärt werden müssen, Grace. Aber ich habe keine Ahnung, wo du die juristischen Dateien in meinem Computer abgelegt hast.«

»Ach.«

»Würdest du bitte aufhören, dauernd *ach* zu sagen!«, fuhr Agatha sie an.

»Grace?« Jorge trat auf sie zu. Sein attraktives Gesicht war starr vor Sorge. »Fehlt Ihnen etwas?«

Agatha bemerkte, dass sie nun alle um Grace herumstanden, was dieser ganz und gar nicht gefiel. Sie reckte das Kinn vor und verschränkte die Arme über der ausladenden Brust. »Es geht mir bestens, vielen Dank.« Dann schickte sie sich an, zwischen den anderen hindurchzuschlüpfen. »Ich werde schnell die Dateien öffnen.«

»Das ist im Augenblick nicht so wichtig«, erklärte Jorge, während er sie musterte. »Erst einmal müssen wir wissen, ob die Hochzeit nun definitiv ins Wasser fällt oder nicht.«

»Das tut sie«, sagte in diesem Moment von der Tür her eine barsche Stimme.

Alle Anwesenden drehten sich sofort Noah zu. Agatha empfand eine Mischung aus Ärger und Stolz. Noah hatte keine Angst vor Auseinandersetzungen. Noah hatte vor niemandem Angst.

Er war eben ihr Enkel.

»Was tust du denn hier?«, fragte Agatha, während Hillary schützend einen Arm um ihre Tochter legte.

Ehe man sich's versah, war Grace an Noahs Seite. Genauer gesagt, sie stellte sich vor ihn.

Agathas Brauen gingen in die Höhe. »Grace?«

»Er hat mich hergebracht. Ich habe doch schon vorhin gesagt, dass mein Auto liegen geblieben ist.«

Jorge ließ seinen Blick verwirrt zwischen den beiden hin und her wandern. »Und warum hast du *ihn* angerufen und nicht den Abschleppdienst?«

»Letzte Nacht?«, hakte Hillary nach, deren Stimme so klang, als stelle sie allerlei Vermutungen an.

Noah schob die Hände in die Taschen und lehnte sich gegen den Türrahmen. Er sah Grace an. Allem Anschein nach war er genauso gespannt auf ihre Antwort wie alle anderen im Raum.

Graces Körper straffte sich. »Ich bin gestern Abend zu Noah gefahren.«

Die daraufhin eintretende Stille wirkte derart beklemmend, dass Agatha fast keine Luft mehr bekam.

»Mein Auto hat ein paar Blocks von Noahs Haus seinen Geist aufgegeben«, fuhr Grace fort, »und als ich bei ihm ankam, war ich bis auf die Knochen nass.«

Kara hatte schützend die Arme um sich geschlagen und ging zum Fenster, um in den sonnigen Nachmittagshimmel zu starren. Agatha bemerkte, dass Noah Grace keine Sekunde aus den Augen ließ; für die betrübte Kara hatte er keinen einzigen Blick übrig. Und auch ihre Eltern schien er überhaupt nicht wahrzunehmen. Seine ganze Aufmerksamkeit konzentrierte sich auf Grace.

Die Intensität, mit der er ihre Sekretärin anschaute, hatte fast etwas ... Intimes.

»Mein Gott.« Agatha sah die beiden an, und plötzlich lag alles kristallklar vor ihr. Die unerhörte Kränkung war wie ein Schlag ins Gesicht. »Das geht zu weit, Noah! Entschieden zu weit!«

Langsam löste er den Blick von Grace, um auf die Anspielung seiner Großmutter einzugehen. Doch bevor er irgendetwas sagen konnte, trat Grace aggressiv auf sie zu.

»Es gib nichts, was du ihm vorzuwerfen hättest!«

Jetzt hatte Graces Ton nichts Diplomatisches mehr an sich. Ganz entgeistert erwiderte Agatha: »Willst du etwa bestreiten, dass du die Nacht mit ihm verbracht hast?«

Grace presste die Lippen zusammen. Hillary und Jorge standen wie erstarrt da. Kara drehte sich um und sah alle mit weit aufgerissenen Augen an.

»Man braucht dich ja bloß anzusehen«, fuhr Agatha fort, die entschlossen war, die peinliche Situation in den Griff zu bekommen. »Du hast dir noch nicht mal das Haar gebürstet. Und deine Sachen sehen aus, als ob sie über Nacht auf dem Fußboden herumgelegen hätten.«

Noah stieß einen undefinierbaren Laut aus, doch zu seinem Erstaunen hob Grace die Hand, um ihm Schweigen zu gebieten. Er grinste, der Schurke, schwieg aber.

»Ich habe die Nacht mit ihm verbracht, ja«, stieß Grace zwischen den Zähnen hervor.

Alle fingen an, gleichzeitig zu reden – Jorge mit wütender Stimme, Hillary mit schockierter, Kara mit weinerlicher.

»Schluss jetzt!«, brüllte Agatha. Sie starrte Noah missbilligend an, um dann in leiserem, wenn auch nicht weniger zornigem Ton zu sagen: »Das ist schäbig und gemein von dir, Noah. Grace ist eine nette junge Frau, viel zu gut, um in dieser Weise benutzt zu werden.«

Grace stotterte, so wütend war sie. »Zu gut für ihn?« Irgendwie schaffte sie es, plötzlich zwei Inch größer zu werden, und sagte dann mit leiser, bedeutungsschwangerer Stimme: »Ich muss mich glücklich schätzen, dass er mich überhaupt bemerkt hat.«

Noah streckte die Hand aus und zog an einer langen Locke von Graces Haar. »Du weißt ganz gut, dass ich dich bemerkt habe, Gracie.«

Agatha überkam das Bedürfnis, Grace zu schützen. Wie konnte ihr Enkel nur so mit ihr spielen? Grace hatte keine Erfahrung mit Männern und ihrer Art zu flirten, und mit einem Mann wie Noah hatte sie erst recht keine Erfahrung.

»Hast du sie benutzt, um mir eins auszuwischen, Noah?« War Noah zu so etwas fähig? Agatha musste sich davor hüten, ihn zu unterschätzen. »Geht es darum?«

Graces Körper straffte sich noch mehr. »Noah hat mich nicht benutzt.«

»Wir gehen jetzt«, verkündete Jorge. Noah trat höflich beiseite. Hillary drückte ihre Tochter an sich und zog sie zur Tür.

Grace warf die Arme hoch. »Ihr habt alles falsch verstanden.«

Als Kara und ihre Eltern unbeeindruckt weitergingen, fügte sie mit einer Stimme, die so laut war, dass sie die Fensterscheiben zum Klirren brachte, hinzu: »*Ich* habe *ihn* benutzt!«

Die grässliche Enthüllung ließ alle erstarren und den Atem anhalten.

Wie Agatha mit scharfem Blick feststellte, schien Noah kurz davor zu sein, in Gelächter auszubrechen. Sie wollte schon nach ihm treten, doch war er ein derart kräftig gebauter junger Mann, dass sie sich dabei wahrscheinlich den Knöchel gebrochen hätte. Sie war bei weitem nicht mehr so robust wie früher.

»Aha«, schlussfolgerte Jorge in strengem Ton, »das ist also der Grund, warum du mit meiner Tochter gebrochen hast? Wegen eines ... Techtelmechtels mit *Grace*?«

»Nee«, antwortete Noah mit einer Ruhe, die an Gleichgültigkeit grenzte.

»*Nein*«, bestätigte Grace, die eine solche Schlussfolgerung zutiefst entsetzte.

»Aber warum denn dann, verdammt noch mal?«, fragte Jorge.

Noah schaute kurz zu Kara hinüber und sagte dann mit einem schiefen Lächeln zu ihrem Vater: »Ich habe meine Gründe, und ich bin sicher, dass Kara sie dir erklären könnte. Aber Grace hat nichts damit zu tun.«

Hillary, die vor Wut zitterte, zog Kara noch enger an sich. »Ich glaube dir kein Wort. Es liegt ja wohl auf der Hand, was du getan hast. Das ist einfach ... widerwärtig.«

Agatha musste zusehen, den Sachverhalt zu klären, bevor die Lage vollends außer Kontrolle geriet. Sie wollte nicht, dass Grace beleidigt oder ihre Integrität in Frage gestellt wurde, musste aber zugeben, dass das Ganze sehr verdächtig wirkte.

»Ihr zwei wartet hier«, befahl sie Grace und Noah. Dann ging sie auf Jorge und Hillary zu, ohne die geringste Vorstellung davon zu haben, was sie sagen wollte. Es war ihr in höchstem Maße zuwider, in derart prekäre Situationen gebracht zu werden – und Noah wusste das. Sie vermied allen Skandal und Klatsch, indem sie nie etwas außer Kontrolle geraten ließ. Bisher war es ihr freilich niemals wirklich gelungen, auch Noah unter Kontrolle zu bekommen. Bisweilen gestattete er ihr, sich der Illusion hinzugeben, sie habe ihn unter Kontrolle. Aber sie beide wussten, wie es sich in Wirklichkeit verhielt.

Als sie weit genug von der Bibliothek entfernt waren, stieß Jorge in leisem, wütendem Ton hervor: »Das ist unglaublich, Agatha.«

Und Hillary fügte hinzu: »Er verdient eine Tracht Prügel.«

Agatha dachte kurz über den Vorschlag nach. »Weißt du, Kara, mir kommt es so vor, als wolle Noah sich noch einmal richtig austoben.« Sie vergewisserte sich, dass weder Noah noch Grace – *Grace!* – sie hören konnten. Die Vorstellung, dass die beiden etwas miteinander haben könnten, war derart abseitig, dass sie noch immer ein wenig schockiert war und es einfach nicht glauben wollte. Es musste noch eine andere Erklärung geben. »So viel ich weiß, ist das typisch für junge Männer.«

»Er ist zweiunddreißig«, warf Kara ein, die auf Agatha wesentlich ruhiger wirkte als ihre Eltern.

»Stimmt. Aber er hat eine sehr eingeschränkte Jugend gehabt.«

Diese Feststellung kommentierte Hillary mit einem höhnischen Lachen. »Ich bitte dich, Agatha. Bevor du ihn aufgenommen hast, war er völlig verwildert. Das kann man ja wohl kaum als *eingeschränkt* bezeichnen.«

»Ohne Geld? Ohne familiären Rückhalt? Versuch doch mal, dir das vorzustellen, Hillary. Er stand ganz allein da. So etwas kann sehr einschränkend wirken.«

»Schon möglich«, gab Hillary widerwillig zu.

Tief in ihrem Herzen respektierte Agatha Noah auch. Es war, fand sie, eigentlich unmöglich, Noah länger zu kennen und ihn nicht zu respektieren. »Ich glaube, du solltest um ihn kämpfen, Kara.«

Kurz vor der Haustür richtete Jorge sich entrüstet auf, ganz der beleidigte Vater. »Meine Tochter hat es nicht nötig, um jemanden wie ihn zu kämpfen. Sie kann unter vielen erfolgreichen Männern wählen.«

»*Um jemanden wie ihn,* Jorge?« Das war eine Beleidigung, die Agatha nicht hinnehmen konnte, da sie auch auf sie ein schlechtes Licht warf. »Noah gehört zu meiner Familie, er ist Blut von meinem Blut, und das ist ja wohl nicht das schlechteste. Oder bin ich dir jetzt auch nicht mehr gut genug?«

Jorge lenkte ein. »Nein, natürlich nicht, Agatha. Es ist nur alles sehr schwierig. Und es gefällt mir nicht, dass mein Mädchen hinter irgendeinem Mann herlaufen soll.«

»Kara bräuchte es ja nicht in aller Offenheit zu machen«, beruhigte Agatha Jorge, obwohl sie ihm am liebsten eine geknallt hätte. »Kara könnte öfter im Restaurant vorbeischauen und eventuell mit ein paar anderen Männern flirten. Vielleicht wird Noah dann eifersüchtig.«

Hillary und Jorge protestierten, aber Kara schnitt ihnen beiden das Wort ab. »Das ist eine großartige Idee, Agatha. Ich werde es versuchen.« Sie umarmte Agatha fest und schien von dem Vorschlag seltsam begeistert.

Mit zusammengeschnürter Kehle erwiderte Agatha Karas Umarmung. So willensschwach Kara auch sein mochte – Agatha betete sie an und wollte sie unbedingt als angeheiratete Enkeltochter haben. Kara war süß, freundlich und lieb und hatte ein großes Herz. Sie gab sich alle erdenkliche Mühe, damit ihre Eltern stolz auf sie waren – im

Gegensatz zu Noah, dem es ein unbändiges Vergnügen zu bereiten schien, Agathas Zorn herauszufordern.

Die beiden würden ihr einfach hinreißende Urenkel schenken – und Noahs Zukunft wäre gesichert.

»Na gut. Wir haben ja noch etwas Zeit bis zur Hochzeit. Nicht viel, aber möglicherweise reicht es. Im Augenblick sollten wir jedenfalls davon absehen, irgendetwas verlautbaren zu lassen.«

Jorge sah aus, als würde er gleich einen Anfall bekommen. »Wir können noch zwei Wochen warten. Aber dann werden die Gäste eintreffen, falls wir ihnen nicht mitteilen, dass die Hochzeit ausfällt.«

»Zwei Wochen«, wiederholte Kara.

Agatha schaute ihnen von der Tür aus nach, als sie zu Jorges sportlichem Luxus-Kabrio gingen. Hillary war bereits dabei, sich ein Tuch um den Kopf zu binden, während Kara auf dem Rücksitz Platz nahm und das Gesicht der Sonne entgegenreckte. Irgendetwas stimmte hier nicht; es musste noch etwas in Gang sein, was nicht auf den ersten Blick zu erkennen war.

Agatha schüttelte den Kopf und drehte sich um. Sie hörte, wie Grace und Noah sich unterhielten. Jetzt musste sie den beiden die Leviten lesen.

Manchmal war es wahrlich kein Vergnügen, eine Matriarchin zu sein.

Grace stemmte die Hände in die Hüften und sagte: »Nein.« Sie war nicht gewillt, in einer derart wichtigen Frage nachzugeben, ganz gleich, was Noah darüber dachte.

Noah hatte zwar behauptet, sie ausschließlich im Schlafzimmer ›lenken‹ zu wollen, doch angesichts seines bisherigen autoritären Verhaltens hatte Grace da so ihre Zweifel.

»Grace ...«, mahnte Noah sie. Sein seidiges dunkles Haar hing ihm in die Stirn, seine blauen Augen glitzerten drohend.

»Was heißt *nein*?«, fragte Agatha, als sie den Raum betrat.

Grace ignorierte Noahs wortlose Warnung und stürzte auf Agatha zu, um sie aufzuklären. »Nein heißt, ich werde nicht zulassen, dass er die Schuld auf sich nimmt.« Noah hatte in jüngster Zeit schon genug Schuld auf sich genommen. Grace wollte auf keinen Fall, dass diese Last ihretwegen noch größer wurde. Sie holte tief Luft, nahm allen Mut zusammen und platzte dann mit ihrem Geständnis heraus: »Noah war betrunken und ich hab das schamlos ausgenutzt.«

Agatha blieb sofort stehen. In ihren blassblauen Augen malte sich ungläubiges Erstaunen, das von Sekunde zu Sekunde zunahm.

Noah lachte, hob die Arme, als wolle er sagen: »Was soll man da machen?«, und ließ sich in einen knarzenden Ledersessel plumpsen. Er streckte seine langen Beinen aus, die in bequemen, sauberen und gebügelten Khakihosen steckten. Dann faltete er die Hände auf dem Bauch und betrachtete Grace.

Grace schluckte schwer, wie immer allein von seinem Anblick gefesselt. Sie hatte heute Morgen gesehen, wie Noah sich angezogen hatte, hatte ihn mit nichts als einem Handtuch bekleidet gesehen und seinen großen kräftigen Körper auf sich gespürt.

Die Erinnerung daran ließ sie erbeben. Noah war einfach prachtvoll, einfach hinreißend. Er war behaart, aber nicht zu stark. Auf genau die richtige Weise muskulös. Er war warm, hart, groß, stark, ...

Trotz seiner Bartstoppeln und seiner roten Augen kam Grace sich neben ihm wie ein ausgewrungener, schmutziger Lappen vor. Wie ein dicker Lappen.

Sie war fest entschlossen, das Richtige zu tun. Sie durfte sich jetzt nicht von Gedanken an Sex ablenken lassen. »Das stimmt, Noah, das weißt du.«

Er zuckte die Achseln. »Es ist wahr, dass ich betrunken war.«

»Hast du dich aus Reue über deine vorschnelle Trennung von Kara betrunken?«, stichelte Agatha. Ihr Ton war alles andere als angenehm. Grace hätte ihn sogar als bewusst provozierend bezeichnet.

Noah schien ihren Tonfall nicht zu bemerken. »Um die Trennung zu feiern, wenn du es genau wissen willst.«

Agatha prallte zurück. Einen kurzen Moment lang sah sie verletzt aus. »Warum das, Noah?«

Er blickte sie unverwandt an. »Entschuldige, aber ich habe dir schon gesagt, dass das meine Privatsache ist.«

Grace stellte sich vor ihn und wünschte, ihn irgendwie schützen zu können. Die meisten Menschen hielten Noah wahrscheinlich für einen starrköpfigen Menschen, an dem alles wie an einem Granitfelsen abprallte.

Grace hingegen kam er sehr verwundbar und ritterlich vor, und sie wünschte von ganzem Herzen, dass Agatha ihm sagen würde, sie verstehe ihn, glaube an ihn und vertraue auf sein Urteil. Sie wünschte, Agatha würde ihm zeigen, dass sie ihn liebte.

Doch ihre Wünsche fruchteten nicht.

Agatha sah sie beide prüfend an. »Wenn du diese kleine unpassende Affäre nur für dich behalten hättest! Du weigerst dich zu sagen, warum du eine Familie, die schon seit unzähligen Jahren zu unserem engsten Freundeskreis zählt, öffentlich bloßstellst, und prahlst auch noch mit deiner Liebschaft.«

»Unpassend?«, stammelte Grace empört.

Agatha ignorierte sie. »Doch dadurch, dass du es nicht für dich behalten hast, hast du Grace ruiniert und wahrscheinlich auch jede Chance verspielt, die du noch gehabt hast, dich mit Kara auszusöhnen. Ich hoffe nur, dass du bereit bist, die Konsequenzen zu tragen.«

Mit langsamen Bewegungen, die etwas ausgesprochen Bedrohliches hatten, stand Noah auf. »Ich will mich nicht mit Kara aussöhnen. Und was Grace betrifft, so ...«

Ohne darüber nachzudenken, nahm Grace seine Hand.

Sie war groß und warm, und obgleich seine Großmutter eine reiche und einflussreiche Frau war, fühlten sich seine Fingerspitzen von der Arbeit und dem Spiel im Freien rau an.

Als sie die Finger miteinander verflochten, bemerkte Grace, dass Agatha die viel sagende Geste nicht entgangen war. »Noah hat mich nicht ruiniert«, erwiderte sie, um Gelassenheit ringend, »obwohl ich mehr als bereit war, mich von ihm gründlich ruinieren zu lassen.«

»Grace Jenkins!«

Noah starrte an die Decke, während ein lautloses Lachen seine Schultern zum Beben brachte.

»Das stimmt, Agatha. *Ich* bin zu ihm nach Hause gegangen. *Ich* wusste, dass er betrunken war, bin aber trotzdem geblieben. Und *ich* war diejenige, die ...«

Noahs große Hand unterband Graces Redefluss. Er zog sie an seine Brust und hielt sie fest, die Hand auf ihren Mund gepresst. Er schaukelte sie sogar ein wenig hin und her.

Das gefiel ihr. Als sie den Kopf nach hinten neigte, um ihn anzusehen, zwinkerte er ihr zu.

»Grace ist ein bisschen durcheinander, weil sie eure Besprechung verpasst hat«, erklärte er Agatha. »Sie nimmt ihre Arbeit sehr ernst.«

»Das brauchst du mir nicht zu sagen«, entgegnete Agatha in scharfem Ton. Sie kniff herausfordernd die Augen zusammen. »Aber unter diesen Umständen dürfte das ja wohl kaum ins Gewicht fallen, nicht wahr?«

Nach dieser schneidenden Feststellung wurde Grace ganz ruhig. Sie griff nach Noahs kräftigem Handgelenk und machte seine Finger sanft von ihrem Mund los. Sie spürte die innere Spannung, die ihn befallen hatte, und konnte sich nur wundern, dass Agatha nichts davon bemerkte. »Was willst du denn damit sagen, Agatha?«

Agatha schniefte und tupfte ihr silbernes Haar zurecht. »Dir fehlt es offenbar an der nötigen Moral, Grace. Die Callens sind sehr gute Freunde von mir.«

»Das weiß ich.« Graces Herz hämmerte wie wild, und ihr Magen zog sich zusammen.

»Natürlich weißt du das. Du hast in meinem Auftrag ja oft mit ihnen zusammengearbeitet. Wir haben gesellschaftlich und geschäftlich regelmäßig mit ihnen zu tun. Sicher siehst du ein, wie peinlich das jetzt für uns alle wäre.« Agatha wandte sich ab, um zu ihrem Schreibtisch zu gehen. Statt sich hinzusetzen, zog sie es vor, sich mit übereinander geschlagenen Füßen und herausfordernd gehobenem Kopf auf der Tischkante niederzulassen. Sie war eine große, recht schlanke Frau, die selbst mit ihren achtundsiebzig Jahren eine beeindruckende Ausstrahlung hatte.

Noah hielt Grace noch ein bisschen fester. Sie spürte, dass er immer wütender wurde. »Was wäre peinlich, Agatha? Sprich es ruhig aus.«

»Nun, wenn Grace weiterhin für mich arbeiten würde.« Agatha rückte ein Blatt Papier und einen Füllfederhalter zurecht. »Sie ist in diesen schmutzigen kleinen Skandal verstrickt und unglücklicherweise gibt es keinen Weg, sie da wieder herauszubekommen. Es wäre eine Beleidigung der Callens und insbesondere Karas, wenn ich sie behielte.«

Grace ließ sich gegen Noah sinken. Da ihre Beine sich in Gummi verwandelt hatten, war sie froh, dass er sie stützte. »Ich bin also gefeuert?«

»Das ist doch Schwachsinn, Agatha!«, schrie Noah über Graces Kopf hinweg. »Das solltest du dir lieber noch mal überlegen!«

»Nimm dich in Acht, Noah! Einen derartigen Ton dulde ich in meinem Haus nicht.«

»Ich bin also gefeuert?«, fragte Grace noch einmal. Die beiden anderen ignorierten sie.

»Und ich dulde es nicht, dass du Grace benutzt, um mir eins auszuwischen.«

»Du bist derjenige, der sie benutzt«, konterte Agatha, »um Kara zu blamieren und mich zu verletzen.«

»Niemand benutzt mich.« Wieder wurde sie ignoriert.

»Es wäre besser für sie, wenn sie aus dem Spiel bliebe.« Agatha betrachtete ihre Fingernägel. »Oder willst du mir weismachen, dass dir wirklich etwas an ihr liegt?«

Grace biss sich auf die Lippe und geriet fast ins Straucheln, als Noah wutentbrannt einen Schritt nach vorn machte. Da sie vor ihm stand, musste sie sich mit ihm mitbewegen.

»Du wirst es nicht schaffen, eine bessere Sekretärin und Assistentin zu finden, selbst wenn du das Doppelte von dem, was Grace bekommt, hinblätterst, und das weißt du auch, Agatha.«

»Ich werde mir schon zu helfen wissen.« Sie blickte hoch. »Das werde ich müssen, denn ich will nicht, dass deine Verlobte eine weitere Beleidigung hinnehmen muss.«

»*Ex-Verlobte*«, knurrte Noah.

»Ich bin also wirklich gefeuert?« Grace konnte es immer noch nicht ganz fassen. Noch nie in ihrem Leben war sie irgendwo rausgeworfen worden. Natürlich hatte sie auch nie ein Mann von Noahs Ausstrahlung im Arm gehalten. Ein Mann, der ihr Halt gab. Der sich um ihretwillen empörte.

Agatha bedachte Grace mit einem mitleidigen Blick. »Leider ja, meine Liebe. Aber natürlich zahle ich dir noch zwei Wochen Gehalt.«

O je, dachte Grace.

Noah schob Grace zur Seite, um seiner Großmutter Auge in Auge gegenüberzutreten. Agatha war zwar groß, aber Noah überragte selbst die meisten Männer. Im Vergleich mit ihm wirkte seine Großmutter winzig. Doch sie wich nicht zurück. Finster blickte sie zu ihm hoch, mit Augen, die genauso blau waren wie die seinen, bloß dass bei ihren im Laufe der Jahre die Färbung verblasst war.

»Na wunderbar.« Noahs Lächeln konnte man schwerlich

als freundlich bezeichnen. »Dann stehst du jetzt ganz allein da, Agatha.«

Trotz der ihr eigenen Courage wurde Agatha blass. »Was soll das heißen?«

»Das soll heißen, dass ich mit dir fertig bin. Du hast zwar diese kleine Show mit meiner Enterbung abgezogen, aber du bist schon seit Jahren aus dem täglichen Geschäftsleben raus. Über kurz oder lang hättest du mich angerufen und versucht, mich dazu zu bringen, dass ich mich wieder um alles kümmere. Wahrscheinlich wäre ich auch darauf eingegangen. Aber jetzt nicht mehr.«

Agatha machte ein finsteres Gesicht, und Grace bemerkte, dass sich in ihrer Miene ein gewisses Schuldbewusstsein ausdrückte. Offenbar kannte Noah die Denkweise seiner Großmutter ganz genau.

»Willst du damit sagen, dass du kein Interesse mehr an *Harper's Bistro* hast?« Agatha versuchte, die Situation durchzustehen, ohne sich eine Blöße zu geben, doch Grace sah die Sorge in ihren Augen, und das bedrückte sie. Sie wollte nicht, dass die Kluft zwischen Großmutter und Enkel noch größer wurde.

Obwohl Grace wusste, dass das nicht stimmte, sagte Noah: »Ich habe nicht das geringste Interesse an deinen Geschäften.«

»Das waren *unsere* Geschäfte.«

»Mag sein – bevor du mich enterbt und Grace rausgeschmissen hast. Aber sicher weißt du noch ganz genau, wie alles läuft. Die Kuratorien aller Wohltätigkeitsvereine werden dich zweifellos mit Freuden wieder willkommen heißen. Man hat dort ohnehin nur widerwillig akzeptiert, dass ich dich vertrete. Und es dürfte dir weiß Gott nicht schwer fallen, einen informierten Begleiter zu finden, der zu all den politischen Veranstaltungen mit dir geht, die demnächst stattfinden.«

Agatha sah mit jedem Augenblick wütender aus. Wütender – und immer mehr von Panik befallen. Grace fragte sich, ob Agatha auch nur ansatzweise klar war, wie voll ihr Terminkalender war. Ihr standen derart viele gesellschaftliche Verpflichtungen ins Haus, dass sie ohne Noahs Hilfe entweder etliche absagen oder jeden Abend irgendwo hingehen musste.

»Und das Restaurant ...«, fuhr Noah fort. »... was soll's, Agatha. Du hast es aufgebaut und wirst deshalb zweifellos noch wissen, wie man es führt.«

Agatha schlug mit der Faust auf den Schreibtisch. »Du hast lauter neue Leute eingestellt! Du hast permanent meine Vorschläge zu Arbeitsplänen und Gehältern ignoriert und ...«

»Dann ist das jetzt deine Chance, die Dinge in die von dir gewünschte Bahn zu lenken. Viel Spaß dabei. Aber komm nicht zu mir gelaufen, wenn der ganze Laden zusammenkracht.« Noah drehte sich um und nahm Grace bei der Hand. »Lass uns von hier verschwinden.«

Grace war gezwungen, entweder neben ihm herzuhüpfen oder sich von ihm ziehen zu lassen. Dass die Feindschaft zwischen beiden jetzt noch größer war, machte ihr das Herz schwer. Dabei hatte sie alles ausbügeln und nicht verschlimmern wollen.

Agatha war zu viele Jahren nicht auf sich allein gestellt gewesen. Unterdessen war sie gealtert, und auch wenn sie stets das Gegenteil beteuerte, ihr Alter hatte sie mittlerweile eingeholt. Grace behielt alles für sie im Auge und kümmerte sich um die alltäglichen Angelegenheiten. Sie wusste, dass Agatha zwischendurch oft ein Schläfchen machte und dass sie bestimmte Medikamente einnehmen musste.

Grace hatte das beklemmende Gefühl, dass Agatha ohne sie beide aufgeschmissen wäre, was sie aber, wie Grace vermutete, nie zugeben würde.

Bis es zu spät wäre.

»Agatha?«, fragte Grace über die Schulter und hoffte verzweifelt, dass Noahs Großmutter etwas sagen würde, um alles rückgängig zu machen.

»Du brauchst mich«, sagte Agatha laut, wenn auch mit einem leichten Unterton von Schmerz in der Stimme.

Noah lachte nur und hielt kurz inne, um sie mit einem Blick zu durchbohren. »Ich bin sechzehn Jahre ohne dich klargekommen, Agatha, und damals war ich noch ein Junge. Jetzt bin ich ein Mann. Glaub mir, ich kann gut auf mich selbst aufpassen.«

»Das Restaurant wird dir fehlen«, prophezeite sie ihm.

Noah grinste freudlos. »Nicht so sehr, wie ich ihm fehlen werde.« Er riss die Eingangstür auf und zog Grace die Treppe hinunter.

»Jetzt reicht's aber!«, beschwerte sich Grace, als sie auf dem Bürgersteig standen, und machte sich von seiner Hand los.

Noah drehte sich ihr zu. Sein Frust und seine Ungeduld waren geradezu greifbar. »*Was?*«

Grace tat so, als klopfe sie sich Staub von der Kleidung, und sah zum Haus zurück. Agatha stand noch immer im Türrahmen. »Ich bin kein Sack Kartoffeln, den du einfach so durch die Gegend schleppen kannst, Noah Harper. Es hätte ja auch sein können, dass ich bleiben will.«

»Du bist gefeuert«, erinnerte sie Noah. »Weshalb hättest du da bleiben wollen?«

Darauf wusste sie natürlich keine Antwort. Als Grace noch einmal zu Agatha zurückblickte, schlug die alte Frau die Tür zu. Grace seufzte.

»Lass uns gehen, Gracie.« Noah stand mit in die Hüften gestemmten Händen da, während die Sonne seine große, kräftige Gestalt in goldenes Licht tauchte, was Grace das Herz doppelt so schnell schlagen ließ. »Ich kann mir für den heutigen Tag weiß Gott bessere Dinge vorstellen, als in der Einfahrt meiner Großmutter herumzustehen.«

Grace schirmte die Augen gegen das gleißende Nachmittagslicht ab und kräuselte die Nase. »Ja? Was denn zum Beispiel?«

Im Nu schien sich die Luft um sie herum aufzuladen. Noahs helle blaue Augen schienen plötzlich eher heiß als kalt, eher frivol als ärgerlich dreinzublicken. Sein Blick verweilte auf ihrem Mund, ihren Brüsten, ihren Oberschenkeln. »Zum Beispiel dich ins Bett zu stecken – nachdem ich dich nackt ausgezogen habe.«

»Oh.«

»Beim ersten Mal wird alles sehr schnell gehen, Grace; das kann ich nicht ändern. Aber beim zweiten Mal mache ich das wieder gut. Oder beim dritten. Das versprech ich dir.«

Beim zweiten oder dritten Mal?

Seine Kiefermuskeln waren gespannt, seine Schultern verkrampft. Mit einer Stimme, rau vor Begehren, fragte Noah: »Wirst du dich an unsere Übereinkunft halten, Grace? Wirst du alles tun, was ich dir sage, und mir alles geben, was ich will?«

Grace sog die feuchte Luft in einem tiefen Atemzug ein. Nach dem Unwetter der letzten Nacht schien alles sauber und frisch. Neu und voller Verheißungen.

Die Frühlingssonne kam ihr plötzlich glühend heiß vor, der Bürgersteig schien unter ihren Füßen zu brennen. Sie packte Noah bei der Hand, und jetzt war sie es, die ihn zum Auto zerrte.

»Lass uns gehen, Noah«, meinte sie nur, statt seine Frage zu beantworten. Sie wartete nicht darauf, dass er ihr die Tür des Landrovers aufhielt, sondern stieg schnell ins Auto. »Wir haben wirklich bessere Dinge zu tun«, pflichtete sie ihm bei, »als in der Einfahrt deiner Großmutter herumzustehen.«

Und, dachte Grace, als Noah sich mit einem Grinsen hinters Steuer setzte, wenn sie selbst nackt wäre, wäre es Noah ja wohl auch. Wow! Er würde sie berühren, aber sie würde ihn auch berühren. Und nicht nur das.

Unter solchen Umständen war es leicht, den Familienstreit, den Verlust der geliebten Arbeit und den Anblick von Kara Callen mit ihren großen, verletzt dreinschauenden Augen zu vergessen.

Grace konnte nur noch an Noah denken, und sie versuchte sich vorzustellen, was er wohl von ihr verlangen mochte und wie schnell sie es ihm würde geben können.

Fünftes Kapitel

Noah hielt Grace am Arm fest, als die beiden das Apartmentgebäude betraten. Graham lächelte ihnen schon entgegen, doch als er bemerkte, dass Grace noch immer die ramponierten Kleider vom Vortag trug, erstarb sein Lächeln.

»Tag, Graham.«

Graham nickte. »Mr. Harper.« Und dann, mit einem Anflug von Besorgnis in der Stimme: »Ms. Jenkins?«

Grace errötete heiß und grummelte Noah vorwurfsvoll etwas ins Ohr, was er jedoch nicht verstand. Sie hatte bei sich vorbeifahren und die Kleidung wechseln wollen. Als Noah jedoch behauptet hatte, so lange hielte er es nicht aus, hatte sie versprochen, nur schnell ein paar Sachen zusammenzuraffen und mitzunehmen. Auch diesen Vorschlag hatte er indes abgelehnt.

Er musste sie unbedingt schnellstens unter sich spüren. Nie zuvor in seinem Leben hatte er eine Frau derart begehrt, und im Augenblick hatte er das Gefühl, bersten zu müssen, wenn er nicht bald in Graces weichen, entgegenkommenden Körper eindringen konnte.

»Ich bin für niemanden zu Hause, Graham«, wies Noah ihn im Vorbeigehen an. Graham nickte, ohne eine Miene zu verziehen.

»*Noah!*«, *stieß* Grace mit erstickter Stimme hervor. »Warum hängst du mir nicht gleich ein Schild um, auf dem steht, was du mit mir vorhast?«

Er grinste. Grace war reizbarer als sonst, und Noah hoffte, dass diese Stimmung zum Teil auf ihre sexuelle Frustration zurückzuführen war. Sie wollte ihn, aber er hatte ihr bisher ganz bewusst verschwiegen, was er von ihr verlangen würde, weil er hoffte, ihre Vorfreude auf diese Weise zu steigern und einen Teil ihrer Nervosität abzubauen.

»Gracie, du bist doch wohl diejenige, die aller Welt verkündet hat, dass du meine Betrunkenheit ausgenutzt hast. Welchen Unterschied macht es da jetzt noch, ob Graham deine Absichten kennt oder nicht?«

Sie grummelte abermals etwas vor sich hin und drückte auf den Fahrstuhlknopf.

»Wie meinen?«, fragte Noah, der seine gute Laune in keiner Weise zu verbergen versuchte.

Die Fahrstuhltür öffnete sich, und Noah ließ sich von Grace in die Kabine zerren. Als sich die Tür hinter ihnen schloss, sah sie ihn mit wütendem Blick an. »Wenn ich mir schon meinen Ruf ruiniere, hätte ich zumindest gern präsentabel ausgesehen«, sagte sie, auf ihre Kleidung weisend.

Das flaumweiche Haar an Graces Schläfe zog Noah so an, dass er die Hand ausstreckte, um es zu berühren. Ihr Haar war einfach unglaublich und schien sich rasch zu einem Objekt sexueller Besessenheit zu entwickeln. Er malte sich bereits aus, wie es sich anfühlen würde, wenn es über seine Schultern und seine Brust fiel, während sie über ihm kniete und ihm ihre Brüste darbot, damit er diese schmecken und liebkosen konnte. Oder wie es auf seinen Bauch fiel, wenn er ihren weichen Mund weiter und weiter nach unten zwang ...

Seine Hände zitterten so, dass er sie zu Fäusten ballte. »Noch kannst du es dir anders überlegen, Grace.« Noah bot ihr einen Ausweg an, obwohl ihn die Vorstellung, jetzt, da sein Körper nach ihr gierte, nicht weitermachen zu können, peinigte. Seit er sechzehn war, hatte es ihn nicht mehr vor Lust geschüttelt, doch das Verlangen nach Grace ließ ihn erbeben.

Ihr verärgertes Stirnrunzeln wich einem besorgten Gesichtsausdruck. »Wovon redest du eigentlich?«

»Von deinem Ruf, Honey.« Er fuhr fort, an ihrer weichen Locke herumzuspielen, die er sich um den Finger wickelte, um dann mit dem Daumen darüber zu fahren. »Du könntest behaupten, diese kleine Szene bei meiner Großmutter sei stressbedingt gewesen oder so. Mit ziemlicher Sicherheit werden alle schnell vergessen, was vorgefallen ist, und Agatha würde dir wahrscheinlich sogar deinen Job zurückgeben.« Er schüttelte den Kopf. »Letzten Endes kann doch ohnehin niemand so recht glauben, dass du mich willst.«

»Umgekehrt wird ein Schuh draus, Noah«, erwiderte sie mit sanfter Stimme, »aber ich werde es mir trotzdem nicht anders überlegen. Und du solltest das besser auch nicht.« Sie trat auf ihn zu, stellte sich auf die Zehenspitzen und küsste sein Kinn.

Noah war so scharf, dass er förmlich erstarrte, als ihr Mund sein heißes Kinn berührte. »Grace ...«

Sie packte ihn mit beiden Händen am Kopf und zog seinen Mund zu sich herunter. Zuerst war ihr Kuss zaghaft und zärtlich, doch das änderte sich bald. Beider Atem beschleunigte sich. Grace schmeckte so gut und fühlte sich genau richtig an. Als ihre heiße Zunge an seiner leckte, konnte Noah nicht mehr an sich halten.

Er hob Grace hoch und presste sie gegen die Wand des Fahrstuhls. Als ein Läuten ankündigte, dass sie ihre Etage erreicht hatten, riss Noah sich zusammen und rückte ein Stückchen von ihr ab. Ohne den Mund von ihren Lippen zu lösen, legte er ihr die Hand auf die Wange und flüsterte: »Bist du sicher, Grace? Bevor du antwortest, denk noch einmal darüber nach, denn wenn wir erst einmal im Bett sind, weiß ich nicht, ob ich noch in der Lage bin aufzuhören.«

Mit ernstem Blick antwortete sie, ohne zu zögern: »*Ja.*«

Noah stieß einen erstickten Laut aus. Glücklicherweise war niemand weiter im Gang, als er mit ihr in Rekordzeit zur Tür seines Apartments und in die Wohnung eilte. Das spätnachmittägliche Sonnenlicht flutete durch die offenen

Balkontüren herein, so dass es unnötig war, das Licht anzuschalten.

Noah nahm ihre Hand und sagte: »Ins Schlafzimmer, Grace.«

Am liebsten hätte er sie im Eiltempo dort hingeschafft, doch da er ihre Nervosität spürte, zügelte er seinen Schritt und sprach auf dem Weg ins Schlafzimmer mit ihr. »Willst du wissen, was ich mit dir machen werde, Grace?«

Sie schaute zu ihm hoch, um dann schnell wegzublicken. In ihrer Halsschlagader pulsierte das Blut. »Ja.«

Ihre Stimme war so leise, dass er sie fast nicht hören konnte. Ihm war nach Lächeln zu Mute, doch er wollte nicht, dass sie diesen Ausdruck des Glücks missverstand und annahm, er mache sich über sie lustig. Neben dem Bett blieben sie stehen. Noah drehte sie zu sich herum. »Als Erstes werde ich dich von deinen Sachen befreien. Von allen deinen Sachen.«

Sie atmete so tief, dass ihre wundervollen Brüste sich hoben und senkten. »Bist du sicher, dass du das tun möchtest?« Verzagt blickte sie zu den Fenstern hinüber, durch die jetzt noch mehr Sonnenlicht ins Zimmer und über das Bett strömte.

Ganz langsam machte Noah sich daran, den obersten kleinen Knopf ihres Pullovers zu öffnen. »Absolut sicher. Du bist eine sexy Frau, Grace. Und«, fügte er hinzu, als sie daraufhin den Kopf schüttelte, »ich will kein Wort mehr über dein Gewicht hören. Ich weiß wirklich nicht, wie du darauf kommst, dass du zu dick bist.«

Ihr Mund klappte herunter, und für einen Augenblick vergaß sie, dass er gerade dabei war, sie zu entkleiden. »Ich war schon immer übergewichtig. Schon als kleines Kind.«

»Das ist doch Unsinn.«

»Ist es nicht. Das sagen alle.«

»Wer?«

Sie zuckte die Achseln. »Meine Eltern, meine Freunde, meine Verwandten. Sogar Agatha.«

Zur Hölle mit seiner Großmutter. »Ist ja wohl ein Witz! Was zum Teufel hat Agatha denn zu dir gesagt?«

»Dass ich versuchen sollte, weniger zu essen und mehr Sport zu treiben. Sie hat mir angeboten, in meiner Freizeit den Pool und die Fitnessgeräte zu benutzen. Und jedes Mal, wenn ich zum Lunch im Büro bleibe, weist sie Nan an, etwas Kalorienarmes zu kochen.«

Noah öffnete den letzten Knopf und zog den Pullover auf. Als sie den Kopf wegdrehte, nahm Noah sie beim Kinn und hob ihr Gesicht an. »Nicht doch, Grace. Versteck dich doch nicht vor mir.«

»Es ist mir aber peinlich.«

»Und ich dachte eigentlich, du seist erregt.« Er beäugte ihre Brüste und murmelte: »Deine Warzen haben sich jedenfalls schon zusammengezogen.«

Sie ließ die Schultern sinken. »Ich bin ja erregt«, gab sie mit zarter Stimme zu, »aber es ist nicht leicht für mich, hier so vor dir zu stehen. Letzte Nacht warst du wenigstens betrunken und hast wahrscheinlich ohnehin nicht allzu klar gesehen.«

»Grace, schau mich an.«

Doch stattdessen beugte sie den Kopf noch weiter nach vorn, so dass ihr die langen Haare wie eine Gardine vors Gesicht fielen und ihre Miene verbargen.

Behutsam strich Noah ihr das Haar über die Schultern zurück. Er liebte ihr Haar, doch er wollte nicht, dass ihm irgendetwas die Sicht auf ihren Körper versperrte. »Wir sind im Schlafzimmer, Gracie, und du hast dich bereit erklärt, hier alle meine Anweisungen zu befolgen, stimmt's?«

Sie errötete noch stärker. »Stimmt.«

»Gut. Dann schau mich jetzt an, ohne gleich wieder wegzublicken.« Zaghaft hob sie den Kopf und sah ihn unverwandt an, was ihn mit primitiver Genugtuung erfüllte. »So ist's gut. Ich mag deine schönen Augen, Grace. Sie törnen mich an.« Während sie jede seiner Bewegungen verfolgte, fasste Noah nach hinten, hakte ihren robusten BH auf und nahm ihn ab. Ohne diese Unterstützung ruhte ihr voller, schwerer Busen weich auf ihrem Brustkasten.

Als Noah ihre Brüste begutachtete, sie in seinen Handtellern wog und sie liebkoste, zogen sich seine Hoden zusammen, und sein Herz fing an, wie wild zu hämmern. Er hatte zwar große Hände, doch für Graces Brüste reichten sie bei weitem nicht aus. Ihre kleinen festen Brustwarzen waren dunkelrosa. Als er mit den Daumen darüber rieb, keuchte Grace auf. Es gefiel ihm, dass sie ihn anschaute, dass sie die Lust sah, die sich in seinem Gesicht spiegelte.

Noah lächelte. »Ich will, dass du alles vergisst, was meine Großmutter dir gesagt hat. Du bist üppig und kurvenreich und der Inbegriff der Versuchung, Grace Jenkins. Schon dich so zu sehen, macht mich ganz verrückt. Wenn ich dich erst völlig nackt sehe, raste ich sicher vollkommen aus.«

»Kleider verbergen eine Menge.«

»Zu viel.« Es würde einige Zeit dauern, sie zu überzeugen, doch Noah spürte, dass er bereits kurz davor war zu kommen. Er wollte so langsam und entspannt wie möglich vorgehen, aber er würde nicht mehr lange warten können. »Halt dich an meinen Schultern fest, während ich dir die Schuhe ausziehe.«

Noah hockte sich hin, während Grace sich gehorsam mit einer Hand auf ihm abstützte. Er zog ihr die Schuhe aus und schleuderte sie zusammen mit dem Pullover und dem BH zur Seite. Bevor sie sich's versah, schob er seine Hände unter ihren langen Rock und ließ die Fingerspitzen über ihre glatten weichen Schenkel gleiten, um die Finger schließlich in ihr Höschen zu haken.

Grace schrie auf.

Paradoxerweise gefiel ihm das. »Entspann dich, Grace«, sagte er. Dann zog er ihr das Höschen ganz nach unten. Wie ihr BH war es aus weißer Baumwolle und gänzlich schmucklos. »Steig raus.«

Sie gehorchte. Noah richtete sich wieder auf und umarmte sie fest. Ihre Brüste waren wie ein pralles Kissen und schürten seine Lust noch mehr. Da Noah sie auf seinem nackten Fleisch spüren wollte, riss er sich das Hemd vom Leibe. »Küss mich, Grace.«

Unverzüglich reckte sie sich hoch und bemächtigte sich seiner Lippen. Noah packte ihren üppigen Hintern, betastete und streichelte ihn und genoss es, das nackte Fleisch unter dem Stoff ihres Rocks zu spüren. Doch es dauerte nicht lange, da brauchte er mehr. Er entzog ihr seinen Mund.

»Davon muss ich dich auch noch befreien, Grace. Und zwar sofort.« Als sich der Reißverschluss verhakte, riss Noah in fiebernder Ungeduld so heftig daran, dass er ihren Rock kaputtmachte.

»Noah!«

»Tut mir Leid, Grace«, krächzte er, von rasender Lust erfüllt. »Ich kann nicht mehr warten.«

Nervös blinzelte sie ihn an.

Er hoffte inständig, sie verstand, dass sie bereit war. »Ich brauche dich, Grace«, sagte er.

»Oh.« Sie lächelte. Ihre wunderschönen braunen Augen blickten ihn sanft an, voller Verständnis, Bereitwilligkeit und ... Liebe.

Nein. Noah schob den Rock nach unten, über ihre Hüften, und als er ihren süßen Bauch sah, die runden Schenkel und die dunklen braunen Locken auf ihrem Venushügel, war es um ihn geschehen.

»Ah, mein Gott, Grace ...« Er zog sie aufs Bett und warf sich mit seinem ganzen Gewicht auf sie. Gierig machte er sich über ihren Mund her – doch Grace stand ihm in nichts nach. Ihre Hände packten seine Schultern, ihre Hüften reckten sich den seinen entgegen.

Noah sog an ihrer Zunge und bot ihr die seine dar. Er bedeckte ihren Hals und ihre Schulter mit feuchten, knabbernden Küssen und ließ seinen Mund nach unten wandern, bis er eine geschwollene, pralle Brustwarze an den

Lippen spürte, die er in den Mund nahm, um heftig an ihr zu saugen.

Grace war so überrascht, dass sie fast aus dem Bett gefallen wäre. Sie wimmerte vor Lust. Noah hielt sie fest und ergötzte sich weiter an ihr, indem er sich ihrer anderen Brust zuwandte. Er konnte einfach nicht genug von ihr bekommen, wollte mehr und mehr, bis die Warzen völlig gerötet waren und Grace sich wie von Sinnen unter ihm wand.

Er strich ihr mit der Hand über den Körper, um sich an ihrer glatten, seidigen Haut gütlich zu tun. Er genoss es, ihr weiches Fleisch unter seinem rauen Handteller zu spüren, schwelgte in den runden Hügeln und sanften Tälern und nahm voller Entzücken den Widerhall ihres rasenden Herzens wahr.

Die Rundung ihres Bauchs bezauberte Noah derart, dass er ihn auch küssen musste. Während er diesem Wunsch nachgab, schob sich seine Hand zwischen ihre Schenkel.

Sie war heiß und wunderbar feucht.

»Grace, mein Gott.«

Sie streckte sich, warf den Kopf zurück und stöhnte. Noah ließ seine Finger über ihre glitschigen Schamlippen gleiten und drückte sie auseinander, um in sie einzudringen. Grace war selbst für seinen Mittelfinger bemerkenswert eng. Kaum war er in ihr, als sich ihre Muskeln fest um seinen Finger schlossen, und Noah wusste, dass er in dem Augenblick, da sein Schwanz diesen Druck verspürte, vor Genuss vergehen würde.

»Sag, wie sich das anfühlt«, murmelte er und drang noch tiefer in sie ein.

»Noah ...«

Er konnte sie riechen, konnte ihren Duft wahrnehmen, der durch ihre Erregung an Intensität gewann. Er stemmte sich hoch, um sie zu betrachten. Der Anblick seiner dunklen Hand zwischen ihren blassen Schenkeln und seiner

Finger, die von ihrer Nässe schimmerten, stachelte ihn ungeheuer auf. Noah beugte sich hinunter, um ihren Schenkel zu küssen. »Wie du wohl schmeckst, Grace?«

Abermals stöhnte sie auf, während sie die Augen fest zusammenpresste und die Schenkel anspannte.

Noah schmiegte sich noch enger an sie. Sein Finger bewegte sich rhythmisch in ihr hin und her, ganz sachte, um sie nach und nach auf Touren zu bringen. Ihre Schüchternheit war längst verflogen. Ihre Schenkel lagen gespreizt da und gaben ihm den Blick auf sie frei. Auf alles von ihr. Ihr pinkfarbenes Fleisch schimmerte, ihre kleine Klitoris sah verlockend und prall aus.

Noah leckte sie.

»O mein Gott.«

»Mmmmm.« Er fuhr mit der Zunge über sie, ließ sie gegen sie schnellen ... sog an ihr.

»*Noah.*« Ihre Hände verflochten sich mit seinem Haar, spornten ihn an, pressten ihn gegen sie.

Noah zog den Finger heraus, was sie mit protestierendem Stöhnen quittierte. Dann drang er mit zwei Fingern in sie ein. Er wusste, dass ihr das ein gewisses Unbehagen bereiten würde. »Ich versuche nur, es leichter für dich zu machen, Grace«, erklärte er. »Du bist so verdammt schmal.«

»Ich bin fett«, erwiderte sie sofort.

Noah hob den Kopf und bedachte sie mit einem zärtlichen Blick. Gerötet und in Schweiß gebadet, lag ihr Körper hingebungsvoll vor ihm.

Die süße, erstaunliche Grace.

Mit seiner freien Hand griff er nach ihrem Hintern und hob ihn ein kleines Stück in die Höhe. »Also hier, da bist du eine satte Hand voll, Grace. Und hier auch.« Er rieb seine Wange an ihren Brüsten und küsste die beiden knubbeligen Warzen.

»Aber hier nicht, Baby.« Er bearbeitete sie erneut mit seinen beiden Fingern, um diesmal noch tiefer in sie vorzudringen. »Hier bist du schmal und eng und fühlst dich so gut an, dass ich nicht länger warten kann.«

Er setzte sich hoch und öffnete sich die Hose. Mit einem leisen Aufschrei schnellte Grace hoch und machte sich daran, ihm zu helfen, indem sie ihm die Hose herunterstreifte und sich mit seinen Schuhen und Socken abmühte.

Der Anblick ihres Hinterns und der anmutigen Linie ihres Rückens steigerte Noahs Ekstase nur noch. Als er endlich nackt war, machte sie Anstalten, auf ihn zu kriechen. Ihr Blick war verhangen, benommen vor Lust.

Doch Noah hielt sie zurück. »Ich muss erst einen Gummi holen, Grace.«

Verständnislos sah sie ihn an, während Noah sie auf den Rücken legte. Ihr dunkles Haar ergoss sich in seidiger Fülle über das weiße Bettzeug. »Bleib so liegen, Honey. Es dauert nur eine Sekunde.«

Er zog die Nachttischschublade auf und fand einen vollen Karton mit Kondomen. Mit den Zähnen riss er eines der kleinen silbernen Päckchen auf und schob sich das Präservativ, während Grace ihn fasziniert betrachtete, über seinen erigierten Schwanz. »Jetzt.«

»Ja, bitte.« Grace streckte ihm die Arme entgegen. Einer weiteren Aufforderung bedurfte er nicht.

Noch als er ihr mit dem Knie die Beine auseinander drückte, fragte sich Noah erneut, ob dies wirklich das erste Mal für Grace sei. Die Vorstellung war irgendwie verblüffend: Sie war Mitte Zwanzig, sexy wie ein Pin-up-Girl und mehr als willig.

Doch sie verhielt sich nicht so, als hätte sie Erfahrung.

Normalerweise hätte das ausgereicht, um in Noah die Beschützerinstinkte zu wecken, mit denen er seine Lust überwunden hätte, um dann zärtlich und geduldig vorzugehen.

Doch diesmal stachelte es sein Verlangen nur noch an. Er kam sich zwar vor wie ein Höhlenmensch, doch er wollte unbedingt Graces erster Mann sein. Allein die Vorstellung, ihr die Jungfräulichkeit zu nehmen, ließ ihn vor primitiven Gelüsten fast aufheulen.

»Noah«, flüsterte sie, während sie sich unter ihm bewegte, sich wand, um näher an ihn heranzukommen.

»Gleich, Baby.« Er öffnete sie mit seinen Fingern, so dass die Spitze seines Schwanzes sich in sie hineinzwängen konnte. Ihre Muskeln zogen sich zusammen, ihre Nägel krallten sich in seine Schultern. »Sieh mich an, Grace.«

Mit geöffneten Lippen und glühend rotem Gesicht sah sie zu ihm auf – dann stieß Noah fest zu.

Beide keuchten auf, Noah vor Lust, Grace vor Schock und Unbehagen. Er packte sie bei den Hüften und hinderte sie daran, sich zurückzuziehen, während er gegen den Drang ankämpfte, sich zu bewegen und immer wieder zuzustoßen. Sein ganzer Körper spannte sich unter der feuchten, heißen Umklammerung ihres Körpers, der ihn nach und nach annahm und sich um ihn schmiegte.

Grace keuchte. Ihre Augen waren jetzt fest geschlossen. Er hörte, wie sie schluckte, und sah die Anspannung in ihrem Gesicht.

Er kam sich zwar wie ein absoluter Dreckskerl vor, brachte es aber nicht über sich, sich wieder aus ihr zurückzuziehen. Er kämpfte gegen sein Verlangen an und schaffte es mit großer Anstrengung, sich nicht zu bewegen. Schweiß rann über seine Schultern und seine Stirn. Um ein wenig Zärtlichkeit inmitten der wilden Lust bemüht, beugte Noah den Kopf, um ihren offenen Mund, den Rücken ihrer kleinen Nase und ihre Stirn zu küssen.

»Es wird schon klappen, Grace«, versprach er. »Versuch einfach, dich zu entspannen.«

Sie nickte, schien aber den Atem anzuhalten.

Noah küsste sie noch einmal. Wie konnte er sich nur von einer solchen Zärtlichkeit übermannen lassen, während ihn die Lust zerfleischte? Die Kombination dieser beiden Gefühle erwies sich als verheerend für seine Sinne und brachte ihn aus dem Gleichgewicht.

Alles an Grace brachte ihn ins Schleudern. Er war es gewohnt, sich selbst genau zu prüfen, alles, was er tat, vorher zu durchdenken, damit er hinterher nichts zu bereuen brauchte. Doch mit Grace war er hastig und ohne zu überlegen ins Bett gegangen.

Er hatte ihnen beiden noch nicht einmal die Zeit gelassen, über die Konsequenzen all dessen nachzudenken.

Um etwas Zeit zu gewinnen, damit er sein Gleichgewicht wiedererlangen konnte, begann Noah, Grace zu necken. »Mit deinem Gehorsam ist es aber nicht weit her, Grace. Du bist viel zu verkrampft.«

»Ich ... geb mir ja alle Mühe.«

In seiner Brust breitete sich ein Gefühl aus, das ihm fast die Kehle zusammenschnürte. Wieder küsste er sie. »Dann lass deine prächtigen Schlafzimmeraugen auf, Baby. Okay?«

Sie nickte.

»Kannst du mich spüren, Grace?«

Sie stöhnte. »Du bist in mir drin. Natürlich kann ich dich spüren.«

»Erzähl mal«, drängte er. Vielleicht würde ihr das helfen, sich zu entspannen und das Ganze ebenfalls zu genießen. »Wie fühlt es sich an?«

Bei dieser Frage blieb Noah völlig reglos und begnügte sich damit, ihr Ohr und ihre Schläfe mit leichten, flüchtigen Küssen zu liebkosen.

»Ich fühle mich ... *voll.*«

»Yeah.« Dieses eine Wort hatte den gleichen Effekt, als wenn sie ihm das Rückgrat entlanggeleckt hätte.

»Du bist ganz schön groß, Noah.«

Nicht übermäßig, aber das konnte sie ja nicht wissen – und Noah hatte nicht die Absicht, es ihr zu erklären. Er sagte nur: »Rundum.«

»Außerdem ist mir heiß.«

»Du bist die heißeste Frau, die mir je begegnet ist, Grace Jenkins.«

Ihr Atem wurde ein wenig schneller. »Es fühlt sich ein bisschen glitschig an ...«

Jetzt war Noah derjenige, der die Augen schloss. »Und wird mit jeder Sekunde glitschiger.« Ihre jungfräuliche Öffnung pulsierte um ihn, melkte ihn, presste ihn.

Grace wand sich hin und her und versuchte, sich in eine bequemere Stellung zu bringen. »Noah, küss mich noch einmal«, sagte sie.

Als er ihren Wunsch erfüllte, schob er seine Zunge so zwischen ihre Lippen, wie er auch in ihr Geschlecht eindringen wollte. Während er sie leidenschaftlich küsste, strich er ihr sanft mit den Händen über die Brüste und die Hüften. »Grace«, stieß er hervor, »ich verrecke, wenn ich mich nicht bald bewegen kann.«

Sie hob die Beine und schlang sie um seine Taille. »Dann beweg dich, Noah.«

Ächzend warf Noah den Kopf nach hinten und glitt tief in sie hinein, zog sich zurück und glitt noch tiefer in sie hinein. Mit jedem Stoß nahm ihr Körper mehr von ihm an, während sie sich anspannte und keuchte, bis Noah es schließlich nicht mehr aushielt.

Er hielt sich eigentlich für einen guten Liebhaber, einen geduldigen und rücksichtsvollen Liebhaber. Doch bei Grace ... Grace machte ihn derart wild, dass er keine Kontrolle mehr über sich hatte. Jedenfalls jetzt nicht. Noah stieß ein letztes Mal hart und tief zu, um dann von einem unglaublichen, ihn völlig auslaugenden Orgasmus geschüttelt zu werden, der kein Ende zu nehmen schien.

Undeutlich nahm er wahr, wie laut er aufstöhnte, während Grace seine Schultern und seine Brust streichelte und seinen Hals zärtlich küsste. Als er auf sie sank, schlang sie die Arme um ihn und hielt ihn fest.

Erst nachdem einige ausgedehnte Sekunden verstrichen waren, hatte Noah wieder alle seine Sinne beieinander. Er spürte Graces Herzschlag, der gegen seine Brust hämmerte, und ihren Atem in seinem Ohr.

Träge und befriedigt schmiegte Noah seinen Kopf an den ihren und küsste ihre Schulter. Ihr Geschmack gefiel ihm, diese Mischung aus Wärme, Schweiß und Frau. Er küsste sie noch einmal, diesmal länger, mit offenem Mund, langsam und gründlich.

Mit vor Erregung schweren und dunklen Augen sah sie ihn an. Unbefriedigte Lust ließ ihren Mund zittern, und ihr ganzer Körper strömte nach wie vor die Hitze ihres Verlangens aus.

Sie war wirklich etwas Besonderes. Durch und durch eine Dame, smart, süß und selbstständig.

Und im Bett wie Dynamit.

Noah, der sich wie der glücklichste Mann auf Erden fühlte, strich ihr mit der Fingerspitze über den Mundwinkel. »Tut mir Leid.«

Aufmerksam betrachtete sie sein lächelndes Gesicht. »Du siehst aber nicht so aus, als ob dir irgendetwas Leid täte. Du siehst ...«

Sein Lächeln wurde breiter. »Zufrieden aus?«

»Ich weiß nicht recht«, erwiderte sie, um dann mit einem Anflug von Besorgnis in der Stimme zu fragen: »Bist du es denn?«

Noah lachte aus tiefstem Herzen auf. »Grace, du warst so verdammt gut, dass ich fast verrückt geworden bin.«

»Tatsächlich?«

Er nickte. »Deshalb bin ich auch so schnell gekommen. Und das tut mir wirklich Leid, meine Süße. Aber ich mach's wieder gut.«

»Das ist schon in Ordnung«, meinte sie immer noch atemlos und zitternd.

»Das ist überhaupt nicht in Ordnung.« Immer noch grinsend legte er sich neben sie und stützte sich auf den Ellenbogen, um ihren nackten Körper in seiner vollen Pracht betrachten zu können.

Es war eine wahre Wonne, Grace im Bett zu haben – Grace, deren Körper noch immer heiß und *willig* war. Am liebsten hätte er sie eine ganze Stunde oder noch länger nur mit Blicken erkundet.

Aber Grace brauchte im Moment mehr als das.

Ohne den Blick von ihrem Gesicht zu wenden, griff Noah nach ihrer Brust und drückte vorsichtig an der pinkfarbenen, geschwollenen Warze herum. Als sie erschauerte, sagte er leise: »Sch! Bleib ganz still liegen und lass mich machen.«

»Was willst du denn machen?«

Er fing ihren beunruhigten Blick auf und sagte mit leisem Spott in der Stimme: »Was immer ich möchte. So war das doch abgemacht, nicht wahr?«

Obwohl sie nickte, sah sie aus, als würde sie gleich in Ohnmacht fallen. Noah hatte nicht lange gebraucht, um zu begreifen, dass Grace es genoss, seinen sexuellen Wünschen nachzukommen. Es machte sie an, auch wenn sie sich dessen offenbar nicht bewusst war. Diese Mischung aus Unerfahrenheit, Neugier und sexuellem Wagemut haute ihn geradezu vom Stuhl.

Noah schob seinen erschöpften Körper hoch, bis er am Kopfende des Bettes lehnte. Dann zog er das Kondom ab und schmiss es in den Papierkorb, der neben dem Bett stand. Grace sah ihm fasziniert zu, wobei sie seinem Schwanz, der immer noch feucht schimmerte und bereits wieder hart wurde, besondere Aufmerksamkeit widmete. Verblüffend.

»Komm her, Grace.«

Sie warf ihm einen fragenden Blick zu, rutschte aber gehorsam neben ihn.

»Hierher«, sagte er, sich auf den Unterbauch klatschend. »Ich will, dass du dich mit dem Rücken auf mich legst, damit ich mich so mit dir beschäftigen kann, wie ich möchte.«

Sie wurde auf einmal sehr still und sah ihn beunruhigt an. »Ich weiß nicht, wie viel von alldem ich noch verkraften kann, Noah.«

Für eine Jungfrau war das eine ziemlich freimütige Bemerkung. »Glaub mir, Gracie, du schaffst noch einiges.« Noah streckte die Hand nach ihr aus. »Und das wirst du auch.«

Erregt und gleichzeitig ängstlich wimmerte sie auf. Trotzdem ließ sie es geschehen, dass Noah ihren Körper so arrangierte, wie er es sich vorstellte, so dass ihr Rücken auf seiner Brust ruhte, ihre weichen Beine weit über seinen muskulösen Schenkeln gespreizt waren und ihre Handteller flach auf der Matratze lagen. Während seine Lippen ihren Hals streiften, sagte Noah: »Und jetzt lieg ganz still, Gracie.«

Sie stöhnte voll freudiger Erwartung. Noah umfasste ihre beiden Brüste und zog sanft an den geschwollenen, empfindlichen Warzen. »Die meisten Frauen«, sagte er zu ihr, »können diese Berührung auch zwischen den Beinen spüren. Du auch?«

Sie nickte zitternd und wimmerte erneut auf.

»Fühlt es sich gut an?«

Keuchend stieß sie hervor: »*Zu gut.*«

»*Zu gut* gibt es nicht, meine Süße.« Noah küsste ihren Hals. Er war fest entschlossen, dass ihr das erste Mal in unvergesslicher Erinnerung bleiben sollte. »Machen wir einfach eine Weile so weiter, okay? Ich liebe deine Brüste.«

Sie bäumte sich auf. »Lieg jetzt still«, mahnte er sie.

»Ich ... ich kann nicht, Noah!«

»Doch, du kannst.« Er öffnete den Mund und biss sie behutsam in die Schulter, während er gleichzeitig an ihren Warzen zog, sie drückte und hin und her rollte.

Graces Finger krallten sich in das Betttuch. Ihr Stöhnen klang tief und rau. Noah ließ sich Zeit und fuhr fort, sie und sich selbst zu reizen, bis sie schließlich beide schwer atmeten. Sein erigierter Schwanz schob sich zwischen Graces feste Gesäßbacken. Er beschloss, auf diese Weise in sie einzudringen.

Verdammt, er wollte auf jede Weise in sie eindringen, in jeder nur denkbaren Position.

Er hörte, wie sie leise aufschluchzte, und bemerkte, dass sie heftig zu zittern begann. Er ließ die Hände über ihren Körper bis zu ihrem Bauch gleiten. »Mach die Beine noch breiter, Grace.«

Sie gehorchte sofort.

»Mmmmm«, sagte Noah, während er ihren ausgestreckten Körper betrachtete und sie mit den Fingerspitzen zwischen den Beinen berührte. »Verflucht. Du bist kurz davor zu kommen, nicht wahr? Siehst du, wie geschwollen deine kleine Klitoris schon ist?«

Als er sie mit dem Daumen bearbeitete, keuchte sie auf und bäumte sich hoch.

»Hör auf, dich zu bewegen, Grace«, rief er sie spielerisch zur Ordnung. »Halt still.«

»Das kann ich nicht.«

Noah steckte zwei Finger in sie hinein. Jetzt kam er bequem in sie hinein, da sie so nass war. Trotzdem spürte er, wie sie zusammenzuckte. »Bist du wund, Baby?«

»Nein. Ja. Ein bisschen.« Sie presste sich an ihn. »Du bist so groß.«

»Vor allem für diese kleine jungfräuliche Öffnung, wie?« Mit angehaltenem Atem wartete er auf ihre Antwort, während seine Finger immer tiefer vordrangen. Ihre Muskeln schlossen sich um seine Finger und zogen sich in schnell aufeinander folgenden Zuckungen zusammen. Noah war sich sicher, dass Grace noch Jungfrau war, wollte es aber aus ihrem eigenen Munde hören.

Damit er wusste, dass sie ganz ihm gehörte.

Ihr Kopf drückte sich gegen seine Schulter und ihre Gesäßbacken pressten seinen erigierten Schwanz zusammen. »Ja.«

Wilde Gefühle stiegen in ihm auf. Er legte seinen freien Arm unter ihre Brüste und zog sie fest an sich. Es dauerte einen Augenblick, bis er wieder sprechen konnte. Dann flüsterte er: »Möchtest du jetzt kommen, Grace?«

»Ja, bitte.«

Er zog seine Finger aus ihrem Körper und wandte sich wieder mit beiden Händen ihren Brustwarzen zu. »Zieh die Beine an«, befahl er mit leiser Stimme, »und mach sie so breit wie möglich.«

Sie gehorchte, doch Noah half noch ein wenig nach, indem er ihre Beine noch weiter auseinander drückte und so hinstellte, dass ihre Füße links und rechts von seinen Knien flach auf der Matratze standen.

Sie war weit offen, verwundbar und *willig.* »Versuch jetzt mal, dich wirklich nicht zu bewegen, meine Süße«, murmelte Noah. »Ich weiß, dass das nicht leicht ist, aber mach, was ich dir sage.«

Mit der einen Hand öffnete er ihr Geschlecht, mit der anderen fing er an, sie rhythmisch zu masturbieren, indem er mit den Fingerspitzen behutsam und gleichzeitig zielstrebig über ihre Klitoris strich, immer und immer wieder.

Ab und zu glitt er zwischen ihre Schamlippen, um ihre Nässe aufzunehmen und zu verteilen und seine Bewegungen zu variieren, damit sie nicht zu schnell kam. Er wollte, dass ihre Lust sich allmählich hoch schraubte, um dann in vollkommener Ekstase zu gipfeln.

Er wollte die Gewissheit haben, dass er ihr einen atemberaubenden Orgasmus verschafft hatte.

Er brauchte nicht lange. Schon nach wenigen Minuten schrie Grace auf und fing an zu keuchen. Sie konnte nicht länger stillhalten und warf sich in wilder Fleischeslust hin und her. Ihr Kopf rollte auf seine Schulter, so dass Noah ihre weichen, seidigen Haare auf seiner Brust spüren konnte. »Bist du so weit, Gracie?«, fragte er und küsste ihre Schläfe.

Grace antwortete mit ächzendem Stöhnen.

»Na gut.« Noah fühlte sich wie ein Welteneroberer, als er seine Berührungen konzentriert fortsetzte. Graces Herz hämmerte wie wild. Plötzlich wurde sie ganz steif, um dann mit einem lauten Schrei in Zuckungen auszubrechen.

»So ist's recht, Grace«, spornte er sie an, wobei er fast genauso wild wurde wie sie. »Ja, ja! Jetzt kannst du dich bewegen, Honey. Wie immer du willst.«

Und genau das tat sie auch, schreiend und bebend bäumte sie sich in wildem Rhythmus auf. Noah genoss jede Sekunde davon, genoss die Hingabe, mit der sie sich ihrem Orgasmus überließ, und ihre absolute Hemmungslosigkeit.

Als ihr Körper schließlich schlaff und kraftlos auf ihn sank, legte Noah seine warme Hand auf ihren Venushügel.

Von undefinierbaren Gefühlen übermannt, flüsterte er: »Gott, was bist du schön, Grace!«

Sie drehte ihr Gesicht so, dass sie sich mit der Wange gegen seine Brust schmiegen konnte, und murmelte etwas, das er nicht verstand. Noah drehte sie behutsam um und legte sie auf den Bauch neben sich. Sie gab einen tiefen Seufzer von sich, bewegte sich aber nicht. Er angelte über sie hinweg nach einem weiteren Kondom, streifte es über und kniete sich hinter sie.

»Ich werde dich noch einmal nehmen, Grace«, verkündete er, während er ihren nackten Rücken betrachtete. »So schnell dürfte ich eigentlich nicht wieder einen Steifen haben, aber du machst mich eben total an.«

Sie wedelte mit den Fingern der linken Hand, als gebe sie ihm ihre Erlaubnis. Wäre diese kleine Bewegung nicht gewesen, hätte Noah vermuten können, sie schlafe, so reglos lag sie da.

Vor lauter Entzücken schüttelte er den Kopf. Dann schnappte er sich ein dickes Kopfkissen, schob den Unterarm unter sie, um ihre Hüften anzuheben, und stopfte das Kissen daunter, bis sie praktisch kniete.

Als ihr Hintern auf einmal nach oben ragte, verflog Graces Lethargie im Nu. Alarmiert schaute sie hinter sich. »Noah, was ...«

Er hielt sie fest, indem er ihr die Hand ins Kreuz drückte. Beim Anblick ihrer aufreizenden Pose zogen sich Noahs

Schwanzmuskeln zusammen. Ächzend beugte er sich über sie und drang mühelos in sie ein.

»Sag mir, wenn ich dir wehtu, Honey.« Obwohl Grace nass und weich war, war sie doch an diese Art von körperlichem Exzess nicht gewöhnt. Noah wusste, dass es eigentlich zu früh war, um sie schon wieder zu nehmen, doch offenbar schaffte er es ihn ihrer Gegenwart nicht, sich zu zügeln und seine Gedanken, seine Gefühle und sein sexuelles Verlangen unter Kontrolle zu halten.

Sie fiel jedoch schnell in seine rhythmischen Bewegungen ein, und nach zehn Stößen war Noah so weit. Er stieß immer härter und schneller zu. Er genoss das Geräusch, wenn sein Bauch gegen ihren Hintern klatschte, genoss die Art, wie sich ihr Rücken krümmte und ihr das Haar über die Schultern wallte.

Gerade als sein Höhepunkt einsetzte, wurde auch Grace ganz starr, um dann mit einem langen, leisen, trägen Stöhnen ebenfalls zu kommen.

Danach sanken sie zusammen aufs Bett. Die Stellung war zwar nicht sonderlich bequem, aber keiner von ihnen war irgendwie erpicht darauf, sich zu bewegen. Was Noah nur recht sein konnte.

Er vermochte sich nicht zu erinnern, wann er das letzte Mal sexuell derart befriedigt gewesen war.

Es war verblüffend – und irgendwie seltsam –, dass er diese Befriedigung ausgerechnet bei Grace gefunden hatte.

Sechstes Kapitel

»Hast du Hunger?«

Grace rappelte sich hoch und versuchte, in kleinen Wellen einen klaren Kopf zu bekommen. Nach wie vor strömte ein unglaubliches Wohlbehagen durch ihren Körper. Stellen, auf die sie zuvor nie geachtet hatte, sehr intime Stellen, die plötzlich prickelten und kribbelten. Ihr Herz schien so schwer und voll zu sein, als wolle es jeden Moment zerspringen.

Noah hatte sie wild und leidenschaftlich geliebt. Noch vermochte sie kaum zu fassen, was gerade geschehen war, was sie gerade getan hatte – mit Noah.

O Gott, am liebsten hätte sie diesen Augenblick in die Arme geschlossen und für immer festgehalten.

Sie atmete tief durch, und dabei kam ihr noch stärker zu Bewusstsein, dass Noahs warmer harter Körper auf ihrem Rücken lag. Da er sich nicht aus ihr zurückgezogen hatte, war er noch immer ein Teil von ihr, gehörte er immer noch zu ihrem Körper. Sie waren miteinander verbunden, und für Grace war das viel mehr als etwas nur Körperliches. Sie liebte ihn so sehr, dass es fast schmerzte.

Sein ruhiger gewordener Atem strich ihr über das Ohr, was sie auch jetzt noch wie eine Liebkosung empfand, während seine Körperhaare ihr prickelndes Fleisch kitzelten. Es war einfach wunderbar.

Und dann bemerkte sie noch etwas anderes.

Ihr dicker Hintern ragte nach oben, weil ein Kissen unter ihrem Bauch lag!

Als sie sich den Anblick vorstellte, erstarrte sie und fühlte sich einen Moment lang beunruhigt und aufs Peinlichste berührt. Doch dann schüttelte sie das Gefühl ab und zuckte innerlich die Achseln. Vielleicht hätte sie zumindest erröten sollen, aber das Ganze war einfach zu unfassbar gewesen, als dass sie jetzt irgendetwas bereuen konnte.

Es würde ihr nicht schwer fallen, sich an dieses Dasein als Sexsklavin zu gewöhnen.

»Gracie?« Noah stemmte sich hoch und schob ihr langes Haar zur Seite, um ihren Nacken zu küssen. Als seine Lippen sie berührten, bekam sie eine Gänsehaut.

Sie zitterte vor Glück. »Hm?«

»Hast du Hunger?« Er strich ihr mit der Hand über die Seite bis zur Taille, um dort zu verweilen und auf Entdeckungsreise zu gehen.

Ihre Taille war nicht gerade straff und schlank, aber das machte Noah offenbar nichts aus. Er schien sich sogar an ihrem Fleisch zu ergötzen, denn er fing an, es mit seiner großen Hand durchzukneten. Nicht dass sie in diesen Dingen wirklich beschlagen gewesen wäre, aber sie bildete sich doch ein, Ekel erkennen zu können, wenn jemand ihn ihr gegenüber an den Tag legte. Und Noah war weit davon entfernt, Ekel zu empfinden. Er klang fast ... zärtlich.

»Grace?« Er küsste sie von neuem, und dann wieder und wieder, an den verschiedensten Stellen. Als er mit der Zunge über einen empfindlichen Punkt in ihrem Nacken fuhr, kräuselten sich ihr die Zehen. Grace seufzte und presste sich gegen ihn.

»O nein, das lass mal lieber«, schalt Noah sie. »Sonst gerate ich wieder in Versuchung. Wir brauchen Kaloriennachschub, Frau.« Um das zu unterstreichen, klatschte er ihr auf die Hüfte. »Was möchtest du essen?«

Grace hatte einen Bärenhunger, aber da sie sich übergewichtig fühlte, gab sie es nicht zu. In Gegenwart anderer zu essen machte sie immer befangen. »Nein, danke. Mach dir meinetwegen keine Umstände.«

Seine Lippen berührten noch immer ihre Haut, so dass

Grace sein Grinsen spürten. Es musste ihm gefallen, sie zu küssen, denn sonst würde er es wohl kaum so oft tun.

Ihr jedenfalls gefiel es jedenfalls ganz entschieden.

»Du verdienst es aber, dass man sich deinetwegen Umstände macht, Baby.« Er verpasste ihrer Schulter einen prickelnden Liebesbiss. »Denn du bist eine ganz heiße Frau. Höllisch sexy. Eine richtig Wilde.«

»Ich?« Jetzt errötete Grace tatsächlich – allerdings eher vor Freude als vor Verlegenheit. Als Wilde hatte sie noch niemand bezeichnet. Und als sexy auch nicht. »Aber ich habe doch nur dagelegen.«

»Und hast gestöhnt und gekeucht ... und bist gekommen.« Noah knabberte an ihrem Rücken entlang, um sein Kinn schließlich auf ihr Gesäß zu betten. Dann fügte er mit rauer Stimme hinzu: »Mir hat es gefallen.«

Grace lächelte voller Zufriedenheit. »Mir hat es auch gefallen. Ich habe gar nicht gewusst, dass Sex so ...«

»Explosiv sein kann?« Er biss sanft in ihre Hinterbacke, um gleich darauf die kleine schmerzende Stelle zu küssen.

»Ja.« Sie wand sich ein wenig hin und her, um es sich unter ihm bequem zu machen. Die Gedanken wirbelten ihr im Kopf herum. »Noah?«, fragte sie schließlich.

»Hm?« Er schob eine Hand unter ihre Brust, während er fortfuhr, an ihrem Hintern herumzuknabbern.

Grace hätte sich nie im Leben vorstellen können, dass sie einmal von einem Mann dort geküsst würde. Sie würde ein wenig Zeit brauchen, um sich daran zu gewöhnen.

Sie räusperte sich. »Bin ich jetzt auch mal dran? Darf ich dich auch mal anfassen?«

Noah hielt einen Moment inne. »Ja, doch, da ich ja schon zweimal gekommen bin. Ich glaube, so viel Selbstbeherrschung bringe ich auf.« Er verpasste ihr erneut einen zarten Liebesbiss, um sich dann ächzend neben sie plumpsen zu lassen. »Aber zuerst müssen wir etwas essen. Ich sterbe vor Hunger.«

Jetzt, da Noah nicht mehr auf ihr lag, fühlte Grace sich noch stärker zur Schau gestellt als zuvor. Sie wälzte sich vom Kissen herunter und setzte sich am Rand des Bettes auf, um ihre Sachen zu beäugen. Ihrer Ansicht nach hatten die nun wirklich ausgedient. Der Reißverschluss an ihrem Rock war kaputt. Ihr Pullover war der reine Sack.

Als sie hörte, wie das Bett knarrte, drehte sie sich um und sah, dass Noah aufstand, um nackt zum Wandschrank zu gehen. Er zog ein weißes Baumwollhemd heraus und reichte es ihr.

Grace beäugte das Hemd. »Äh ...«

Grinsend packte Noah sie bei der Hand und zog sie hoch. Grace konnte es sich nicht versagen, ihn von oben bis unten zu betrachten. Trotz all ihrer Unerfahrenheit wusste sie, dass Noah einen prachtvollen Körper hatte, der jede Frau in Wallung bringen würde. An ihm war kein Gramm Fett zu entdecken, nur Muskeln über Muskeln, glatte Haut, lange Beine und maskuline Kanten.

Während er ihre Arme in die Ärmel des Hemdes stopfte, betrachtete sie seine breiten Schultern, deren Muskeln sich kraftvoll spannten, wenn er sich bewegte. Er war ein dunkler Typ, und krauses schwarzes Haar bedeckte seine Brust, seine Beine und Unterarme. Grace hätte ihn am liebsten überall gestreichelt.

Von seiner Brust zog sich ein schmaler, ungemein sexy wirkender Streifen seidiger Haare über seinen Körper und teilte seinen Bauch in zwei Teile. Um den Nabel herum bildete er einen Wirbel und setzte sich dann nach unten fort, um in der Leistengegend in das dichtere Schamhaar überzugehen.

Sein Penis war jetzt schlaff und Grace starrte ihn hingerissen und voller Neugier an. Sie hatte ihn zu gern berührt, doch Noah hatte ihr bereits das Hemd zugeknöpft und wandte sich ab.

Sein Rücken war nicht weniger muskulös und sexy als

seine langen, kräftigen Beine. Selbst seine großen Füße machten sie an.

Noah ging zur Kommode hinüber und holte zwei Paar Boxershorts heraus. Er warf Grace das eine Paar zu, das ihr gegen die Brust klatschte.

Nachdem sie sie aufgefangen hatte, starrte sie die teure, silber und schwarz gestreifte Seidenunterhose verwirrt an.

»Zieh sie an, meine Süße. Wenn du hier mit nacktem Hintern rumläufst, garantiere ich dir, dass ich nicht in der Lage bin, meine Hände von dir zu lassen.«

Grace schaute zu Noah hoch. Das indirekte Kompliment war natürlich großartig, aber in diesem Augenblick ging ihr ein ganz anderer Gedanke durch den Kopf. »Du trägst seidene Unterwäsche?«

Noah lachte. »Die da habe ich geschenkt bekommen.«

»Von wem?« Agatha würde ihrem Enkelsohn wohl kaum Unterwäsche kaufen.

»Willst du das wirklich wissen?«, fragte Noah mit sanfter Stimme.

Oh. Sie schüttelte den Kopf, während Eifersucht in ihr aufstieg. Sie konnte sich kaum vorstellen, dass Kara sich traute, Männerunterwäsche zu kaufen, so dass es wohl eine der anderen Frauen gewesen sein musste, die ständig um Noahs Aufmerksamkeit buhlten.

Frauen jeden Alters fühlten sich von ihm angezogen. Damen der Gesellschaft beäugten Noah ebenso mit lüsternen Blicken wie ihre Sekretärinnen und Haushälterinnen. Sogar Kellnerinnen und Büroangestellte drehten sich nach ihm um und versuchten, einen Blick von ihm zu erhaschen.

Grace kannte Noah gut genug, um zu wissen, dass er während seiner Verlobung mit Kara nicht vom Pfad der Tugend abgewichen war. Er war einfach ein zu ehrenhafter Mann, um seine Verlobte zu betrügen, doch jetzt ... jetzt war er wieder ein freier Mann.

Er konnte Frauen haben, so viele er wollte.

»Ich bevorzuge gute alte Baumwolle«, erklärte Noah, um mit einem schelmischen Zwinkern hinzuzufügen: »Wie du.«

Über Graces Gesicht ergoss sich flammende Röte. Sie wusste, dass ihre Unterwäsche so ›praktisch] war, dass sie ausgesprochen hässlich wirkte – da aber bisher noch niemand diese Sachen gesehen hatte, hatte sie das nicht gekümmert.

Sie konnte sich jedoch durchaus vorstellen, was Noahs andere Geliebte getragen hatten. Kara, das wusste sie, würde nur die beste und feinste Wäsche tragen, die es für Geld zu kaufen gab. Und so schlank und zart wie Kara war, musste sie darin einfach umwerfend aussehen.

Grace runzelte nachdenklich die Stirn.

Als hätte er ihre Gedanken gelesen, meinte Noah: »Wir sollten mal einkaufen gehen. Es würde mir großen Spaß machen, dir Unterwäsche zu kaufen.«

Grace traf fast der Schlag. Niemals, nicht in einer Million Jahre, würde sie ihren übergewichtigen, drallen Körper in ein winziges Etwas von Reizwäsche zwängen. Allein bei dem Gedanken grauste es ihr schon.

Oft genug hatte sie Models gesehen, die Unterwäsche vorführten. Sie alle waren groß und gertenschlank und nicht etwa massig, mit dicken Brüsten, breiten Hüften und einer kaum zu erkennenden Taille.

Grace schüttelte sich viel sagend und reckte das Kinn in die Höhe. »Du hast gesagt, du willst nur Sex«, erinnerte sie Noah. Und, so sagte sich Grace, alles, was sie realistischerweise erhoffen konnte, war, dass Noah ihn eine Weile mit ihr haben wollte, bevor er beschloss, seine wiedergewonnene Freiheit zu nutzen und sich nach einer attraktiveren Gefährtin umzusehen.

Noah hielt kurz inne und stieg dann in seine eng anliegenden Baumwollboxershorts. Sie schmiegten sich an seine Hüften, seine Schenkel und ... sein Geschlecht. Grace konnte nicht aufhören, ihn anzustarren. Sie fragte sich, wie es sich wohl anfühlen mocht, ihn durch die Baumwolle hindurch anzufassen.

Mit einem Blick, der fast etwas Forschendes hatte, trat Noah auf sie zu. »Komm, ich helfe dir, das Ding anzuziehen, Gracie.«

Grace wich zurück, wobei sie die Seidenboxershorts vor die Brust presste. »Das schaff ich schon allein.«

Seine blauen Augen blitzten auf und seine dichten Wimpern senkten sich viel sagend. »Wir sind immer noch im Schlafzimmer, meine Süße.«

Das Kosewort stimmte sie milder. Sie schaute umher. »Ja, und?«

»Und hier gilt, was ich sage, nicht wahr? Und ich habe gesagt, ich werde dir beim Anziehen helfen.«

Grace stemmte die Hände in die Hüften. »Ich glaube, du nutzt unsere Abmachung auf unfaire Weise aus, Noah.«

Er umfasste ihren Nacken, um sie ein kleines Stück näher zu ziehen. »Aber«, fragte er mit warmer und rauer Stimme, »wenn ich dir jetzt befehlen würde, dich auf der Stelle hinzuknien, dann würdest du das doch tun, Grace, oder?«

Grace stellte sich vor, wie sie vor ihm kniete, ihren Mund auf gleicher Höhe mit seinen Boxershorts. Die Zehen kräuselten sich ihr in köstlicher Erregung, ihr Magen fing an zu flattern, und sie rang nach Atem. Sie leckte sich über die Lippen und senkte bereitwillig den Kopf. »Ja.«

»Gut. Etwas anderes habe ich auch nicht erwartet.« Seine rauen Fingerspitzen strichen ihr über den Nacken. Dann ließ er den Arm sinken und streckte fordernd die Hand aus. »Und jetzt gib mir die Boxershorts.«

Doch Grace hielt sie fest. »Willst du, dass ich mich, du weißt schon ... dass ich mich hinknie?« *Bitte, bitte, bitte.*

Er tippte ihr auf die Nasenspitze und bedachte sie mit einem feinen Lächeln, das eine unverhohlene Genugtuung ausdrückte. »Im Augenblick nicht.«

»Aber ...«

Noah nahm ihr die Shorts weg, bückte sich, um sie ihr zu halten, und sagte: »Steig rein, Grace.«

Und wie eine folgsame kleine Sexsklavin gehorchte sie.

Grace knabberte bloß an ihrem Käsesandwich und den Maischips herum, obwohl alles köstlich schmeckte und sie einen Bärenhunger hatte. Das Liebesspiel hatte tatsächlich ihren Appetit angeregt.

Aber natürlich wurde Hunger, wenn sie auf Noahs Schoß saß – darauf hatte er bestanden – zu einem *zweitrangigen* Bedürfnis.

Die Mischung aus Verlegenheit und Wollust, die sie empfand, war eine völlig neue Erfahrung für sie. Verlegen war sie, weil sie natürlich zu dick war, um bei irgendjemandem auf dem Schoß zu sitzen. Nicht, dass Noah sich darüber beklagt hätte. Ganz im Gegenteil, er streichelte und küsste sie in einem fort – und ebendas erklärte ihre Wollust.

In sexueller Hinsicht war ihr bisheriges Leben ausgesprochen dürftig gewesen. Nun aber brachen sich all die Empfindungen, die so lange brachgelegen hatten, stürmisch Bahn. Ihre bisherige Jungfräulichkeit war weniger einer vorsätzlichen Entscheidung entsprungen als vielmehr der Tatsache, dass kein Mann, von dem sie sich angezogen fühlte, jemals Interesse an ihr bekundet hatte.

Noah sprach sie enorm an – das hatte er schon immer getan – und schien auch seinerseits von ihrem Körper fasziniert, was sie für Interesse hielt. Das erstaunte Grace zwar, doch sie hatte nicht die Absicht, das Ganze zu hinterfragen. Sie wollte es einfach so lange genießen, wie es dauerte.

»Mund auf!« Noah hielt ihr einen Chip mit Pickles hin, den Grace bereitwillig verspeiste. Nie hatten ihr Pickles so gut geschmeckt.

»Ich hätte mit dir in irgendeinem netten Restaurant essen gehen sollen«, grummelte Noah. Er griff nach einer eisgekühlten Coladose, trank einen kräftigen Schluck und reichte die Dose an Grace weiter.

»Hier ist es doch auch nett.« Mehr als nett. Sie saßen in Noahs Wohnzimmer, in einem großen Polstersessel aneinander gekuschelt. Aus der Stereoanlage erklang Musik. Die Sonne strahlte nun nicht mehr ganz so hell durch die Balkontür, dafür wehte aber eine angenehme Brise herein, die den Duft des Frühlings mitbrachte.

Unter sich spürte Grace die kraftvolle Härte von Noahs muskulösen Schenkeln, hinter sich die Wärme seiner breiten Brust. Und er war so liebevoll.

»Außerdem habe ich hier nichts anzuziehen. Ein gewisser Jemand ...« Bei diesen Worten schaute sie ihn ostentativ an. »... war so unvernünftig, mich daran zu hindern, kurz bei mir hereinzuspringen und Kleidung zum Wechseln zu holen.«

Noah umfasste ihre Brüste durch das weiße Hemd hindurch. »Nicht unvernünftig, Grace. Zu geil.«

Grace lachte. Sie konnte sich nicht erinnern, jemals so ausgelassen gewesen zu sein. Es gefiel ihr sogar, dass Noah direkt aus der Dose trank, genau wie sie es selbst auch tat, wenn niemand sie dabei sehen konnte. Obwohl sie es nie jemandem eingestanden hätte, mochte sie den metallischen Geschmack, während sie es hasste, wenn die Limo vom Eis verwässert wurde.

Es gefiel ihr auch, sich die Dose mit Noah zu teilen, an derselben Stelle zu trinken, an der auch er getrunken hatte.

Noah unterschied sich gewaltig von den meisten Männern seiner Schicht. Er hatte jetzt zwar Geld und hatte auch gelernt, es auszugeben, doch es schien keine allzu große Bedeutung für ihn zu haben. Sein Leben drehte sich nicht ausschließlich um Geld oder Anschaffungen. Er hatte ... mehr Substanz.

Er interessierte sich für andere – und das merkte man ihm an.

Noah fuhr ihr mit einem Fingerknöchel über den Hals. »Soll ich jemanden in deine Wohnung schicken, damit er ein paar Sachen für dich holt?«

»Nein!« Grace tupfte sich den Mund mit einer Papierserviette ab und lehnte sich entspannt gegen seine Schulter. »Ich mag nicht, dass jemand in meinen Sachen herumwühlt, Noah.«

Noah schaute sie an und nickte dann. »Wie du willst.«

Während Grace ihn ansah, flammten seine strahlenden blauen Augen auf. Er starrte auf ihren Mund. »Willst du noch den Rest von deinem Sandwich?«

Da sie seinen Stimmungswechsel spürte, schüttelte Grace den Kopf. »Nein.« Im Augenblick war Essen das Letzte, woran sie dachte. Sie spürte nämlich, wie plötzlich etwas Hartes gegen ihr Gesäß drückte, und das Wissen, dass Noah wieder erregt war, löste bei ihr eine vergleichbare Reaktion aus. Ihr stockte der Atem und ihre Brustwarzen zogen sich zusammen. »Aber ich würde gern den Rest von dir haben.«

Sein Kopf schnellte hoch, und nach und nach breitete sich ein Lächeln über seinem attraktiven Gesicht aus. »Du meinst, dass du jetzt an der Reihe bist, mich zu berühren, Gracie?«

Gegen die Röte ankämpfend, die ihr ins Gesicht stieg, nickte Grace. »Ja.«

»Was hast du vor?«, fragte er mit leiser Stimme, während er sie näher zu sich heranzog und sie so drehte, dass er sie mehr oder weniger in den Armen hielt. Er stupste mit seiner Nase gegen ihre. »Erzähl mal.«

Mit flatterndem Herzen und gummiweichen Muskeln flüsterte Grace: »Ich dachte mir ...«

Ein Klopfen an der Wohnungstür ließ beide herumfahren. Noah runzelte die Stirn und wandte sich dann wieder Grace zu. »Ich höre.«

»Ähm ...« Sie schaute zur Tür hinüber. »Willst du denn nicht aufmachen?«

»Ich denk gar nicht dran.« Er gab ihr einen neckischen Kuss auf den Hals. »Ich habe hier ein sexy Weib auf dem Schoß, das mir gerade erzählen will, was für sündhafte Sachen sie mit meinem armen Körper vorhat. Da ist es mir wirklich scheißegal, wer vor der Tür steht.«

»Aber ...«

Noah nahm ihren Kopf zwischen die Hände und kippte ihn nach oben, um sie leidenschaftlich zu küssen. Den Mund auf ihren Lippen, sagte er: »Hey, ich sitze hier wie auf glühenden Kohlen, Grace.«

Das Klopfen wiederholte sich, diesmal nachdrücklicher.

»Äh ...«

»Achte einfach nicht drauf. Oder was noch besser ist, lass uns wieder ins Schlafzimmer gehen, wo *ich* das Sagen habe und dafür sorgen werde, dass du diese verdammte Tür vergisst.«

Noah machte Anstalten, mit Grace in den Armen aufzustehen. Quietschend schubste sie ihn in den Sessel zurück und lachte laut auf. »Okay, okay! Ich erzähl dir alles.«

Da schnappte plötzlich das Türschloss zurück, und eine Sekunde später öffnete sich schwungvoll die Tür.

Vor Verblüffung blieb ihnen das Lachen im Halse stecken. Noah und Grace starrten zur Tür.

Die tadellos gekleidete und adrett frisierte Kara trat ein. Sie ließ den Schlüssel in ihre Handtasche fallen, schloss die Tür und drehte sich um. Als sie Noah und Grace erblickte, klappte ihr der Unterkiefer herunter. »Ach herrje.«

Noah ließ sich mit finsterer Miene in den Sessel zurückplumpsen. »Was zum Teufel willst du denn hier, Kara?«

Mit vor Verlegenheit glühendem Gesicht schickte Grace sich an, von Noahs Schoß herunterzuklettern. Doch als hätte er ihre Absicht geahnt, schlang er die Arme um ihre Taille und hielt sie fest. Wenn sie es nicht auf eine Balgerei ankommen lassen wollte – bei der sie zweifellos den Kürzeren gezogen hätte –, blieb ihr nichts anderes übrig, als sitzen zu bleiben.

Deshalb war Grace gezwungen zu improvisieren.

Sie brachte, wenn auch unbeholfen, ein freundliches Lächeln zu Stande, mit dem sie die unerwartete Besucherin begrüßte. »Hallo, Kara.«

»Ich habe geklopft.« Kara blickte mit hochgezogener Augenbraue von Noah zu Grace und dann wieder zu ihm zurück. »Zweimal.«

»Wir haben nicht darauf geachtet«, erwiderte Noah barsch, um dann mit einem sarkastischen Lächeln hinzuzufügen: »Zweimal.«

»Ich habe angenommen, du seist nicht zu Hause.« Kara runzelte die Stirn und verschränkte die Arme. »Deshalb wollte ich hier auf dich warten.«

Sowohl Noah als auch Kara klangen so aggressiv, dass Grace es einfach nicht ertragen konnte. Es hatte doch schon genug Kummer und Leid gegeben. »Wir sind gerade ... beim Brunch. Möchtest du vielleicht ein Käsesandwich?«

Noah erstickte fast vor Lachen und drückte Grace an sich. »Sie ist nicht zum Essen hergekommen, Grace.«

Kara starrte Grace an. Zunächst registrierte sie, dass beide halb nackt waren. Dann bemerkte sie, wie Noah Grace auf dem Schoß hielt und fest gegen seine Brust drückte. Erstaunlicherweise schien Kara angesichts dieser intimen Umarmung eher verwirrt als wütend oder verletzt.

»Nein«, bestätigte Kara. »Ich bin wahrhaftig nicht zum Essen gekommen.« Sie räusperte sich und bedachte Grace mit einem viel sagenden Blick. »Ich würde gern mit dir reden, Noah.«

Abermals versuchte Grace, von Noahs Schoß zu schlüpfen, und abermals hielt er sie zurück. »Da hast du einen schlechten Zeitpunkt gewählt, Kara.«

»Noah«, zischte Grace, um dann flüsternd hinzuzufügen: »*Lass mich los.*«

Noah, der nicht so diskret war wie sie, erwiderte: »Ich

will dich aber nicht loslassen, Grace. Wir haben noch etwas vor.«

Grace lächelte Kara an. Dann griff sie nach hinten, um ihm voller Tücke an den Brusthaaren zu ziepen. Er jaulte auf und ließ sie los, um sich die schmerzende Stelle zu reiben. Im selben Augenblick sprang sie von seinem Schoß herunter.

Grace versuchte, so zu tun, als sei nichts geschehen, und sagte mit einer gewissen Unverfrorenheit: »Ich geh mich nur schnell anziehen und ...«

Noah packte sie bei der Hand und hinderte sie daran, sich auch nur einen einzigen Schritt von ihm zu entfernen. Er sah ... verärgert aus. »Du hast nichts anzuziehen, hast du das vergessen? Dein Rock ist kaputt.«

Grace überlegte, ob es ihr wohl gelingen würde, ihn zu erdrosseln. Wahrscheinlich nicht, so dick wie sein Hals war.

Kara rieb sich die Stirn. »Das ist doch lächerlich, Noah. Es dauert nur einen Moment.«

Er stellte sich neben Grace. »Ich ruf dich morgen an.«

»Es ist aber sehr wichtig.«

»Tatsächlich? Das hier auch.«

»Ich muss aber *jetzt* mit dir sprechen«, erwiderte Kara, die immer ärgerlicher wurde, mit rotem Gesicht.

Noah war drauf und dran, ihr eine ebenso unwirsche Antwort zu geben, doch in dem Augenblick drückte Grace, die sich wie ein Eindringling vorkam, seine Hand. »Sei doch vernünftig, Noah.«

Stirnrunzelnd blickte er zu Grace hinunter, die sich – zu ihrer eigenen Überraschung – von seinem wütenden Gesichtsausdruck nicht einschüchtern ließ, sondern ihn anlächelte und ihm ermunternd zunickte. Erstaunlicherweise gab Noah daraufhin nach.

Er seufzte und schüttelte missbilligend den Kopf. »Na schön, dann reden wir eben miteinander.« Und er setzte in kategorischem Ton hinzu: »Aber Grace bleibt hier.«

Wie ein Steinschlag donnerte die Erkenntnis durch Graces Kopf, dass Noah sie in dieser Situation an seiner Seite brauchte. Es war nicht so, dass er Kara aus lauter Gemeinheit etwas aufs Auge drücken wollte, weil zwischen ihnen irgendetwas vorgefallen war. In den letzten Tagen war er durch die Hölle gegangen und hatte sich mehr als nur einem Ankläger stellen müssen. Auch wenn er so tat, als mache ihm das alles nichts aus, musste es ihm wehtun, das wusste sie.

Und jetzt brauchte er Graces Beistand.

Den sie ihm freudigen Herzens gewähren würde.

Sie machte ihre Hand von der seinen los, wich aber nicht von seiner Seite. »Setzt dich doch, Kara. Darf ich dir vielleicht etwas zu trinken holen?«

Kara trat zum Sofa hinüber und nahm auf der Kante Platz. »Du spielst die Gastgeberin ja schon ganz gut, Grace«, bemerkte sie mit verdrossenem Lächeln.

Grace, die sich nicht sicher war, ob Kara sie aufzog oder es ernst meinte, lächelte zurück. »Danke.«

Grace wollte auf einem Stuhl Platz nehmen, doch Noah überrumpelte sie und zog sie wieder auf seinen Schoß. »Lass es uns hinter uns bringen, Kara.«

Grace hätte ihm am liebsten eine Ohrfeige gegeben, doch es war wohl vordringlicher, erst einmal Kara zu beruhigen, die offensichtlich sehr nervös war. Ihre Hände zitterten, ihr Blick war von Sorge umwölkt. »Ich werde niemandem etwas erzählen, das verspreche ich.«

»Und bei *ihr* kann man sich drauf verlassen«, fügte Noah hinzu – eine Bemerkung, die direkt auf Kara zielte.

Kara seufzte resigniert. »Na schön.« Sie faltete die Hände auf den Knien. Die Situation behagte ihr offensichtlich nicht, aber sie begriff, dass sie keine andere Wahl hatte. »Deine Großmutter glaubt, dass du mit Grace nur flirtest, um meine Aufmerksamkeit zu erregen. Um mich eifersüchtig zu machen.«

Noah schnaubte bloß.

Grace reagierte wesentlich lebhafter. »Aber ... das ist doch absurd! Ich bin nicht die Art Frau, mit der man jemanden eifersüchtig macht.«

Aus irgendeinem Grund veranlasste das Noah, erneut zu schnauben. Gleichzeitig drückte er sie so fest an sich, dass ihr die Luft wegblieb.

Jetzt blickte er wieder verärgert drein.

Kara nickte. »Mir ist natürlich klar, dass das nicht stimmt.« Dann fragte sie zögernd: »Oder?«

Zu Graces Erleichterung gab Noah seine aggressive Haltung auf. »Kara, ich wünsche dir wirklich alles Gute. Aber abgesehen von freundschaftlichen Gefühlen ist mein Interesse an dir erloschen. Ich bin mir noch nicht einmal sicher, ob dieses Interesse überhaupt jemals wirklich existiert hat, zumindest so, wie alle angenommen haben.«

Kara starrte auf ihre Hände, ohne zu widersprechen.

»War das alles, was du wolltest?«

»Nein, natürlich nicht.« Kara blickte zwischen beiden hin und her. »Agatha möchte, dass ich öfter im Restaurant auftauche, um deine Aufmerksamkeit zurückzugewinnen. Um sie und meine Eltern zu beschwichtigen, habe ich zugestimmt. Aber ich möchte nicht, dass du denkst, dass ich dir ... hinterherlaufe.«

Sie warf Grace einen kurzen Blick zu und leckte sich nervös über die Lippen. »Du bist bei dieser ganzen Geschichte sehr freundlich zu mir gewesen, Noah, und ich will dir keine weiteren ... Unannehmlichkeiten bereiten. Aber was Agathas Vorschlag betrifft ... nun, ich denke, davon könnten wir beide profitieren.«

Noah zog eine Augenbraue hoch. »Glaubst du?«

Karas offensichtliche Nervosität wuchs. »Du weißt doch, wie gerne ich ins Restaurant gehen würde.«

Mit dieser rätselhaften Aussage wusste Grace zunächst nichts anzufangen, doch Noah schien zu verstehen, worum es ging. »Stimmt, das Restaurant ist so etwas wie deine Stammkneipe«, sagte er. »Ich wünschte nur, ich hätte ein bisschen früher herausgefunden, weshalb. Dann wäre uns beiden einiges erspart geblieben. Aber ich habe ja auch nie behauptet, sehr helle zu sein.«

Ein Verdacht keimte in Grace auf, den sie jedoch nur mit Mühe mit dem, was sie wusste, in Einklang zu bringen vermochte. Konnte es sein, dass ein anderer Mann im Spiel war? Konnte irgendeine Frau noch Augen für einen anderen Mann haben, wenn sie Noah besaß?

Das war schwer zu glauben, und Grace beschloss, noch einmal in Ruhe darüber nachzudenken. Doch zunächst schaute sie Noah stirnrunzelnd an. »Natürlich bist du helle. Du bist ein brillanter Geschäftsmann.« Und um Kara Schützenhilfe zu geben, meinte sie noch: »Jeder ist gern im Restaurant, vor allem seit du dort Livedarbietungen eingeführt hast.«

Noah schaute Grace an und lachte glucksend. »Ja, eben.«

Kara errötete schuldbewusst, fuhr aber trotz des Unbehagens, das sie empfand, fort. »Meine Eltern hätten den Eindruck, dass wir versuchen, wieder miteinander ins Reine zu kommen. Nach einer Weile würden sie dann glauben, dass wir zwar versucht haben, unsere Differenzen beizulegen, aber gescheitert sind. Damit wäre uns beiden gedient.«

»Damit würdest du nur das Unvermeidliche vor dir herschieben, Kara, und das weißt du auch. Früher oder später musst du ihnen sowieso die Wahrheit sagen.«

Kara schloss die Augen. »Dazu bin ich im Augenblick noch nicht in der Lage.«

Noah schüttelte angewidert den Kopf. »Na schön. Von mir aus kannst du so oft ins Restaurant kommen, wie du willst. Das kratzt mich nicht.«

»O Noah, danke!« Sie strahlte über das ganze Gesicht. »Ich habe gehofft, dass du dich dazu durchringen kannst.«

»Es ist mir schon deswegen schnuppe«, fuhr Noah mit einem Achselzucken fort, »weil *ich* nicht mehr im Restaurant sein werde.«

»Wie bitte? Warum denn nicht?« Kara schien in Panik zu geraten. »Erzähl mir bitte nicht, dass du ausgerechnet jetzt Urlaub machst. Das ist die denkbar ungünstigste Zeit ...«

»Agatha hat mich enterbt, Kara. Du warst doch dabei.«

»Ach, das.« Kara tat das Ganze mit einer Handbewegung ab. »Du weißt, dass sie das nicht ernst gemeint hat. Sie war einfach enttäuscht, dass wir nicht heiraten, und dann hat sie vor Wut um sich geschlagen. Das hatte überhaupt nichts zu bedeuten. Das weißt du doch sicher.«

Wie nebenher, als sei er sich dessen gar nicht bewusst, streichelte Noah Graces Arm. Grace spürte, wie verletzt er war. Die Vorstellung, dass seine Großmutter es fertig brachte, ihn mit einer derartigen Gefühllosigkeit zu behandeln, die dann im Nachhinein angeblich nichts zu bedeuten hatte, war schwer zu verkraften. In der Hoffnung, ihm damit ein wenig Trost zu spenden, tätschelte sie seine Hand.

»Es hat mir nichts ausgemacht, dass sie sich an mir ausgetobt hat, Kara. Aber sie hat auch Grace gefeuert.«

»Aber ... warum denn das?«

»Sie fürchtet, Graces Anwesenheit könnte dich beleidigen.«

»Sie hält mich für *die andere Frau*«, fügte Grace hinzu. Insgeheim fühlte Grace sich von dieser Annahme geschmeichelt, obwohl sie das niemandem gegenüber zugegeben hätte.

»Aber das ist doch absurd!«, stöhnte Kara.

Grace nickte zustimmend, während Noah sich empört aufrichtete und Grace jetzt noch fester an sich drückte. »Was zum Teufel ist denn daran so absurd?«

Kara, die spürte, dass sie ihn verärgert hatte, blickte verdutzt drein, um dann schnell zu sagen: »Äh ... vielleicht sollte ich mal mit Agatha reden ...«

»Das würde nichts helfen«, sagte Noah. »Agatha hat ihre eigenen Gründe für ihr Tun und lässt sich von niemandem umstimmen.«

Kara bestätigte das mit einem Nicken. »Grace, das tut mir wirklich Leid.«

Grace zuckte die Achseln. »Ist schon okay. Ich werde sicher einen anderen Job finden.«

»Nein, das ist überhaupt nicht okay«, entgegnete Noah. »Ich bin jedenfalls mit ihr fertig. Ich werde nicht mehr in *Harper's Bistro* zurückgehen.«

Kara atmete theatralisch aus, was für sie absolut untypisch war. »Aber Noah, wenn du nicht dort bist, habe ich auch keinen Grund, dort zu sein.«

»Bis auf den wahren.«

Grace sah, wie Kara errötete. Es ging also um jemanden im Restaurant? Das würde erklären, warum Kara unbedingt dort sein wollte.

Grace ging in Gedanken alle Männer durch, die dort in verschiedenen Schichten arbeiteten, aber keiner von ihnen konnte an Noah heranreichen. Andrew, der Maître d'hôtel, war ein attraktiver, stattlicher Mann, aber er war auf onkelhafte Weise freundlich und nett. Er war ganz gewiss nicht der Typ Mann, der das Herz einer jungen Frau schneller schlagen ließ. Außerdem war er verheiratet.

Dann gab es noch Enrique Deltorro, genannt ›der Bulle‹, ein vierzigjähriger Latino, den Noah angestellt hatte, damit er während der Dinnerzeit die Gäste mit Livemusik unterhielt. Doch der war ein notorischer Schürzenjäger, eine extravagante Erscheinung mit Ohrring und zahlreichen Kettchen. Jede Nacht schleppte er eine andere Frau ab. Selbst wenn der Altersunterschied und die äußere Erscheinung vielleicht keine Rolle spielten, konnte Grace sich nicht vorstellen, dass Kara sich mit so vielen Rivalinnen abfände.

Und die Küchenchefs, nun, um die beneideten sie alle Restaurants in der Stadt, so viel stand zumindest fest. Sie waren ebenso kultiviert und gebildet wie Kara, aber auch hier konnte Grace sich nicht so recht vorstellen, dass eine junge, attraktive Frau sich von ihnen angezogen fühlte. Sie deckten das ganze Spektrum von klein und dick bis groß und spindeldürr ab.

Bei den Kellnern handelte es sich freilich größtenteils um junge, attraktive Männer. Grace hatte schon öfter gehört, dass sie als regelrechte ›Hengste‹ galten. Sie waren smart, amüsant und kontaktfreudig. Aber waren sie auch Karas Typ? Wie musste ein Mann beschaffen sein, um sie von Noah fortzulocken?

Kara ergriff erneut das Wort und riss Grace aus ihren Grübeleien.

»Noah«, sagte sie flehentlich, »meine Eltern haben selbst dich nur mit Ach und Krach akzeptiert, und du bist immerhin mit Agatha verwandt. Ich wage es einfach nicht, ihr Wohlwollen noch stärker zu strapazieren.«

Noah grinste. »Willst du damit sagen, dass ich nur das kleinere Übel bin?«

Karas dunkelblaue Augen sahen ihn traurig an. »Tut mir Leid, aber so ist es nun mal.«

In dem Augenblick verlor Grace die Geduld. Alles Mitleid, das sie für Kara empfunden hatte, löste sich in nichts auf. »Das ist ja wohl die lächerlichste Sache, die ich je gehört habe.«

Vor Wut schäumend, saß sie auf Noahs Schoß, die Hände zu Fäusten geballt. »Noah ist ein wunderbarer Fang, und deine Eltern hätten entzückt sein müssen, ihn zum Schwiegersohn zu bekommen. Ich bin mir eigentlich ziemlich sicher, dass sie auch entzückt *waren.*«

Noah gab sich keine große Mühe, sein Grinsen zu verbergen. »Lass gut sein, Grace«, beschwichtigte er sie. »Ich habe mir nie Illusionen über das gemacht, was Hillary und Jorge von mir halten.«

Grace drehte sich jäh zu ihm um. »Ich lass es überhaupt nicht gut sein. Das ist doch empörend.« Mit ausgestrecktem Finger wies sie auf Kara. »Die hatte verdammtes Glück, dich zu bekommen!«

Kara schluckte schwer.

Zu spät erkannte Grace, welcher Fauxpas ihr da unterlaufen war. Mit einem Stirnrunzeln wandte sie sich an Kara. »Ich meine natürlich nicht ...«

»Ich weiß, was du meinst, Grace. Und du hast ja Recht. Noah ist ein wunderbarer Mensch. Der Beste, den es gibt.« Kara sah Noah an und brachte das erste Lächeln zu Stande, seit sie in die Wohnung hereingeschneit war. »Sie verteidigt dich wie eine Glucke ihre Küken.«

»Ja.«

»Und offenbar genießt du das auch noch. Ich bin erstaunt.«

Noah zuckte derart die Achseln, dass Grace beinahe von seinem Schoß gekippt wäre. Es gefiel ihr gar nicht, dass sich die beiden über sie unterhielten, als sei sie aus dem Zimmer gegangen.

Um Noah ihre Gefühle unmissverständlich klar zu machen, stieß sie ihn beim Aufstehen absichtlich mit dem Ellbogen. »Ich habe mehr als genug zu diesem Gespräch beigetragen.« Bevor sie sich hier noch weiter demütigte, ergriff sie lieber die Flucht. »Ich werde mal anrufen, damit mein Auto abgeschleppt wird.«

Noah stand ebenfalls auf. »Warum hast du es denn auf einmal so eilig?«

Was war dieser Mann manchmal doch schwer von Begriff! Glaubte er wirklich, dass es ihr Spaß machte, wenn das Gespräch zwischen ihm und der Frau, mit der er so lange verlobt gewesen war, sich ausgerechnet um sie drehte? Doch von alldem sagte sie nichts, sondern antwortete nur: »Ich muss nach Hause, um mich zu duschen und mir frische Sachen anzuziehen.«

»Du kannst auch hier duschen.«

»Noah!« Rot bis an die Haarwurzeln, trat Grace nahe an ihn heran und zischte: »In puncto Diskretion hast du noch eine Menge zu lernen.«

Er verdrehte die Augen. »Du hast doch gerade gesagt, wie klug ich bin.«

Grace vermutete, dass es schwer war, sie ernst zu nehmen, wenn sie eines seiner riesigen Hemden und ein Paar gestreifter Boxershorts aus Seide trug.

Zum Glück hatte Kara ihre Aufmachung nicht kommentiert, obwohl sie ihr mit Sicherheit nicht entgangen war.

Kara erhob sich ebenfalls, und obwohl sie noch immer besorgt wirkte, grinste sie. »Ich glaube, Noah ist sehr diskret gewesen. Und dafür bin ich dir wirklich dankbar, Noah.« Dann wandte sie sich an Grace. »Es ist wirklich nicht nötig, dass du so überstürzt aufbrichst. Ich werde jetzt ohnehin verschwinden. Ich muss über ein paar Dinge nachdenken.«

Noah stemmte die Fäuste in die Hüften und schaute Kara an. »Du solltest deinen Leuten eine Chance geben. Vielleicht sind sie verständnisvoller, als du glaubst.«

»So wie Agatha dir gegenüber?«

»Das ist etwas anderes.«

»Inwiefern denn? Sie hatten alle die gleichen Erwartungen.«

»Dass wir heiraten und glücklich und zufrieden zusammenleben, bis dass der Tod uns scheidet?« Er lachte höhnisch auf. »Allmählich habe ich den Verdacht, dass denen viel mehr an unserer Hochzeit gelegen war als dir oder mir.«

Grace starrte Noah an und fragte sich, was er wohl gerade dachte. Er hatte seine undurchdringlichste Miene aufgesetzt, so dass sie es wirklich nicht zu sagen vermochte.

Kara hängte sich die Handtasche über den Arm und strich sich ihr glattes, kurzes braunes Haar zurecht. »Ich wünsch dir alles Gute, Noah.«

Er schlang den Arm um Graces Taille und zog sie an sich. »Ja, ich dir auch.«

»Im Augenblick«, flüsterte Kara, »sieht leider alles sehr finster aus.«

Als sie sich zum Gehen wandte, sagte Noah: »Kara?«

»Ja?«

»Mein Schlüssel!«

Mit einem wehmütigen Lächeln holte Kara den Apartmentschlüssel aus der Handtasche. »Vermutlich werde ich ihn ja nicht mehr brauchen. Und«, fügte sie mit einem Blick auf Grace hinzu, »sicher möchtest du nicht, dass es zu weiteren peinlichen Störungen kommt.«

»Das hast du ganz richtig erkannt.« Noah nahm den Schlüssel und schloss seine Finger um ihn.

Grace wartete, bis Kara die Wohnung verlassen hatte. Dann riss sie sich von Noah los. Gleich zog er sie wieder an sich.

»Noah!« Sie trommelte ohne viel Erfolg gegen seine harte Brust. »Falls es dir noch nicht aufgefallen sein sollte: Ich bin wütend.«

»Warum?« Er beugte sich hinunter, um ihren Hals zu küssen und an ihrem Ohr zu knabbern.

»Du hast mich blamiert.« Hatte er das denn wirklich nicht bemerkt?

»Wie?« Er lehnte sich ein Stück zurück, um sie verwirrt anzusehen. »Weil ich das mit dem Duschen gesagt habe?«

»Das war absolut unangebracht.«

»Mit dir zu duschen scheint mir aber höchst angebracht.« Er küsste sie noch einmal, und Grace merkte, wie ihr Zorn rasch dahinschmolz. Sie machte sich deswegen keine Vorwürfe. Dafür war dies alles viel zu neu und unerwartet für sie. Selbst in ihren Träumen war Noah nie derart aufmerksam, nie derart von ihr gefesselt gewesen. Es reichte, um selbst die vernünftigste Frau aus der Fassung zu bringen.

»Noah«, beschwerte sich Grace, wenn auch nicht sehr heftig, »ich muss aber wirklich nach Hause fahren.«

Stöhnend ließ er seine Stirn auf ihre Schulter sinken. »Warum?«

»Ich muss meinen AB abhören, jemand muss sich mein Auto ansehen, ich brauche eine Dusche – *in meinem eige-*

nen Bad – und frische Sachen. Und ich muss mich richtig ausschlafen, damit ich mich gleich morgen Früh auf Jobsuche machen kann.«

»Du willst dich morgen schon nach einem neuen Job umsehen?«

In seiner Stimme schwang Enttäuschung mit. Hatte er sie denn wieder sehen wollen? »Noah, ich lebe von meinem Gehalt. Natürlich werde ich nicht gleich verhungern. Ich war klug genug, für schlechte Zeiten etwas auf die hohe Kante zu legen. Aber ich kann die Arbeitslosigkeit auch nicht auf die leichte Schulter nehmen, und deshalb hat die Jobsuche absolute Priorität.« Und weil sie eigentlich ihm diese Priorität einräumen wollte, fügte sie hinzu: »Tut mir wirklich Leid.«

Er betrachtete sie einen ausgedehnten Augenblick lang. Dann nickte er. »Das kann ich verstehen. Ich muss mich ohnehin auch um einige Dinge kümmern.«

Grace wurde ganz flau im Magen. »Oh.«

Sein schiefes Grinsen geriet ihm sehr charmant. »Ja. Hast du vergessen, dass ich mir auch einen neuen Job suchen muss?« Als er ihr überraschtes Gesicht sah, kicherte er. Dann umarmte er sie und hob sie hoch. »Hast du vergessen, dass du nicht die Einzige bist, die gefeuert wurde?«

»Aber das ist doch wohl ...«

»Nein, sag es lieber nicht, Grace. Ich werde nicht wieder für sie arbeiten. Bevor Agatha und ich uns wieder vertragen und bevor es wieder so etwas wie ein Familienleben geben kann, muss sie erst einsehen, dass sie nicht so mit mir umspringen kann.«

Obwohl es Grace schwer fiel, musste sie Noah Recht geben. Weil Agatha wusste, wie viel ihm das Restaurant bedeutete, glaubte sie, ihn damit unter Druck setzen zu können. »Das wird sie sehr treffen.«

»Sie wird drüber hinwegkommen. Ich kenne doch meine Großmutter. Außerdem wird es ihr wahrscheinlich gefallen, wieder am Geschehen teilzuhaben. Sie hatte sich ja nur zurückgezogen, weil sie glaubte, das gehöre sich so, aber nicht, weil sie dachte, ich könne es besser machen als sie.«

»Aber du hast es besser gemacht. Als ihre Privatsekretärin bin ich auch in ihre Finanzverhältnisse eingeweiht. Ich weiß, dass sie jetzt über ein wesentlich größeres Vermögen verfügt als vor deiner Zeit. Ihr Grundkapital hat sich nahezu verdoppelt. *Harper's Bistro* genießt einen guten Ruf und hat seinen Profit verdoppelt. Und alle ihre Vermögensinvestitionen zahlen sich aus – was dir zu verdanken ist.«

»Hey, nun schreib mir mal nicht zu viel zu, Grace. Schließlich hat mich Agatha von meinem siebzehnten Lebensjahr an in geschäftlichen Dingen erbarmungslos unterwiesen.«

Grace streckte die Hände aus und umfasste Noahs Gesicht. Gewiss, Agatha hatte ihm die Grundlagen vermittelt, doch dass er es so weit gebracht hatte, verdankte er seinem Instinkt, seinem Köpfchen und seinem gesunden Menschenverstand. Es war eigentlich erstaunlich, dass er selbst unter diesen Umständen noch bereit war, das Verdienst mit seiner Großmutter zu teilen. »Weißt du eigentlich, dass du etwas ganz Besonderes bist, Noah?«

Sogleich trat wieder das faszinierende Funkeln in seine Augen. Gerade als er sich zu ihr herunterbeugen wollte, klopfte es erneut an der Tür.

»Was ist denn nun schon wieder?«, stöhnte Noah.

»Vielleicht hat Kara etwas vergessen«, kicherte Grace. »Du hast ihr ja den Schlüssel abgenommen.«

Bevor Grace Einspruch erheben konnte, ging Noah zur Tür, schaute durch den Spion und öffnete.

Blitzschnell sprang Grace hinter die Couch. Da dort auch noch ein Couchtisch stand und sie ja nicht sonderlich zierlich war, wurde es reichlich eng. »Noah! Wir sind doch nicht richtig angezogen.«

»Es ist nur Ben«, rief er ihr zu. »Und der hat meine Unterhosen schon mal gesehen.«

»Aber nicht an mir!«

Als Grace Ben lachen hörte, spähte sie über die Sofalehne zu ihm hinüber. Die durchzechte Nacht schien ihn nicht sonderlich mitgenommen zu haben. Im Grunde genommen sah er genauso gut aus wie immer.

Sein schwarzes Haar war vom Wind zerzaust, und seine ebenso schwarzen Augen lächelten. Er trug ein weißes Poloshirt, das nicht zugeknöpft war und eine üppige Fülle attraktiven Brusthaars sehen ließ. Das Hemd bildete einen scharfen Kontrast zu seiner sonnengebräunten Haut und steckte ordentlich in seinen verblichenen, eng anliegenden Jeans.

Ben grinste, so dass seine kräftigen weißen Zähne zu sehen waren. Außerdem bildete sich in seiner linken Wange ein Grübchen. »Hi, Gracie.«

»Ben.« Grace verging fast vor Verlegenheit. »Würdest du dich bitte mal umdrehen, damit ich schnell ins ...« Sie hielt inne, denn sie wollte um keinen Preis zugeben, dass ihre Sachen auf dem Fußboden von Noahs Schlafzimmer lagen. »... damit ich schnell aus dem Zimmer schlüpfen und mich anziehen kann.«

»Ich weiß nicht recht«, neckte Ben sie. »Du hast mich ziemlich neugierig gemacht. Du trägst Noahs Unterhosen, sagst du?«

Noah der Schuft grinste nur. »Sie sieht echt süß darin aus.«

»Tatsächlich?« Ben tat so, als wolle er auf das Sofa zukommen.

Grace stockte das Herz. »Ben Badwin, du drehst dich jetzt sofort um!«

Ben blieb stehen und wandte sich Noah zu. »Die kreischt ja. Ich habe Grace noch nie kreischen hören.«

»Tja.« Noah nickte, während er Grace nachdenklich betrachtete. »Aber sie hat auch eine harte Nacht hinter sich.«

»Noah!« Die beiden würden es noch schaffen, sie in den Wahnsinn zu treiben.

Er zwinkerte ihr zu. »Was hast du denn für eine schmutzige Fantasie, Honey? Ich meinte damit, dass Agatha dich gefeuert hat.«

»Oh.«

Ben erstickte beinah vor Lachen.

»Findest du es lustig«, sagte Grace, die immer noch hinter dem Sofa kauerte, herausfordernd, »dass ich keinen Job mehr habe?«

Bens Miene erstarrte zu einer komischen Grimasse. »Du meinst, die alte Hexe hat dich wirklich rausgeschmissen? Das ist doch wohl ein Witz!«

»Doch, das stimmt«, sagte Noah, bevor er zu Grace hinüberging. »Komm schon raus, Grace. Ben sieht auch nicht hin.«

»Großes Pfadfinderehrenwort«, bestätigte Ben, der sich jetzt endlich umdrehte.

Als Grace nach draußen flitzte, spürte sie auf einmal Noahs Hand am Hintern. Sie warf ihm einen finsteren Blick zu, woraufhin er sagte: »Ich versuche nur, dir behilflich zu sein.«

»Na klar.« Sie drehte sich zur Seite, um den Korridor hinunterzugehen. »Euch beiden sollte man einen Tritt geben.«

Als Grace die Tür von Noahs Schlafzimmer hinter sich zugeknallt hatte, ging ihr durch den Kopf, wie ähnlich sich die beiden Brüder doch waren – sowohl äußerlich wie auch in ihrem verdrehten Humor. Doch bevor sie ihren zerknautschten, ramponierten Rock, der zum Glück noch einen Knopf am Bund hatte, ganz angezogen hatte, lächelte sie schon wieder.

Siebentes Kapitel

Ben wartete, bis Grace fast außer Sichtweite war. Dann schielte er hin. Er konnte einfach nicht anders. Es war schon frappierend genug, dass Noah offensichtlich Interesse an Grace hatte, sich sogar sexuell mit ihr eingelassen hatte. Die Vorstellung, dass Grace in Boxershorts herumhüpfte, machte das Ganze jedoch noch mal so interessant.

Er vermochte indes nur einen flüchtigen Blick auf ihre nackten Beine und ihren üppigen, in einem von Noahs weißen Hemden steckenden Körper zu werfen, weil Noah ihm schon im nächsten Moment einen Schubs gab.

»Du hast ihr versprochen, nicht hinzugucken.«

»Na ja, ich war aber nie bei den Pfadfindern.« Ben musterte seinen älteren Bruder. »Was zum Teufel geht hier eigentlich vor, Noah?«

»Das habe ich dir alles schon gestern Abend erzählt.«

»Von Grace hast du mir kein Sterbenswörtchen erzählt. Ich weiß noch, dass sie hier hereingeschneit kam – so betrunken war ich nicht, um mich nicht mehr daran erinnern zu können.« Er stemmte die Hände in die Hüften. »Aber jetzt frage ich mich, ob sie überhaupt wieder gegangen ist.«

»Das geht dich nichts an, Ben.« Noah ging in die Küche und legte den Wohnungsschlüssel auf den Kühlschrank. Ben folgte ihm.

»Sie ist ein nettes Mädchen.«

»Sehr nett«, stimmte Noah ihm zu, um dann mit der ihm eigenen Feierlichkeit hinzuzufügen: »Grace ist anders als alle Frauen, die ich je kennen gelernt habe.«

Ben zog sich einen Küchenstuhl heran und machte es sich darauf bequem. »Hast du was zu trinken?«

»Hast du gestern Abend nicht genug getrunken?«

»Mehr als genug, um die Wahrheit zu sagen«, erwiderte Ben grinsend.

Noah brummte zustimmend und fragte: »Soll ich Kaffee kochen?«

»Ja, bitte, und zwar einen starken. Ich bin immer noch ein bisschen verkatert, vielleicht hilft das Koffein da ja.« Er rieb sich die Schläfen. »Erinner mich daran, dass ich nie wieder mit dir trinke.«

»Dito.« Noah kramte in den Schränken herum, während Ben über die Situation nachdachte.

Er betrachtete Noah eingehend und stellte fest, dass er entspannter aussah, als er es in den letzten Monaten getan hatte. Selbst nach diesem fürchterlichen Besäufnis wirkte er ... friedlicher.

Außerdem schien er massiger. Sein Bruder war ein Bild von einem Mann, was Ben mit großem Stolz erfüllte. Aber heute wirkte er ... enorm. »Bilde ich mir das bloß ein, oder bist du tatsächlich massiger geworden?«

Noah zuckte die Achseln, während er den Kaffee in den Filter tat. »In den letzten Monaten war ich ziemlich oft im Sportstudio, um meinen Frust am Punchingball und jedem, der sich als Sparringspartner zur Verfügung stellte, auszulassen.«

»Sexuellen Frust?« Das war eine rhetorische Frage, denn Ben hatte Noah von Anfang an darauf hingewiesen, dass Kara nicht die warmherzige, aufgeschlossene Frau war, mit der man als Mann gern verbändelt sein wollte. Nicht, dass er Experte in puncto Ehe gewesen wäre – und auch nicht, dass er es sonderlich eilig gehabt hätte, sich zu binden. Im zarten Alter von neunundzwanzig war Ben der Ansicht, dass ihm noch etliche Jahre blieben, bevor er sich über diese Angelegenheit Gedanken machen musste.

Gleichwohl wusste er verdammt gut, dass er sich, wenn

er jemals heiraten sollte, eine Frau suchen würde, die bereit war, ihm einhundertundfünfzig Prozent zu geben – im Bett und auch sonst.

»Das spielt jetzt keine Rolle mehr«, sagte Noah in lässigem Ton, von dem Ben sich jedoch nicht täuschen ließ.

Sein Verdacht wuchs. »Was meinst du damit, dass Grace anders ist?«

Mit dem Rücken immer noch zu Ben, grummelte Noah: »Veranstaltest du hier ein Quiz, oder was?«

»Ich bin nur neugierig.«

»Manche Dinge gehen dich einfach nichts an.«

»Du hast also was mit Grace?« Diesmal saß der Hieb. Mit grimmigem Stirnrunzeln drehte Noah sich zu Ben um.

»Grace ist völlig ungekünstelt. Geradezu.« Mit nachdenklichem Gesichtsausdruck verschränkte er die Arme. »Weißt du, ich möchte fast sagen *furchtlos*, aber das ist nicht das richtige Wort.«

»Wie wär's mit redlich?«

Noah dachte kurz nach und nickte dann heftig. »Ja, das passt zu Grace.« Er grinste. »Und sie hat etwas Beschützendes.«

»Dir gegenüber?«

Noah gab Wasser in die Kaffeemaschine und schaltete sie ein. Dann zog er sich einen Stuhl heran. »Ja. Eine fatale Sache. Grace hat keine Hemmungen, mir die Hölle heiß zu machen, aber wenn das jemand anders versucht, gerät sie in Rage.«

»Sie ist ein mütterlicher Typ.« Das war Ben schon bei seiner ersten Begegnung mit Grace aufgefallen.

Er konnte sich noch an den Tag erinnern, als Grace ihn aufgesucht hatte. Sie hatte Noah durch ihre Tätigkeit bei Agatha kennen gelernt, und als Agatha ihr anvertraut hatte, dass noch ein weiterer Enkelsohn ausfindig gemacht worden war, den sie aber nicht anerkannte, hatte dies Graces Gerechtigkeitssinn verletzt. Deshalb war sie zu ihm ins Hotel gekommen, und Ben hatte damals gedacht, dass sie so ungefähr die süßeste Frau war, die er je getroffen hatte. Arglos bis an die Grenze der Verletzbarkeit. Das hatte den Beschützer in Ben geweckt, doch seltsamerweise ließ ihr Verhalten darauf schließen, dass sie *ihn* beschützen wollte.

Das hatte Ben gleich bemerkt.

Manchmal hatte er das Gefühl, Grace wolle jeden beschützen und umsorgen. Das gehörte einfach zu ihrer Natur.

»Sie scheint sich nicht darüber im Klaren zu sein, dass ich gar nicht verhätschelt werden will, dass ich ganz gut auf mich selbst aufpassen kann«, meinte Noah.

Ben zog die Augenbrauen hoch. »Ab und zu kann es auch ganz nett sein, verhätschelt zu werden. Meine Mutter liebt es, jemanden zu verhätscheln.«

»Ja. Brooke ist großartig.«

Ben nickte. Im Gegensatz zu Noah hatte er eine wunderbare Mutter, die sich in seiner Kindheit und Jugend rührend um ihn gekümmert hatte. Seit sie von Noahs Existenz wusste, hatte Brooke versucht, ihn ebenfalls zu bemuttern, doch Noah hatte sich gegen alle ihre Bemühungen gesperrt.

Gegen Grace sperrte er sich offenbar nicht.

Freilich konnte Grace ziemlich bestimmt sein, wenn sie sich eine Sache in den Kopf gesetzt hatte. Grace nahm an, dass Noah angesichts seiner Kindheit einen enormen Nachholbedarf hatte. Ben hatte seinen Vater nie vermisst. Eigentlich empfand er nur Ekel gegenüber dem Mann, der bis auf seinen Samen nie etwas für ihn übrig gehabt hatte. Eben deshalb ging Ben in dieser Hinsicht kein Risiko ein. Niemals hatte er ungeschützten Sex, und Männer, die es ohne Kondom machten, hielt er für gewissenlos.

»Kein Wunder, dass du Grace für etwas Besonderes hältst«, sagte Ben schließlich, »wenn man bedenkt, was für einen Typ Frau du in deiner Jugend kennen gelernt hast.« Nach allem, was Ben erfahren hatte, war das Leben der meisten jungen Frauen, mit denen Noah liiert gewesen war, bevor Agatha ihn aufgenommen hatte, von Prostitution, Drogenabhängigkeit und anderen Auswüchsen der Verzweiflung geprägt gewesen. Ben wurde jedes Mal das Herz schwer, wenn er an das Milieu dachte, in dem Noah aufgewachsen war.

Und er war äußerst dankbar, dass sie sich schließlich doch noch begegnet waren und er nun einen Bruder hatte, der wie ein Teil von ihm zu sein schien. Noah war zweifellos der feinste Mensch, den Ben kannte.

Spuckend und zischend verkündete die Kaffeemaschine, dass der Kaffee fertig war, und Noah stand auf, um zwei Becher voll zu gießen. »Es ist mehr als das. Du hast ja Recht, wenn du sagst, dass Grace nicht so ist wie diese Frauen. Aber sie ist auch nicht wie die anderen Frauen ihres gesellschaftlichen Umfelds.«

»Du meinst Agathas gesellschaftliches Umfeld?«

Noah reichte ihm eine Tasse mit dampfendem Kaffee. »Wie auch immer. Ich kenne jedenfalls keine andere Frau, die sich mit Käsesandwiches zum Dinner begnügt und dabei auch noch meine Boxershorts getragen hätte.«

Ben brach in ein so plötzlich Gelächter aus, dass er beinahe seinen Kaffee auf den Tisch gespuckt hätte.

Und dann marschierte Grace herein.

Sie hatte sich das Haar gebürstet und ihren ramponierten Rock und ihre Schuhe angezogen. Noch immer trug sie Noahs weißes Hemd, das lose über dem Rock ging und ihr bis zur Mitte des Oberschenkels reichte. Ein merkwürdiges Outfit, dessen Teile in keiner Weise zueinander passten – und trotzdem sah sie darin hinreißend aus.

Sie verschränkte die Arme vor ihrem ausladenden Busen und betrachtete die beiden Männer, um den Blick schließlich ganz auf Noah zu richten. »Ich hoffe, du hast nichts dagegen, dass ich mir dein Hemd ausleihe. Ich muss es sowieso reinigen lassen und brauche es, um meinen kaputten Reißverschluss zu verstecken. Hättest du vielleicht auch noch einen Beutel oder so was für meine Strumpfhose und meinen Pullover? Die kann ich einfach nicht mehr anziehen.«

»Was ist mit deinem BH? Hast du den an?«

Ben lehnte sich genussvoll zurück. Er hatte noch nie zuvor erlebt, dass sein Bruder eine Frau absichtlich in Verlegenheit brachte. Im Gegenteil: Noahs höfliche Art Frauen und Kindern gegenüber war geradezu berühmt. Doch Ben musste zugeben, dass es ein wahres Vergnügen war, Grace durcheinander zu bringen, so dass er Noah die Sache nicht allzu sehr verübeln konnte.

Grace klappte der Unterkiefer herunter, um gleich darauf wieder zuzuschnappen. Störrisch verzog sie den Mund, ließ sich aber nicht ködern. Langsam und deutlich sagte sie: »Ich rufe jetzt ein Taxi.«

Noah setzte sich auf seinem Stuhl hoch. »Kommt gar nicht in Frage. Ich fahr dich nach Hause.«

»Du brauchst mich nicht nach Hause zu fahren, vielen Dank.«

»Ich mach's aber trotzdem.«

»Noah.« Sie bedachte Ben mit einem Blick, als bitte sie ihn um Nachsicht für Noahs schlechte Manieren. Ben zwinkerte ihr zu.

Grace seufzte. »Noah, du hast doch Besuch.«

»Das ist doch bloß Ben«, sagte er wegwerfend. »Der will auch nicht, dass du dir ein Taxi nimmst.«

Ben war froh, dass Grace ihn nicht fragte, ob das stimme. Eigentlich wusste er nämlich nicht so recht, was Noah gegen ein Taxi einzuwenden hatte, wollte ihm aber auch nicht in den Rücken fallen oder in ihre Kabbelei hineingezogen werden.

»Ich möchte jetzt gehen, und ich bin kein Kind mehr«, verkündete Grace. »Ich kann sehr gut mit einem Taxi nach Hause fahren.«

»Nein.«

»*Doch*«, erwiderte Grace halsstarrig.

Noah übertraf sie in seiner Halsstarrigkeit freilich noch. »Kommt überhaupt nicht in Frage, Grace.«

Bens Ansicht nach gaben die beiden ein ausgesprochen amüsantes Pärchen ab. Noah brauchte jemanden wie Grace. Sie war eine Frau, die sich nicht herumkommandieren ließ, die sich aber in die Schusslinie warf, wenn es galt, jemanden zu beschützen, der ihr am Herzen lag. Ihr weibliches Durchsetzungsvermögen konnte durchaus mit Noahs starker, dominanter Persönlichkeit mithalten. Und Grace war Gott sei Dank keine Frau, die mit ihrer Meinung hinterm Berg hielt. Noah hatte ehrliche Frauen immer geschätzt, genau wie Ben.

In diesem Augenblick klingelte Noahs Telefon, so dass Grace den Streit nicht fortsetzen konnte. Noah erhob sich von seinem Stuhl und griff nach dem Hörer an der Wand. Da der Apparat an der gegenüberliegenden Wand angebracht war, kehrte er Grace den Rücken zu. »Hallo?«, stieß er barsch hervor.

Mit finsterem Blick musterte Grace seinen Rücken, und einen Moment lang glaubte Ben, sie würde ihm gleich die Zunge herausstrecken. Doch sie riss sich zusammen und ließ sich auf den Stuhl fallen, auf dem Noah gesessen hatte.

Ohne sich darüber klar zu sein, wie beredt ihre Geste war, griff sie nach Noahs Becher und trank einen Schluck Kaffee.

Schon im nächsten Augenblick stellte sie den Becher aber wieder auf den Tisch und schüttelte sich. »Pfui Teufel, wer hat denn *den* Kaffee gemacht? Der ist ja grauenhaft!«

Ben prostete ihr zu. »Wir brauchten beide einen Koffeinkick.«

Graces Miene wurde weicher. Sie schob die Tasse weit von sich. »Das sind wohl die Nachwirkungen des gestrigen Besäufnisses?«

»Als ich heute Morgen aufgewacht bin, habe ich erst geglaubt, mir seien die Augen aus dem Kopf getreten. Ich hab den ganzen Tag gebraucht, um mich wenigstens ansatzweise wieder wie ein Mensch zu fühlen.«

Grace lächelte. »Hoffentlich hast du was aus der letzten Nacht gelernt.«

Ben musterte sie eingehend. Noahs Hemd stand ihr wirklich gut. »Vor allem habe ich gelernt, dass der Spaß erst anfängt, wenn ich weg bin.«

Während ihr Gesicht sich mit Röte überzog, sah sie ihn stirnrunzelnd an.

In diesem Augenblick schwoll Noahs Stimme an und zog die Aufmerksamkeit der beiden auf sich. »Zum letzten Mal, Andrew, das ist nicht mein Problem. Nein heißt nein, und damit basta.« Er zögerte einen Moment und knurrte dann: »Ich habe dir doch gesagt, dass ich gefeuert bin und nichts mehr machen kann. Ruf Agatha an und sag ihr, was los ist. Sie ist diejenige, die den neuen Küchenchef eingestellt hat, nicht ich.«

Grace sah Ben erschrocken an, der das Gesicht verzog. »Ärger im Restaurant?«

»So was habe ich befürchtet.« Grace legte besorgt die Stirn in Falten und sah zu Noah hinüber. »Agatha hat darauf bestanden, einen neuen Küchenchef einzustellen. Letzte Woche habe ich ein Vorstellungsgespräch mit ihm geführt und Agatha danach gesagt, dass er ziemlich aufbrausend ist.« Sie blickte Ben an. »Ehrlich gesagt, er ist ein unverschämter, hochnäsiger Fatzke. Aber für Agatha hat nur sein Ruf als Koch gezählt, sein Charakter war ihr völlig egal. Hört sich so an, als hätte er seine Stelle gerade angetreten.«

Ben grinste. »Perfektes Timing von seiner Seite. Er hat's geschafft, mitten im Chaos aufzukreuzen.«

Grace konnte der Situation wenig Komisches abgewinnen. »Agatha braucht Noah, aber er hat völlig Recht, wenn er meint, dass sie ihn mit seinem Interesse am Restaurant erpressen will. Ich weiß nicht, was man da tun kann.«

Ben stützte die Ellbogen auf den Tisch auf und schaute sie an.

»Tun? Grace, du bist ebenfalls gefeuert worden. Von daher dürfte das wohl kaum dein Problem sein.«

Sie schüttelte den Kopf. »Ich weiß ja, wie du zu Agatha stehst. Aber ihr seid alle eine Familie. Diese Zwietracht ist nicht gut.«

»Zwietracht bringt Agatha erst richtig in Schwung.«

»Sie hat jetzt Angst, die Kontrolle über das Ganze zu verlieren.«

Ben konnte sich zwar nicht vorstellen, dass Agatha Harper vor irgendetwas Angst hatte, aber da er wusste, dass Grace ihr zugetan war, gab er Ruhe. »Mir fällt gerade etwas ein.«

»Wie man den Streit beilegen könnte?«

Ben schnaubte. »Quatsch. Ich meine, ich breche ohnehin in ein paar Minuten auf. Ich muss noch einiges erledigen, und wenn du willst, bring ich dich nach Hause.«

Da Noah gerade auflegte, hörte er Bens Vorschlag. »Ich fahr sie nach Hause.«

Grace stand auf. »Nein, das wirst du nicht. Du musst ins Restaurant fahren.«

Noah funkelte sie wütend an. »Den Teufel werde ich tun. Ich arbeite nicht mehr für Agatha, folglich ist das auch nicht mehr mein Problem. Damit kann sie sich auseinander setzen. Soll sie doch sehen, wie sie damit klarkommt.«

»Das hat überhaupt nichts mit dem zu tun, was zwischen dir und Agatha vorgefallen ist.« Sie legte ihm die Hand auf die Brust und sah ihn ernst an. »Du musst schon wegen all der Angestellten, die dir gegenüber absolut loyal sind, wegen all der Freunde, die du dort hast, fahren. Du bist es ihnen schuldig, ihnen alles zu erklären, ihnen alles begreiflich zu machen, Noah.«

Noah blickte noch finsterer drein. Es war interessant, die beiden zu beobachten, denn Grace wich keinen Schritt zurück, sondern trat sogar noch näher an Noah heran. Sie nahm die Hand von seiner Brust, um sie ihm auf die Wange zu legen.

Ben betrachtete das alles mit ehrfürchtigem Staunen.

»Denk mal darüber nach, Noah. Willst du, dass irgendjemand von ihnen sich so dumm verhält, dass Agatha ihn auch noch rausschmeißt? Du hast mir erzählt, dass Andrew ein perfekter Maître sei und dass er nicht nur Frau und Kinder zu ernähren hat, sondern auch noch seine alten Eltern unterstützt. Und du hast gesagt, dass Enrique ganz begeistert war, als er eingestellt wurde, dass er darin eine Chance sah, sich häuslich niederzulassen.«

Noah stieß ein höhnisches Lachen aus. »Tja, diese Einschätzung muss ich wohl korrigieren. Enrique ist einfach ein wilder Hund, den du an keine Leine legen kannst.«

Diese Bemerkung schien Grace nachdenklich zu machen, obwohl Ben bezweifelte, dass sie verstand, was Noah damit meinte. Schließlich schüttelte sie den Kopf und fuhr verbissen in ihrer Argumentation fort.

»Und was ist mit Greg, Dean und Michael? Sie finanzieren ihr Collegestudium mit Trinkgeldern. Wer würde sie denn, falls sie gefeuert werden, für so viel Geld einstellen und bei der Arbeitszeit auch noch ihre Stundenpläne berücksichtigen?«

Noah verdrehte die Augen und sah Ben an. »Hast du gewusst, dass Grace solch ein penetrantes Weibsbild ist?«

Mit einem entrüsteten Aufschrei ließ Grace ihn los.

»Doch«, meinte Ben, während er sie angrinste. »Diesen Eindruck habe ich schon lange. Zumindest bei den Dingen, die ihr wichtig sind.« Und Ben hatte keine Zweifel daran, dass Noah für Grace sehr wichtig war. Sie wollte einfach nicht, dass er sich irgendwann Vorwürfe machte.

Vor Wut kochend drehte Grace sich um, um theatralisch aus dem Zimmer zu rauschen, doch Noah zog sie zurück und schloss sie in die Arme. Mit Interesse beobachtete Ben, wie Noah sie derart leidenschaftlich küsste, dass sie leise stöhnte und sich an ihn klammerte.

Da er sich für zu jung und zu einsam hielt, um Zeuge eines solchen Ausbruchs der Gefühle zu werden, ließ Ben die beiden allein und ging aus der Küche. Der Gedanke, dass Noah und Grace nun ein Paar waren, verblüffte ihn nach wie vor. Und er kam nicht umhin, sich Sorgen um Grace zu machen. Wie Noah ganz richtig gesagt hatte: Grace war einmalig und verdiente besondere Aufmerksamkeit. Er hoffte, dass Noah das nicht vergessen würde.

Gleichwohl überzeugte ihn die Verbindung immer mehr. Die beiden ergänzten einander, und es war deutlich zu merken, dass Noah Grace sehr sexy fand. Ben hatte es nie erlebt, dass Noah Kara so angesehen hatte, wie er jetzt Grace ansah.

Zwei Minuten später gesellten sich Grace und Noah wieder zu ihm. So wie Noah lächelte, konnte nur ein höchst zufriedener Mann lächeln, während Graces Gesicht von Röte überzogen war.

»Sie wird mit dir nach Hause fahren«, verkündete Noah.

»Und«, murmelte Grace, »Noah fährt ins Restaurant, um dort die Wogen zu glätten.«

»Ein Kompromiss?«, fragte Ben, der verflucht sein wollte, wenn er nicht fast so zufrieden war wie sein Bruder. Grace war nicht nur eine freundliche, intelligente Frau, sie war auch vernünftig und hatte einen beruhigenden Einfluss auf Noah – und genau das brauchte er jetzt, nach allem, was er durchgemacht hatte.

Wenn Noah bloß nicht behauptet hätte, dass er den Gedanken an eine Ehe ein für allemal ad acta gelegt habe. Denn Grace mit ihrem großen Herzen und ihrer noch größeren Unschuld war ganz entschieden eine Frau zum Heiraten.

Besorgt runzelte Ben die Stirn. Er hatte keine Ahnung, wie das alles enden würde, aber er vertraute darauf, dass

Noah das Richtige tun würde. Und unterdessen würde er selbst einfach die Show genießen.

Grace war ungemein erleichtert, dass sie auf dem Weg zu Bens Truck außer Graham niemandem begegnet waren. »Danke, dass du mich mitnimmst«, sagte sie zu Ben.

Er fädelte sich in den Verkehr ein und nickte. »Kein Problem. Ich wollte sowieso gehen. Ich bin nur kurz vorbeigekommen, um nach Noah zu sehen und mich zu vergewissern, dass er heute nicht mehr trinkt.«

»Du weißt, dass Noah so etwas nicht tun würde.«

»Ich weiß, dass er gestern Abend fuchsteufelswild war. Was ich nicht wusste«, frotzelte Ben, »war, dass du geblieben bist, um ... seinen Zorn zu beschwichtigen.«

Grace kämpfte erfolgreich dagegen an, erneut rot zu werden. »Ich hoffe nur, dass dein Besuch nicht meinetwegen so kurz ausgefallen ist.«

»Nee. Ich habe eine Anzeige aufgegeben, weil ich in der Bar eine neue Kellnerin brauche. In einer Stunde muss ich im Hotel sein, um zwei Bewerbungsgespräche zu führen. Drück mir die Daumen, dass eine von beiden in Frage kommt, sonst bin ich nämlich ziemlich aufgeschmissen.«

»Willst du jemanden einstellen?« Grace mochte Bens kleines Hotel am anderen Ende der Stadt. Es war schlicht, aber sauber, mit etwa zwanzig Zimmern, die U-förmig um einen rechteckigen Pool lagen. Es verfügte über einen Raum mit zwei Billardtischen und eine kleine Bar, in der man Drinks, Suppen und Sandwiches bekam.

»Ja. Eine meiner Angestellten hat mich von heute auf morgen sitzen lassen. Seitdem hab ich es schon mit drei Frauen versucht, aber mit keiner von ihnen hat es geklappt.«

»Wie kommt das?«

»Also, die Erste hat sich an mich rangemacht.«

Grace lachte auf. »Oh, und das ist natürlich ein enormes Problem für dich!«

»Doch, das ist es«, erwiderte Ben, indem er so tat, als sei er gekränkt, um dann in ernsthaftem Ton fortzufahren: »Ich lasse mich nämlich aus Prinzip nie mit Angestellten ein, weil das zu rechtlichen Komplikationen führen könnte. Leider war die betreffende Lady eine von der ganz hartnäckigen Sorte.«

Fasziniert drehte sich Grace zur Seite, um ihn anzusehen. »Was hat sie denn gemacht?«

Ben warf ihr einen kurzen Blick zu. »Willst du das wirklich wissen?«

»Ja.« Grace hatte Ben schon immer für einen echten Frauenhelden gehalten. Die Vorstellung, dass er eine Frau abgewiesen hatte, machte sie neugierig.

»Also irgendwie war sie zu der Überzeugung gelangt, ich hätte Geld. Wahrscheinlich dachte sie, das Hotel gehöre mir oder so. Deshalb wollte sie sich mich als Ehemann angeln. Eines Nachts ist sie dann in meinem Zimmer aufgetaucht. Später hat mir ein anderer Mitarbeiter erzählt, dass sie mich bis zum Gehtnichtmehr vögeln wollte, weil sie sich einbildete, ich würde mich wahnsinnig in sie verlieben, wenn ich erst mal auf den Geschmack gekommen wäre.«

Grace biss sich auf die Unterlippe. So wie Ben es darstellte, hörte sich das Ganze wie die lächerlichste Idee der Welt an – und er hatte Recht. Sex und Liebe hatten oft nichts miteinander zu tun. Trotzdem würde sie jetzt keine Schuldgefühle entwickeln, nur weil sie mit Noah Sex gehabt hatte. Er war ihr Wirklichkeit gewordener Traum, und sie hatte die Absicht, jeden Augenblick zu genießen.

Grace räusperte sich. »Da du im Hotel wohnst, dürfte es für eine Frau vermutlich recht einfach sein, sich in dein Zimmer zu schleichen, wie?«

»Ziemlich einfach«, stimmte Ben zu. »Alle, die im Hotel arbeiten, wissen, wo meine Suite ist, schon mal deswegen, weil sie dort keinen Zutritt haben.«

»Was hast du getan, als du sie entdeckt hast?«

Er warf Grace einen Blick zu. »Ich bin ins Bett gefallen, ohne das Licht anzuschalten. Ich hatte einen sehr langen Tag hinter mir und schlief schon halb.«

»Ben?«

»Ich wusste ja nicht, wer es war«, verteidigte er sich. »Es war sozusagen ein Reflex.«

»Du hast sie aus dem Bett geschmissen?«

»Ja, hab sie auf den Fußboden geschleudert. Das hat ihr nicht sonderlich gefallen.« Er grinste, als schwelge er gerade in einer seiner schönsten Erinnerungen. »Sie fing an, herumzuschimpfen und Radau zu machen. Ich hab aber noch lauter geschimpft, und bevor wir fertig waren, wusste bereits das halbe Hotel, was los war. Da die Gute nackt war, hat mein Mangel an Interesse sie besonders gefuchst. Am Ende ist sie dann gegangen.«

»Nackt?«

Er lachte. »Nein. Erst hat sie sich ihr Kleid angezogen. Aber im Korridor musste sie Spießruten laufen. Damit war die Geschichte dann glücklicherweise beendet.«

Grace schüttelte ungläubig den Kopf. »Was habe ich doch für ein abgeschottetes Leben geführt!«

»Ja, das glaube ich auch.«

Seine schnelle Zustimmung verdross sie. *So* abgeschottet war es auch nicht gewesen. Sie verstand einiges von der Welt. »Was war mit den beiden anderen?«

»Eine hat mich beklaut. Ich habe sie dabei erwischt, wie sie gerade eine Flasche Whiskey in ihrer Handtasche verschwinden lassen wollte. Die andere kam ewig zu spät.«

Grace war kein dreister Mensch, aber sie brauchte nun mal einen Job, und die Gelegenheit schien einfach zu günstig, um sie sich entgehen zu lassen. »Darf ich dich mal fragen, was du zahlst?«

»Das Grundgehalt ist nicht besonders hoch, aber die durchschnittlichen Trinkgelder sind sehr gut.« Als er eine Summe nannte, war Grace überrascht.

»Im Ernst? Nur für das Servieren von Drinks?«

»Die Arbeit ist nicht so einfach, wie du dir das vielleicht vorstellst, Grace. An den Wochenenden und Abenden ist manchmal die Hölle los. Einige der Gäste können eine echte Plage sein. Die Tabletts sind schwer, die Leute werden ungeduldig ...«

»Wie sieht es mit der Arbeitszeit aus?«

Als begriffe er erst jetzt, worauf ihre Fragen abzielten, sagte Ben: »O nein, Grace. Wirklich. Das wäre nichts für dich.«

»Warum nicht?«

»*Warum nicht, warum nicht?*«, grummelte er. »Erstens einmal müsstest du an den Wochenenden bis spät in die Nacht arbeiten.«

»Das wär für mich kein Problem.«

Er stöhnte und murmelte: »O Gott!« Dann fügte er laut hinzu: »Grace, wirklich, die Männer machen da die ganze Zeit die Frauen an und ...«

Sie lachte. »Ich glaube kaum, dass ich mir *deshalb* Sorgen machen muss, Ben. *Mich* machen keine Männer an.« Doch dann schoss ihr ein ganz bestimmter Gedanken durch den Kopf, so dass sie sich am liebsten in ihrem Sitz verkrochen hätte. »Ach so, du willst für den Job bestimmt eine Frau, die sexy und schlank ist.«

»Nein!« Er blickte von der Straße weg, um sie empört anzusehen. »Verflucht noch mal, so habe ich das überhaupt nicht gemeint.« Er kam an eine rote Ampel und hielt an. Sich ihr zudrehend, sagte er:. »Außerdem *bist* du sexy.«

Da er mehr oder weniger zu diesem ungeheuerlichen Kompliment gezwungen gewesen war, ignorierte es Grace. »Ich würde natürlich keine Bevorzugung erwarten, aber ich würde mich gern um die Stelle bewerben, Ben.«

»Grace ...« Ben klang fast verzweifelt. »Was soll denn aus deinen Dates mit Noah werden, wenn du jeden Abend arbeitest?«, fragte er.

»Wir haben keine Dates.«

Erneut sah er sie an, diesmal mit ungläubigem Staunen. »Da hatte ich aber einen anderen Eindruck.« Die Ampel schaltete auf Grün und er fuhr los.

Grace überlegte, wie sie ihm das erklären sollte. Zusammenkünfte mit einer Sexsklavin – dieser Ausdruck hatte es ihr wirklich angetan – konnten doch wohl kaum als Dates gelten. Mit Bestimmtheit hätte sie das allerdings nicht zu sagen vermocht, denn sie hatte zuvor noch nie Sex gehabt, geschweige denn die Rolle einer solchen Sklavin übernommen. Sie hatte noch nicht einmal sonderlich viele Dates gehabt. Gleichwohl spürte sie genau, dass es da einen Unterschied gab.

Natürlich konnte sie Ben all das nicht erklären. »Wir haben keine Dates«, insistierte sie.

»Noah wird das überhaupt nicht gefallen«, stellte Ben fest.

»Noah hat mir nichts zu sagen.« Außer im Schlafzimmer. »Wenn das dein einziger Einwand ist, kann ich ja wohl einen Bewerbungsbogen ausfüllen, oder?«

Ben fuhr sich mit der Hand durch die Haare, die gleich zu Berge standen. Er biss die Zähne zusammen und knurrte: »Ja, klar. Warum nicht? Komm doch morgen mal vorbei und probier aus, ob dir die Arbeit zusagt. Sagen wir so gegen Mittag?«

»Mach ich. Was ich noch sagen wollte, Ben ...«

»Ja?«, sagte er mit matter Stimme.

»Danke.«

Agatha tigerte durch den Raum und wusste nicht, was sie tun sollte. Dass sie in dieser wahnwitzigen Situation die Fäden aus der Hand verloren hatte, ging ihr gewaltig gegen den Strich. Offenbar hatte sie immer weniger Einfluss auf andere, je älter sie wurde. Das war unerträglich. Seit sie erwachsen war, hatte sie es stets geschafft, ihre kleine Welt nach ihren Vorstellungen zu dirigieren.

Nur bei ihrem Sohn war ihr das nicht gelungen. Pierce hatte bei jeder Gelegenheit rebelliert. Sie hatte ihn geliebt, auch wenn er sie oft enttäuscht hatte. Bisweilen hatte er sogar Dinge getan, die äußerst peinlich gewesen waren.

Agatha seufzte und drehte eine weitere Runde um ihren Schreibtisch – eine langsame Runde, denn in letzter Zeit hatte sich ihre Arthritis wieder bemerkbar gemacht, und diese ganze lächerliche Angelegenheit setzte ihr enorm zu. Alt zu werden war die reinste Hölle.

An der hinteren Wand hing ein großes Ölgemälde von Pierce, angefertigt ein Jahr vor seinem Tod. Agatha wappnete sich innerlich gegen den Schmerz des Versagens und schaute das Bild an. Ihr Sohn und ihr Enkelsohn hatten die gleiche, prachtvolle Gesichtsfarbe. Attraktive Schlingel waren sie beide. Gleichermaßen dickköpfig. Der eine wie der andere entschlossen, alles auf seine Weise zu machen und sich nicht dreinreden zu lassen.

Doch es gab auch einen gewaltigen Unterschied zwischen beiden.

Wenn Noah so oft darauf bestand, alles auf seine Weise zu machen, dann veranlassten ihn sein angeborener Stolz und seine Charakterstärke dazu – Eigenschaften, die Agatha ungemein beeindruckten.

Pierce war selbstzerstörerisch und derart egozentrisch gewesen, dass es ihm völlig egal war, wen er in seinem Drang, frei und unbelastet von gesellschaftlichen Restriktionen zu leben, alles verletzte. Obwohl Noah das wachsame Auge der Gesellschaft ebenfalls verachtete, war er doch bereit, für sich und andere Verantwortung zu übernehmen.

Viele ihrer Freunde begegneten Noah wegen seines Backgrounds mit Argwohn. Ihm haftete etwas Dunkles an, das sie nicht verstanden. Noah strahlte eine kaum gebändigte Kraft aus, die das Ergebnis eines von Armut und Misshandlung geprägten Lebens war. Nein, ihre Freunde verstanden Noah nicht, doch sie respektierten ihn alle.

Agatha wandte sich von dem Bild ab. Sie hatte Pierce alles gegeben. Wahrscheinlich zu viel. Er war verzogen gewesen und hatte für seine Pflichten nichts als Verachtung übrig gehabt.

Noah hatte es ihrem Sohn und dessen Gewissenlosigkeit zu verdanken, dass er unter derart erbärmlichen Bedingungen aufgewachsen war. Agatha kniff sich in den Nasenrücken, um die dummen Mitleidstränen zu unterdrücken. Die wollte und brauchte Noah nicht. Er war auf eine Weise stark, wie es sein Vater nie gewesen war.

Er war stärker, als sie wohl jemals werden würde.

Was Noah gebraucht hatte, war die Anleitung, die sie ihm gegeben hatte: eine Starthilfe, um finanziell erfolgreich zu sein, und eine solide Grundlage für den Rest seines Lebens, so dass man ihn auch noch akzeptieren würde, wenn sie einmal nicht mehr war. Sie wollte seine Zukunft sichern. Die Verbindung mit Kara wäre ein wichtiger Schritt in diese Richtung gewesen, doch Noah schien entschlossen, das Ganze zunichte zu machen.

Vielleicht war er doch ein wenig wie Pierce.

Agatha richtete sich auf und marschierte zum Schreibtisch. Nein, Noah war aus anderem Holz geschnitzt. Sie würde einen Weg finden, die Dinge wieder in die richtige Bahn zu lenken – ihm zuliebe. Sie hatte Pierce verloren, Noah aber würde sie nicht verlieren. Sie würde tun, was sie tun musste, und eines Tages würde er verstehen, dass alles nur zu seinem Besten war.

Achtes Kapitel

Als Noah *Harper's Bistro* betrat, blieb er unmittelbar hinter der Doppeltür aus reich ornamentiertem Glas stehen. Er schaute in die Runde und betrachtete die vertrauten Gesichter. Was war er doch für ein Narr gewesen, hierher zu kommen, obwohl ihm mindestens ein Dutzend Dinge einfielen, die er im Augenblick lieber getan hätte und die alle etwas mit der nackten Grace zu tun hatten.

Sie hatte aber auch einen großartigen Körper. Ihre Brüste waren einfach wunderschön, von den Brustwarzen ganz zu schweigen, die samtweich, pinkfarben und hyperempfindlich waren. Schon wenn man nur ganz leicht an ihnen sog, kam sie in Fahrt.

»Scheiße«, murmelte Noah vor sich hin, als er merkte, wie sich in seiner Leistengegend etwas rührte. Er musste zusehen, seine Gedanken schnellstens auf sicherere Bahnen zu lenken.

Die Gelegenheit dazu bot sich ihm kurz darauf, als Andrew auf ihn zustürzte. Er war Mitte Dreißig, und Noah nahm an, dass er wohl auch sehr attraktiv war, da die meisten Frauen mit ihm flirteten. Er hatte etwas Ungezwungenes, das viele Menschen ansprach.

»Mann, Noah, bin ich froh, dich zu sehen.« Andrews tadellos geschnittenes braunes Haar war zerzaust, und von seiner sonst so ruhigen Art war nichts mehr zu spüren. »Es war ja schon vor ein paar Stunden schlimm genug, als der ganze Schlamassel anfing, aber jetzt ist es einfach unmöglich. Verschiedene Gäste haben sich schon beschwert, weil sie ihr Essen noch nicht bekommen haben, was daran liegt, dass niemand kocht. Ab und zu hört man, wie sie sich in der Küche streiten. Anfangs haben die Souschefs den Laden noch geschmissen, aber jetzt ist da drinnen die Hölle los. Etliche Leute haben schon die Geduld verloren und sind wieder gegangen.«

»So ein Mist.«

Andrew nickte. »Ich, äh, habe geschwindelt und behauptet, es gäbe ein Problem mit den Küchenherden. Die Gäste sahen nicht gerade so aus, als würden sie mir das abnehmen, aber ich habe mir ihre Namen aufgeschrieben und gesagt, dass sie bei ihrem nächsten Besuch ein Essen auf Kosten des Hauses bekämen. Das hat sie beschwichtigt.«

»Das hast du gut gemacht.« Noah klopfte ihm auf die Schulter und ging durch das Restaurant in Richtung Küche. Eigentlich hätte er auch gleich den Hintereingang in die Küche nehmen können, aber da er nun schon einmal hier war, wollte er nachprüfen, ob alles so lief, wie es das sollte. Grace hatte ihm offenbar stark zugesetzt, so dass er sich für Dinge verantwortlich fühlte, die ihn eigentlich nichts mehr angingen.

Er sah Kara in einer verschwiegenen Ecke, wo sie vor neugierigen Blicken geschützt war, an einem Tisch sitzen. Sie hatte sich inzwischen umgezogen und trug ein einfaches schwarzes Kleid und hochhackige Schuhe.

Ihren Hals schmückte eine Perlenkette, die Noah ihr zum letzten Geburtstag geschenkt hatte. Er konnte immer noch nicht fassen, was für ein Narr er gewesen war.

Offenbar hatte sie seinen Blick gespürt, denn sie sah hoch. Als ihre Blicke sich kreuzten, richtete sie sich erwartungsvoll auf. Noah nickte ihr jedoch bloß zu und ging weiter.

Er hoffte inständig, dass Kara wusste, was sie tat, aber das war im Augenblick seine geringste Sorge. Er kam an Greg, Dean und Michael vorbei, die in einer Gruppe zusammenstanden und eher wie ein Trio aufgebrachter alter

Damen als wie kräftige, sportliche Collegestudenten wirkten. Bei seinem Anblick hellten sich ihre Mienen auf.

Dean, der mit zweiundzwanzig der Älteste von den dreien war, trat auf Noah zu. »Was zum Teufel sollen wir bloß tun, Mr. Harper?«

Bei den von Noah eingestellten Kellnern handelte es sich um junge Männer mit großen Träumen, die arbeiten mussten, um ihr Collegestudium finanzieren zu können. Die Gehälter, die er ihnen zahlte, waren höher als bei den meisten anderen Teilzeitjobs, doch dafür verlangte er auch viel. Und bisher hatten sie ihn in keiner Weise enttäuscht.

Noah bedachte Dean mit einem finsteren Blick, in den er auch die beiden anderen einschloss. »Mit betretenen Mienen rumzustehen, dürfte jedenfalls kaum was bringen. Bieten Sie allen Gästen als Entschuldigung für die Verzögerungen einen Gratisdrink an. Sagen Sie Deltorro, er solle mit seinem Programm schon früher anfangen, damit die Gäste abgelenkt werden. Und bleiben Sie immer freundlich, egal, wie ungehalten jemand sein mag.«

Sie nickten alle.

Bring's hinter dich, dachte Noah. »Da Sie drei gerade hier sind, möchte ich Ihnen gleich noch eine Neuigkeit mitteilen.«

»Gibt's 'ne Gehaltserhöhung?«, fragte Michael, halb scherzhaft, halb hoffnungsvoll.

Noah machte ein grimmiges Gesicht. Wenn er erst einmal von der Bildfläche verschwunden war, würde es eine ganze Zeit lang für niemanden mehr eine Gehaltserhöhung geben. Agatha hielt die Hand auf dem Portemonnaie und hatte immer über die Gehälter gemeckert, die er zahlte. Möglicherweise würde sie jetzt, da Noah ihr die Verantwortung aufgezwungen hatte, sogar billigere Arbeitskräfte einstellen.

»Ob Sie eine Gehaltserhöhung bekommen oder nicht, ist nicht mehr meine Sache«, erklärte Noah. »Ich bin gestern gefeuert worden, so dass Sie von jetzt an mit Agatha

Harper, der Besitzerin, oder demjenigen, den sie zu meinem Nachfolger bestimmt, zu tun haben werden.«

Völlig schockiert stammelte Dean: »Gefeuert! Aber ... ich dachte, der Laden gehört Ihrer Großmutter.«

»Und meine Großmutter hat mich gefeuert.«

»Warum?«, wollte Greg wissen.

Sie waren loyale Burschen, und Noah gestand sich ein, dass er sie vermissen würde. »Aus persönlichen Gründen. Nichts, was Sie zu kümmern braucht. Ihre Aufgabe ist es«, sagte er und schnitt alle weiteren Fragen und Proteste ab, »sich um die Gäste zu kümmern. Also fangen Sie bitte an, ihnen Drinks anzubieten.«

Die drei murrten zwar und wechselten Blicke, setzten sich aber schließlich doch in Bewegung. Noah war auf jeden von ihnen stolz.

Als Dean ebenfalls davoneilen wollte, hielt Noah ihn am Arm fest. Auf Deans fragenden Blick hin sagte Noah: »Unterlassen Sie bitte diese Kraftausdrücke.«

Dean errötete. »Das hat doch niemand gehört.«

»Ich habe es aber gehört.«

Dean zog die Schultern hoch. »Entschuldigung.«

»Achten Sie bitte in Zukunft darauf. Denken Sie immer daran, dass Damen anwesend sind.« Nach diesen Worten ging Noah rasch davon. Er konnte es kaum zu fassen, dass Grace ihn zu alldem überredet hatte. Agatha war schließlich erfahren genug, um mit dem Chaos, das sie angerichtet hatte, selbst fertig zu werden.

Als Noah die Metalltür aufschob und in die Küche treten wollte, zischte eine dicke rohe Mohrrübe an seinem Kopf vorbei. Mit einem gedämpften, leicht schmatzenden Geräusch klatschte sie neben seinem rechten Ohr gegen die Wand, fiel zu Boden und rollte gegen Noahs Schuh. Verblüfft starrte er die Mohrrübe an, während brodelnde Wut in ihm aufstieg.

Ihm stand in keiner Weise der Sinn nach derartigen Narreteien.

Entschlossenen Schrittes ging Noah mit Unheil verkündender Miene weiter, während die beiden Küchenchefs – den einen hatte er eingestellt, der andere war völlig neu – entsetzt zurückwichen, bis sie derart heftig gegen ein Metallgestell prallten, dass das darauf befindliche Geschirr klapperte und verschiedene Gewürzgefäße umkippten.

Tödliche Stille legte sich über den sonst so belebten Raum.

Die Souschefs, die sich aus der Schusslinie zurückgezogen hatten, rissen erwartungsvoll die Augen auf.

Noah baute sich unmittelbar vor den beiden Küchenchefs auf. Seine Kiefermuskeln waren derart gespannt, dass er im ersten Augenblick kein Wort herausbrachte. »Sie sind entlassen. Und jetzt verschwinden Sie«, sagte er schließlich.

Benton, der von Noah eingestellte Küchenchef, stieß entrüstet hervor: »Sie können mich doch nicht entlassen! Wir haben ein volles Haus.«

Noah sah ihn durchdringend an. »Sie kochen ja ohnehin nicht, Benton, folglich sind Sie für das Restaurant nutzlos.« Dann wandte er sich dem neuen Küchenchef zu. »Ihre bisherigen Bemühungen werden Ihnen selbstverständlich vergütet werden.«

»Sie«, sagte der Mann betont und verschanzte sich hinter seiner Arroganz, »haben mich ja gar nicht eingestellt.«

»Das spielt keine Rolle. Heute Abend habe ich hier das Sagen. Wenn Sie sich später mit jemand anderem darüber auseinander setzen wollen, bitte. Aber nicht jetzt.« Noah wandte sich an die Souschefs. »Machen Sie sich an die Arbeit. Wenn die Bestellungen nicht in genau fünfzehn Minuten fertig sind und auf den Tischen der Gäste stehen, werden Sie ebenfalls gefeuert.«

Im Nu fingen alle an, hin und her zu hasten. Töpfe und Pfannen klapperten, Messerschneiden setzten sich in Bewegung, Geschirr klirrte.

Befriedigt wandte sich Noah zum Gehen. Benton lief neben ihm her, bis Noah an der Tür Halt machte.

»Das ist nicht meine Schuld, Noah.« Beschuldigend zeigte er auf den anderen Küchenchef. »Dieser, dieser ...«

»Küchenchef?«, schlug Noah mit einer tüchtigen Portion Sarkasmus in der Stimme vor.

Bentons rundes Gesicht wurde knallrot. »Platzt hier herein und versucht, sich als Boss aufzuspielen!«

»Ich wurde als leitender Küchenchef eingestellt«, erklärte der Mann.

Noah schüttelte den Kopf. »Sie beide erinnern mich an Kinder auf einem Spielplatz, die sich um einen Ball streiten. Benehmen Sie sich doch endlich wie erwachsene Menschen!«

Abermals hinderte Benton ihn daran zu gehen. »Bin ich wirklich gefeuert?«

Sorgfältig darauf bedacht, seinen Triumph zu verbergen, musterte ihn Noah. »Wenn Sie nicht auf der Stelle aufhören zu streiten und anfangen zu kochen, ja. Ich werde es nicht zulassen, dass der Ruf des Restaurants leidet, weil ihr hier verrückt spielt.«

Benton warf dem neuen Küchenchef einen selbstgefälligen Blick zu und ging an seinen Arbeitsplatz zurück. Er schob einen der Souschefs beiseite und sagte: »Das mach ich. Kümmer du dich um das Gemüse.«

Der neue Küchenchef trat auf Noah zu. »Mein Name ist Jean Crispin. Eine junge Dame namens Grace Jenkins hat mich eingestellt. Ich werde sie umgehend von diesem skandalösen Vorfall in Kenntnis setzen.«

»Da haben Sie Pech«, sagte Noah zu ihm, »Grace hat gar nicht mehr die Befugnis, irgendjemanden einzustellen. Wenn Sie sich beschweren wollen, müssen Sie sich schon direkt an Agatha Harper wenden. Für sie hat Grace früher gearbeitet, und ihr gehört *Harper's Bistro*.«

Erneut breitete sich in der Küche Schweigen aus. Was Noah eben gesagt hatte, war für alle so schockierend gewesen, dass sie es kaum glauben konnten. Da alle aufmerkten, beschloss Noah, auch das hinter sich zu bringen, was er in eigener Sache zu sagen hatte.

»Leider muss ich Ihnen mitteilen, dass ich heute Abend zum letzten Mal hier bin.« Dass sein Erscheinen heute nur Graces Einmischung und ihren Weltverbesserertendenzen zu verdanken war, brauchten sie ja nicht zu wissen.

»Von heute an«, fuhr er fort, »müssen Sie sich mit jedem Problem direkt an Agatha Harper wenden. Wenn Sie Ihre Nummer brauchen, fragen Sie Andrew danach.«

Unterkiefer klappten herunter, Augen quollen hervor, aber niemand sagte ein Wort.

Da ihm das gespannte Schweigen irgendwie unbehaglich war, drehte Noah sich um und ging hinaus. Die Endgültigkeit dieses Schrittes erfüllte ihn mit gemischten Gefühlen.

Er *wollte* Grace, und dieses Gefühl war das stärkste und zugleich alarmierendste von allen.

Während Noah auf die Eingangstür zusteuerte und im Vorbeigehen Stammgästen zunickte und mal hierhin, mal dorthin grüßte, setzte Gitarrenmusik ein.

Er hielt inne, um zur Mitte des Raums zu schauen, wo Enrique Deltorro voller Schmelz eine romantische Ballade anstimmte. Sein spanischer Akzent machte das Ganze noch wirkungsvoller.

Er trug schwarze Jeans und schwarze Stiefel sowie ein blaugraues Seidenhemd mit offenem Kragen. Um den Hals hingen ihm mehrere silberne Ketten. Sein langes Haar war zu einem Pferdeschwanz zusammengebunden, in einem Ohr funkelte ein Diamant. Er saß auf einem Hocker mit einem Mikrofon vor sich und hielt seine Gitarre zärtlich in den Armen. Das Publikum war geradezu in ihn vernarrt.

Noah musste zugeben, dass Deltorro als Entertainer unübertroffen war. Seit er auftrat, hatte das junge weibliche Publikum sprunghaft zugenommen. Er hatte Noahs Erwartungen bei weitem übertroffen, in mehr als nur einer Hinsicht.

Mit funkelnden schwarzen Augen legte Enrique den Kopf schräg und sah Noah an.

Noah verschränkte die Arme und wartete, bis Enrique seinen Blick einem Tisch voller junger Damen zuwandte. Diese hatten sich mächtig herausgeputzt und schienen angesichts der Aufmerksamkeit, die Enrique ihnen schenkte, einer Ohnmacht nahe. Im reifen Alter von vierzig Jahren strahlte Enrique Deltorro, der Bulle, immer noch so viel Sexappeal aus, dass die Frauen ihm in Scharen nachliefen, selbst solche, die nur halb so alt waren wie er.

Dean, Michael und Greg schauten sich die Show an, nahmen Bestellungen für Drinks auf und warfen zwischendurch begehrliche Blicke in Karas Richtung. Sie hatten sie schon immer bewundert, und Noah zweifelte nicht im Geringsten daran, dass ihre jungen Gemüter oft von lüsternen Gedanken geplagt wurden.

Kara war ja in der Tat äußerst reizvoll. Darüber hinaus war sie wirklich nett, wenn auch ein bisschen zu proper. Als Noah die Kellner so ansah, wurde ihm klar: Er war nicht der einzige Mann war, der davon geträumt hatte, dass Kara sich bei ihm in eine wilde, leidenschaftliche Frau verwandelte.

Doch nachdem er das erste Mal mit ihr geschlafen hatte, waren diese Träume schnell verflogen.

Kara war selten allein ins Restaurant gekommen. Fast immer hatte sie jemand begleitet, entweder er selbst oder ihre Eltern oder eine Freundin. Deshalb gab ihr heutiger Soloauftritt Anlass zu allerlei Spekulationen. Zudem sah sie sehr melancholisch aus. Sie war nicht einfach nur allein, sie war ... einsam.

Noah gab sich alle Mühe, diese Tatsache zu ignorieren. Ihre Stimmungen gingen ihn einfach nichts mehr an.

Andrew stand hoch aufgerichtet auf seinem Podest am Eingang des Restaurants. Er hatte einen ganz starren Gesichtsausdruck, und als Noah seinem Blick folgte, stellte er fest, dass es Kara war, die der Maître so aufmerksam betrachtete.

Verdammt noch mal, zog sie denn heute Abend jedermanns Aufmerksamkeit auf sich?

Karas Gesicht wurde sanft vom Licht der dicken Kerze in der Mitte des Tisches beleuchtet. Gedankenverloren spielte sie mit einer Serviette. Dass etliche Männer sie beäugten, schien sie nicht zu bemerken. Vielleicht war es ihr aber auch gleich.

Noah überlegte, ob er zu ihr gehen sollte, besann sich dann aber eines anderen. Das hatte keinen Sinn. Kara war alt genug, um Entscheidungen zu treffen, und seiner Meinung nach war es höchste Zeit, dass sie endlich damit begann.

Als Noah sich hinausschleichen wollte, hielt Andrew ihn zurück. »Kara sieht heute Abend sehr schön aus«, sagte er mit nachdenklichem Gesichtsausdruck.

Noah sah ihn mit trägem Blick an. »Kara sieht eigentlich immer sehr hübsch aus.«

»Gewiss, gewiss.«

Als Noah sich von neuem anschickte zu gehen, fügte Andrew hinzu: »Es geht mich ja nichts an, aber ...«

»Ganz richtig.«

»Okay, versteh schon. Kein Problem«, meinte Andrew, indem er beschwichtigend die Hände hob.

»Freut mich zu hören. Und falls es irgendwelche Probleme geben sollte, musst du sie mit Agatha klären.«

»Aber ...«

»Das ist mein voller Ernst, Andrew«, sagte Noah in unmissverständlichem Ton. »Den anderen habe ich es ebenfalls mitgeteilt, und morgen werde ich alle anrufen, die heute nicht hier waren. Ich habe absolut nichts mehr mit dem Restaurant zu tun, und wenn du oder sonst jemand versuchen sollte, mich wieder in alles hineinzuziehen, würde ich äußerst unwirsch reagieren.«

»In Ordnung. Hab schon kapiert.« Andrew zögerte einen Moment und sagte dann: »Ich hoffe, du lässt dich wenigstens ab und zu mal bei uns sehen?« Sein Blick huschte zu Kara hinüber. »Einfach als Freund, meine ich.«

»Schon möglich. Das wird sich finden.« Noah schaute ebenfalls zu Kara hinüber, die sich unterdessen auf ihrem Stuhl umgedreht hatte und ihn beobachtete.

Da Noah nicht gewillt war, auf ihr melodramatisches Spielchen einzugehen, wandte er sich brüsk ab – und stellte dabei fest, dass Enrique ihn aufmerksam beobachtete. Als Noah sich umschaute, bemerkte er, dass auch Greg, Dean und Michael zu ihm herüberstarrten.

Was erwarteten sie eigentlich alle von ihm? Doch – was immer es sein mochte, sie würden eine Enttäuschung erleben.

Sich über sich selbst ärgernd, verließ Noah das Restaurant. Als er im Auto saß, versuchte er, mit seinem Handy Grace anzurufen, bei der jedoch besetzt war. Daraufhin beschloss er, sie überhaupt nicht anzurufen. Er würde sie ja morgen wieder sehen, und das war früh genug.

Zumindest redete er sich das ein – obwohl es ihm wie eine Ewigkeit vorkommen würde.

Beim vierten Klingeln riss Grace das Telefon hoch. Aus ihrem klatschnassen Haar lief ihr das Wasser in kleinen Bächen über den Rücken und die Beine und tropfte auf einen kleinen Zierläufer.

Da sie aus der Dusche zum Telefon gerast war, war sie etwas atemlos, als sie sich meldete. »Hallo?«

»Ich wollte gerade wieder auflegen, junge Frau.«

Enttäuschung breitete sich in ihr aus. Obwohl es schon spät war und sie sich erst vor ein paar Stunden von ihm getrennt hatte, hatte Grace gehofft, dass es Noah sei, der anrief, um ihr eine gute Nacht zu wünschen. Wie naiv! Der Mann hatte Besseres zu tun, als dauernd an sie zu denken.

»Hallo, Agatha.« Grace bemühte sich, ihre Stimme wenigstens einigermaßen erfreut klingen zu lassen – was ihr freilich nicht so recht gelingen wollte. »Entschuldige, aber ich war gerade unter der Dusche.«

»Nun, das ist immerhin besser als das, was ich mir gerade ausgemalt habe.«

»Wie?« Grace horchte auf. Wenn man mit Agatha zu tun hatte, musste man stets auf der Hut sein. »Was hast du dir denn ausgemalt?«

Agatha schnaubte. »Das fragst du noch? In Anbetracht des grässlichen Auftritts, den du da mit meinem Enkelsohn hingelegt hast, dürfte das ja wohl klar sein.«

Grace runzelte die Stirn und sah von einer Antwort ab. Sie wäre schon mit einem Anruf von Noah zufrieden gewesen, während Agatha annahm, dass er vielleicht bei ihr sei. Das war doch einfach lächerlich.

»Ist er da?«, fragte Agatha ungeduldig.

»Noah? Nein, ist er nicht.«

Agatha schwieg eine Weile. Dann seufzte sie. »Grace, wir müssen miteinander reden.«

Das Handtuch, das Grace sich um den Leib hielt, war nicht dick genug, um sie gegen die Kälte zu schützen, die jetzt am Abend in ihrem Apartment herrschte. Sie fröstelte und ging mit dem schnurlosen Telefon, das sie sich zwischen Kopf und Schulter geklemmt hatte, vom Korridor ins Schlafzimmer.

Sie überlegte, ob Noah wohl noch im Restaurant war. Ob er alles hatte klären können? Und wenn Kara dort tatsächlich einen Geliebten hatte, würde Noah dann versuchen, ihn zur Rede zu stellen?

Dieser Gedanke erfüllte Grace mit Sorge. Noah verstand es durchaus, sich physisch zur Wehr zu setzen – das war nicht das Problem. Aber sie wusste, dass er es im Nachhinein bereuen würde, falls es zu einer Szene kommen sollte.

»Er benutzt dich nur, Grace.«

Diese unverblümte Feststellung verscheuchte alle anderen Gedanken. Grace blieb sofort stehen. Ihr Magen krampfte sich zusammen. Sie atmete tief durch, um sich zu beruhigen. »Das geht dich nichts an, Agatha.«

»Ich verbitte mir diesen Ton! Er ist mein Enkel, und du bist meine Angestellte ...«

»Deine ehemalige Angestellte.« Zum ersten Mal bereitete Grace dieser Umstand ein gewisses Vergnügen, ebenso wie es ihr Vergnügen bereitete, noch hinzufügen zu können: »Übrigens habe ich wahrscheinlich schon einen neuen Job gefunden.«

Selbst Agathas Schweigen merkte man an, wie enttäuscht sie war.

»Agatha«, sagte Grace freundlich, »du hast mich rausgeschmissen, weißt du das nicht mehr?«

»Natürlich weiß ich das noch«, schnauzte sie. »Ich bin schließlich noch nicht so alt, dass ich vergesse, was vor ein paar Stunden geschehen ist.«

»Das stimmt. Du hast immer noch einen messerscharfen Verstand – außer wenn es um Noah geht.«

Da Grace Agatha gut genug kannte, konnte sie sich mühelos vorstellen, wie sie in ihrer Wut mit durchgedrücktem Rückgrat und verkniffenem Mund durch den Raum tigerte.

»Wenn jemand meinem Enkel gegenüber blind ist, dann bist du es.« Ihre Stimme zitterte vor Ärger. »Er benutzt dich, Grace, und du lässt das zu. Ich hätte dir eigentlich mehr Verstand zugetraut.«

»Er benutzt mich nicht.«

»Du weißt, was er Kara angetan hat, und die hat er wirklich geliebt.«

»Ich weiß, was du weißt«, entgegnete Grace, »nämlich dass er die Verlobung aufgelöst hat. Aber das hätte er niemals ohne guten Grund getan.«

»Seine Gründe stehen hier nicht zur Debatte. Mit dir hat er sich nur eingelassen, um über seine Enttäuschung hinwegzukommen. Du bist viel zu naiv, zu ... nun ja ...« Agathas Stimme schwoll an. »Grace, du wirst sein Interesse nicht lange fesseln können.«

»Ich weiß, was ich tu«, sagte Grace. Sie hatte keinerlei Illusionen, auch wenn Agatha sie der Naivität bezichtigte.

»Im Gegenteil, du hast keinen blassen Schimmer. Gerade hast du mir gesagt, wie scharfsinnig ich sei. Nun, das stimmt. Ich bin scharfsinnig genug, um bemerkt zu haben, dass du nie Dates hast. Egal, wann ich dich anrufe, du bist immer allein zu Hause. Und auf der Schule gehörtest du sicher auch nicht gerade zu den beliebtesten Mädchen, nicht wahr, Grace?«

»Nein«, gab Grace zu.

Das stimmte Agatha milder. »Ich will doch nur, dass du glücklich wirst, Grace, wirklich. Aber für meinen Enkelsohn hast du nicht das richtige Format. Und damit meine ich nicht nur dein Gewicht, meine Liebe.«

Grace hätte sich am liebsten in sich verkrochen. Sie hatte keine Ahnung, was sie Agatha antworten sollte.

»Ich will damit nicht sagen, dass du völlig reizlos bist, Grace.«

»Vielen Dank«, murmelte Grace ironisch.

»Aber ... nun, ich will ganz offen sein.«

»Tu dir nur keinen Zwang an, Agatha.«

»Noah ist an schöne Frauen gewöhnt, die gepflegt und elegant auftreten. Soweit ich es beurteilen kann, warst du noch nie bei einer Maniküre oder in einem Schönheitssalon. Du hast keine Ahnung, wie man sich richtig kleidet, und dein Haar ... o Grace, *dein Haar.*«

Grace sagte kein Wort. Was hätte sie darauf auch entgegnen sollen? Es stimmte ja alles.

Sie fasste nach oben und zog an einer langen, dicken Strähne ihres patschnassen Haars, das so zerzaust war wie in der ganzen Zeit, in der sie mit Noah zusammen gewesen war.

In der ganzen Zeit, die sie in seinem Apartment verbracht hatte, hatte sie nur einmal daran gedacht, es zu bürsten. Er hatte sie also in einem ziemlich schlampigen Zustand erlebt.

Doch Grace hatte den Eindruck gehabt, dass ihm das nichts ausgemacht hatte.

»Du bist ein netter Mensch, Grace, und du bist sehr süß.«

Grace rümpfte die Nase. *Süß.*

»Aber du musst dir in deinem eigenen Milieu einen Mann suchen.«

Grace überlegte, was für ein Milieu Agatha wohl meinte. Wahrscheinlich irgendeine unterirdische Region, in der sich alle reizlosen, übergewichtigen und unbeliebten Menschen versammelten.

Als Grace nicht antwortete, fragte Agatha ungeduldig: »Bist du noch da, Grace?«

»Ja.«

»Ich wollte dich nicht verletzen, Grace.«

In der Hoffnung, das Gespräch damit beenden zu können, erwiderte Grace: »Na großartig. Ich weiß deine Zurückhaltung zu schätzen, Agatha, und vielleicht sollten wir ...«

»Aber ich muss vor allem an Noah denken.«

Grace seufzte resigniert und ließ sich auf den Rand der Matratze plumpsen. Sie starrte auf ihre Füße. Agatha hatte offenbar noch eine Menge zu sagen und würde sich nicht davon abbringen lassen.

»Mit Kara an seiner Seite wird Noah glücklich werden. Er wird all das haben, was er in seiner Kindheit nicht gehabt hat. Man wird ihn respektieren, und er wird in stabilen Verhältnissen leben, mit all dem Luxus und Komfort, den man für Geld kaufen kann. Und er wird den Einfluss haben, der nötig ist, damit er seinen Weg gehen kann.«

Grace war eigentlich der Ansicht, dass Noah all diese Dinge schon besaß, wenn auch vielleicht nicht in dem Ausmaß, das Agatha offenbar für notwendig hielt. Sie gab ein unverbindliches Geräusch von sich.

»*Du* kannst ihm diese Dinge nicht geben, Grace.«

Grace hielt den Hörer vom Ohr weg, um ihn ungläubig anzustarren. Glaubte Agatha etwa, sie träume davon, Noah zu heiraten? Na gut, vielleicht träumte sie tatsächlich davon. Aber die Wirklichkeit sah doch wohl anders aus. Grace war eine durchweg vernünftige, logisch denkende Frau – und eine Ehe mit Noah widersprach einfach jeder Logik.

Sie liebte ihn, und auch sie wollte nur sein Bestes. Und im Augenblick war sie seine Sexsklavin.

Das reichte ihr.

Nachdem sie den Hörer wieder ans Ohr gelegt hatte, sagte Grace: »Weißt du, Agatha, das alles solltest du eher Noah erzählen.«

»Du meinst, ich sollte Noah erzählen, dass du kein Modebewusstsein hast? Sei nicht albern!«

Beinah hätte Grace laut aufgelacht, aber nur beinah. »Das hat Noah sicher schon allein bemerkt. Nein, ich meine, du solltest ihm erzählen, dass du nur sein Bestes willst. Jemanden zu enterben ist vielleicht nicht gerade die geeignetste Methode, um ihm das klarzumachen.«

»Er wird schon zu mir zurückkommen«, entgegnete Agatha, »dann werden wir über alles reden.«

Wobei Agatha dann die Bedingungen festlegen würde, nahm Grace an, die über die Sturheit der alten Frau nur den Kopf schütteln konnte. »Ich hoffe nur, dass es dann nicht schon zu spät ist.«

»Was soll das heißen?« Ihre Alarmiertheit ließ Agathas Stimme erneut anschwellen.

»Das soll heißen, dass Noah ein Mann ist, der das Zeug dazu hat, seinen eigenen Weg zu gehen. Er hat eine schnelle Auffassungsgabe, ist voller Energie und hat schon bewiesen, dass er es versteht, Geld zu vermehren. Er ist eine Führernatur, und alle deine Geschäftspartner wissen das. Wenn erst einmal bekannt ist, dass er nicht mehr für dich arbeitet, wird es nicht sehr lange dauern, bis ihm jemand anders eine Stelle anbietet.«

Nun war es an Agatha zu schweigen. »Willst du damit andeuten, dass Noah mich im Stich lassen würde?«, fragte sie nach einer Weile.

»Ich wollte damit nur sagen, dass Noah nicht der Mann ist, der geistig oder körperlich untätig sein kann. Er liebt Herausforderungen, und er muss immer etwas zu tun haben. Er wird ganz sicher wieder arbeiten, und wenn du willst, dass er für dich arbeitet, solltest du ein paar Dinge lieber noch einmal überdenken.«

»Das hört sich ganz nach einer Drohung an, Grace Jenkins!«

Grace schüttelte den Kopf. Allmählich hatte sie von diesem Gespräch die Nase voll. »Wie könnte ich dir denn drohen, Agatha? Ich arbeite ja nicht einmal mehr für dich.« Je öfter sie das sagte, desto leichter ging es ihr von der Zunge. »Und wie du gerade ganz richtig festgestellt hast, ich habe nicht den geringsten Einfluss auf Noah. Alles, was ich versuche, ist, dich auf ein paar Dinge aufmerksam zu machen, die du vielleicht nicht bedacht hast.«

»Verstehe.«

Grace konnte fast hören, wie es in Agathas Kopf arbeitete.

»Darauf hast du dich immer gut verstanden, Grace.«

»Danke.« Ihrer eigenen Ansicht nach war Grace eine fantastische Sekretärin gewesen. Gleichwohl hatte Agatha sie mir nichts, dir nichts gefeuert.

»Aber davon einmal abgesehen, Grace, eins musst du wirklich begreifen: Wenn schon Kara, die eine schöne, elegante und gesellschaftlich versierte Frau ist, Schwierigkeiten hat, Noahs Interesse über längere Zeit zu fesseln, wie um alles in der Welt kannst du dann annehmen, dass du es könntest?«

Da Grace keine Lust hatte, sich zu wiederholen, sagte sie: »Ich muss jetzt Schluss machen, Agatha. Wolltest du sonst noch etwas von mir?«

»Ich will, dass du dich von meinem Enkelsohn fern hältst.«

Da sie nicht die geringste Absicht hatte, das zu tun, erwiderte Grace: »Ich nehme deinen Wunsch zur Kenntnis. Jetzt muss ich mich aber sputen. Auf Wiedersehen.« Obwohl Agatha protestierte, legte sie auf.

Grace warf das Telefon aufs Bett und drehte sich ihrer Frisierkommode zu. Als sie sich in dem dreiteiligen Spiegel sah, zuckte sie zusammen.

Einen Augenblick lang stand sie wie versteinert da und starrte sich an, um dann ganz plötzlich das Handtuch zu öffnen. Beim Anblick ihres fleischigen Körpers zuckte sie erneut zusammen, hüllte sich schnell wieder ein und drehte sich um.

Im Laufe der Jahre hatte sie verschiedene Diäten und Fitnessprogramme ausprobiert. Nichts davon hatte wirklich geholfen. Nahm sie einmal zehn Pfund ab, so hatte sie sie innerhalb kürzester Zeit wieder drauf. Seit ihrer Highschoolzeit war ihr Gewicht mehr oder weniger konstant und veränderte sich höchstens um fünf Pfund oder so. Manchmal wog sie mehr, manchmal weniger. Aber immer wog sie zu viel.

Ihr Arzt behauptete, das sei ihr natürliches Gewicht, und erklärte, sie sei rundum fit.

Doch fit war nicht das Gleiche wie sexy. Oder begehrenswert. Oder beliebt. Trotzdem kam Grace zu dem Schluss, dass sie sich mochte, sich wirklich mochte.

Und Noah schien sie begehrenswert zu finden, folglich würde sie sich von ein paar unsensiblen Bemerkungen ihrer *ehemaligen* Arbeitgeberin nicht unterkriegen lassen.

Nachdem sie diesen Entschluss gefasst hatte, holte sie mit einem verstohlenen Lächeln auf den Lippen ein Nachthemd und Unterwäsche aus den Schubfächern der Kommode.

Sie mochte ja übergewichtig und gewöhnlich sein, trotzdem aber hielten die Leute – selbst Agatha – sie für ›die andere Frau‹. Das hieß ja wohl, dass sie über einige weibliche Tricks verfügte, nicht wahr? Man traute ihr zu, Noah

Kara abspenstig gemacht zu haben, und das war verflixt ... amüsant. Schmeichelhaft. Graces Lächeln wuchs sich zu einem Grinsen aus, das in ein glucksendes Lachen überging.

Grace Jenkins, die Femme fatale.

Das war fast so aufregend, wie Sexsklavin zu sein.

Was für eine seltsame Wendung ihr gewöhnliches, langweiliges Leben dank Noah doch genommen hatte! Möglicherweise sah er in ihr ja nur ein Spielzeug, doch für Grace war selbst das etwas Besonderes. Und mehr, als sie jemals zu hoffen gewagt hatte.

Neuntes Kapitel

Kara beobachtete ihren Liebhaber, der sich so geschmeidig und sexy zu bewegen wusste. Jedes Mal wenn er mit anderen Frauen flirtete, mit ihnen schäkerte und sie berührte, wurde ihr das Herz schwer.

Ihr war so flau im Magen wie damals in ihrer Kindheit, als sie einmal ausgerissen war, um zum Rummel zu gehen. Ohne Erlaubnis Achterbahn zu fahren, hatte sie dieselbe Mischung aus schlechtem Gewissen, Angst und Aufregung empfinden lassen.

Das schlechte Gewissen war jetzt natürlich größer. Es nagte an ihr und erstickte sie fast. Sie hatte so vielen Menschen wehgetan.

Auf der anderen Seite hatte sie sich noch nie in ihrem Leben so kühn, mutig und sexy gefühlt. Das konnte sie doch nicht bedauern!

Aber die Angst ... Gott, die Angst war das Schlimmste. Wie würden ihre Eltern reagieren, wenn sie alles herausfanden? Wie mochte die liebe Agatha reagieren? Ihre Enttäuschung würde sie einfach nicht ertragen können. Alle erwarteten so unglaublich viel von ihr, war sie doch ihr ganzes Leben lang die perfekte Tochter, die perfekte Dame gewesen.

Mit ihrem Liebhaber war alles ganz anders. Da war sie nicht mehr die feine Dame, fühlte sich dafür aber lebendig. Wenn sie mit ihm zusammen war, kribbelte und brannte ihr Körper, wurde ihr das Herz weit. Er brachte sie in Schweiß, brachte sie zum Weinen und zum Lachen. Er erreichte, dass sie etwas *fühlte.*

Und deshalb hatte sie sich wahrscheinlich dummerweise auch in ihn verliebt.

Kara atmete zittrig ein und grübelte über die schrecklichen Möglichkeiten nach, die es alle gab. Was, wenn sie ihm längst nicht so viel bedeutete wie er ihr? Wenn ihn an ihr nur das Neue reizte, er in ihr nur eine Frau sah, die für ihn normalerweise außer Reichweite war?

Sie schloss die Augen und unterdrückte die Panik, die in ihr aufstieg. Falls sie ihm tatsächlich nicht viel bedeutete, wüsste sie nicht, wie sie damit fertig werden würde. Kein Mann hatte sie bisher so angetörnt. Kein Mann hatte sie bisher so behandelt, wie er es tat – ein wenig derb und roh.

Sie zitterte allein bei der Erinnerung an die unfeinen, geschlechtlichen Dinge, die er mit ihr machte – die Dinge, die ihm größtes Vergnügen bereiteten. Er ergötzte sich an den unkontrollierten Reaktionen ihres Körpers, leckte ihren Schweiß auf, leckte sie am Bauch und zwischen den Beinen.

Kara keuchte auf und sah sich um. Etliche der Angestellten beobachteten sie und fragten sich offenbar, warum sie noch dasaß, während Noah schon längst gegangen war. Sie hatte Anzeichen von Mitleid und Neugier und sogar ein gewisses Interesse bemerkt.

Nur ihr Liebhaber ignorierte sie. Natürlich sah sie ein, dass das nicht anders möglich war. Sie selbst hatte ja darauf bestanden, dass niemand von ihrer Beziehung erfahren durfte. Gleichwohl war es verletzend. Sie wollte ihn ganz für sich haben, wollte ihn wieder schmecken, wollte, dass er sich über ihren Körper hermachte.

Kurz entschlossen griff Kara nach ihrer kleinen, ledernen Handtasche und stand auf. Die Leute starrten sie an, was sie jedoch höflich ignorierte. Enrique schaute ihr nach, als sie ging. Greg und Dean nickten ihr zu. Andrew stürzte davon, um ihren Mantel zu holen.

»Vielen Dank, Andrew«, sagte sie mit einem reservierten Lächeln auf dem versteinerten Gesicht.

»War mir ein Vergnügen.« Andrew sah genauso steif und starr aus, wie sie sich fühlte.

Ohne sich noch einmal umzudrehen, ging sie hinaus. Das Ganze war schwierig und würde mit Sicherheit noch schwieriger werden. Aber was sollte sie denn tun? Sie liebte ihn, und dieses eine Mal wollte sie ihrem Herzen folgen, statt wie sonst den Erwartungen ihrer Eltern gerecht zu werden.

Dieses eine Mal wollte sie eine Frau sein und nicht nur eine Dame.

Grace war gerade dabei, ein leichtes Make-up aufzulegen, als es an der Tür klingelte. Ihr blieb noch genau eine Stunde, um sich zurechtzumachen und sich in Bens Hotel zum Vorstellungsgespräch einzufinden. Sie war ausgesprochen aufgeregt.

»Ich komme«, rief sie, als es erneut klingelte. Sie schloss die Puderdose und eilte zur Tür. Ihr langes Nachthemd war völlig zerknittert, weil sie sich die ganze Nacht in erotischen Träumen hin und her geworfen hatte. Ihre Flanellhosen schleiften über den Boden und verbargen fast die dicken grauen Socken, die sie trug. Ihr schweres Haar, das sie sich mit einem Gummiband hochgebunden hatte, wippte nach vorn, als sie sich nach unten beugte, um durch den Spion zu schauen.

Noah stand vor der Tür und sah sehr ungeduldig aus. »Mach auf, Grace.«

Ruckartig richtete sie sich wieder auf, von Hochstimmung erfüllt: Sie hatte ihn so vermisst!

Doch im nächsten Augenblick mischte sich ein Gefühl der Bestürzung in ihre Hochstimmung, denn nach Agathas unerfreulichem Anruf hatte sie sich ernsthaft vorgenommen, bei ihrer nächsten Begegnung wie aus dem Ei gepellt auszusehen. Die Sachen, die sie jetzt trug, und das Durcheinander auf ihrem Kopf stellten jedoch das genaue Gegenteil davon dar.

Grace versuchte Noah hinzuhalten, indem sie durch die Tür rief: »Was tust du denn hier, Noah?«

Die Frage brachte ihn offenbar derart auf, dass er so heftig gegen die Tür schlug, dass Grace fast das Herz stehen blieb. »Mach auf«, wiederholte er verärgert.

Grace fügte sich in ihr Schicksal, schloss auf und öffnete die Tür. »Hi.« Ohne ihr Zutun schlich sich ein Lächeln auf ihre Lippen. Wenn sie Noah sah, schlug ihr Herz wie von selbst schneller, und ihr Körper fing an zu kribbeln. Zudem sah er heute ausnehmend gut aus, in der schwarzen Hose und dem weichen grauen Pullover, denn die dunklen Farben brachten das helle Blau seiner Augen besonders vorteilhaft zur Geltung.

Da er nie zuvor in ihrem Apartment gewesen war, schaute er sich jetzt erst einmal um. Dann jedoch blieb sein Blick an ihr hängen. In aller Ruhe unterzog er ihren Körper einer eingehenden Musterung, die bei dem aufgebundenen Haar begann und bei den dicken Socken endete. Offensichtlich amüsierte ihn ihr Anblick, denn sein Mundwinkel schnellte nach oben, und er sagte: »Hey.«

»Willst du reinkommen?«, fragte Grace, die sein prüfender Blick ziemlich durcheinander brachte. Sie merkte, wie sie kribbelig und erregt wurde, doch leider hatte sie für so etwas jetzt keine Zeit. Schließlich hatte sie eine Verabredung.

Noah kam herein, schloss die Tür hinter sich und lehnte sich dagegen. Sein Blick schweifte durch ihr aufgeräumtes Wohnzimmer, um sich dann sofort wieder auf sie zu heften. »Du siehst süß aus.«

Süß war nach Graces Auffassung kein Begriff, der auf Frauen passte, die so viel auf die Waage brachten wie sie. Süß konnten nur ›kleine‹ Dinge oder Menschen sein. »Äh ... danke.«

»Komm her, Grace!«, sagte Noah, ohne den Blick von ihr zu wenden.

Grace wusste genau, was dieser Ausdruck in seinen Augen zu bedeuten hatte, vor allem dann, wenn er auch noch mit so heiserer Stimme sprach wie jetzt. Sie räusperte sich und fragte: »Warum?«

»Komm her«, entgegnete er, »dann werde ich dir zeigen, warum.«

Verflucht noch mal, der Mann war einfach zu verführerisch. »Noah«, sagte sie in bedauerndem Ton, obwohl sie langsam auf ihn zuging, »du hast dir leider eine ungünstige Zeit ausgesucht.«

Er stutzte und kniff die Augen zusammen. »Hast du ein anderes Date?«

Über diese Vermutung konnte sie nur lachen. »Nein. Ich muss mich fertig machen. Heute Mittag habe ich ein Vorstellungsgespräch.«

Noah wollte sie gerade an sich ziehen, doch bei diesen Worten ließ er die Arme sinken. »Ein Vorstellungsgespräch? Wo?«

»Ich möchte dir noch nicht sagen, wo. Vielleicht bekomme ich die Stelle ja gar nicht, und dann wäre mir das Ganze peinlich.«

Dieses Geständnis schien ihn zu verblüffen, doch schließlich zog er sie an sich. Während Noah sie fest an seine Brust drückte, erklärte er: »Es gibt nichts, was dir mir gegenüber peinlich sein müsste, Grace.«

»Ich weiß, aber so ist es nun mal. Ich will diesen Job haben. Ich glaube, er würde mir Spaß machen und auch genug Geld einbringen.«

Noah schob sie ein Stück von sich weg, um sie ansehen zu können. »Wann musst du dort sein?«

»Mittags.«

Er ließ seine Hände ihren Rücken auf und ab gleiten, um sie dann durch das Hemd bei der Taille zu packen. »Dann bleibt uns noch eine Stunde.«

»Hör auf damit!« Grace versetzte ihm einen Klaps, um dann die Hände flach auf seine Brust zu legen. Sie konnte das gleichmäßige Hämmern seines Herzens spüren. »Ich muss in einer Stunde dort sein, aber die Anfahrt dauert schon eine halbe Stunde, und ich bin noch nicht einmal angezogen. Wenn ich gewusst hätte, dass du vorbeikommst ...«

»Entschuldige, aber ich habe ein paar Dinge früher als erwartet erledigen können.« Als seien sie schon seit Monaten und nicht erst seit ein paar Tagen ein Pärchen, beugte er sich nach unten, um ihre Stirn zu küssen. »Hätte ich dich vorher anrufen sollen?«

»Nein, so habe ich das nicht gemeint.« Das Letzte, was Grace wollte, war, Noah von dem Wunsch abzubringen, sie zu sehen. Sie lächelte. »Präg dir bitte ein, dass du hier jederzeit willkommen bist. Ich wünschte bloß, dass ich jetzt nicht los müsste. Nun, wo du hier bist, möchte ich nämlich auch hier und nirgendwo sonst sein.«

»Wie lange wird es bei dir dauern?«

»Keine Ahnung. Er hat gesagt, ich soll das Ganze erst mal ausprobieren, so dass er mich vielleicht ein paar Stunden oder so arbeiten lässt.«

»Er?«

Der Ton, mit dem er dieses Wort aussprach, verblüffte Grace. Das war doch wohl kein Besitzanspruch, was sie da heraushörte? Nein, wahrscheinlich war er bloß neugierig. »Der Mensch, der mich einstellen will. Er hat ein Unternehmen, ein kleines, respektables Unternehmen, und braucht eine neue Angestellte.«

»Verstehe.«

Da er noch immer verstimmt aussah, tätschelte Grace ihn. »Tut mir Leid, Noah.« Dann fügte sie schüchtern hinzu: »Ich hab dich vermisst.«

»Wirklich?« Sein Gesicht entspannte sich, sein Blick wurde sanft. Er beugte sich zu ihr hinunter, um seine Stirn an die ihre zu legen. Sein Atem streifte ihren Mund, als er flüsterte: »Hast du letzte Nacht an mich gedacht, Gracie, und an das, was wir gemacht haben?«

»Ja.«

»Ich auch.«

Sie schluckte. »Ich denke auch jetzt gerade daran.«

»Gut.« Mit der Handkante drückte er ihr Gesicht nach oben. »Wie wäre es dann mit einem Kuss, damit ich über die Runden komme, bis ich dich wieder nackt ausziehen kann?«

Grace schlang die Arme um seinen Hals und presste die Lippen auf seinen Mund. Noah überließ ihr die Führung und beugte sich nur ein wenig herab, damit es für sie bequemer war. Es war so wunderbar, wie sie erwartet hatte.

Noah schmeckte heiß und aufregend. Als sie die Zunge in seinen Mund gleiten ließ, gab er ein lustvolles Stöhnen von sich, das Grace förmlich über den Rücken zu rieseln schien.

Noah löste die Lippen kurz von ihrem Mund, um zu flüstern: »Du weißt ja wohl, dass du, wenn ich dich ins Schlafzimmer bringe, nichts mehr machen könntest.«

Langsam zog der Nebel aus Graces verwirrtem Hirn ab und sie runzelte die Stirn. Möglicherweise brachte das Dasein einer Sexsklavin doch mehr Komplikationen mit sich, als sie sich vorgestellt hatte.

»Habe ich Recht, Grace?«, fragte Noah mit eindringlicher Stimme.

Sie zog ein finsteres Gesicht. Ob er wirklich so schuftig sein würde, ihre Abmachung in dieser Weise auszunutzen? »Denke schon«, murmelte sie.

Er grinste und küsste sie erneut. »Nur gut, dass ich ein großzügiger Zuchtmeister bin, nicht wahr? Zumindest wenn ich es sein muss.« Er gab ihr einen Klaps auf den Hintern und trat einen Schritt zurück. »Aber meine Geduld hat ihre Grenzen, Frau. Wann *kann* ich dich sehen?«

Erleichtert und zugleich enttäuscht erwiderte Grace: »Kann ich noch nicht sagen. Soll ich ... soll ich dich vielleicht anrufen, wenn ich es weiß?« Sie hoffte, Noah würde das nicht als Eingriff in seine Privatsphäre verstehen. Auch wenn diese Beziehung eher sexueller als romantischer Natur war, gab es unsichtbare Grenzen, die man nicht überschreiten durfte. Und Grace hatte einfach noch nicht genug Erfahrung, um solche Grenzen bestimmen zu können.

Doch ohne zu zögern, sagte Noah: »Meine Handynummer hast du ja, oder?«

Grace nickte erleichtert. »Ich habe die Nummern von allen Leuten, die jemals etwas mit Agatha zu tun hatten.« Sie verschwieg allerdings, dass sie sowohl seine Nummer zu Hause wie auch seine Handynummer auswendig kannte. »Ich gebe dir Bescheid, sobald ich es weiß.«

Noah wandte sich zum Gehen, blieb im letzten Moment aber noch einmal stehen. Er drehte sich zu Grace zurück, nahm ihr Gesicht zärtlich in seine großen heißen Hände und küsste sie leidenschaftlich. »Ich mag es, wenn du dein Haar so hochgebunden hast. Ich mag es aber auch, wenn du es offen trägst. Und vor allem mag ich, wie du mich ansiehst, Grace.«

Nachdem Noah gegangen war, starrte Grace noch einige Sekunden auf die geschlossene Tür. Sie konnte sich nicht erinnern, je so glücklich gewesen zu sein.

Als Ben Grace bei der Arbeit zusah, konnte er nur verwundert den Kopf schütteln. Er vermochte es kaum zu fassen, aber sie war einfach perfekt. Ihr natürliches Lächeln, dem jede Spur von Koketterie fehlte, hatte eine unglaubliche Wirkung auf die Männer im Raum, die – ganz gleich, wie alt sie waren – alle auf sie ansprachen. Durch Grace wurde die Atmosphäre in der Bar irgendwie heller, freundlicher, entspannter.

Ben machte sich keine Illusionen. Sein bescheidenes, makellos sauberes Hotel lief recht gut. Da er seinen Gästen einen angenehmen, zuverlässigen Service bot, waren die Zimmer fast immer ausgebucht. Und da das Hotel in der Nähe einer Schnellstraße lag, zog die Gaststätte auch viele

Leute an, die auf der Durchreise waren, darunter Fernfahrer, die dort zum Frühstück und Lunch Halt machten.

Ben war damit zufrieden, wie alles lief, auch wenn keine begüterten Touristen, die ihre Reisen bei exklusiven Agenturen buchten, zu seinen Gästen zählten. Diejenigen, die bei ihm abstiegen, waren häufig knapp bei Kasse. Auf seinem weitläufigen, gut gepflegten Parkplatz standen immer nur schmuddelige, verrostete alte Wagen, und das Gepäck, das ins Hotel getragen wurde, sah oft so aus, als hätte es schon allerlei mitgemacht.

Doch er mochte diese Menschen und verstand sich gut mit ihnen.

Glücklicherweise waren seine Mittagsgäste immer ruhig. Es waren meist Fernfahrer und Familien, die zum Lunch einkehrten und nicht viel tranken, so dass es selten zu Handgreiflichkeiten kam. Beim Lunch herrschte stets eine gedämpfte, manchmal geradezu trübsinnige Atmosphäre.

Heute allerdings plauderten die Leute miteinander und lachten viel, was alles auf Grace zurückzuführen war. Ihre gute Laune wirkte einfach ansteckend. Selbst sein alter, langsam kahl werdender Koch Horace pfiff vor sich hin, während er die Käsesandwiches zubereitete. Grace hatte den mürrischen Koch sofort für sich eingenommen, weil sie seine Tätowierung bewundert hatte, die eine nackte Frau von hinten darstellte, deren Beine sich um seinen Bizeps schlangen. Wenn Horace seine Muskeln spielen ließ, wackelte die Lady mit dem Arsch.

Inzwischen hatte Horace Grace das Ganze schon mehrmals vorgeführt, die jedes Mal von neuem entzückt war. Das Eis war geschmolzen.

Und auf alle anderen wirkte sie genauso.

Grace selbst genoss die Arbeit. Ihre schönen braunen Augen strahlten vor Vergnügen, während sie unermüdlich eine Aufgabe nach der anderen bewältigte. Je länger Ben sie beobachtete, desto verblüffter war er.

Jetzt verstand er auch, was Noah so anziehend fand – innerlich wie äußerlich. Wie er es fertig gebracht hatte, sie so lange zu kennen, ohne diese Dinge zu bemerken, war Ben ein Rätsel.

Kurz darauf kam Grace zu ihm geeilt und sagte leise: »Sechs Dollar Trinkgeld!« Sie hielt das Geld umklammert, als handle es sich um Gold und nicht um ein paar zerknüllte Scheine. Dann stopfte sie es in ihre Schürzentasche. »Kaum zu glauben! Dabei habe ich ihm doch nur einen Deluxe-Burger mit Pommes gebracht. Erstaunlich. Ben, ich *liebe* diesen Job.«

Dann war sie auch schon wieder weg, um ein junges Pärchen freundlich zu begrüßen, das gerade hereingekommen war, und um einem Mann in einer Essnische, der mehr Kaffee wollte, bestätigend zuzuwinken. Sie war ein Ausbund an Energie und Freundlichkeit.

Ben musste sie einfach einstellen, das stand außer Frage.

Er hatte gehofft, sie unter irgendeinem Vorwand freundlich abwimmeln zu können. Es wäre immerhin möglich gewesen, dass sie die Bestellungen durcheinander brachte oder vergaß. Oder dass die plumpe Vertraulichkeit einiger Gäste, die offenbar immer noch nicht ganz verstanden hatten, dass man im aufgeklärten Zeitalter geschlechtlicher Gleichberechtigung lebte, sie abstieß.

Aber da hatte er Grace unterschätzt. Sie nahm zwar nichts übel, ließ sich aber auch nichts bieten. Als ein verhutzelter alter Mann sie mit ›Schätzchen‹ angeredet hatte, hatte sie ihm die runzlige Wange getätschelt und gesagt: »Aber sicher, Opa«, um ihm dann eine Extraportion Eis auf seinen Apfelstrudel zu geben. Der alte Bursche war derart hingerissen gewesen, dass er fast vom Barhocker gerutscht wäre.

Als einzige Hoffnung blieb Ben die Uniform, die jede Kellnerin tragen musste. Ben hatte Grace noch nie in einem Minirock gesehen. Vielleicht würde sie sich ja von den relativ kurzen, gelbbraunen Kleidern abschrecken lassen, die nur von einer knappen weißen Schürze bedeckt wurden. Dieses Outfit war zwar rein funktionell, wirkte in gewisser Weise aber auch so, als sei es etwas aus einem Katalog für Fetischisten. Einige der jüngeren Kellnerinnen ließen sich sogar dazu hinreißen, Stöckelschuhe zur Uniform zu tragen. Irgendwie ahnte er aber, dass Grace das nicht tun würde.

Ben passte Grace ab, als sie gerade wieder in die Küche wollte. »Moment mal, Gracie.«

Ihre Wangen waren gerötet, die langen Haare zu einem Pferdeschwanz zusammengebunden, der auf ihrem Rücken hin und her schaukelte. »Okay, aber wenn's geht, mach schnell«, sagte sie. »Ich muss mich um die Bestellungen kümmern.«

Gewissenhaft obendrein. Ben wusste zwar, dass Noah ihn umbringen würde, wenn er Grace einstellte, aber was blieb ihm denn anderes übrig? Er holte tief Luft und schickte sich ins Unvermeidliche. »Du hast den Job. Kannst du morgen anfangen?«

Sie sperrte Mund und Augen auf, um dann ein lautes, für sie völlig untypisches *Hurra* auszustoßen und ihm um den Hals zu fallen.

Gerührt lächelnd erwiderte Ben ihre Umarmung. Grace war warm und weich, und es war ein Vergnügen, sie an sich zu drücken. Man fühlte sich einfach wohl dabei. »Es ist doch nur ein Job, Gracie.«

»O nein. Das ist ein Job, der wirklich Spaß macht, und alle sind so freundlich. Das gefällt mir viel besser als das ewige Herumgesitze in der Bibliothek, wo ich nur Stunde um Stunde recherchieren, Briefe schreiben oder Sachen in den Computer eingeben musste. Das war so langweilig und so ... einsam.«

Bens Blick verfinsterte sich. Agatha hatte Grace hart rangenommen, ihr jedoch nie die Anerkennung zuteil werden lassen, die sie verdiente.

Er würde diesen Fehler nicht machen.

Während Ben sie noch einmal an sich drückte, sagte er: »Also, ich bin wirklich beeindruckt vor dir. Die Gäste sind sogar länger geblieben, nur um sich mit dir zu unterhalten.«

Sie löste sich von seiner Brust und sah ihn erstaunt an. »Wirklich?«

Ben schlang ihr lässig die Arme um die Taille und grinste. »Hast du das nicht gemerkt? Mensch, Grace, du bist der Hit. Hier kommen eine Menge Fernfahrer vorbei, um einen Kaffee zu trinken und ein Sandwich zu essen, und meistens sehen sie ziemlich mitgenommen aus. Nach den endlosen Stunden auf der Straße sind sie müde und fühlen sich einsam. Aber heute hast du sie in weniger als einer Stunde alle zum Lächeln gebracht.«

»Tatsächlich?« Sie klang so hoffnungsvoll.

Ben drehte sie behutsam herum. »Sieh dich doch mal um, Grace.«

Ihr Blick wanderte von Essnische zu Essnische, von Barhocker zu Barhocker. Sie verschränkte die Hände vor der Brust. »Sie sehen alle ... glücklich aus.«

»Normalerweise tun sie das nicht, aber heute sind sie richtig fröhlich.« Er beugte sich hinunter, um ihr Ohr zu küssen. »Dank dir, Grace.«

Als sie sich zu ihm umdrehte, war sie knallrot. »Wow.«

Es verblüffte Ben, dass sie nicht bemerkt hatte, wie sie auf die Gäste wirkte, dass sie wirklich keine Ahnung von ihrer eigenen Ausstrahlung hatte. »Noah wird nicht gerade glücklich darüber sein, dass du hier arbeitest.«

Grace reckte sich in der für sie typischen Art hoch. »Warum denn nicht? Das ist doch ein toller Laden.«

Toll. Ben schüttelte den Kopf. »Ich bin schon zweimal überfallen und ausgeraubt worden, Grace. An den Abenden, wenn mehr getrunken wird, kommt es manchmal zu Schlägereien. Bisher ist noch nie jemand ernsthaft verletzt worden, aber Schrammen und blaue Augen hat es schon öfter gegeben. In zwei Jahren hatte ich fünfmal die Cops hier. Noah ist sehr fürsorglich. Ihm passt es schon nicht, dass *ich* hier bin. Da kann ich mir lebhaft vorstellen, wie er reagiert, wenn er erfährt, dass ich dich eingestellt habe.«

Grace klopfte Ben auf die Brust, als mache er sich völlig unnötig Gedanken, und sagte: »Keine Bange. Diese Art von Beziehung haben Noah und ich nicht. Es wird ihn nicht kümmern, wo ich arbeite, das verspreche ich dir.«

Ihre Naivität haute Ben einfach um. Was glaubte Grace eigentlich? Dass Noah nur mit ihr spielte?

Wobei allerdings die Frage war, ob er nicht tatsächlich nur mit ihr spielte.

Ben glaubte das zwar nicht, aber da sich die Dinge derart überstürzt hatten, konnte er nicht mehr mit Sicherheit sagen, was sein Bruder eigentlich dachte. Die Vorstellung, dass jemand Grace einfach benutzte, kam bei Ben nicht sonderlich gut an. Er musste wohl noch einmal mit Noah sprechen und ihn darüber aufklären, wie Grace ihre Beziehung einschätzte. Dann würde Noah sie hoffentlich eines Besseren belehren.

»Wie liegen denn meine Arbeitszeiten?«, fragte Grace und riss ihn aus seinen Überlegungen.

»Die sind leider sehr unterschiedlich, und manchmal müsstest du auch am Wochenende arbeiten.« Noah würde ihn *massakrieren.* »Am besten gebe ich dir mal einen Überblick, wie alles abläuft.«

Ben wollte lieber gar nicht daran denken, wie Noah reagieren würde, wenn seine neue Beziehung durch Wochenendarbeit beeinträchtigt wurde. Deshalb begleitete er Grace erst einmal in die Küche, damit sie die Bestellungen weitergeben konnte. Während das Essen zurechtgemacht wurde, folgte sie ihm in das ruhige Hinterzimmer, in dem die Getränke- und Kaffeeautomaten standen. Hier konnte sie ihre Pause machen und hier hingen auch der Arbeitsplan und die Stechuhr.

»Morgen gebe ich dir eine Stechkarte, vergiss also das Ein- und Ausstempeln nicht. Die Stunden, die du heute gearbeitet hast, werde ich nachtragen. Die restliche Woche arbeitest du als Ersatz für Rose, richte dich also nach ihren Zeiten. Wenn du willst, kannst du heute so lange bleiben, wie sie gearbeitet hätte.«

»Das wäre wunderbar!«

Ben, den ihre Haltung noch immer verwirrte, lachte glucksend. »Wunderbar, ja? Na schön. Ich hänge die neuen Arbeitspläne immer donnerstags aus, und die Woche beginnt am Montag. Falls es irgendwelche Probleme gibt, sag mir sofort Bescheid.«

Grace zog einen Bleistift und einen Bestellblock aus der Tasche und schrieb sich ihre Arbeitszeiten auf. Zu Bens Erstaunen schien sie in keiner Weise betroffen zu sein, als sie sah, bis zu welcher späten Stunde sie an manchen Tagen arbeiten musste. Er nahm sich vor, ihr so viele Abende und Wochenenden wie möglich freizugeben.

»So, das wäre notiert.«

Ben verschränkte die Arme vor der Brust und musterte sie von oben bis unten. Sie hatte eine volle Figur mit zahlreichen Kurven. »Grace, welche Größe hast du?«

Ihr Kopf schnellte hoch und sie wurde bleich. »Wie bitte?«

Angesichts ihrer heftigen Reaktion auf eine derart simple Frage zog er eine Augenbraue hoch. »Ich muss dir eine Uniform besorgen.«

Statt zu antworten, biss sie sich auf die Unterlippe. Zum ersten Mal seit ihrer Ankunft im Hotel wirkte sie unsicher. Ben konnte das nicht verstehen. Er hatte zwar damit gerechnet, dass sie die Uniformen nicht mochte, aber dass das Ganze sie in Verzweiflung stürzen würde, hatte er nicht erwartet.

Nach einigen Sekunden bedrückenden Schweigens, in denen Grace seinem Blick voller Nervosität auswich, fragte sie: »Hast du denn welche vorrätig?«

»Ja.« Ohne den Blick von ihr zu wenden, nickte Ben mit dem Kopf in Richtung Wandschrank. »Der frühere Besitzer hatte gerade einen ganzen Packen bestellt, als ich den Laden von ihm übernahm. Sie hängen da drin.«

Offenkundige Erleichterung hellte ihr Gesicht auf.

Ben stand vor einem Rätsel. Sie hatte so selbstsicher gewirkt und sich mit einer solchen Begeisterung in die Arbeit gestürzt, als arbeite sie schon seit Jahren als Kellnerin. Doch jetzt wirkte sie ängstlich und schüchtern.

»Grace, ich kann dir innerhalb einer Woche eine neue besorgen.« Und wenn sie unbedingt wollte, konnte sie von ihm aus auch den Saum auslassen und das Kleid länger machen. »Du brauchst keine alte, bereits getragene Uniform zu nehmen.«

»Ach, das macht mir nichts.« Sie stürzte zum Wandschrank.

Ben runzelte die Stirn. »Grace ...«

Sie stöberte einen Augenblick herum, wobei sie immer wieder zu Ben hinüberspähte. Als sie sich schließlich umdrehte, hatte sie drei ordentlich zusammengelegte Uniformen über dem Arm. »Äh, hast du was dagegen, wenn ich die hier mit nach Hause nehme, um sie anzuprobieren? Die, die nicht passen, bringe ich morgen wieder mit.«

Ben gab es auf. »Ja, sicher, bedien dich. Nimm so viele mit, wie du möchtest. Die Frauen haben alle mindestens zwei zum Wechseln.«

Als der Koch rief, dass die Bestellungen fertig seien, legte Grace die Uniformen rasch zusammen mit ihrer Tasche in eines der oberen Regale. Als sie an Ben vorbeikam, blieb sie stehen und sah ihn strahlend an. »Nochmals vielen Dank, Ben. Das ist der beste Job, den ich je hatte.«

Als Grace verschwunden war, rieb Ben sich mit den Händen übers Gesicht. Der beste Job, den sie je hatte? Gute Güte! Wenn Grace Kellnern für einen guten Job hielt, dann musste es noch grauenvoller sein, für Agatha zu arbeiten, als er sich das bislang vorgestellt hatte. Ben hätte eher nackt in einem Kohlebergwerk geschuftet, als für seine Großmutter auch nur einen Finger krumm zu machen – eine Großmutter, die ihn noch nicht einmal anerkannte.

Das Telefon in der Küche klingelte. Kurz darauf schrie Horace: »Ben, Telefon für dich!«

»Okay«, rief Ben zurück und hob den Hörer des Apparats im Aufenthaltsraum ab. »Hallo?«

Als hätte er sie durch seine Gedanken heraufbeschworen, erklang Agatha Harpers Stimme, die grummelnd sagte: »Du solltest diesem grässlichen Mann bessere Manieren beibringen. Er hat mir ins Ohr gebrüllt.«

Ben ließ sich seine Überraschung nicht anmerken und versagte es sich auch, Agatha auf ihre eigene Unhöflichkeit hinzuweisen, da sie noch nicht einmal ihren Namen genannt hatte, was allerdings auch nicht nötig war. Dafür kannte Ben diese schneidende, kalte Stimme einfach zu gut. »Was willst du, Agatha?«

Als sie seinen mürrischen Ton mit einem Schniefen quittierte, beschlichen Ben die schlimmsten Befürchtungen. »Agatha?«, fragte er noch einmal in vorsichtigem Ton, der gleichzeitig fordernd klang.

»Ich brauche deine Hilfe.«

Diese Worte trafen Ben wie ein Schlag gegen die Brust. Er rang nach Luft und krächzte ungläubig: »*Wie bitte?*«

»Du hast gehört, was ich sagte, Benjamin Badwin, und ich werde mich nicht wiederholen.«

Ben fehlten nach wie vor die Worte, was man von Agatha nicht sagen konnte. »Komm morgen zum Lunch zu mir«, befahl sie. »Elf Uhr würde mir gut passen, also sei pünktlich.«

Ben atmete vorsichtig ein und aus. Obwohl er den Eindruck hatte, dass sein Gehirn völlig leer war, hörte er sich mit einer Stimme, in der genau das richtige Maß an Verachtung lag, sagen: »Tut mir Leid, Aggie, aber da muss ich arbeiten.«

»Ich habe dir doch schon mal gesagt, dass du mich nicht so nennen sollst«, stieß sie empört hervor.

»Ja, und ich habe dir gesagt, dass du mich nicht anrufen sollst.«

Vor langer Zeit hatte Ben sich noch darauf gefreut, eines Tages vielleicht seine Großmutter kennen zu lernen. Er hatte gehofft, dass sie seiner Mutter irgendwie helfen, ihr einen Teil der Bürde abnehmen würde, die auf einem lastet, wenn man ein Kind allein aufzieht.

Doch Agathas hartnäckiger Glaube daran, dass ihr Sohn ein Heiliger gewesen war, während seine Mutter ihre Liebe einfach zu freigebig verteilt hatte, hatte jede Möglichkeit einer Beziehung im Keim erstickt. Gleich zu Beginn ihrer ersten Begegnung hatte Agatha gegenüber seiner Mutter entsprechende Andeutungen fallen lassen, die dazu geführt hatten, dass sie bei Ben ein für allemal unten durch war. Er liebte seine Mutter zu sehr, als dass er es hinnehmen konnte, dass irgendjemand sie verunglimpfte, sei es nun auf subtile oder anderer Weise.

Agatha ignorierte seine Frechheit einfach und sagte: »Du kannst dir doch wohl mal einen Nachmittag frei nehmen.«

Nach und nach wich das Gefühl, wie betäubt zu sein, von ihm. »Nein, kann ich nicht.« Jetzt hörte Ben sich Gott sei Dank wieder wie er selbst an. »Ich weiß, dass es dir unangenehm ist, daran erinnert zu werden, Agatha, aber ich gehöre nun mal zu jener niederen Klasse von Menschen, die arbeiten müssen, um leben zu können. Ich kann es mir einfach nicht leisten, einen Nachmittag freizumachen.«

Als presse sie die Worte zwischen den Zähnen hervor, sagte Agatha: »Ich bezahle dich, wenn du herkommst.«

Wut zuckte in ihm auf und brachte sein Herz zum Rasen. »Es mag vielleicht ein Schock für dich sein, Aggie, aber ich bin nicht käuflich.«

»Verflucht noch mal, Ben, ich muss dich sehen!«

Soweit Ben sich erinnern konnte, war dies das erste Mal, dass seine Großmutter verzweifelt klang. Er mochte sie zwar nicht, respektierte sie auch nicht, aber trotzdem konnte er den leichten Unterton von Angst in ihrer Stimme nicht ertragen. Er kannte sie nur als unbeugsamen Drachen, nicht als gebrechliche alte Frau.

Ben umklammerte den Hörer so fest, dass seine Hand schmerzte, doch das nutzte auch nichts. Er wollte ihr ihre Bitte tatsächlich abschlagen.

Stattdessen sagte er mit einem resignierten Seufzer: »Nächste Woche ginge es. Vielleicht am Sonntag.«

Obwohl Agatha versuchte, sich nichts anmerken zu lassen, konnte Ben hören, wie erleichtert sie war. Ihre Atemzüge wirkten zittrig und abgehackt. »Gut. Dann wäre das abgemacht. Und denk dran, elf Uhr.«

Dann legte sie auf.

Schöne Scheiße, dachte Ben und verfluchte seine Nachgiebigkeit.

Er konnte sich einfach nicht vorstellen, was Agathas Worte zu bedeuten hatten. *Ich brauche deine Hilfe.* Verwirrt schüttelte Ben den Kopf. Agatha Harper brauchte niemanden, am allerwenigsten einen Enkelsohn, den sie nicht anerkannte.

Mit genau abgezirkelten Bewegungen legte Ben den Hörer auf und drehte sich um. Er musste Noah anrufen – und er musste allerlei Papierkram erledigen. Er brauchte keinen weiteren Gedanken an seine Großmutter zu verschwenden. Was immer sie wollte, es würde letzten Endes nichts ändern. Denn nichts konnte die Vergangenheit ändern. So einfach war das.

Verflucht noch mal.

Agatha starrte das Telefon auf ihrem Schreibtisch an und merkte, wie ihre Hände zitterten, obwohl sie sie fest umklammert hatte. Das Gespräch war schwerer gewesen, als sie erwartet hatte. Ben war immer so ... abweisend. So schwierig. Sie wusste, dass ihr Ben im Unterschied zu Noah nie auf halbem Wege entgegenkommen würde.

Abrupt drehte sie sich um und ging durch die Bibliothek. Dieser Raum kam ihr ohne Noah und Grace ebenso verlassen, leer und dunkel vor wie das ganze Haus. Wenn alles so still war, konnte sie nicht richtig nachdenken. Schlafen konnte sie auch nicht mehr richtig.

Das war nicht gut.

Doch sie hatte Pläne, um alles wieder ins Lot zu bringen. Noah war ein Sturkopf, aber sobald sie ihn zur Vernunft gebracht hatte, würde auch Grace wieder an ihren Arbeitsplatz zurückkehren. Dann wäre wieder alles beim Alten. Dafür würde sie sorgen.

Da sie nichts anderes zu tun hatte, griff Agatha nach der reich verzierten Teekanne, die zwischen Tassen aus feinstem Porzellan auf einem Tablett auf ihrem Schreibtisch stand. Sie war leer.

Ihre Haushälterin Nan war einkaufen gegangen. Agatha würde also warten müssen, bis sie wieder da war. Sie hatte Nan angewiesen, etwas ganz Besonderes für Ben zum Lunch zuzubereiten, und dafür mussten noch einige zusätzliche Dinge besorgt werden.

Der Lunch war zwar verschoben, würde aber stattfinden. Ben würde Ende nächster Woche vorbeikommen. Das wäre immer noch früh genug.

Damit ihre Pläne verwirklicht werden konnten, brauchte Agatha Bens Hilfe. Sie wollte ihm einen Vorgeschmack – im buchstäblichen Sinne des Wortes – auf das geben, was er erwarten konnte, wenn er sich mit ihr zusammentat, und das schloss erlesene Speisen ein.

Agatha drehte sich um und ging durch die beängstigend stille Bibliothek zurück.

Dann fiel ihr etwas noch Besseres ein. Warum sollte sie sich diese kleine Krise nicht zu Nutze machen und sich großherzig geben? Sie könnte Ben endlich als Familienmitglied anerkennen und obendrein ihren Stolz wahren. Ben würde begreifen, dass sie im Interesse Noahs so handelte, nicht etwa, weil sie schwach geworden war.

Es war ja ohnehin nicht so, dass sie ihn nicht hatte anerkennen wollen. Aber Ben war kein einfaches Kind gewesen. Als Agatha ihn kennen gelernt hatte, war er vierzehn und von aggressiver Empfindlichkeit gewesen. Selbst in diesem zarten Alter hatte er keine Bedenken gehabt, seinen Vater zu verunglimpfen.

Obendrein hatte er auch noch Agatha verunglimpft und ihr unmissverständlich zu verstehen gegeben, dass er in seinem Leben nichts vermisse, dass seine Mutter eine Heilige sei und Agatha nichts habe, was er sich wünsche.

Ben hätte sie kompromittiert und in all seiner Verachtung und Respektlosigkeit ihren guten Namen bei jeder Gelegenheit in den Dreck gezogen. Agatha war gar nichts anderes übrig geblieben, als die Verwandtschaft mit ihm abzustreiten.

Noah hatte sich freilich anders verhalten. Er war so fürsorglich gegenüber Ben, als seien sie tatsächlich gemeinsam aufgewachsen, als hätte Noah schon immer die Rolle des großen Bruders gespielt. Sie und Noah konnten nicht über Ben reden, ohne in Streit zu geraten, so dass sie stillschweigend überein gekommen waren, es ganz bleiben zu lassen.

Grace wiederum mochte Ben genauso, wie Noah es tat. Wenn sie sah, wie die beiden sich Ben gegenüber verhielten, plagten Agatha oft Schuldgefühle, und sie mochte es nicht, ihre Zeit mit Schuldgefühlen zu verplempern.

Sie hatte das Richtige getan, verdammt noch mal. Zumindest damals. Jetzt war jedoch die Zeit gekommen, Veränderungen vorzunehmen. Denn jetzt konnte Ben ihr von Nutzen sein.

Agatha war stolz auf ihre neuen Pläne und auf die Art und Weise, wie sie die Sache angeleiert hatte. Doch ein Triumph, den man mit niemandem teilen konnte, schmeckte schal. Sie war zu alt, um allein zu sein.

Bald, schon sehr bald würde sie alles wieder in Ordnung bringen.

Bald würden sie alle, ihre Familie und auch die süße Grace, wieder bei ihr sein – denn da gehörten sie hin.

Zehntes Kapitel

Obwohl Noah wusste, dass er fast eine Stunde früher als verabredet kam, drückte er ungeduldig auf den Klingelknopf. Er hatte es extrem eilig, Grace zu sehen.

Er kämpfte mit einer wachsenden Erregung, die zu seiner eigenen Verwunderung nicht nur sexueller Art war. Oh, natürlich wollte er Sex. Heißen Sex. Immer und immer wieder. Aber er wollte auch mit ihr reden, ihr Lachen hören, wollte sehen, wie sie herumwuselte, und erfahren, wie das Vorstellungsgespräch gelaufen war.

Er wollte einfach mit ihr zusammen sein.

Das war ein völlig neues Gefühl für ihn, ein Gefühl, das er nie zuvor empfunden hatte.

Als Grace ihn vorhin angerufen hatte, um ihn wissen zu lassen, dass sie um sechs Uhr zu Hause sein werde und er um sieben Uhr vorbeikommen könne, hatte sie – bis auf die Tatsache, dass sie ihn bekommen hatte – über den neuen Job nichts verlautbaren lassen. Angeblich weil sie nichts beschreien mochte. Immerhin hatte sie glücklich geklungen – und das hatte in seinem elenden Zustand wie ein warmer Sonnenstrahl auf ihn gewirkt.

Er hatte den Tag damit verbracht, seine Finanzen und die seiner Großmutter komplett auseinander zu dividieren. Er hatte bei all ihren Konten und Geschäften seinen Namen und seine Vollmacht löschen lassen. Nun war sie ganz auf sich gestellt.

Meine Güte, wie er Grace jetzt brauchte!

Noah gab es auf zu klingeln und ging dazu über, mit der Faust gegen die Tür zu hämmern. Vorher war er ein geduldiger Mensch gewesen, aber seit er Grace das erste Mal berührt hatte, plagte ihn Ungeduld.

Zwei Sekunden später wurde die Tür aufgerissen. Grace, in einen hellblauen, dicken Fleece-Bademantel eingemummelt, der bei diesem Wetter eindeutig zu warm war, blickte ihn rebellisch an. Da sie das Haar nur lose zu einem Pferdeschwanz zusammengebunden hatte, hatten sich einige lange verdrehte Strähnen selbstständig gemacht und hingen ihr über die Ohren und die Schläfen, was sie auf verführerische Weise derangiert aussehen ließ. Sie blies sich eine lange Strähne aus den Augen und schaute Noah wütend an.

Bei ihrem Anblick fing sein Herz zu rasen an. »Hey.«

Sie streckte das runde Kinn vor. »Kann es sein, dass du Probleme damit hast, höflich anzuklopfen?«

»Da Klingeln nichts genutzt hat, habe ich mir gedacht, dass höfliches Klopfen ebenfalls nichts nutzen würde.« Noah nahm wahr, wie sie den Bademantel am Hals zusammenhielt und wie eng er gegürtet wahr. Er konnte keine Sekunde länger warten und gab ihr einen schmatzenden Kuss auf den ärgerlich gespitzten Mund. »Was hat der Bademantel zu bedeuten, Gracie? Hattest du dich hingelegt?«

Noah drängte sich durch die Tür, so dass Grace keine andere Wahl hatte, als beiseite zu treten. Ihr Apartment war noch genauso aufgeräumt und ordentlich wie vorhin. Im Unterschied zu seiner Wohnung strahlte es jedoch eine warme, einladende und gemütliche Atmosphäre aus.

Noah glaubte allmählich, dass wohl jede Wohnung wie ein Zuhause wirken würde, wenn nur Grace da wäre.

Sie schloss die Tür und machte Anstalten, an ihm vorbeizugehen.

»Nein, ich hab kein Nickerchen gemacht. Ich habe gerade ... ich wollte mich nach der Arbeit umziehen.«

»Grace«, fing Noah sie zu necken an, als er ihre nackten Füße unter dem Saum des langen Bademantels hervorlugen sah, »bist du darunter etwa nackt?«

Mit zwei Fingern fasste er nach dem rechten Revers, um schnell mal einen Blick unter den Bademantel zu werfen, woraufhin Grace entsetzt aufkreischte und in Richtung Schlafzimmer davonstürzte.

Was für eine Reaktion, dachte Noah belustigt. Er war neugierig, was sie wohl zu verbergen hatte, und fühlte sich von ihrem überstürzten Rückzug herausgefordert.

Mit einem breiten Grinsen auf den Lippen folgte er ihr.

»Grace«, rief er ihr hinterher, während er ihren auf und ab wippenden Pferdeschwanz betrachtete, »du bist darunter nackt, stimmt's?«

»Nein!«, schrie sie zurück und beschleunigte den Schritt. Offensichtlich wollte sie ihn abhängen. Doch ihr Apartment war klein, der Flur kurz und Noahs Beine länger als ihre.

Fast hätte Grace es bis zum Schlafzimmer geschafft – Noah war sicher, dass sie ihm die Tür vor der Nase zugeknallt hätte –, doch es gelang ihm, vor ihr hineinzuschlüpfen. Grace wirbelte herum. Ihr Schuldbewusstsein und noch etwas anderes hatten ihr die Röte ins Gesicht getrieben.

Noah drückte mit der flachen Hand gegen die Tür und schob sie zu.

Beide starrten einander an, Noah erwartungsvoll, Grace nervös.

Als sich auf seinem Gesicht ein Lächeln ausbreitete, wurde sie noch röter.

»Noah, wenn du nebenan warten würdest, zieh ich mich schnell weiter um und bin sofort wieder bei dir«, meinte sie und versuchte, möglichst gelassen zu klingen.

Sie sah aus, als erwarte sie tatsächlich, dass er dieser höflichen Aufforderung nachkommen würde. Noah schüttelte jedoch den Kopf.

»Tut mir Leid, Gracie, aber ich will nicht warten.« Er fasste sie am Kinn und schaute sich langsam im Schlafzimmer um. Die Möbel waren alle in Weiß gehalten, auch das

Himmelbett. Auf dem Bett lag eine schicke weiße Steppdecke, über die zahlreiche Samtkissen in zartem Grün und verschiedenen Blautönen verteilt waren. Die Gardinen an den zwei ziemlich kleinen Fenstern zeigten dasselbe weiche Grün.

Wie er immer schon vermutet hatte, war Grace eine ordentliche Frau, die nur wenig herumliegen ließ. Hier und da standen einige halb heruntergebrannte dicke Kerzen – und auf dem Nachttisch frische Blumen.

Dann wandte er sich wieder Grace zu, die ihn mit wachsamem Blick beobachtete. »Und ich will auch nicht, dass du dich wieder anziehst, ganz bestimmt nicht.«

Grace presste den schäbigen Bademantel mit aller Kraft an sich. Sie legte die Stirn in Falten. »Ich fürchte, ich muss darauf bestehen.«

Noah wurde von einer Erregung erfasst, die so überwältigend war, dass sie sich mit nichts vergleichen ließ, was er je erlebt hatte. Er hatte vergessen, wie vergnüglich es war, auf etwas Jagd zu machen, mit einer Herausforderung konfrontiert zu werden, insbesondere wenn es sich um eine sexuelle Herausforderung handelte. Primitive Instinkte regten sich in ihm, die danach verlangten, dass er sie mit sanfter Gewalt bezwang.

Grace schaute ihn mit ihren großen braunen Augen ohne zu blinzeln an. Ihre glatten Wangen glühten, der Puls in ihrer Halsschlagader flatterte wie wild.

»Wir sind im Schlafzimmer«, sagte Noah mit bewusst ausdrucksloser Stimme.

Sie riss die schönen Augen auf, ihre Lippen öffneten sich. »Aber ...«

Mit äußerst Genugtuung erinnerte Noah sie an ihre Abmachung. »Hier kannst du auf nichts bestehen, meine Süße. Hier wie in jedem Schlafzimmer hast du zu tun, was ich will, oder hast du das vergessen?«

Er streckte die linke Hand aus, um mit den Knöcheln über ihre Brust zu streichen. Selbst durch den Stoff des

Bademantels hindurch konnte er spüren, dass sich die Brustwarze zusammenzog. Grace erschauerte, wich aber nicht zurück. »Sei eine brave kleine Sexsklavin«, murmelte er, »und lass den Bademantel fallen.«

»Ich bin nicht ... klein«, erwiderte Grace mit einem unterdrückten Stöhnen.

Noah grinste. Ihr Ton hörte sich kaum noch rebellisch an, was ihn nur weiter anheizte. »Neben mir bist du ein kleines Frauchen. Und Grace ...«, seine Stimme wurde härter, »... ich will, dass du den Bademantel ausziehst, damit ich dich ansehen kann.«

Ihre Hände zogen den Stoff derart fest am Hals zusammen, dass sie sich fast strangulierte. »Aber ich bin darunter nicht nackt.«

»Nein?« Da sie schwieg, sagte Noah neckend: »Was hast du denn an, Grace? Wieder die weiche Baumwollunterwäsche?«

Grace räusperte sich. »Wenn du es wirklich wissen willst ...«

»O ja. Ich bestehe darauf.«

»Also ...« Die Röte ihrer Wangen wurde noch leuchtender. »Eine blöde Uniform, die ich bei der Arbeit tragen muss. Ich habe ein paar anprobiert, um herauszufinden, welche passt. Aber die, die ich anhab, ist definitiv zu eng.«

Ein heißes Gefühl schoss ihm durch den Unterleib, um sich in der Leistengegend zu konzentrieren. Mit einem Mal war er ziemlich geil. »Lass mich mal sehen.«

»Du wirst nur über mich lachen«, flüsterte sie.

»Ganz bestimmt nicht, auf gar keinen Fall.« Als sie immer noch zögerte, meinte er mit strenger Stimme: »Grace, du hast unserer Abmachung zugestimmt ...«

»Na gut!«, schrie sie fast. Ihr Gesicht brannte förmlich. Mit jähen, unsicheren Bewegungen ließ Grace den Bademantel von den Schultern gleiten, knüllte ihn zusammen und warf damit nach Noah. Der Mantel klatschte gegen seine Brust und fiel ihm vor die Füße, was Noah jedoch nicht beachtete.

Verdammt, sah sie heiß aus!

Die Uniform – falls etwas derart Kurzes und eng Anliegendes als Uniform bezeichnet werden konnte – kam Noah irgendwie bekannt vor, auch wenn er nicht genau hätte sagen können, wo er sie schon einmal gesehen hatte. Er war jedoch sicher, dass er diese Art, sie zu tragen, noch bei keiner anderen Frau gesehen hatte. Die Uniform war so eng, dass sie Graces ausladende Hüften und ihren Arsch einschnürte und an den Schenkeln und am Bauch zum Zerreißen gespannt war.

Über der Brust konnte sie sie noch nicht einmal zuknöpfen. Drei Knöpfe standen auf und gaben den Blick auf ein wahrhaft prächtiges Dekolleté frei. Es sah so aus, als würden ihr die Brüste aus dem Kleid hopsen, sobald Grace Luft holte. Noah hätte nichts dagegen gehabt.

»Lauf mal durchs Zimmer«, befahl er, ohne den Blick von ihr wenden zu können.

Grace schlang die Arme um sich und schaute ihn argwöhnisch an. »Warum das?«

Wenn sie geglaubt hatte, er würde bei ihrem Anblick loslachen, hatte sie sich wahrlich getäuscht. Er war kurz davor, sie auf die Matratze zu schmeißen, aber auslachen würde er sie ganz bestimmt nicht. »Ich will sehen, wie du dich in dem Ding bewegst.«

»Noah ...«

Er hob den Blick und sah sie an. Grace murmelte irgendetwas vor sich hin. Als sie zaghaft einen Schritt zur Seite machte, bestimmte Noah: »Geh ums Bett rum. Zum Fenster und wieder zurück.«

»Ich komme mir unglaublich blöd vor«, beklagte sie sich, während sie sich noch immer selbst umklammert hielt und völlig verkrampft wirkte.

»Und ich komme mir vor, als würde mir gleich die Hose platzen.«

Grace fuhr herum und starrte auf seinen Schritt. Ihr Blick war so verblüfft, so heiß, dass sein Schwanz gleich noch einen halben Inch größer wurde. Überrascht und entzückt atmete Grace tief ein. »Du meine Güte!«

»Dieser Kommentar hilft mir auch nicht weiter, Gracie.«

Während Grace über die Schulter hinweg Noahs Reaktion beobachtete, machte sie zwei weitere Schritte. Noch immer war sie ein wenig unsicher, auch wenn ihre Bewegungen nun geschmeidiger wurden.

»Du hast einen großartigen Arsch.«

Sehr langsam kräuselten sich ihre Lippen. Noah sah, wie ihr Selbstvertrauen förmlich aufblühte. »Vielen Dank.«

»Nichts zu danken, Baby. Ich hab nur die Wahrheit gesagt.« Er konnte den Blick nicht von ihr wenden. »Und jetzt komm auf mich zu.«

Als sie der Aufforderung nachkam, wiegte sie sich sogar ein wenig in den Hüften, was ihn zum Lächeln brachte.

»Dieses Kleid kannst du nicht bei der Arbeit tragen.« Noahs besitzergreifende Natur sträubte sich gegen die Vorstellung, dass irgendein anderer Mann sie so sah. Das Material lag derart eng am Körper an, dass Noah die Konturen ihrer Brustwarzen, ihre Gesäßspalte und sogar die Wölbung ihres Schamhügels ausmachen konnte. Das Outfit brachte bestimmte Dinge eher zur Geltung, als dass es sie verbarg.

Grace brach in ein atemloses Lachen aus. »Natürlich nicht. Ich kann in diesen Sachen noch nicht einmal richtig atmen, wie sollte ich dann darin arbeiten können?« Sie kam näher und blieb vor ihm stehen.

»Atemprobleme hast du, ja?« Noah fuhr mit der Fingerspitze die Spalte zwischen ihren Brüsten auf und ab. »Hilft das?«

»Nein«, flüsterte sie mit fast ersterbender, zitternder Stimme.

»Und das?« Mit beiden Händen machte er sich in dem gespannten und eng anliegenden Stoff auf die Suche nach ihren Brustwarzen, an denen er dann mit Fingern und Daumen zog.

»Noah ...«, stöhnte Grace und taumelte gegen ihn.

Da sie keinen BH trug, fragte Noah sich, ob sie wohl ein Höschen anhatte. Nun, das würde er gleich herausfinden. Er rollte ihre Brustwarzen sanft hin und her und ließ die Daumennägel dagegen schnellen. »Sch! Steh still, Grace. Ich will feststellen, wie gut dir dieses Kleid passt.«

»Ich werd's versuchen.«

Er hielt ihre Brustwarzen fest. »Ist das besser?« Vor Erregung war seine Stimme ganz heiser.

Grace schloss die Augen und schüttelte den Kopf.

»Dann lass uns mal *das* probieren.«

Sofort schlug sie die Augen auf, um mit wachsamem Blick zuzusehen, wie er einen weiteren Knopf öffnete. Der Ausschnitt wurde weiter, und der Stoff spannte sich über ihren großen Brüsten. Bevor er sich's versah, sprang der nächste Knopf von selbst auf. Noah konnte die Ränder ihrer Brustwarzen erkennen, die zusammengezogen und stark gerötet waren.

»Grace«, schalt Noah sie mit gespieltem Ernst, »du bist ja erregt. Ich versuche dir zu helfen – und deine Brustwarzen sind steif bis dorthinaus.«

Jetzt, da ihr Kleid geöffnet war, atmete sie so heftig, dass ihr Busen auf und ab wogte.

Noah knöpfte das Kleid noch weiter auf, um sie völlig zu entblößen. Ihre Brüste wurden von dem steifen Stoff zusammengepresst und nach oben gedrückt. »Ist das unbequem, Grace?«

»Nicht ... nicht allzu sehr. Zumindest kann ich jetzt ein bisschen besser atmen.«

Noah vermochte den Blick nicht von ihr zu lösen. Sie benahm ihm nicht weniger den Atem. »Du bist wunderschön.«

Sie schloss die Augen.

»Grace?« Als er erneut nach ihren Brustwarzen griff,

konnte sie die raue Haut seiner Fingerspitzen spüren. Er spielte an ihr herum, reizte und quälte sie. »Du bist wunderschön. Ich hoffe, das weißt du.«

Spontan streckte sie die Arme nach ihm aus, doch Noah hielt sie zurück. »Nein, ich bin noch nicht fertig. Ich weiß, dass dein Rock eng ist, Grace, aber ich möchte, dass du die Schenkel spreizt.«

Sie schaute an sich herunter auf den gespannten Stoff. »Das geht nicht.«

»Dann kann ich dich nicht berühren.« Er kniff ihr in die Brustwarzen.

Grace spreizte die Beine, indem sie die Füße auseinander schob. Dabei klammerte sie sich fest an Noahs Oberarme. »Reicht das?«

Er lächelte freundlich. »Ein bisschen mehr noch.«

Grace zögerte. Noah sah, wie sie nachdachte und auf eine Möglichkeit sann, seiner Aufforderung Folge zu leisten. Sie wollte, dass er sie berührte, und das steigerte sein Verlangen noch.

Schließlich griff Grace nach dem Saum und zog den Rock höher, so dass sie mehr Bewegungsfreiheit hatte. Unerschrocken erwiderte sie Noahs Blick, stützte sich wieder bei ihm ab und sagte dann in keckem Ton: »Bitte sehr!«

Als Noah einen Teil ihres Kraushaars sah, knickten ihm beinah die Beine weg. Wie er vermutet hatte, trug Grace kein Höschen – und dieser Umstand gab ihm den Rest.

Er schob ihr seine große Hand zwischen die Schenkel, um sie zu streicheln. Sie war schon seidig feucht, ihr weiches Fleisch geschwollen und heiß. Fluchend riss Noah sie an sich und küsste sie gierig, während er die Finger tief in sie hineinstieß.

Grace war so leicht erregbar, dass es ihn mehr als bei jeder anderen Frau antörnte, sie mit dem Finger zu bearbeiten. Sie stöhnte, drängte sich gegen ihn, klammerte sich an ihn, und Noah wusste, dass sie bald, viel zu bald, zum Höhepunkt kommen würde.

»Ich will deine Brustwarzen schmecken«, knurrte Noah in barschem, forderndem Ton. Er legte Grace einen Arm um die Taille, um sie hochzuheben.

Grace drückte den Rücken durch und reckte ihm die Brüste entgegen. Noah nahm eine der pinkfarbenen, geschwollenen Warzen in den Mund, um mit aller Kraft daran zu saugen.

Grace schrie auf und wand sich hin und her. Ihre Hüften gerieten in zuckende Bewegung – und dann explodierte sie. Ihre Hände krampften sich in sein Haar, um ihn an sich zu drücken.

Noah wäre fast zusammen mit ihr gekommen. »Ja, Grace, ja«, stieß er hervor.

Noch immer steckten zwei seiner Finger tief in ihr, so dass er die letzten Zuckungen ihres Orgasmus spüren konnte, bevor sie schlaff gegen seine Brust sank. Der Arm, mit dem er Grace festhielt, zitterte.

Seine Beine zitterten.

Sein Herz flatterte. *Verflucht noch mal.*

So sanft, wie es in seinem überreizten Zustand nur möglich war, stellte er Grace wieder auf dem Boden ab. In Rekordzeit knöpfte er die Uniform vollständig auf und zog sie ihr aus. Er nahm ihren Kopf zwischen die Hände und löste das Band, das ihren Pferdeschwanz zusammenhielt. Dann strich er ihr Haar auseinander und glättete es.

Grace sah ihn mit verhangenem, sattem Blick an. Sie schwankte ein wenig und lächelte zufrieden.

Noah sah sie an, von Lust aufgewühlt und gleichzeitig von innerer Ruhe erfüllt, weil er mit ihr zusammen war. Es kam ihm so vor, als hätte er sie schon immer gekannt – und sie doch nie wirklich gekannt. Er verdrängte die Gefühle, die in ihm aufstiegen und zu fremd und zu tief waren, als dass er darüber hätte nachsinnen wollen. So schnell konnte er sich noch nicht mit ihnen auseinander setzen. Vielleicht auch nie.

Entschlossen, die Dinge im körperlichen Bereich zu belassen, hob Noah Grace hoch, um sie zum Bett zu tragen, wo er sich zusammen mit ihr auf der Bettdecke ausstreckte. Als er sich anschickte, sich auf sie zu legen, hob Grace die Hand, um ihm Einhalt zu gebieten.

»Hast du nicht etwas vergessen, Noah?«

Grace sah einfach zu verführerisch aus, wie sie da auf der weißen Bettdecke lag und ihn auf ganz bestimmte Weise ansah. Von Zärtlichkeit übermannt, nahm er ihr Gesicht zwischen die Hände. »Was habe ich denn vergessen, Baby?«

»Dass ich dran bin.« Ihre Augen waren dunkel und verhangen und voller Sinnlichkeit. »Das hast du mir das letzte Mal versprochen, bevor wir gestört wurden.«

Die Lust wallte in ihm auf und kochte über. »Ja«, krächzte er, »Ich erinnere mich.«

»Gut.« Grace drehte sich, bis sie ausgestreckt auf ihm lag. Schlängelnd bewegte sie sich hin und her, so dass ihr Busen sich an seiner Brust rieb und ihr Bauch über seine Leistengegend glitt. »Ich habe den ganzen Tag darüber nachgedacht und weiß genau, was ich machen möchte.«

»Erzähl doch mal.«

»Nein.« Grace schüttelte den Kopf und lächelte ebenso süß wie boshaft. »Ich möchte es dir lieber zeigen.«

Ein unglaubliches Machtgefühl durchströmte Grace. Sie konnte ohne weiteres nachvollziehen, warum Noah es genoss, die Führung zu übernehmen. Es war absolut erregend.

Sie stemmte sich mit den Ellbogen hoch und lächelte zu ihm hinunter. Sein seidiges schwarzes Haar war zerzaust und fiel ihm in die Stirn, was irgendwie verwegen wirkte. Sie strich es zurück, um Noah dann die Stirn, den Rücken seiner geraden Nase und die langen, dichten Wimpern zu küssen. »Du bist absolut hinreißend«, murmelte sie in tiefster Überzeugung.

Noah lächelte. »Mit Schmeichelei kann man alles erreichen.«

»Es stimmt aber, weißt du.« Sie starrte in das klare Blau seiner Augen und merkte, wie sie dahinschmolz. Noah hatte Augen, die unendlich viel auszudrücken vermochten. Im Moment glitzerten sie lebhaft. »Du bist wunderschön.«

Sein Mund verzog sich zu einem ironischen Lächeln. »Na, wie du meinst.«

»Noah.« Grace setzte sich neben ihm auf, ohne sich darum zu scheren, dass sie nackt war. Und bald würde er ebenfalls nackt sein. Alles an Noah bezauberte sie – die ihm eigene Charakterstärke, seine unglaubliche Herzensgüte, seine fürsorgliche Natur.

Sie konnte allerdings nicht abstreiten, dass sie an seinen körperlichen Vorzügen ebenfalls Gefallen fand. Mit seinen kräftigen, perfekt modellierten Muskeln, seinem seidigen schwarzen Haar und den langen Beinen war er ein Ausbund an männlicher Anmut.

Und sein Gesicht ... Grace seufzte vor Bewunderung. Noah hatte das Gesicht eines dunklen Engels, der eine Frau mit einem einzigen Blick zu verführen vermochte.

Seine Persönlichkeit und sein Körper machten ihn zu einer innerlich wie äußerlich schönen Erscheinung.

Mit gierigem Blick schaute Noah auf Graces nackte Brüste, während sie ihm mit dem Finger über die breite Brust fuhr. Selbst durch den Pullover fasste er sich einfach wunderbar an. »Du hörst dich nicht so an, als glaubtest du mir.«

Noah zuckte die Achseln. »Ich sehe wie mein Vater aus, Grace, und ich weiß nicht recht, ob das so toll ist.«

Grace wurde das Herz schwer. Noah hatte sich über seinen Vater nie so unverblümt geäußert wie Ben. Er hielt sich wesentlich bedeckter und hatte seiner Familie gegenüber immer Loyalität an den Tag gelegt, was wahrscheinlich auf den brennenden Wunsch, überhaupt eine Familie zu *haben,* zurückzuführen war. Doch Grace wusste, dass auch ihn die Verantwortungslosigkeit, die Pierce Harper seinen Söhnen gegenüber gezeigt hatte, tief enttäuschte.

Selbst Agatha empfand diese Enttäuschung, obwohl sie das nie zugegeben hätte.

Grace griff nach dem Saum von Noahs Pullover und zog ihn hoch. »Pierce Harper war ein sehr attraktiver Mann.«

»Das ist mir scheißegal.«

»Wegen dem, was er dir angetan hat?«

Noah hob die Arme, um ihr behilflich zu sein. Als sie den Pullover neben das Bett warf, knurrte er: »Er hat überhaupt nichts getan, weder für mich noch gegen mich noch um meinetwillen.«

»Noah ...«

»Ich will darüber jetzt nicht reden, Grace.« Er ließ seine Fingerspitzen ihren Schenkel hochwandern, immer höher und höher, bis er ihr Schamhaar erreichte. »Ich würde dich jetzt lieber ficken.«

Grace sah das Begehren in seinem Blick, sah seinen entschlossenen Gesichtsausdruck. Doch sie sah auch den Schmerz in seinen Augen, so sehr Noah ihn zu verbergen versuchte. Seine barschen, groben Worte waren nur Tarnung, und Grace kannte Noah zu gut, um sich von ihnen täuschen zu lassen.

Sie legte die Hände auf seine Brust, spreizte die Finger und betastete seine stahlharten Muskeln, sein dichtes Körperhaar und seine warme Haut. »Habe ich dir schon mal gesagt«, flüsterte sie, »dass ich es mag, wenn du dich so vulgär ausdrückst?«

Der Schmerz wich aus seinen Augen, um brennender Lust und einem amüsierten Funkeln Platz zu machen. »Nein. Tust du das, Gracie?«

Sie nickte langsam. »Ich mag alles, was du zu mir sagst, vor allem aber die Sachen, bei denen es um Sex geht.« Sie sah ihm ins Gesicht, blickte jedoch sofort wieder weg. Ihre Fingerspitzen wandten sich seinen Brustwarzen zu. »Ich mag auch alles, was du mit mir machst.«

Die Spannung schien in Wellen durch Noahs Körper zu pulsieren. »Dann wirst du das bestimmt auch mögen.« Er streckte in unmissverständlicher Absicht die Arme nach ihr aus, aber Grace packte seine kräftigen Handgelenke.

»Nix da. Ich bin dran, Noah. Wo bleiben deine Manieren?«

»Ich bin ein Gassenjunge, hast du das vergessen?«, lachte Noah. »Ich habe überhaupt keine Manieren, und schon gar nicht im Bett.«

Genau, dachte Grace. Aber andererseits hatte er ihr bereits gezeigt, dass das Bett kein Ort für Höflichkeiten und feines Benehmen war. Noah gab und nahm, wonach ihm der Sinn stand, und verhalf ihr obendrein zu brennender Lust. Darin konnte sie nichts Verwerfliches sehen.

»Wie wäre es denn«, murmelte Grace, »wenn ich dir verspreche, es dir richtig gut zu besorgen?«

Keiner von beiden gab nach. Grace hielt noch immer Noahs Handgelenke fest, während er nach wie vor Widerstand leistete. »Ja? Und wie willst du das anstellen?«

»Na ja ...« Ihr Gesicht glühte. All das war noch sehr neu für Grace, so dass sie gelegentlich wieder in Schüchternheit verfiel. Aber mehr als alles andere auf der Welt wollte sie Noah etwas von der Lust zurückgeben, die er ihr geschenkt hatte. Deshalb verscheuchte sie ihre Schüchternheit und zwang sich, ihn mit energisch vorgeschobenem Kinn anzusehen. »Ich werde dich überall anfassen.«

»Auch an meinem Schwanz?« Noahs blaue Augen funkelten sie herausfordernd und viel sagend an. Grace wusste, dass er bewusst ›vulgäre Ausdrücke‹ benutzte, nachdem sie ihm beteuert hatte, das gefalle ihr.

»Da ... vor allem.«

Sein Gesicht wurde ganz starr, seine Wangen röteten sich vor Erregung, seine Nasenflügel blähten sich. Mit verhangenem Blick starrte er auf ihren Mund.

»Ich werde dich auch küssen«, fügte Grace, von seiner Reaktion ermuntert, hinzu. »Und ... und dich *lecken.*«

Sein Körper machte eine ruckartige Bewegung, seine Kiefermuskeln spannten sich. »Grace ...« So, wie er ihren Namen sagte, hörte es sich wie eine Warnung an.

»Sogar ... sogar deinen Schwanz.«

Noah gab ein langes, leises Stöhnen von sich, das in ein unterdrücktes Lachen mündete. »Du machst das verdammt gut.«

Noahs Lob freute sie. Nachdem sie über ihn gekrochen und aus dem Bett gestiegen war, streckte sie die Hand aus. »Komm, steh auf, damit ich dir die Hosen ausziehen kann.«

»Gute Güte!« Noah erhob sich und stellte sich zwischen sie und einen der hohen Pfosten am Bettende. Erwartungsvoll lächelte er sie an.

Langsam und aufreizend fiel Grace vor ihm auf die Knie. Es törnte sie gewaltig an, nackt vor Noah zu knien. Als sie sah, wie sein erigierter Schwanz von innen gegen die Hose drückte, musste sie lächeln. Ihr Herz hämmerte, ihr Puls raste.

Sie spürte Noahs Finger im Haar, die sanft ihre Kopfhaut massierten, während sie ihm die Schuhe aufband und ihm befahl herauszuschlüpfen. Nachdem sie die Schuhe zur Seite gestellt hatte, zog sie ihm die Socken aus. Noah stellte sich breitbeinig hin.

Als Grace zu ihm aufblickte, sah sie die Erwartung in seinem Gesicht. In dieser unterwürfigen Stellung fühlte sie sich mehr denn je als Sexsklavin, was ihr half, alle Hemmungen abzuwerfen, und sie schließlich ganz wild machte.

Sie beugte sich vor und öffnete seinen Gürtel um ihn endlich nackt zu sehen, ihn endlich zu berühren und zu schmecken und stöhnen zu hören. Als sie mit den Knöcheln immer wieder seine Ausbuchtung streifte, spürte sie das leichte Zittern seiner Hände, die nach wie vor ihren Kopf hielten.

Als sie den Gürtel löste, verkrallten sich seine Finger in

ihrem Haar. Grace hielt inne, um Noah anzusehen. Er schien starr vor Erregung.

Die Sache bereitete ihr immer mehr Spaß.

Mit einem Finger strich Grace durch die Hose hindurch über seinen langen dicken Schwanz. »Ich habe das noch nie gemacht, aber ich weiß genau, was ich will.«

»Yeah.«

Grace lächelte verstohlen und fragte sich, ob Noah überhaupt noch wusste, was er sagte. Seine Augen hatten sich zu Schlitzen verengt, sein Gesicht glühte. Das tiefschwarze Haar hing ihm in die Stirn, seine Lippen waren geöffnet.

Als Grace ihm die Hose aufknöpfte, zitterten auch ihr die Hände. »Wenn dir nicht gefällt, was ich tue ...«

»Es gefällt mir aber.«

Um die Vorfreude auszudehnen, zog sie den Reißverschluss ganz langsam auf, bis die Hose schließlich offen war. So wie sein langer und harter Penis gegen den weichen Baumwollstoff drückte, musste Noah sich in den straff sitzenden Boxershorts ziemlich beengt fühlen. Zu seiner Überraschung neigte sich Grace nach vorn, um die Wange an seinem Schwanz zu reiben.

»Mmmm«, sagte sie voll sinnlichen Genusses, »du riechst gut.« Sie hatte nicht erwartet, dass sein Duft so köstlich sein würde.

»Verflucht noch mal!« Als Noah ihren Kopf gegen sich drückte, blieb ihr fast das Herz stehen. »Du kleine Hexe! Du bringst mich noch um!«

Grace lachte leise über seine Worte, die er kaum hörbar hervorgeknurrt hatte. »Es ist nur fair, wenn alles mal andersrum läuft.«

Noah schob ihr die Daumen unter die Kinnlade und hob ihr Gesicht an. »Das werde ich dir heimzahlen«, versprach er schroff – was Grace gern glaubte. Sie freute sich schon jetzt so sehr darauf, dass sie förmlich erbebte.

Grace konzentrierte sich wieder auf die vor ihr liegende Aufgabe und zog ihm die Hose über die langen, kräftigen

Beine. Gleichzeitig befreite sie ihn auch von seinen Boxershorts. »Steig heraus.«

Noah kickte seine Sachen beiseite. Grace entging nicht, wie still er war und dass er sogar den Atem anhielt. Seine Erregung gefiel ihr. Vor allem aber gefiel ihr, dass *sie* die Ursache davon war.

Obwohl sie sich bereits geliebt hatten und Noah absolut unglaubliche Dinge mit ihr angestellt hatte, hatte sie bisher keine Möglichkeit gehabt, ihn eingehend zu erkunden. Doch jetzt war die Gelegenheit da, und sie würde sie sich auf keinen Fall entgehen lassen. Sie ließ die Hände über seine festen, behaarten Schenkel gleiten, bis sie zu der helleren, weicheren Haut seiner Hüften gelangte. Noah verlagerte das Gewicht.

»Hab ein bisschen Geduld mit mir, Noah, ja? Ich habe ... *das* noch nie aus der Nähe gesehen.«

»Das?«, krächzte Noah, wobei Grace noch durch seine Erregung hindurch seine Belustigung hören konnte, die sie aber überging. Sie war zu sehr in das Studium seiner männlichen Teile vertieft, um sich von seinem deplatzierten Humor ablenken zu lassen.

»Du bist ganz heiß.« Vorsichtig nahm sie die mit drahtigem Haar bewachsenen Hoden in die Hand. Sie waren schwer und fest und hatten sich zusammengezogen. Die Haut an dieser Stelle war extrem warm. Sie beugte sich vor, um ein weiteres Mal seinen Duft einzuatmen. Ihre Berührung, ihre Nähe versetzte seinen Penis in zuckende Bewegungen. Dieser Teil von Noah faszinierte sie ungemein. Er sah enorm aus und war lang und dick.

»Es ist erstaunlich, dass wir ineinander passen.«

Seine Hände krallten sich immer wieder sanft in ihr Haar.

Während sie seine Hoden im Handteller wog, neigte Grace sich vor, um seinen rechten Hüftknochen zu küssen. Das gefiel ihr so gut, dass sie es gleich noch einmal machte, wobei sie ihn diesmal auch kurz beleckte, um sein heißes

Fleisch zu schmecken. Er roch zum Fressen gut, nach Moschus und Mann.

»Grace ...«, stöhnte er.

Als sie hoch blickte, sah sie, dass er den Kopf zurückgeworfen und den Mund leicht geöffnet hatte. Sein kräftiger, sonnengebräunter Adamsapfel hüpfte auf und ab. Er stöhnte erneut.

Sanft und vorsichtig legte Grace ihm die Finger ihrer freien Hand um den Schaft. Noah zuckte zusammen. »Fester«, murmelte er.

»Wie?«

Er schluckte und atmete zitternd durch. »Ich mag es, wenn du meine Eier so behutsam anfasst. Das ist einfach stark. Aber hier ...« Er legte seine Hand fest auf die ihre. »... musst du richtig *zudrücken.*«

Er half ihr, indem er seine Hand noch fester um ihre schloss. »O ja, so ist es gut«, sagte er schwer atmend.

»Tut das nicht weh?« Grace starrte ihn ehrfürchtig an. Jetzt bewegte er ihre Hand hin und her, um ihr zu zeigen, was sie machen sollte. Hoch, runter, hoch, bis ihre Finger sich um seine dicke Eichel schlossen und von da wieder nach unten glitten.

Noah ließ sie los, um sich gegen den Bettpfosten zu lehnen. Er schloss die Augen und spannte die Kiefermuskeln. »O Gott, ist das gut, Grace.« Seine Hände ballten sich zu Fäusten. »Ich liebe es, wenn du mich anfasst.«

Grace ließ die Hand bis zum Ansatz seines Schafts gleiten, der sich wie mit warmem Samt überzogener Stahl anfühlte, voller Leben und Kraft. An der Penisspitze bildete sich ein kleiner Tropfen, den sie verzückt anstarrte.

Mit einem Mal konnte sie nicht länger warten. Ruckartig beugte sie sich vor. »Gefällt dir das hier auch?«, fragte sie, indem sie die Lippen sanft auf seinen Schwanz presste.

Als sie wieder zurückweichen wollte, hielt Noah ihren Kopf fest. »*Ja.*«

Seine Erregung übertrug sich auf sie. Grace küsste ihn

erneut, diesmal jedoch mit offenem Mund, so dass sie ihn auch schmecken konnte. Als sie ihn leckte, ging ein Beben durch seinen Körper. Sie leckte ihn von neuem.

Noah senkte den Kopf, um sie mit brennend heißem Blick anzusehen.

Als ihre Blicke sich kreuzten, sah Grace ihn lüstern an und leckte der Länge nach über seinen Schwanz, bis ihre Zunge die Spitze erreicht hatte. Während sie die salzige Flüssigkeit aufleckte, gab Noah ein lustvolles Ächzen von sich. Er zitterte am ganzen Körper.

»*Grace?*«

Seine Stimme klang gepresst, fast gequält. Grace genoss seine Reaktion ebenso wie das Machtgefühl, das sie erfüllte. Wieder und wieder leckte sie über seine Eichel, um anschließend mit der Zunge bis zur Schwanzwurzel und zurück bis nach oben zu fahren. Dann fing sie wieder von vorn an.

Stöhnend wand Noah sich hin und her. Er hob die Arme und verschränkte die Hände hinter dem Kopf. Seine breiten Schultern pressten sich gegen den Pfosten, seine Beine versteiften sich, sein Bauch zog sich zusammen, bis sich jeder Muskel abzeichnete.

Sein Atem war ein einziges Keuchen und Stöhnen. Grace spürte, dass die Zeit reif war, und schloss die Lippen um seinen Schwanz, um ihn in sich aufzunehmen. Da er so groß und sie so unerfahren war, war das gar nicht einfach. Entschlossen sperrte sie weit den Mund auf. Sie gierte nach ihm.

Plötzlich legten sich Noahs lange Finger um ihren Kopf und drängten sie, seinen Schwanz immer tiefer und länger in sich aufzunehmen.

»Du musst ... *saugen,* Grace«, ächzte er, und sie gehorchte. Auch ihr Körper stand in Flammen. Sie legte ihm die Hande um die straffen, schmalen Hüften und hielt ihn fest, als er anfing, sich in ihr hin und her zu bewegen, um ihren Mund so zu nehmen, wie er bereits ihren Körper genommen hatte.

»O Gott«, stöhnte er und wurde ganz steif und reglos. »Grace ... mir kommt's gleich.« Er wollte sie wegschieben. »Ich halte es nicht mehr aus.«

Doch Grace hielt ihn fest, um ihn weiterhin mit der Zunge zu bearbeiten und an ihm zu saugen.

»Grace ...«, warnte er sie mit so leiser und heiserer Stimme, dass sie ihn kaum hören konnte.

Sie bohrte ihm die Fingernägel in die festen Pobacken, um ihm klarzumachen, dass sie *alles* wolle, dass sie ihm den letzten Genuss verschaffen wolle.

Da hielt Noah nicht länger an sich und kam mit einem langen, abgerissenen Stöhnen, während seine Hüften zuckten und sein brennend heißer Körper erbebte. Erst nach einer ganzen Weile erschlaffte er. Seine Knie versagten ihm den Dienst, so dass der Bettpfosten den größten Teil seines Gewichts tragen musste. Langsam zog er sich aus Grace zurück.

Mit zitternden Händen streichelte er ihr das Haar, um dann behutsam und zärtlich ihren Kopf nach oben zu drehen und sie anzusehen.

Grace liebte ihn so sehr, dass es nahezu unmöglich war, die Worte nicht auszusprechen. Am Ende schaffte sie es zwar, aber etwas von ihrem Gefühl war sicher in ihrem Gesicht zu lesen.

Noah starrte sie lange an, während er noch um Atem rang. Seine Augen waren von tiefstem Mitternachtsblau und spiegelten einen wilden Wirbel von Gefühlen wider. Schließlich ließ er sich neben Grace auf den Boden sinken, um sich vor sie zu setzen und sie an sich zu ziehen. Während er sie in den nackten Armen wiegte, presste er das Gesicht gegen ihren Hals.

»Erstaunliche Grace«, flüsterte er, und im nächsten Augenblick spürte sie, wie er lächelte.

Elftes Kapitel

Als Noah aufwachte, war ihm sofort bewusst, wo er sich befand. In Graces Schlafzimmer war es jetzt völlig dunkel – das Bettzeug hatte die Wärme ihrer Körper angenommen. Grace hatte sich wie eine kleine Katze an ihn gekuschelt. Es war schön, sie neben sich zu haben, richtig angenehm sogar. Eines ihrer Beine lag auf seinem Schoß, ein Arm über seiner Brust, der Handteller ruhte auf seiner Brustwarze.

Da Noah jetzt hellwach war, drehte er den Kopf, um Grace im Dunkeln anzusehen. Er hörte, wie sie im Schlaf etwas murmelte. Dann schmiegte sie sich noch enger an ihn. Als sie die Hand bewegte, streichelte sie ihn unabsichtlich.

Verdammt noch mal. Er gab seinem Schwanz den stummen Befehl, sich anständig zu benehmen, doch in Graces Gegenwart war das ein absolut vergebliches Kommando. Selbst wenn sie an ihm herumnörgelte, wollte er sie. Wenn sie ihn anlächelte, geriet sein Blut in Wallung. Kniete sie sich vor ihn, fing er Feuer. Seit seiner Teenagerzeit, als sein einziges Vergnügen darin bestanden hatte, sich mit wildem Sex zu bedröhnen, war er nicht so gottverdammt geil gewesen.

Wenn Grace jetzt neben ihm lag, war das ihre eigene Entscheidung, zu der niemand sie gezwungen hatte. Und was noch besser war – sie genoss seine Exzesse und stellte ihnen eigene an die Seite. Warum sollte er sich das nicht zu Nutze machen?

Aber zunächst einmal hatte er ein paar Fragen an sie.

Noah weckte sie, indem er ihr den Hintern streichelte. Grace rekelte sich, stöhnte leise und verlagerte ihr Bein weiter nach unten, bis es gegen seine Weichteile drückte. Verflucht noch mal.

»Gracie?« Er küsste ihr die Stirn und die Stupsnase. Ihr fabelhaftes Haar hing in wildem Durcheinander über ihnen beiden. »Wach auf, Grace.«

Sie bewegte sich von neuem und hielt plötzlich reglos inne, als ihr alles zu Bewusstsein kam. »Noah?« Sie hob den Kopf. »Was ist los?«

»Gar nichts.« Er streichelte ihren Hintern noch einmal und zwickte sie dann. »Außer dass ich wissen will, warum du diese Uniform anhattest.«

»Was für eine Uniform?«, fragte sie gähnend. »Wie spät ist es eigentlich?«

»Die Uniform, die du angezogen hattest, als ich gekommen bin. Und ich hab keine Ahnung, wie spät es ist. Was spielt denn das für eine Rolle?«

Über diese Frage schien Grace erst nachdenken zu müssen. Dann spürte er an seinem Körper, wie sie mit den Achseln zuckte. »Gar keine. Ich muss erst morgen am späten Nachmittag arbeiten. Ich kann also ausschlafen.« Sie drehte sich herum, bis sie halb auf seiner Brust lag. Während sie mit seinem Brusthaar spielte, fragte sie mit belegter, hoffnungsvoller Stimme: »Willst du mich noch einmal?«

Noah schaffte es nicht, sein Lächeln zu verbergen. Nachdem sie es ihm mit ihrem süßen Mund besorgt hatte, hätte er – so explosiv, wie er gekommen war – eigentlich völlig hinüber sein müssen. Stattdessen war er unersättlich gewesen.

Jedes Mal wenn er Grace liebte, wollte er sie danach nur noch mehr. Bei ihr kannte sein Körper einfach kein Maß, und sein Durchhaltevermögen schien unerschöpflich.

»Du hast ganz schön Spaß an deiner Rolle als Sklavin, nicht wahr?«

Sie rieb ihre Brüste an seiner Brust, biss ihn zärtlich ins Kinn und gurrte: »Ja.«

»Grace«, mahnte er, während er ihren Hintern mit den

Händen packte und sie festhielt, bevor sie ihn allzu sehr ablenken konnte. »Ich möchte mit dir reden.«

»Ach.« In ihrem Ton lag tiefe Enttäuschung. »Reden könnten wir doch hinterher.«

»Wir werden jetzt miteinander reden.«

Sie stieß einen tiefen, lang gezogenen Seufzer aus. »Okay. Und worüber?«

Noah lachte. »Du scheinst gerade nicht richtig zugehört zu haben, Grace.«

»Tja«, frotzelte sie, während sie an seiner Unterlippe knabberte. »In meinem Bett liegt schließlich ein großer, hinreißender, splitternackter Mann. Das dürfte ja wohl ausreichen, um einer Frau Herz und Verstand stillstehen zu lassen, oder etwa nicht?« Dann fügte sie mit größerer Ernsthaftigkeit hinzu: »Ich hätte nie und nimmer gedacht, dass ich je so etwas erleben würde, Noah. Ich kann es kaum glauben. Und ich will jeden Augenblick auskosten.«

»Grace.« Verdammt, sie schaffte es wirklich, dass er dahinschmolz und sein Herz zu Butter wurde. »Sicher hast du schon reihenweise Herzen gebrochen.«

»Red nicht solchen Unsinn«, meinte sie lachend. »Mich hat noch nie ein Mann beachtet.«

»Das merkst du bloß nicht, meine Süße. Im Laufe der Jahre habe ich oft heimlich einen Blick auf dich geworfen.«

»Ah ja«, sagte sie mit einer Stimme, die vor Skepsis nur so troff.

»Das stimmt aber«, insistierte Noah. Irgendetwas an Grace hatte ihn immer angezogen. Er hatte sich eingeredet, dass es ihr eigenwilliger Charakter, ihre überbordende Energie und ihre unbedingte Loyalität gegenüber ihrer Arbeitgeberin sei. Er war überzeugt gewesen, nur Respekt und Bewunderung für sie zu empfinden.

Wie blind er doch gewesen war! »Ich habe mich nur sehr zurückgehalten.«

Grace schmiegte den Kopf unter sein Kinn, so dass ihre

Wange auf seinem Brustbein ruhte. »Weil du in Kara verliebt warst«, sagte sie mit leiser Stimme.

»Nein.« Noah strich ihr über den Rücken und ergötzte sich an ihrer glatten Haut und der schwungvollen Kurve ihres üppigen Hinterns. »Weil ich mit ihr verlobt war. Ich habe sie nie geliebt, jedenfalls nicht so, wie ich eine Frau hätte lieben sollen, die ich heiraten wollte. Das weiß ich jetzt.«

»Aber du machst dir Sorgen um sie.«

Mit einem Achselzucken gab Noah zu, dass das stimmte. »Ich mag Kara. Sie ist eine nette Frau und in vielerlei Hinsicht noch wie ein Kind. Ich will einfach nicht, dass ihr jemand wehtut. Aber ich liebe sie nicht und habe das auch nie getan.«

Grace nickte verständnisvoll und stemmte sich erneut hoch, um ihn anzublicken. Noah sah das Glitzern in ihren Augen, das fahle Glänzen ihrer Schultern und Brüste. »Du bist ihr Freund und befürchtest, dass derjenige, mit dem sie jetzt zusammen ist, ihr wehtun könnte.«

Noah erstarrte förmlich. »Wovon redest du eigentlich?«

Sie stupste mit der Nase gegen seine. »Ich bin doch nicht blöd, Noah. Ich weiß, dass Kara mit jemand anderem zusammen ist. Deshalb hast du auch die Verlobung gelöst. Ich nehme an, es ist jemand aus dem Restaurant, und deshalb will sie dort auch so oft wie möglich hin.«

»Dein aufgeweckter Geist schläft wohl nie, was?« Noah schüttelte verwundert den Kopf. Ihre Beobachtungsgabe und ihr Gespür frappierten ihn.

Als Grace versuchte, es sich bequemer zu machen, rekelte sie sich so hin und her, dass Noah sofort einen Steifen bekam. »Das ist doch jedem klar, der dich kennt. Nur etwas sehr Persönliches und Unverzeihliches hätte dich dazu bringen können, die Hochzeit abzusagen. Ich würde sagen, ein Liebhaber gehört in diese Kategorie.«

Noah hatte eigentlich nicht vorgehabt, die Sache mit irgendjemand anderem als mit seinem Bruder zu besprechen – und das hatte er auch nur getan, um Dampf abzulassen. Er hatte genau gewusst, wie Ben reagieren würde, dass er sie alle verwünschen würde, um Noah dann seine uneingeschränkte Hilfe anzubieten.

Sonst hatte er die Sache aber mit niemandem besprochen, da er noch immer das Gefühl hatte, Kara beschützen zu müssen. Ihm war keinesfalls daran gelegen, ihren Ruf zu ruinieren oder zu hören, wie andere über sie herzogen.

Aber das tat Grace ja nicht. Die Nacht war dunkel, nur ihre gedämpften Stimmen durchbrachen die Stille im Zimmer. Und Grace lag warm und anschmiegsam auf seinem Herzen.

Noah wurde klar, dass er mehr wollte als die bedingungslose Unterstützung, die sein Bruder ihm angeboten hatte. Er wollte Verständnis; er wollte Bestätigung.

Und er wollte sich mit jemandem aussprechen, der unvoreingenommen war.

»Ich war in keiner Weise verletzt, als ich sie erwischt habe.«

Grace drückte sich noch enger an ihn. Nach langem Schweigen fragte sie: »Du hast sie ... zusammen erwischt?«

»Ja.«

»Das muss ein ziemlicher Schock für dich gewesen sein.«

»Sollte man annehmen, nicht wahr?« Noah zuckte die Achseln. »Ich habe immer gedacht, ich hätte mein Leben genau geplant und wüsste, was ich tue. Aber verdammt noch mal ...« Noah schüttelte den Kopf. »Ich habe sie nackt im Bett gefunden, buchstäblich *in flagranti.* Und in dem Augenblick habe ich erkannt, dass ich sie nicht liebe, denn meine größte Sorge war, wie alle anderen die geplatzte Hochzeit aufnehmen würden. Meine Großmutter hatte schließlich schon immer die Absicht gehabt, uns zu verheiraten. Sie liebt Kara.«

»Dich liebt sie auch.«

»Und zwar so sehr, dass sie mich enterbt hat«, bemerkte Noah lachend.

Grace blieb einen Moment lang starr und reglos liegen. Dann stemmte sie sich hoch und schob ihr Gesicht dicht an das seine heran. »O Noah, so darfst du nicht denken. Du weißt doch, dass Agatha zuerst immer so reagiert, wie es ihr Stolz gebietet, dass sie es aber hinterher bereut.«

»Das ist schon in Ordnung, Grace«, sagte er mit sanfter Stimme und kam sich dabei ziemlich albern vor. Wie schaffte Grace es bloß dauernd, dass er so melodramatisch reagierte? Das war doch absolut untypisch für ihn. »Ich bin ein erwachsener Mann und kein kleiner Junge.« *Nicht mehr.*

»Aber ... Noah, ich könnte wetten, dass Agatha schon längst darüber nachdenkt, wie sie dich zurückbekommt, ohne das Gesicht zu verlieren.«

»Meinst du?«

Grace nickte. »Für Agatha geht es immer darum, die Kontrolle zu behalten. Sie denkt in strategischen Begriffen. Das ist wichtig für sie.«

Grace war sehr scharfsinnig, was seine Großmutter betraf. »Alles, was sie tun muss, ist, mich darum zu bitten.« Noah lächelte gequält. »Schließlich liebe ich diese alte Hexe.«

Auf ihre barsche, strenge Art hatte Agatha Noah Geschäftssinn und all die Feinheiten beigebracht, deren es bedurfte, um erfolgreich zu sein. Sie hatte ihm gezeigt, wie er sich in die Gesellschaft einfügen, sich anpassen musste.

All das verdankte er ihr.

Was Agatha ihm nicht vermittelt hatte, waren Stolz und Selbstwertgefühl, denn die hatte Noah schon immer besessen, selbst als er nichts anderes besessen hatte. Möglicherweise hatte er diese Eigenschaften geerbt, vielleicht waren sie aber auch aus der Not heraus entstanden. Noah leugnete in keiner Weise, was Agatha für ihn getan hatte, aber tief in seinem Herzen wusste er, dass er es irgendwie geschafft hätte, die Verhältnisse, aus denen er kam, auch ohne ihre Hilfe hinter sich zu lassen.

Was er am ehesten von Agatha gewollt hatte, nämlich vorbehaltloses Vertrauen, Liebe und Loyalität, hatte sie ihm nie gegeben.

Als hätte sie seine Gedanken gelesen, erwiderte Grace: »Agatha liebt dich auch, Noah. Und sie ist stolz auf dich. Ich glaube, sie würde all deine Erfolge zwar gern für sich in Anspruch nehmen, letzten Endes aber kennt sie die Wahrheit ebenso gut wie ich. Du bist der geschäftstüchtigste Mann, den ich je getroffen habe. Und ich habe keinen Zweifel daran, dass du auch ohne Agathas Hilfe deinen Weg gemacht hättest.«

Noah presste Grace fest an sich. Er brauchte weder ihre Motive noch ihre Aufrichtigkeit zu prüfen, denn sie sagte immer, was sie dachte und hielt nie mit etwas hinterm Berg. Sie war der Typ Frau, die ihr Herz dem Mann, den sie liebte, vollständig öffnete.

Und ihm hatte sie sich bereits geöffnet.

Je länger Noah mit Grace zusammen war, desto deutlicher wurde er sich dieses Umstands bewusst. Das Ganze beunruhigte ihn in vielerlei Hinsicht – vor allem weil er die Vorstellung so faszinierend fand.

Noah wechselte das Thema und bemerkte: »Du hast mich übrigens gar nicht gefragt, mit wem Kara ins Bett geht.«

»Das geht mich auch nichts an.« Grace leckte über seinen Hals und biss ihn zärtlich. »Aber ich gebe zu, dass ich froh bin, dass sie nicht mehr mit dir ins Bett geht.«

»Grace.« Noah drehte sich und legte sich auf sie. Sie war wie ein weiches Kissen, aufreizend und erregend. Ohne dass er sie dazu aufzufordern brauchte, öffnete sie die Arme – und die Schenkel –, um ihn an sich zu drücken. »Ich möchte, dass du mir etwas versprichst.«

»Was immer du willst«, antwortete sie ohne zu zögern.

Obwohl er sich selbst dafür verabscheute, war Noah nicht im Stande, sich die Bitte zu verkneifen. »Schwöre mir, dass du dich von keinem anderen Mann anfassen lässt, solange wir zusammen sind.«

Es verblüffte Noah zwar, doch die Vorstellung, Grace könne mit einem anderen Mann ins Bett gehen, erfüllte ihn mit rasendem Zorn. Zu sehen, wie Kara nackt unter ihrem Liebhaber gestöhnt hatte, war ihm nicht sonderlich nahe gegangen, doch wenn Grace so etwas täte ...

Im Dunkeln war ihr sanftes Lächeln kaum zu erkennen. Er hatte erwartet, dass sie ohne weiteres auf seine Forderung einginge, so dass ihre Antwort ihn überraschte. »Noah, mich will doch gar kein anderer Mann.«

»So ein Quatsch!« Wie war es bloß möglich, dass sie von ihrem eigenen Sexappeal so wenig wusste? Ihr Mangel an Selbstvertrauen brachte ihn auf. »Versprich's mir, Grace.«

Sie legte ihm die Arme um den Nacken und zog seinen Mund zu sich herunter. »Das ist wirklich nicht nötig«, meinte sie, um dann hinzuzufügen: »Aber wenn du es wünschst, schwöre ich es natürlich.«

Noah küsste sie derb, indem er ihr die Zunge tief in den Mund stieß und ihr in die Unterlippe biss. Er ärgerte sich über sich selbst und war verwirrt, doch Grace beruhigte ihn, indem sie ihm das Haar und die Schultern streichelte. Angesichts ihrer völligen Hingabe fühlte er sich stark und schwach zugleich.

Langsam löste Noah den Mund von ihren Lippen. Er wollte Grace, wollte sich in der warmen, feuchten Umklammerung ihres Körpers und der köstlichen Reibung verlieren. Aber zunächst musste er noch etwas klären.

»Warum hast du diese Uniform getragen, Grace?«

»Ben besteht darauf«, murmelte sie, während sie versuchte, sich seines Mundes zu bemächtigen.

Sein Verdacht stimmte also. Ruckartig setzte sich Noah im Bett auf. Wütend starrte er auf ihre Gestalt, die sich undeutlich unter dem Bettzeug abzeichnete. »Verflixt und zugenäht, Grace, ich wusste doch, dass ich diese Sachen irgendwoher kenne. Jetzt sag bloß nicht, dass du für Ben arbeitest.«

Stille breitete sich aus.
»Also?«, fragte er.
Als Grace gleichmütig mit den Achseln zuckte, wackelte das Bett. »Soll ich es dir nun sagen oder nicht?«
»Scheiße! Es stimmt also, ja?«
Langsam setzte Grace sich auf. »Noah Harper, ich habe nichts gegen vulgäre Ausdrücke beim Sex, in einem normalen Gespräch aber verbitte ich sie mir!«
Eifersüchtige Wut kochte in ihm hoch. Er konnte sich lebhaft vorstellen, was für Stielaugen alle Männer machen würden, wenn Grace in dieser Aufmachung in Bens Bar herumsprang. Das war einfach unerträglich.
Er packte sie bei den Schultern, um sie aufs Bett zu drücken. Dann beugte er sich so weit nach unten, dass seine Nase die ihre berührte und sie seinen Atem im Gesicht spürte.
»Ich will nicht, dass du da arbeitest, Grace«, sagte Noah und unterstrich seine Worte mit einem Kopfschütteln.
Sie schnaubte, und obwohl er sie kaum zu erkennen vermochte, spürte er, dass sie ihn wütend ansah. »Ich habe dich nicht danach gefragt, ob ich dort arbeiten darf oder nicht.«
Das war eine nicht zu leugnende Tatsache, die ihm überhaupt nicht gefiel. »Aber das ist gefährlich.«
»Ich bin ein *starkes* Mädchen.«
Ihre Betonung des Wortes *stark* ließ Noah vollends überschäumen. Knurrend schüttelte er sie. »Verdammt noch mal, Grace, wenn du noch einmal auf dein Gewicht anspielst, lege ich dich übers Knie, das schwöre ich dir.«
Ihre Augen weiteten sich und schillerten in der Dunkelheit wie Opale. »Wirklich?«, stieß sie atemlos hervor, und er wollte verflucht sein, wenn er nicht eine gewisse Faszination aus ihrer Stimme heraushörte.
Obwohl Noah bereits in Flammen stand, wollte er sich nicht durch Sex ablenken lassen. Diesmal nicht. »Ich gebe dir Brief und Siegel, dass es dir nicht gefallen wird.«

Verärgert stemmte Grace die Hände gegen seine Brust, um ihn wegzudrücken. »Dann vergiss es.«

Noah rührte sich nicht von der Stelle. »Ich habe dich nicht um Erlaubnis gebeten.«

»Und ich habe dich nicht um deine gebeten. Wir haben uns auf Gehorsam im Schlafzimmer geeinigt, Noah, sonst aber hast du mir nichts zu sagen. Wo ich arbeite, geht dich gar nichts an.«

Und das ging ihm gewaltig gegen den Strich. Er wollte, dass alles, was Grace betraf, auch ihn etwas anging. Er wollte, dass sie ein sicheres und glückliches Leben führte und dass sie ... ihm gehörte.

Scheiße! Noah drehte sich von ihr weg. Er war derart verwirrt und aufgewühlt, dass sein Herz raste und ihm das Blut in den Schläfen hämmerte. Gerade hatte er eine langjährige, komplizierte Beziehung beendet und eine enge familiäre Bindung zerstört. Sein Leben und seine Zukunft hingen völlig in der Luft.

Oh, er hegte keinen Zweifel daran, dass er es schaffen würde; wie Grace schon bemerkt hatte, er verstand es durchaus, auf sich aufzupassen. Schließlich hatte er von Geburt an gelernt zu überleben.

Doch erst einmal musste er sein Leben in Ordnung bringen, musste er die alten Feuer löschen, bevor er eine neue Flamme entfachte. Das Letzte, was Noah jetzt in seinem Leben brauchte oder wollte, war eine weitere Verstrickung, und das stellte die Beziehung zu Grace ganz entschieden dar. Sie hatte ihn ja bereits völlig umgekrempelt.

Die Idee, mit Grace Sex zu haben, um seine Spannungen abzubauen und gleichzeitig ungebunden zu bleiben, war ihm absolut großartig vorgekommen. Deshalb hatte er beschlossen, eine Affäre mit ihr zu beginnen. Dann aber war er sehr weit von seinem ursprünglichen Plan abgekommen. Und das war ihm noch nie passiert.

Jetzt wollte er mehr als nur heißen Sex, obwohl er wusste, dass das von Übel war. »Entschuldige, bitte.«

Grace stieß einen langen Seufzer aus. »Ich hätte nie gedacht, dass du so reagieren würdest.«

Wie hätte sie das auch ahnen können? Er selbst hatte ja ebenfalls nichts davon geahnt! Mit Kara war er jahrelang verlobt gewesen, ohne sie derart kontrollieren zu wollen.

»Vergiss es!« Doch das Gefühl der Beunruhigung wollte einfach nicht weichen. Trotz allem, was er sich gerade vergegenwärtigt hatte, sagte er: »Grace, das ist wirklich kein geeigneter Arbeitsplatz für dich.«

»Ben hat mir schon gesagt, dass dir das Ganze nicht gefallen dürfte, aber ich habe ihm versichert, dass es dich nicht kümmern würde.«

Er hätte Ben erwürgen können. »Mein Bruder kann manchmal sehr scharfsinnig sein, aber diesmal hat sein Urteilsvermögen einfach ausgesetzt. Er hätte dich nie anstellen dürfen.«

Grace ließ sich wieder aufs Bett fallen. »Das hatten wir schon mal.«

»Sei nicht so sarkastisch, Grace. Ben versteht was von seinem Geschäft und ich bin verdammt stolz auf ihn. Aber eine Menge seiner Gäste sind raue Burschen. In der Woche mag es ja noch erträglich sein, aber an den Wochenenden, vor allem abends, geht es manchmal hoch her und kann sogar gefährlich werden.«

»Er hat gesagt, bisher sei noch niemand ernsthaft verletzt worden.«

Offenbar zählte Ben die Prellungen und Schnittwunden, die er sich selbst eingefangen hatte, nicht zu den ernsthaften Verletzungen. Noah würde sich bald einmal sehr lange und sehr ernsthaft mit seinem kleinen Bruder unterhalten müssen. »Das ist letztlich nur eine Frage der Zeit. Jedenfalls ist es kein Ort für eine Dame.«

»Es arbeiten ja auch andere Frauen bei ihm.«

Graces Argumente gingen ihm gewaltig auf die Nerven. »Sie sind aber nicht wie du, Grace«, stieß er zwischen den Zähnen hervor.

»Was soll denn das bitte schön heißen?«

Sie klang so gekränkt, dass Noah nur den Kopf schütteln konnte. »Du hast nie in einem solchen Milieu gelebt. Du bist nicht mit allen Wassern gewaschen. Ich kenne Bens andere Kellnerinnen. Meine Güte, mit Frauen wie denen bin ich aufgewachsen. Die wissen alle, wie der Hase läuft.«

»Und du meinst, das tu ich nicht?«

In der Hoffnung, ihren wachsenden Zorn zu besänftigen, strich Noah ihr durch die Bettdecke über den Schenkel. »Ich meine, dass du süß und naiv bist.«

»Das bin ich nicht.«

»Du hast mir gerade erzählt, Männer würden dich ignorieren. Wenn das nicht naiv ist, was dann?«

»Das ist die Wahrheit, Noah. Männer sehen nicht nach Frauen, die ...«

Als sie zögerte, grinste er boshaft. »Ich habe dich gewarnt, Baby. Mir juckt schon die Hand.« Von ihrem Schenkel glitt er zu ihrer Hüfte, die er viel sagend drückte.

»Du würdest mich nie aus Wut schlagen, Noah, das wissen wir beide«, stellte sie fest.

Und sie hatte Recht. Ihr Vertrauen zu ihm war beschämend.

Noah musste wohl nach einem anderen Weg suchen, um sie von ihrem Vorhaben abzubringen. Blitzartig fiel ihm eine Lösung ein. »Ich möchte, dass du mit mir nach Florida kommst.«

»Nach Florida?« Grace stemmte sich mit den Ellbogen hoch. Sie gab ein hübsches Bild ab, als das Mondlicht sanft auf ihre Brüste fiel. »Warum ausgerechnet nach Florida?«

»Ich will da ein Mietshaus kaufen«, sagte Noah, den ihr Anblick ziemlich ablenkte. »Ich besitze dort schon einen Apartmentkomplex, und jetzt wurde das Nachbargebäude zum Verkauf angeboten.«

»Du hast ein Haus in Florida?«

Noah fragte sich, ob sie eine genaue Vorstellung davon

hatte, wie er finanziell gestellt war. Nachdem Agatha ihm beigebracht hatte, welchen Wert es hatte, Land und Immobilien zu besitzen, hatte er bald die ersten eigenen Käufe getätigt. Doch selbst Agatha hatte er nicht von all seinen Erwerbungen erzählt. Noah hatte schon seit einiger Zeit das Bedürfnis, sich finanziell abzusichern.

»Das Haus hat vier schicke Wohnungen und liegt direkt am Strand. Das Objekt, das ich zu kaufen beabsichtige, hat sechs Wohneinheiten. Die sind zwar kleiner als die anderen, aber der Makler meint, dass es kein Problem sein dürfte, sie zu vermieten. Es wäre ideal, beide Anlagen zu besitzen, weil ich dann Wohnungen zu unterschiedlichen Mietpreisen anbieten könnte.«

Grace riss Mund und Augen auf. »Zwei Häuser am Strand?«

Noah verschwieg, dass er auch noch in anderen Urlaubsgegenden Eigentum hatte. »Magst du das Meer, Grace?«

»Keine Ahnung. Ich war noch nie am Strand.«

»Nein?« Als er die vollen, drallen Kurven ihrer mondbeschienenen Brüste betrachtete, malte er sich aus, wie sie im hellen Sonnenschein aussehen würde, wenn sie am Strand im Wasser planschte, mit einem Lächeln, das so süß und charmant wie immer wäre. »Du siehst im Bikini bestimmt großartig aus, Grace.«

Obwohl es zu dunkel war, um etwas zu erkennen, war sich Noah sicher, dass sie knallrot wurde. »Träum weiter«, schnaubte sie.

Noah lachte, beschloss aber, sie sehr bald in einen Badeanzug zu stecken. »Ich bin etwa achtmal im Jahr unten, und zwar immer dann, wenn ich ohnehin geschäftlich für Agatha in der Gegend sein muss. Ich bin gern über alles auf dem Laufenden. Dieses Wochenende wollte ich eigentlich runterfliegen, um mir das Objekt noch mal genau anzusehen, bevor ich es kaufe.« In der Hoffnung, sie damit zu verlocken, fügte er hinzu: »Ich habe eine der Wohnungen von Freitag bis Montag für mich reservieren lassen, um selbst festzustellen, wie komfortabel sie ist, und mich zu vergewissern, dass alles richtig funktioniert.«

Noah schob die Hand unter die Bettdecke, um sie auf Graces weichen Bauch zu legen, dessen Muskeln sich sofort zusammenzogen. »Willst du nicht mitkommen?«

»Bei unserer Abmachung ging es nur um Sex«, sagte Grace ausweichend. »Ich will nicht ...«

»Scheiß auf die Abmachung!«

Sie sah unschlüssig aus.

Wut kochte in ihm hoch. Noah wusste, wie verdreht er sich verhielt, denn schließlich war *er* derjenige, der die Bedingungen ihrer Beziehung festgelegt hatte. Aber jedes Mal, wenn Grace zögerte oder zurückwich, wollte er sie enger an sich ziehen.

»Grace, es gibt überall Schlafzimmer.« Das klang ganz sachlich und überzeugend. »Betrachte das Ganze doch einfach als Abenteuer, bei dem wir unsere fleischlichen Spiele nur an einem anderen Ort treiben.«

Da sie noch immer nichts sagte, fügte Noah als weiteren Köder mit sanfter Stimme hinzu: »Wir könnten ein Boot mieten und uns auf dem Meer lieben, während uns die Sonne heiß auf den Rücken scheint.«

Sie nickte. »Okay, ich würde gern mitkommen.«

Noah grinste.

»Aber es könnte sein, dass ich arbeiten muss.«

Da sie in Anbetracht dieser Möglichkeit enttäuscht klang, beschloss Noah, mit Ben zu reden. Er würde dafür sorgen, dass sein Bruder Grace nicht für die Wochenenden einteilte, an denen alles hektischer und rüpelhafter zuging. Grace bräuchte ja nicht zu erfahren, dass er da seine Finger im Spiel gehabt hatte, denn instinktiv wusste er, dass sie gegen diese Art der Bevorzugung etwas einzuwenden hätte.

»Sag mir Bescheid, sobald du deine Arbeitszeiten kennst, okay?«

»Klar.« Sie wand sich unter seiner Hand hin und her. Bisweilen erstaunte es ihn, wie schnell Grace heiß wurde.

Noah ließ die Finger mit quälender Langsamkeit nach unten gleiten, um kurz vor ihrem Schamhaar Halt zu machen. »Grace?«

»Mmm?«

Er musste über ihre atemlose Vorfreude lächeln. »Du wirst doch dieses Kleid nicht tragen, wenn du arbeitest?«

»Nein, natürlich nicht.« Offenbar hatte sie seine Warnung vergessen, denn sie fügte hinzu: »Diese Uniformen sind einfach nicht für dicke Frauen gemacht. Hoffentlich kann Ben ... *Noah!*«

Im Nu hatte Noah Grace gepackt und sie sich über die Schenkel gelegt, um ihrem runden Hintern einen kräftigen Klaps zu verpassen. Doch da sie kreischte und sich hin und her wand, zögerte Noah zunächst. Dann ließ er seine Hand aber doch so kräftig auf sie niedersausen, dass sie aufschrie.

»Noah!« Sie versuchte zwar, empört zu klingen, doch er konnte das Lachen in ihrer Stimme hören und spürte, wie sie von einem Kichern geschüttelt wurde.

Noah lächelte lüstern. »Ich hab dir doch gesagt, Baby, dass ich es nicht mag, wenn du dich dauernd schlecht machst.«

»Hab ich doch gar nicht!«

»Du bist nicht dick. Du siehst prachtvoll aus, jeder Inch von dir. Verstanden?«

Grace versuchte, trotz ihrer ungünstigen Position das Gleichgewicht zu bewahren. Sie legte eine Hand flach auf den Boden, während sie sich mit der anderen in Noahs Schenkel krallte. Sie drehte das Gesicht, um in der Dunkelheit zu ihm hochzuspähen, und meinte: »Sei doch vernünftig, Noah, jeder kann sehen, dass ich ... *hey!*«

Er gab ihr einen weiteren Klaps, der diesmal sogar etwas kräftiger ausfiel. Seine Handfläche prickelte. Da Grace versuchte, sich von seinem Schoß zu schlängeln, musste er sie festhalten. Er unterband alle weiteren Bewegungen, indem er ihr eine Hand ins Kreuz drückte, während er die andere um ihren Innenschenkel schlang. Seine Fingerspitzen berührten ihre heiße Möse. Als er begann, sie verführerisch zu streicheln, erstickte Grace fast vor Lachen.

»Ich bin jederzeit bereit, weitere Klapse zu verteilen, Baby. Pass also auf, was du sagst.«

»Okay, okay!« Kichernd holte Grace Luft. »Das ist eine furchtbar unwürdige Position, Noah.«

»Mir gefällt sie.«

»Kann ich mir vorstellen.«

Ihr langes seidiges Haar hing bis zum Boden herab. Jedes Mal, wenn sie sich bewegte, streifte es Noahs Hüften und kitzelte ihn.

Er fuhr mit der Hand über ihren Hintern zu dem warmen Fleck, wo er hingeklatscht hatte. Er wünschte, er hätte daran gedacht, dass Licht anzuschalten, um sie deutlich sehen zu können. »Ich möchte ganz sicher sein, dass du mich richtig verstanden hast, Grace. Sag jetzt *Ich habe einen großartigen Hintern.*«

Daraufhin brach Grace erneut in Kichern aus. Noah kniff ihr in eine der festen Gesäßbacken. »Grace«, warnte er sie.

Während sie immer noch gickelte, sagte sie: »Okay, okay.«

»Sag es!«

Sie holte tief Luft. »Ich ... ich habe einen *wunden* Hintern.«

Noah gab ihr einen weiteren Klaps und hielt sie fest, als sie halb vor Schmerz, halb vor Ausgelassenheit aufkreischte. Fast wäre sie ihm entwischt, doch er zog sie wieder zurück.

»Noah!«

»Ich habe die ganze Nacht Zeit, Grace.« Er schob ihr die Hand zwischen die Schenkel und legte sie auf ihren Venushügel. »Und ich glaube, die Sache macht mir Spaß.«

»Ich *weiß*, dass sie dir Spaß macht!« Sie spähte wieder zu ihm hoch. »Ich kann deine Erektion an meinem Bauch spüren.«

Noah grinste. »Tja, Grace, aber ...« Er drang mit den Fingern in sie ein. »... die habe ich schon, seit ich aufgewacht bin und dich nackt neben mir gesehen habe.«

»Oh.«

Sie war bereits feucht und heiß. »Sag es, Grace.«

Sie wurde ganz still und ruhig und gab sich seiner Berührung hin. Völlig ernsthaft fragte sie ihn dann: »Findest du wirklich, dass ich sexy bin?«

Noah drehte sie herum und nahm sie in die Arme. Sanft küsste er ihr die Lippen und strich ihr das lange Haar aus dem Gesicht. »Gracie, du bist so verflucht sexy, dass ich mich in deiner Gegenwart kaum beherrschen kann.«

Grace erzitterte. Im nächsten Augenblick drückte sie ihn nach hinten und legte sich auf ihn, um ihn leidenschaftlich zu küssen und überall zu streicheln. Abermals setzte sie ihren unglaublichen Mund ein, um ihm den Verstand zu rauben. Noah vergaß alles andere und genoss nur noch die Lust, die sie ihm bereitete.

Als sie sich einige Minuten später rittlings auf seine Hüften setzte und dabei behutsam, aber beharrlich seinen Schwanz in sich aufnahm, flüsterte sie gehorsam: »Ich habe einen großartigen Hintern.« Noah stöhnte zustimmend.

Als Noah wieder erwachte, schien die Sonne hell durch die vorgezogenen Gardinen, was ihm verriet, dass es schon später Vormittag war. Er drehte sich zur Seite, doch das Bett war leer. Nur ein leichter Abdruck war noch von Grace übrig.

Er streckte die Hand aus und strich damit über ihr Kopfkissen. Er war zwar enttäuscht, aber nicht beunruhigt. Schließlich hatte ihn der Duft von Kaffee und gebratenem Schinken, der ins Zimmer drang, geweckt.

Grace machte ihm Frühstück.

Zufrieden reckte Noah sich und lächelte. Erstaunlicherweise hatte er am ganzen Körper einen Muskelkater. Er konnte nur ahnen, wie Grace sich heute Morgen fühlte. Sicher taten ihr einige ... *intime* Stellen weh.

Ihm fiel wieder ein, wie er sich ihre Beine auf die Schultern gelegt hatte und so tief in sie eingedrungen war, dass er sich wie ein Teil von ihr gefühlt hatte. Er erinnerte sich auch an die sanfte Art, in der sie ihn berührt hatte, und die nicht ganz so sanfte Art, in der sie gekommen war.

Die ganze lange Nacht war ein einziger Exzess gewesen.

Noah kratzte sich am Bauch und schaute zum Nachttisch hinüber, auf dem etliche leere silberne Päckchen lagen. Er stöhnte auf, rieb sich mit der Hand übers Gesicht und lachte schließlich los. Gute Güte! Er hatte gestern Abend ein halbes Dutzend Kondome mitgebracht – und sie hatten alle aufgebraucht. Er war zwar immer schon ein sexuell sehr aktiver Mann gewesen, aber noch nie sexuell besessen. In Graces Gegenwart konnte er einfach nicht genug bekommen. Sechs Mal. Er war entsetzt und belustigt zugleich.

Grace musste sexuell eine Art Dynamo sein! Wer hätte das gedacht?

Noah nahm sich vor, einen Karton Gummis mitzubringen und in ihrem Apartment zu lassen. Als er sich ihre Reaktion darauf ausmalte, grinste er. Grace würde es mit Sicherheit ein prickelndes Gefühl bereiten, die Dinger in ihrer Nachttischschublade aufzubewahren. Sie hatte ein derart gesetztes Leben geführt und all ihre aufgestaute Lust so verdrängt, dass sie sich schon bei den kleinsten Dingen ganz verrucht vorkam. Und wenn Grace sich verrucht vorkam, war sie hinreißend willig.

Als Noah sich aufsetzte und die Füße über die Bettkante schwang, kam er zu dem Schluss, dass ihr Bett sehr bequem war. Und was noch besser war – es roch nach Grace. Die Kissen, die Laken – alles verströmte ihren einzigartigen, köstlichen Geruch. Kein Parfüm, sondern der natürliche Geruch einer Frau.

Dass er so tief und ruhig geschlafen hatte, hatte wahrscheinlich ebenso viel mit Graces Duft zu tun wie mit dem exzessiven Sex, der die Spannungen so gut abbaute.

Gerade als Noah seine Boxershorts fand und anzog, hörte er, wie Grace sich mit jemandem stritt. Sie klang ... aufgebracht und ein wenig wütend.

Heiß stiegen all seine Beschützer- und Besitzerinstinkte in ihm auf. Ohne nachzudenken, eilte Noah durchs Zimmer, riss die Tür auf und stürmte ins Wohnzimmer. Dort blieb er sofort stehen.

»Noah!«, sagte Grace, während seine Großmutter aufkeuchte.

Noah war eigentlich ein wenig zu alt, um zu erröten, schließlich aber war er abgesehen von seiner Unterhose völlig nackt.

Da Agatha noch nicht Platz genommen hatte, vermutete Noah, dass sie eben erst gekommen war. Sie trug ein modisches blaues Kostüm und dazu passende Pumps und sah so cool, so geschäftsmäßig aus wie eh und je. Im Augenblick tappte sie ungeduldig mit dem Fuß auf und ab.

Grace trug ein langes Nachthemd. Ihr seidiges Haar hatte sie nachlässig zu einem Pferdeschwanz zusammengebunden. Sie stand neben dem Sofa, auf dem die ramponierte, zusammengeknüllte Uniform und das Nähzeug lagen. Offenbar hatte Grace vor Agathas Auftauchen einige Knöpfe wieder angenäht.

Grace war völlig aufgelöst. Agatha blickte finster drein.

Noah kam zu dem Schluss, dass hier einzig und allein Unverfrorenheit weiterhalf. Er verschränkte die Arme vor der nackten Brust und fragte in bestimmtem Ton: »Was zum Teufel geht hier vor?«

Zwölftes Kapitel

Agatha Harper war keine feige Frau. Um sie in die Flucht zu schlagen, war mehr erforderlich als Graces stammelndes Unbehagen oder der aufgebrachte Tonfall ihres Enkelsohns. Sie imitierte Noahs aggressive Pose und starrte ihn an.

»Ich bin gekommen, um Grace zu besuchen. Was *du* hier machst, brauche ich ja wohl nicht erst zu fragen.« Sie ließ den Blick über sein vom Schlaf zerzaustes Haar, die morgendlichen Bartstoppeln und die nackte Brust wandern, um dann missbilligend den Kopf zu schütteln. Es war nicht zu übersehen, dass Noah gerade eben Graces Bett entstiegen war. »Mein Gott, du hast jeden Sinn für Schicklichkeit verloren.«

Grace stürzte vor, um sich wie schon bei anderer Gelegenheit schützend vor Noah zu stellen. Agatha seufzte. Das Mädchen war in geradezu peinlicher Weise verknallt und versuchte noch nicht einmal, es zu verbergen.

Die Sache war schlimmer, als sie zunächst angenommen hatte. Noah und Grace hatten es nicht bei einem Fehltritt belassen. Sie hatten sich nicht bloß ein einziges Mal von ihren Gefühlen hinreißen lassen, wie sie gehofft hatte.

Nein, es lag offen auf der Hand, dass die beiden eine Affäre hatten.

Zudem ließen sie nicht die geringsten Anzeichen von Befangenheit erkennen. Agatha fragte sich, ob die zwei überhaupt versuchten, die Affäre geheim zu halten. Der Klatsch würde ohne Zweifel wild ins Kraut schießen. Der gute Name Harper würde durch den Dreck gezogen werden.

Wenn sie nicht schleunigst etwas unternahm, würde Grace einen irreparablen seelischen Schaden davontragen, sobald Noah zur Vernunft kam und zu Kara zurückkehrte. Wenn das geschehen war – und Agatha zweifelte nicht im Geringsten daran, dass es so käme –, konnte Agatha kaum von Grace erwarten, dass sie an ihren alten Arbeitsplatz zurückkehrte, wo sie Noah jeden Tag sehen musste. Agatha wollte aber unbedingt, dass Grace wieder für sie arbeitete. Mit jeder Stunde wurde ihr klarer, wie abhängig sie von Grace war und wie sehr sie ihr tägliches Engagement vermisste.

Grace war ein wahres Geschenk Gottes, systematisch, genau, taktvoll. Man brauchte ihr nicht dauernd zu sagen, was und wie sie alles machen sollte. Schon früh hatte sie gelernt, welche Verabredungen für Agatha wichtig waren und welche Einladungen höflich ausgeschlagen werden durften. Nun blieb es Agatha überlassen, täglich mit unerwarteten Krisen zu jonglieren und sich mit all den Bitten und Ersuchen auseinander zu setzen, mit denen man an sie herantrat – eine Situation, die ihr schon jetzt in keiner Weise gefiel.

Seit Grace nicht mehr da war, fühlte sich Agatha verlassener als je zuvor. Die Dinge wuchsen ihr über den Kopf. Innerhalb einer Woche hatte sie sowohl ihren Enkelsohn wie auch ihre rechte Hand verloren. Das war einfach unerträglich.

»Grace«, sagte Agatha, ohne den Blick von Noah zu wenden, »warum gehst du nicht duschen und ziehst dich anständig an? Noah und ich können uns durchaus einen Augenblick lang allein unterhalten.«

Noah legte Grace die Hände auf die Schultern. »Grace ist die anständigste Frau, die ich kenne.«

Agatha sah ihn mit zusammengekniffenen Augen an. »Die Lage scheint mir so, wie sie ist, schon schwierig genug zu sein. Es ist daher völlig unnötig, meine Worte vorsätzlich falsch zu verstehen.«

Grace wirkte sehr unentschlossen. Schließlich drehte Noah sie an den Schultern herum und ging mit ihr in Richtung Schlafzimmer. »Ich bin gleich wieder da«, sagte er zu Agatha.

Als Agatha sah, wie Noah Grace wegführte, kam ihr eine neue Idee. Vielleicht hatte sie ja bisher alles von einer falschen Warte aus betrachtet. Es gab mehr als nur einen Weg, um das zu bekommen, was sie wollte – für sich und für ihren Enkel.

Agatha lächelte versonnen, während sie im Kopf verschiedene Möglichkeiten durchspielte. Als Noah Grace sanft ins Schlafzimmer zog, kam Agatha zu dem Schluss, dass ihr Plan funktionieren könnte. Die Voraussetzungen waren bereits gegeben.

Alles, was Noah noch brauchte, war ein kleiner Stups.

Als Grace sich über die Art und Weise beschweren wollte, in der Noah sie aus dem Zimmer gezerrt hatte, ließ er sie gar nicht erst zu Wort kommen. »Ich komme allein mit meiner Großmutter zurecht, Grace. Du brauchst dich da nicht ständig einzumischen.«

Grace folgte ihm, als er zum Stuhl neben dem Bett trat, um seine Hose anzuziehen. Nichts Gutes ahnend sah sie zu, wie er sich ankleidete. Ungeachtet seiner Worte befürchtete sie, dass Agatha noch ein paar weitere bissige Bemerkungen in petto hatte. »Noah ...«

»Ich komme schon klar.« Er streifte sich seinen Pullover über. »Warum hast du mich heute Morgen allein gelassen?«

Angesichts der Tatsache, dass seine Großmutter im Nebenraum wartete, verblüffte Grace Noahs abrupter Themenwechsel. »Hab ich doch gar nicht. Ich habe nur Frühstück gemacht.« Sie hatte vorgehabt, gemütlich mit Noah zu frühstücken – und dann war Agatha aufgetaucht.

Er schnupperte umher und lächelte. »Hm, riecht das gut.«

»Der Schinken ist schon fertig. Die Eier und den Toast wollte ich erst machen, wenn du wach bist.« Wieder wurde sie ganz unruhig. »Vielleicht sollte ich ja noch etwas Schinken für Agatha in die Pfanne geben ...«

»Nicht nötig. So lange wird sie nicht bleiben.« Er setzte sich auf die Bettkante und angelte nach seinen Socken. »Ist dir schon mal aufgefallen, dass du ständig jemanden verköstigen willst? Erst Kara und jetzt Agatha!«

Ihr schoss das Blut ins Gesicht. Vielleicht dachte sie ja tatsächlich zu oft ans Essen.

Offenbar hatte Noah ihren schuldbewussten Blick bemerkt. Er zog eine Augenbraue hoch. »Ist dein Hintern noch wund?«

»Äh, nein«, stammelte Grace.

»Kann es dann vielleicht sein, dass du einen weiteren Klaps brauchst?«

Sie konnte nicht anders, sie musste einfach grinsen. Die Sexspielchen mit Noah gefielen ihr mindestens genauso gut wie seine Komplimente. Seit der letzten Nacht hegte sie nicht mehr den geringsten Zweifel daran, dass er jeden Inch ihres Körpers ungeachtet der überflüssigen Pfunde begehrte. »Nein, Sir. Ich habe meine Lektion gelernt.«

»Sehr schön.« Als Noah vollständig angezogen war, erhob er sich und zog sie an sich. »Grace, du bringst diese Uniform doch nicht etwa in Ordnung, damit du sie anziehen kannst? Du siehst gut darin aus – zu gut –, aber als Arbeitskleidung eignet sie sich nun wirklich nicht.«

Grace lachte. Sie konnte kaum glauben, dass Noah sich über so etwas Gedanken machte. »Natürlich werde ich sie nicht tragen.« Sie senkte die Stimme und murmelte: »Aber ich will nicht, dass Ben denkt, die Knöpfe seien mir abgeplatzt.«

Noah, der sie immer noch in den Armen hielt, kippte sie

ein Stück nach hinten, um an ihrem Hals knabbern zu können. »Soll ich ihm sagen, wie es passiert ist?«

»Das wirst du schön bleiben lassen«, sagte sie und versetzte ihm einen leichten Klaps. »Ben lästert ohnehin schon genug.«

Von einem Augenblick zum nächsten wurde Noah ernst. »Grace, wenn du eine neue Uniform brauchst, dann sag es einfach Ben. Deine Größe interessiert ihn nicht die Bohne. Und du weißt, dass er nie über etwas lästern würde, was dir peinlich sein könnte.«

»Ja, ich weiß. Dein Bruder ist sehr süß.« Dennoch hatte sie nicht die Absicht, irgendjemanden ihre Kleidergröße oder ihr Gewicht wissen zu lassen. Und schon gar nicht Noahs Bruder.

Noah verdrehte die Augen. »Das halte ich für ziemlich übertrieben.«

Grace sah keinen Grund, auf der Sache herumzureiten. »Jedenfalls habe ich heute Morgen eine der anderen Uniformen anprobiert, und die hat gepasst. Es ist also nicht nötig, Ben irgendetwas zu sagen.«

»Vielleicht sollte ich mir erst mal ansehen, wie du darin wirkst«, bemerkte Noah mit skeptischem Blick. »Nun werd nicht gleich wütend, Grace. Ich habe halt den Eindruck, dass du nicht sehr genau abschätzen kannst, was zu verführerisch ist und was nicht.«

Grace lächelte verstohlen. Noah hatte Angst, dass andere Männer sie attraktiv finden könnten. Aber das wusste sie natürlich besser! Schließlich war sie fünfundzwanzig geworden, ohne dass die Männer ihr in Scharen nachgelaufen wären. Sie hatte Freunde gehabt und zahlreiche nette, sympathische Männer kennen gelernt – aber keiner von denen hatte je versucht, sie ins Bett zu kriegen.

Trotzdem empfand sie das Ganze als wunderbares Kompliment. Sie tätschelte Noahs Brust. »Sie passt, Noah. Ehrlich.«

»Trotzdem ...«

Grace schüttelte den Kopf. Auch wenn sie ihn liebte, würde sie nicht zulassen, dass er ihr vorschrieb, was sie zu tun und zu lassen hatte. »Wenn du deine Großmutter noch länger warten lässt, wird sie sich fragen, was wir hier eigentlich tun.«

»Schon möglich. Aber ein paar schlüpfrige Gedanken würden sie vielleicht ein wenig auftauen.«

Lachend drehte Grace Noah herum und gab ihm einen kleinen Schubs. »Geh schon. Ich komme in zehn Minuten nach.«

»Lass dir Zeit, Grace. Ich schick meine Großmutter weg. Wenn du dann angezogen bist, können wir frühstücken. Ich werde sogar die Eier braten.«

Grace seufzte, als Noah hinausging und die Tür leise hinter sich schloss. Da sie Agatha gut genug kannte, wusste sie, dass diese sich nicht von der Stelle rühren würde, bis sie erreicht hatte, was sie wollte. Und dass ihr Besuch einen bestimmten Grund hatte, stand für Grace außer Frage.

Bereits bei ihrer Ankunft hatte Agatha Grace davon in Kenntnis gesetzt, dass sie einen bestimmten Plan habe, um Kara und Noah wieder zusammenzubringen. Obwohl diese Vorstellung für Grace einen Stich ins Herz bedeutete, hatte sie nicht versucht, Agatha abzuraten. Erst als Agatha dann behauptet hatte, dass Noah starrköpfig und egoistisch sei, hatte Grace widersprochen – und zwar aufs Entschiedendste.

Bevor Grace zu sehr in Rage geraten war, war Noah hereingeplatzt, und es war zu einem richtigen Streit gekommen. Die Spannung, die nun stets die Atmosphäre vergiftete, wenn sich die beiden zusammen in einem Raum befanden, war ihr einfach unerträglich.

Daher beschloss Grace, sich im Eiltempo zu duschen. Wenn man die beiden Hitzköpfe Agatha und Noah zu lang allein ließ, würden sie wahrscheinlich noch mehr Schaden anrichten.

»Also, Agatha, was willst du hier?«

Agatha legte die Handtasche beiseite und lächelte. »Wie ich schon gesagt habe, bin ich gekommen, um Grace zu besuchen. Ich mag sie nämlich.«

»Ach! Und deswegen hast du sie auch gefeuert, ja? Weil du sie so sehr magst?«

»Das ist ganz allein deine Schuld, Noah.«

»Wie soll ich denn das verstehen?«

Agatha trat zum Bücherregal hinüber und besah sich Graces bunt zusammengewürfelte Büchersammlung. Sie nahm ein Buch über die Namengebung von Babys heraus. Noah gab sich alle Mühe, nicht entgeistert auf den Titel zu starren.

Die Namengebung von Babys?

Agatha zog viel sagend eine Augenbraue hoch und sagte: »Du hast mich in eine heikle Lage gebracht. Grace ist sowohl eine Freundin wie auch meine Privatsekretärin, aber Kara ist deine Verlobte.«

»Meine Exverlobte. Ich wünschte, du würdest versuchen, dir das zu merken.«

Agatha nickte herablassend. »Wie auch immer, auf jeden Fall ist Kara immer noch eine enge Freundin, und ihre Eltern gehören praktisch zur Familie. Wenn ich nichts unternommen hätte, hätte ich es riskiert, sowohl Grace als auch Kara zu verlieren. Aufgrund deines Verhaltens hast du mich gezwungen, Grace zu entlassen. Das war die einzige Lösung, die es gab.«

Noah wollte einfach nicht akzeptieren, dass er an Graces derzeitiger Lage schuld sein sollte. Außerdem beschäftigte ihn dieses verdammte Buch noch immer, auch wenn er glaubte, dass man ihm nichts anmerkte. »Ich brauche einen Kaffee. Willst du auch eine Tasse?«

»Danke, gern.« Sie ging Noah voraus. »Ich erinnere mich, dass Grace hervorragenden Kaffee kocht.«

Noah presste die Zähne zusammen. Es gehörte eigentlich nicht zu Graces Pflichten als Sekretärin, Kaffee zu kochen. Für solche Arbeiten hatte Agatha schließlich eine Haushälterin.

Im Schränkchen über der Spüle fand Noah zwei Becher, die er auf den Tisch stellte. Da er wusste, dass Agatha sowohl Zucker wie auch Sahne nahm, stöberte er weiter in der blitzsauberen Küche herum, bis schließlich alles auf dem Tisch stand.

Je mehr er von Graces Apartment kennen lernte, desto mehr mochte er es. Die mit einer gelb gemusterten Tapete und himmelblauen Flickenteppichen ausgestattete Küche war klein, aber hell und freundlich. Die Vorratsdosen hatten die Form lächelnder Kühe, während zwei kleine rosige Schweinchen als Salz- und Pfefferstreuer dienten. Eines trug einen Zylinder, das andere ein Spitzenhäubchen.

Als Noah sich eine der knusprigen Schinkenscheiben nahm, grinste er. Nach der langen Nacht voller Ausschweifungen hatte er einen Bärenhunger.

Statt sich zu Agatha an den Tisch zu setzen, lehnte Noah sich gegen die Spüle. Da es nichts gab, was er seiner Großmutter über die Entlobung noch hätte sagen können, ging er auf diesen Punkt überhaupt nicht ein, sondern kam direkt zur Sache. »Wie du siehst, bist du ziemlich ungelegen gekommen, Großmutter. Grace und ich haben noch was vor.«

»Und was?«, fragte sie in kühlem Ton.

»Nichts, was dich etwas anginge.«

Agatha richtete sich empört auf und lenkte sich dann damit ab, dass sie Milch und Zucker in den Kaffee gab. »Ich muss bald im Restaurant sein«, sagte sie schließlich. »Offenbar haben wir eine Rebellion am Hals.«

Noah schaute Agatha scharf an. Alte Gewohnheiten legt man nicht von einem Tag zum anderen ab, und fast hätte er sie gebeten, ihm zu erklären, was sie damit meinte. Wie Grace ganz richtig gesagt hatte, hatte er Freunde im Restaurant, Menschen, die ihm am Herzen lagen. Wenn Agatha sich jetzt einmischte, würden die Dinge sich nur zum Schlechteren wenden.

Im letzten Moment hielt Noah sich dann jedoch zurück. Es gelang ihm sogar, unbekümmert mit den Achseln zu zucken. »Du meinst, *du* hast eine Rebellion am Hals. Ich habe damit nichts mehr zu tun, wie du dich wohl erinnern wirst.«

»Du kannst mir nicht weismachen, dass dich das Ganze kalt lässt, Noah. Dafür kenne ich dich zu gut.«

Er schüttelte langsam den Kopf. »Ich fürchte, du kennst mich überhaupt nicht.«

Einen Moment lang blickte Agatha betroffen drein, dann jedoch fasste sie sich und verschanzte sich wieder hinter Aggressivität. »Ich habe mir extra die Mühe gemacht, hierher zu kommen, und habe nicht viel Zeit. Du kannst Grace doch sicher sehen, wann immer du willst?«

Was wie eine harmlose Frage klang, versetzte Noah in höchste Alarmbereitschaft. Er fragte sich, was sie jetzt wohl schon wieder vorhatte.

»Keinesfalls.« Um keinen Preis würde er Grace mit seiner Großmutter allein lassen, solange er nicht wusste, was diese eigentlich wollte. »Grace hat einen neuen Job und muss nachher noch arbeiten. Ihre Zeit ist also begrenzt.«

»Wo arbeitet sie denn?« Agatha schien wie vor den Kopf gestoßen.

Noah nippte an seinem Kaffee und blickte seine Großmutter über den Rand der Tasse hinweg an. Wie sie wohl reagieren würde? »Sie kellnert in der Bar von Ben.«

Agatha knallte den Kaffeelöffel auf die Tischplatte. Sie schien aufrichtig entsetzt. »Sie macht *was*?«

Es erfüllte Noah mit Genugtuung, dass seiner Großmutter das Ganze noch weniger gefiel als ihm. »Sie hat gestern angefangen, und soweit ich es beurteilen kann, ist sie absolut begeistert«, erklärte er ihr.

»Aber das ist doch absurd!«

Noah zuckte die Achseln, um dann verschmitzt hinzuzufügen: »Offenbar ist es im Vergleich mit ihrem alten Job sehr vergnüglich, in einer Bar zu arbeiten.«

Seine Großmutter sah so aus, als würde sie gleich einen Tobsuchtsanfall bekommen. Noah verbarg sein Grinsen, indem er abermals an dem dampfenden Kaffee nippte. Mit einem Mal verstand er auch, warum Ben sie so gern ärgerte. Es bereitete einem in der Tat ein gewisses Vergnügen, Agatha Harper so zu provozieren, dass sie die Maske kalten Hochmuts fallen ließ.

»Sie wird an den Tischen bedienen und Speisen und alkoholische Getränke servieren«, zählte Noah Graces Aufgaben auf. »Nicht nur tagsüber, sondern auch am späten Abend.«

Agatha war so empört, dass sie zu stottern anfing. »Aber dieses Lokal ist ...«

»Ben hat weitgehend alles unter Kontrolle«, schnitt Noah Agatha das Wort ab, bevor sie vom Thema abschweifen konnte. »Er hat was völlig anderes aus dem Laden gemacht. Als er ihn übernahm, war das eine verruchte Kaschemme, aber jetzt geht es dort ziemlich anständig zu. Zumindest meistens.«

Noah konnte nicht zulassen, dass Agatha an Ben herumkrittelte. Aber er wusste es zu schätzen und freute sich sogar darüber, dass sie für Grace offenbar wirklich etwas übrig hatte. Eigentlich hätte er sich das auch denken können, denn wenn man Grace kannte, musste man sie einfach lieben.

Bei diesen Überlegungen schnürte sich Noah auf einmal die Kehle zusammen. *Er* kannte Grace schließlich besser als sonst jemand.

Agatha warf Noah einen äußerst seltsamen Blick zu. »Trotz Bens bewunderungswürdiger Arbeitsmoral und all seiner löblichen Anstrengungen scheint mir die Hotelbar einfach kein Ort zu sein, an dem eine junge Frau wie Grace arbeiten sollte.«

Noah war ganz überrascht, als er das Kompliment hörte,

das Agatha seinem kleinen Bruder da machte. Wenn er das Ben erzählte! Wahrscheinlich würde er vor Schreck in Ohnmacht fallen!

Noah riss sich zusammen und sagte: »Ganz meine Meinung. Viele der Männer in der Bar können grob und zudringlich werden. Grace ist einfach zu offen, zu lieb und zu naiv, um mit Betrunkenen fertig zu werden. Und Freitag- und Samstagabend gibt es davon in der Bar so einige.«

»Noah Harper«, Agatha schlug mit der Hand auf den Tisch, »wenn dir klar ist, wie naiv Grace ist, warum um alles in der Welt spielst du dann mit ihr?«

Verdammt! Sie wollte ihn mit seinen eigenen Waffen schlagen. Bevor Noah antwortete, mopste er sich noch ein Stück Schinken. Damit gewann er Zeit zum Nachdenken, doch unglücklicherweise fielen ihm keine Argumente ein, die er hätte vorbringen können. »Meine Beziehung zu Grace ist meine Sache.«

»Das Wort Beziehung bedeutet schon, dass mehr hinter der Sache steckt.« Agatha schaute ihn durchdringend an. »Willst du damit sagen, dass dir wirklich etwas an Grace gelegen ist?«

»Ich will damit sagen«, stieß Noah zwischen den Zähnen hervor, »dass dich das einen Dreck angeht.«

Empört stand Agatha auf.

Noah trat von der Spüle weg. Er hatte es so satt, dass seine Großmutter sich dauernd einmischte.

»Grace braucht jemanden, der auf sie aufpasst. Und diese Rolle werde ich übernehmen.«

»Ich lasse mich auf keine Diskussionen mit dir ein, Agatha.« In der Vergangenheit hatte Noah stets versucht, den Wünschen seiner Großmutter nachzukommen. Offenbar war das ein Fehler gewesen. Inzwischen war er zu dem Schluss gelangt, dass sie nur dann miteinander auskämen, wenn zur Abwechslung einmal er die Bedingungen festlegte.

»Ich möchte dir ein Angebot machen.«

Noah blieb wie erstarrt stehen, während sein Magen sich zusammenkrampfte. »Was für ein Angebot?«

»Ich weiß, dass du *Harper's Bistro* liebst, auch wenn du das trotzig ableugnest. Und ich weiß, dass ich dich dort brauche. Damit muss ich mich abfinden. Und ich werde mich auch damit abfinden, dass die Sache zwischen dir und Kara zu Ende ist.«

Ohne mit der Wimper zu zucken, hörte Noah sich alles an.

Agatha atmete tief durch. »Ich werde dich wieder in die Familie aufnehmen, und ich werde Grace wieder einstellen.«

»Ah ja? Und wo ist der Haken bei der Sache?«, fragte Noah, dem nichts Gutes schwante.

Agatha sah ihn unverwandt an. »Ich möchte, dass du Grace heiratest.«

Der Schock, dem gleich darauf Enttäuschung folgte, traf Noah wie ein Keulenschlag. *»Herrgott noch mal.«* Er knallte seinen Becher so auf den Tisch, dass der Henkel abbrach. Er drehte Agatha den Rücken zu, während er vergeblich versuchte, seinen Zorn zu zügeln. »Himmel, Arsch und Zwirn, ich habs's doch geahnt.«

»Drück dich nicht so vulgär aus, junger Mann!«

Er ballte die Hände zu Fäusten. Vor seinen Augen waberte ein roter Nebel. Seine Wut rührte hauptsächlich daher, dass er überlistet worden war. Wider besseres Wissen hatte er gehofft, Agatha spiele nicht mit gezinkten Karten.

Noah presste die Zähne so fest aufeinander, dass die Kiefermuskeln schmerzten. »Du bringst es einfach nicht fertig, meine Entscheidungen unbesehen zu akzeptieren, nicht wahr?«, stieß er hervor.

Diese Bemerkung tat sie mit einer Handbewegung ab. »Denk mal darüber nach. Das würde dem Klatsch über Kara ein Ende machen und Graces guten Ruf retten. Mit jemandem ins Bett zu gehen ist eine Sache, aber wenn du Grace heiratest, wird jeder das Ganze für höchst romantisch halten und annehmen, dass ihr euch von eurer Liebe habt dazu hinreißen lassen.«

»Und was *ich* will, spielt keine Rolle?«

»Angesichts deiner intimen Beziehung zu Grace gehe ich davon aus, dass du sie willst«, erwiderte Agatha ärgerlich.

Ihre Unverfrorenheit brachte ihn zum Lachen. »Nein.«

Sie schwieg eine ganze Weile lang. »Was soll das heißen?«

Noah war zu zornig, als dass er eine ehrliche Antwort hätte geben können. Er stützte sich mit den Händen an der Spüle ab und konzentrierte sich mit aller Kraft darauf, nicht zu schreien. »Das soll heißen, dass ich mich auf den Handel nicht einlassen und Grace nicht heiraten werde. Wenn ich mich jemals wieder verlobe, dann mit einer Frau, die ich mir ausgesucht habe, und nicht mit einer, die du mir präsentiert.«

»Du willst nicht einmal darüber nachdenken?«

Seine Irritation ließ seine Stimme anschwellen. In letzter Zeit tat er nichts anderes, als über seine Beziehung zu Grace nachzudenken – ohne eine Antwort zu finden. Er schüttelte den Kopf, um die Frage seiner Großmutter zu verneinen, aber auch um seine Verwirrung zu verleugnen. »Nein, verdammt noch mal.«

»Dann solltest du sie in Ruhe lassen!«

»Das«, knurrte Noah, »hast nicht du zu entscheiden.« Um keinen Preis würde er Grace jetzt verlassen. Wahrscheinlich würde er das auch gar nicht können.

Da unterbrach eine leise Stimme seinen Gedankengang. »Das finde ich auch.«

Noah drehte sich gleich um. Grace stand mit bleichem Gesicht in der Küchentür und sah sie beide aufmerksam an. Ihr Blick wirkte verletzt.

Sie trug ein langes weites Strandkleid, dessen hellgrüne Farbe ihre Haut cremefarben wirken ließ und ihre großen dunklen Augen besonders gut zur Geltung brachte. Ihre Füße waren nackt, die Arme hatte sie schützend vor der

Brust verschränkt. Das lange Haar war noch feucht und fiel ihr in einem sorgfältig geflochtenen Zopf über Schulter und Brust.

Noah trat auf sie zu. »Grace ...«

Sie wandte sich an seine Großmutter. »Agatha, ich möchte, dass du jetzt gehst.«

»Wie lange hast du denn schon gelauscht, junge Dame?« Agatha rang die dünnen Hände.

Grace lächelte sie traurig an. »Als ich eure erhobenen Stimmen hörte, habe ich mich mit dem Anziehen beeilt, denn ich dachte ...« Ihre Stimme erstarb. Dann schüttelte sie den Kopf. »Aber das ist ja egal.«

Noah wusste auch so, was Grace hatte sagen wollen. Sie hatte gedacht, sie müsse ihn wieder beschützen.

Dabei war *sie* diejenige, die beschützt werden musste.

Noah hätte am liebsten laut losgeflucht und gegen die Wand geschlagen. Oder Grace in die Arme genommen und sie ganz festgehalten. Doch sie würdigte ihn keines Blickes. Die plötzliche emotionale Distanz war unerträglich.

»Bitte, Agatha«, sagte Grace mit sanfter Stimme. »Ich glaube, du solltest jetzt gehen.«

»Ja«, erwiderte Agatha, während sie Noah einen Blick zuwarf. Sie wirkte so betroffen und kleinlaut, wie er sich fühlte. Beide hatten Grace nicht verletzen wollen, die unbeabsichtigt zur Zeugin ihres verbalen Machtkampfs geworden war. »Ja, ich muss los. Im Restaurant gibt es einige Probleme.«

Sie umarmte Grace und küsste sie sogar auf die Wange. Grace wirkte dabei so entfernt, wie Noah es zuvor nur selten bei ihr erlebt hatte.

Agatha tat so, als sei nichts geschehen. »Besuch mich doch mal, wenn du Zeit hast, Grace. Ich würde mich freuen.«

In jeder anderen Situation hätte Noah die Dreistigkeit seiner Großmutter verblüfft. Nachdem sie Grace rausgeschmissen hatte, lud sie sie jetzt in aller Freundlichkeit zu sich ein.

Doch im Augenblick beschäftigten ihn Graces Gefühle viel zu sehr, als dass er noch auf irgendetwas anderes hätte achten können. Grace begleitete Agatha hinaus ins Wohnzimmer, während Noah in der Küchentür stehen blieb und die beiden schweigend beobachtete.

Agatha hielt kurz inne. »Grace, ich habe nicht gemeint …«

»Ich weiß.« Grace zog die Tür auf und wartete.

Da es nichts mehr zu sagen gab, ging Agatha. Ihr Schritt war nicht so forsch wie üblich, was Noah einen Moment lang mit Unruhe und Sorge erfüllte.

Als Grace wieder in die Küche gehen wollte, machte Noah keine Anstalten, ihr aus dem Weg zu gehen. Die Entschlossenheit, die ihn erfüllte, war mindestens genauso groß wie sein Schuldgefühl.

Grace räusperte sich. »Dann werde ich mal die Eier braten.«

»Ich hab doch gesagt, dass ich das mache.«

»Okay. Dann kümmer ich mich um die Toaste«, sagte sie, während sie an ihm vorbeisah.

Die Bereitwilligkeit, mit der sie das sagte, brachte ihn auf. Noah löste seine verschränkten Arme voneinander und versuchte, seine verkrampften Muskeln zu lockern. »So geht das nicht, Gracie.«

»Was geht nicht?« Ihr sonst so offener Blick war jetzt auf seinen Hals gerichtet. Ganz offensichtlich wollte sie ihn nicht ansehen, was er aber nicht hinnehmen würde.

Noah schüttelte den Kopf und kniff sie ins Kinn. »Du bist sauer auf mich, versuchst aber, es dir nicht anmerken zu lassen.«

Ruckartig hob sie den Kopf und sah ihm ins Gesicht. »Ich bin überhaupt nicht wütend auf dich. Wie kommst du denn darauf?«

»Weil du mich nicht ansiehst.«

»Jetzt sehe ich dich aber an.«

»Stimmt schon«, meinte er, »aber nicht so wie sonst.«

Als sie sich an ihm vorbei in die Küche zwängte, streiften ihn ihre Brüste und ihr Bauch. »Ich bin etwas bedrückt, wenn du die Wahrheit wissen willst.«

»Ich will immer, dass du aufrichtig zu mir bist, Grace, das weißt du doch.«

Sie trat zum Kühlschrank, um einen Karton mit Eiern und die Butter herauszuholen. »So.« Sie schaute ihn erwartungsvoll an. »Willst du nun wirklich die Eier machen, oder soll ich das übernehmen?«

Er erstickte fast vor Ungeduld. »Ich mach die verdammten Eier.« Er ging zum Herd, schaltete ihn an und setzte die Pfanne auf. »Und warum bist du bedrückt?«

Sie runzelte leicht die Stirn. »Deine Großmutter versucht dich zu zwingen, etwas mit mir zu tun, was du nicht tun möchtest.«

Noah gab Butter in die heiße Pfanne und schlug geschickt vier Eier auf. »Nach der letzten Nacht müsste dir eigentlich klar sein, dass es nicht viel gibt, was ich nicht mit dir machen möchte.«

Nachdem Grace Brot in den Toaster gegeben hatte, beobachtete sie das Gerät, als ob die Herstellung von Toast ihre ganze Aufmerksamkeit erfordere. »In sexueller Hinsicht, ja. Das war ja auch so abgemacht.«

Noah zeigte mit dem Bratenwender auf sie. »Ich will dir mal was sagen, Grace. Es geht mir gewaltig auf die Nerven, dass du mir dauernd diese blöde Abmachung vorhältst.«

Grace geriet so in Wut, dass man den Eindruck bekam, ein kleiner Vulkan breche aus. Mit dem Buttermesser in der Hand wirbelte sie herum. »Es war *deine* Abmachung!« Um ihren Worten Nachdruck zu verleihen, stieß sie andauernd mit dem Messer in seine Richtung. »*Du* hast das Ganze vorgeschlagen und *ich* ...« Jetzt zeigte sie mit dem Messer auf sich selbst. »... habe lediglich zugestimmt.«

»Mensch, pass auf, dass du dich nicht verletzt.« Noah

legte den Bratenwender hin und riss Grace das Messer aus der Hand. Als sie sich abwenden wollte, packte er sie beim Oberarm. »Du weißt ganz genau, was ich sagen wollte, Grace.«

Sie befreite sich aus seinem Griff, stellte sich auf die Zehenspitzen und funkelte ihn wütend an. »Du hast dich ja sehr deutlich ausgedrückt.«

»Verfluchte Scheiße aber auch.« Diesmal packte er sie bei beiden Armen. »Ich rede hier nicht von meinem Gespräch mit Agatha.«

»Nein?« Grace blickte ihn finster an. »Dann redest du also von unserer Abmachung?«

»Hör endlich auf, es Abmachung zu nennen.« Dieses Wort schien einen immer übleren Beigeschmack anzunehmen.

»Wie würdest du es denn dann nennen?«

»Warum müssen wir es denn überhaupt irgendwie benennen?«, fragte er mangels einer besseren Antwort. »Warum genießen wir nicht einfach, was wir tun?«

»Ich genieße es ja.« Sie klang wütend.

Um sie zu beruhigen, strich Noah ihr über die Arme. »Genau. Sex – und nur Sex.«

Sie reckte das Kinn hoch. »Nur das willst du, hast du gesagt.«

Noah lachte. Grace war sehr süß, wenn sie in kampflustiger, aufmüpfiger Stimmung war. »In der letzten Zeit bin ich in mehr als einer Hinsicht ein ganz schöner Dummkopf gewesen.«

»O nein.« Sie schüttelte energisch den Kopf. »Du bist kein Dummkopf. Und in diesem Fall hattest du ja Recht. Mehr als Sex kann es zwischen uns nicht geben. Das wäre einfach absurd.«

Jetzt war es an Noah, seinen Zorn zu zügeln. Da bemühte er sich darum, seine Beziehung zu Grace zu klären, und sie stritt kategorisch ab, dass es überhaupt eine Beziehung gab.

Er lächelte freudlos. »Wenn wir ganz genau sein wollen, so habe ich, glaube ich, gesagt, ich möchte heißen, nassen, heftigen Sex und eine Frau, die mich alles mit ihrem Körper tun lässt, was ich will.«

Graces Augen verloren ein wenig von ihrer Kampfeslust und zeigten stattdessen jene eindrucksvolle Aufgewecktheit, die ihm immer den Atem benahm. »Ja, und?« Das wütende Funkeln wich mehr und mehr aus ihren Augen. »Ich habe nichts davon vergessen.«

Noah strich ihr über die nackten Schultern. »Und trotzdem hast du *ja gesagt*«, bemerkte er mit leiser Stimme.

»Und meinen Teil des Abkommens eingehalten«, erwiderte sie. In ihrer Halsschlagader pochte das Blut.

Da der Duft der Spiegeleier Noah plötzlich in die Nase stieg, ließ er Grace los, um die Eier aus der Pfanne zu nehmen und auf die Teller zu verteilen. Dann stellte er den Herd ab. »Das Frühstück kann warten.«

Sie wich einen Schritt zurück. »Was willst du denn tun?«

»Wonach mir der Sinn steht.« Mit langsamen und bedächtigen Bewegungen zog er sich den Pullover über den Kopf. »Du erinnerst mich doch so gern an unsere Abmachung. Du möchtest sie buchstabengetreu einhalten. Großartig. Wer bin ich, um mich darüber zu beklagen?«

Als sie seine nackte Brust betrachtete, begann sie, ein wenig schneller zu atmen. »Noah, ich ...«

»Zieh dich aus, Grace.«

Sie wich bis zum Kühlschrank zurück und stand wie erstarrt da. Ohne weiter auf sie zu achten, machte er sich daran, den Tisch abzuräumen.

»Noah?«

Er legte die Hand auf die Tischplatte und probierte aus, wie stabil sie war. »Ich denke, die hält unser Gewicht aus. Was meinst du?«

Mit großen, ängstlichen Augen starrte sie den Tisch an. »Wir ... wir wollten doch frühstücken.« Noah konnte hören, wie schnell und leise ihr Atem ging.

»Ich möchte aber lieber dich als die Eier essen«, sagte er, während er sie von der Seite ansah.

Mit offenem Mund stand sie da, die Hände über dem Bauch gefaltet, als wolle sie sich festhalten. »Aber ...«

»Du beendest deine Sätze ja gar nicht, Grace.« Sie wirkte verwirrt, unsicher und angetörnt. Ihre Brustwarzen hatten sich zusammengezogen und drückten von innen gegen den weichen Stoff ihres Kleides. Ihre Zehen schienen sich in den Linoleumfußboden bohren zu wollen, ihr Mund zitterte.

Noah wusste nicht so recht, was er eigentlich beweisen wollte, war aber fest dazu entschlossen. »Na, das ist schon okay. Es ist mir ohnehin lieber, wenn du dich ausziehst, statt zu reden.«

Sie ließ den Blick durch die Küche schweifen, über die Spiegeleier und den abgeräumten Tisch, um anschließend wieder Noah anzusehen. »Du bist wütend.«

»Nee.« Noah knöpfte sich die Hose auf und zog den Reißverschluss herunter, um den Druck auf seinen erigierten Schwanz zu mindern. »Ich bin erregt. Das ist ein kleiner, aber feiner Unterschied.« Dann setzte er sich hin, um Schuhe und Socken auszuziehen.

Grace starrte durch die geöffnete Hose auf seinen nackten Unterleib und leckte sich über die Lippen. »Wir haben keine Kondome mehr.«

»Das Problem werden wir umschiffen. Glaub mir, Grace, es gibt Mittel und Wege, die du dir bisher noch nicht einmal vorgestellt hast.« Sie blickte verständnislos und nervös drein. Noah lehnte sich auf dem Stuhl zurück, streckte die Beine aus und nickte ihr zu. »Und jetzt runter mit dem Kleid, Grace.«

Obwohl Noah merkte, dass sie auch wollte, hielt ihr Schamgefühl sie zurück. Es war heller Tag, das Sonnenlicht strömte durch alle Fenster. Und sie waren in der Küche.

Ohne seine Aufforderung zu wiederholen, wartete er einfach ab und sah sie an.

Sehr langsam hob Grace den Saum des Kleids an, um es im Schneckentempo über Waden, Knie und Schenkel zu ziehen.

Ihr Gesicht war knallrot. Der Atem flog.

Noah warf einen kurzen Blick auf ihr weißes Höschen und ihren Bauch, bevor ihre nackten Brüste seine Aufmerksamkeit fesselten. Nachdem sie sich das Kleid über den Kopf gezogen hatte, hielt sie es vor sich und schaute ihn an.

»Lass es fallen.«

Sich auf die Lippen beißend, streckte Grace den Arm zur Seite und ließ das Kleid zu Boden fallen.

»Zieh dein Höschen aus«, befahl er mit barscher Stimme. Noah war ganz aufgedreht und hatte das Gefühl, gleich zu explodieren. Er war schon wieder so hart, als hätte es die Ausschweifungen der letzten Nacht nie gegeben. Immer hatte Grace diese Wirkung auf ihn. Er überlegte, ob er wohl auch noch in zehn Jahren allein bei dem Gedanken, sie gleich zu nehmen, so geil werden würde.

Aber ob er sie in zehn Jahren überhaupt noch kennen würde?

»Ich warte, Grace.«

Sie beugte sich vor und machte sich daran, das Höschen nach unten zu streifen. »Nein, warte«, sagte Noah plötzlich. Das Blut rauschte ihm heiß durch die Adern. »Dreh dich erst um.«

Sie wurde noch röter. »Noah ...«

Abermals wartete er einfach ab. Grace runzelte zwar die Stirn, drehte sich aber gehorsam um. Eine halbe Minute stand sie reglos da. Dann beugte sie sich hastig vor und schob das Höschen nach unten, um heraussteigen zu können.

Als Noah ihre zarte pinkfarbene Vulva und ihren weichen weißen Arsch sah, stöhnte er auf. Sofort richtete sie sich wieder auf, worauf Noah sie bei der Hand fasste. »Komm her, Grace.«

Wie ein Zombie ließ sie sich von ihm dirigieren. Noah zog sie zwischen seine Schenkel, um dann ihre schweren Brüste zu umfassen und zu streicheln und mit den Daumen über die erigierten Brustwarzen zu reiben. »Beug dich runter«, sagte er. Als sie ihm gehorchte, nahm er die linke Brustwarze in den Mund, um fest daran zu saugen.

Aufstöhnend stützte Grace sich auf seinen Schultern ab.

Ihre Brüste waren so groß und weich, dass er einfach nicht genug davon bekommen konnte. Mit wild klopfendem Herzen zog Grace ihn an sich.

»Rauf auf den Tisch, Grace.« Ohne darauf zu warten, dass sie seiner Aufforderung nachkam, setzte er sie kurzerhand vor sich auf die Tischkante. Er selbst blieb auf dem Stuhl sitzen. »Mach die Beine ganz breit. Stütz dich hinten mit den Händen ab und leg die Füße neben meinen Schultern auf die Stuhllehne.«

Er brachte sie in die Stellung, in der er sie haben wollte, so dass sich ihre Schenkel neben seinen Schultern befanden. Mit wild hämmerndem Herzen drückte er ihre Knie noch weiter auseinander, so dass Grace gezwungen war, sich zurückzulehnen und sich auf die Ellbogen zu stützen, um im Gleichgewicht zu bleiben. Jetzt saß er buchstäblich zwischen ihren weit gespreizten Schenkeln. Sie war ein Festmahl, nur für ihn und seinen unersättlichem Appetit hergerichtet.

»Ich will, dass du mich ansiehst, Grace«, sagte er, als er bemerkte, dass sie die Decke anstarrte. »Richte deine großen Augen auf mein Gesicht. Oder«, fügte er hinzu, indem er ihr mit den Fingern durch das Schamhaar fuhr, »auf meine Hände, während sie dich berühren.«

»Okay«, flüsterte sie nickend.

Noah lächelte. Mit den Fingerspitzen beider Hände zog er behutsam ihre äußeren Schamlippen auseinander. »Wie rosig du hier bist, Grace!« Als sie leicht zusammenzuckte, blickte er beunruhigt in ihr Gesicht. »Bist du wund?«

»Nein«, antwortete sie kaum hörbar.

Während Noah die Finger sanft über ihre Schamlippen gleiten ließ und sie weiter öffnete, um sie dann aus nächster Nähe zu betrachten, ging ein Zittern durch ihren Körper.

»Dann tut dir das nicht weh?« Er drang mit dem Zeige- und dem Mittelfinger tief in sie ein.

Sie keuchte auf und warf den Kopf zurück.

»Du sollst mich ansehen, Grace!«

Sie schluckte zwar, richtete den Blick dann aber doch wieder auf seine Hände.

Er fuhr fort, sie tief drinnen behutsam zu streicheln. Es war sehr erotisch, zu sehen, wie seine dunklen rauen Finger in ihr hin und her glitten. »Du siehst so zart aus, ich will dir nicht wehtun.«

»Du ... du tust mir nicht weh«, krächzte Grace.

Noah beobachtete, wie ihre Klitoris anschwoll, berührte sie aber nicht. Noch nicht. Sie war bereits feucht. Ihr ganzer Körper glühte, ihre Schenkel zitterten. Aus dieser geringen Entfernung roch sie nach Seife und der Lotion, mit der sie sich nach dem Duschen eingecremt hatte.

Außerdem roch sie nach weiblicher Erregung.

Dann überrumpelte Noah sie mit der Frage: »Was fühlt sich besser an, Grace – meine Finger oder meine Zunge?«

Darauf beugte er sich vor, um sie zu lecken.

»O mein Gott!«

Ihre Hüften bäumten sich ihm entgegen. Noah erkundete jede der glitschigen, weichen Falten, leckte und schmeckte sie, bevor er schließlich die Zunge um ihre Klitoris schlang und daran zog.

Grace gab ein zittriges heiseres Stöhnen von sich und wand sich hin und her. Die Arme versagten ihr den Dienst, so dass sie ausgestreckt auf dem Tisch lag, während ihre Füße so stark gegen Noahs Stuhl drückten, dass sie ihn fast umgeworfen hätte.

Um sich mehr Halt zu verschaffen, legte Noah ihr die Hände auf die Brüste und begann, mit den Brustwarzen zu spielen. Bei diesem doppelten Angriff auf ihre Sinne geriet sie so schnell außer sich, dass Noah beschloss, sie zum Höhepunkt zu bringen. So empfänglich wie Grace war, dauerte das nie lange. Schon nach wenigen Minuten schrie sie ekstatisch auf.

Während sie sich noch mit wogendem Busen hin und her wand, stand Noah ruckartig auf und schob sich die Hosen herunter. Er fluchte, weil er kein Gummi mehr hatte, versprach Grace aber, vorsichtig zu sein. Dann beugte er sich nach vorn, um ihr mit dem Schwanz über den Venushügel zu fahren und ihn zwischen den Schamlippen hin und her gleiten zu lassen, ohne jedoch in sie einzudringen.

Da sie klatschnass war, glitt er mühelos hin und her. Von den Nachbeben ihres Orgasmus geschüttelt, bäumte Grace sich ihm nach wie vor entgegen. Die direkte Berührung ihres immer noch pulsierenden Fleisches ließ sie beide aufstöhnen.

Noah schob ihr die Arme unter die Schenkel, nahm ihre weichen Brüste in die Hände und stieß gegen sie, schneller und immer schneller, bis er schließlich mit einem erstickten Schrei auf ihrem Bauch kam.

Seine Beine zitterten so, dass er auf den Stuhl zurückplumpste. Grace lag wie betäubt auf dem Tisch und starrte die Decke an. Als sie wieder zu Atem gekommen war, murmelte sie: »Wow!«

Noah stieß ein schwaches und zittriges Lachen aus.

Grace stemmte sich hoch, um auf ihren Bauch zu blicken. Als sie sah, was er vollbracht hatte, malten sich Erstaunen und Überraschung in ihrem Gesicht. Mit einem Anflug von Ergriffenheit in der Stimme rief sie: »Ha!«

Lächelnd und rundum zufrieden tätschelte ihr Noah zerstreut den weichen Schenkel. »Ich glaube, jetzt könnte ich ein paar Spiegeleier gebrauchen, Grace. Wie steht's mit dir?«

Mit einem Kichern ließ sich Grace auf den Tisch zurückfallen.

Weil es sich für den Mann so schickte, rappelte Noah

sich hoch und riss mehrere Papiertücher von der Rolle. Dann ließ er Wasser ins Spülbecken ein. »Bleib liegen, Grace, damit ich dich sauber machen kann.«

Sie murmelte etwas, das er nicht verstand. Als Noah sich wieder zu ihr umdrehte, sah er, dass sie die Augen geschlossen hatte und ihre Beine schlaff über der Tischkante baumelten. Er strich ihr mit den feuchten kühlen Papiertüchern über die Haut.

»Wenn ich dich im Restaurant bedienen würde«, murmelte er, »würden wir alle Milliardäre werden.«

Obwohl Grace ihr Gesicht unter den Händen verbarg, konnte er sie immer noch kichern hören.

Nachdem Noah die Papiertücher weggeworfen hatte, fasste er Grace unter den Armen und zog sie zu sich hoch. »Eine Sache noch, Gracie.«

»Ja?« Blinzelnd öffnete sie ihre großen, immer noch wie abwesend blickenden Augen.

Ihr Haar hatte sich teilweise aus dem Pferdeschwanz gelöst und stand wild vom Kopf ab. Noah schob ihr einige lange lose Strähnen hinter die Ohren. »Da du vorher noch nie Sex hattest, kannst du das nicht wissen. Aber was du und ich miteinander haben ...« Er suchte nach dem richtigen Wort, um ihr verständlich zu machen, was er selbst nicht verstand. »... ist etwas Besonderes.«

Ihr Gesicht nahm einen wachsamen Ausdruck an. »Inwiefern?«

Immer noch nach Worten suchend, schüttelte Noah hilflos den Kopf. »Es ist ... besser, mehr. Tiefer.«

Grace fuhr ihm mit dem Finger über die Brust. »Tief bestimmt.«

Fast hätte er unwillig aufgestöhnt. »Vergiss, was ich zu meiner Großmutter gesagt habe, okay? Sie hat nichts mit uns zu tun.«

Sie lächelte schüchtern, um ihr Einverständnis auszudrücken, wirkte aber in keiner Weise überzeugt. »In Ordnung.«

Stirnrunzelnd schaute er sie an. Jede andere Frau, die er kannte, hätte an dieser Stelle eine Erklärung verlangt – aber nicht Grace. Sie hielt an dieser verdammten emotionalen Distanz fest, die er verlangt und die sie so bereitwillig hingenommen hatte.

Jetzt wollte er mehr, wusste aber nicht, wie viel. Solange er das nicht herausgefunden hatte, konnte er sie in keiner Weise drängen, das war ihm klar. Zumindest hatte sie, wie Noah feststellte, als er ihr das Kleid reichte, nicht mehr diesen verletzten Blick. Damit musste er sich wohl begnügen – vorerst.

Dreizehntes Kapitel

Als Ben den Blick über die Gäste in der Bar schweifen ließ, hätte er am liebsten gelacht. Eine Woche arbeitete Grace nun für ihn, und fast an jedem Abend, an dem sie Schicht hatte, war auch Noah da. Wie ein Wachhund passte er auf sie auf und knurrte jeden Gast an, der ihr hinterherschaute.

Und er knurrte häufig.

Unter Noahs Einfluss war Grace zu einer selbstbewussten Schönheit aufgeblüht. Ohne dass sie es selbst merkte, strahlte sie eine unverfälschte Sinnlichkeit aus, die Ben annehmen ließ, dass sie und ihr Bruder die Laken zum Glühen brachten. Ben grinste. Nicht nur, dass Grace jetzt sexbewusster als zuvor aussah – auch Noah wirkte rundum zufrieden.

Außer wenn andere Männer Grace anmachten, was häufig der Fall war. Die meisten von Bens Stammgästen hatten bereits Bekanntschaft mit Noahs besitzergreifenden starren Blicken geschlossen und daraufhin mit ausgesuchter Höflichkeit einen Rückzieher gemacht. Die anderen Gäste aber hatten keine Ahnung, dass Grace schon in festen Händen war. Wenn sie lächelte, schmolzen die Männer dahin. Natürlich schäkerten und flirteten sie auch mit ihr und machten allerlei Andeutungen, die Grace aber ignorierte oder gar nicht bemerkte.

Ben fand das alles sehr erheiternd. Statt sich nach einem langen Arbeitstag in seine Räume zurückzuziehen, fand er sich jetzt häufig in der Bar ein, um dem abendlichen Schauspiel beizuwohnen.

Mittlerweile war es kurz vor Mitternacht. In circa einer Stunde würde die Bar schließen, die im Augenblick aber noch voller Gäste war. Und die meisten von ihnen waren nur wegen Grace hier.

Sie brachte Leben in den Laden.

Als Noah Ben gebeten hatte, Grace nicht für die Abende oder das Wochenende einzuteilen, war dieser bereitwillig darauf eingegangen. Bedauerlicherweiser war der Arbeitsplan für die laufende Woche aber schon festgelegt gewesen, als Noah sich an ihn gewandt hatte, und Grace wollte nichts davon hören, dass der Plan wegen ihr geändert wurde. In Zukunft würde sie jedoch nur noch an wenigen Abenden in der Woche arbeiten. Damit hatte Ben kein Problem.

Außerdem hatte Ben Grace am kommenden Wochenende freigegeben, damit sie und Noah eine Spritztour nach Florida machen konnten. Auch dagegen hatte Grace sich zunächst gesperrt, weil sie nicht bevorzugt behandelt werden wollte. Ben hatte sie schließlich überreden können, indem er ihre Weichherzigkeit und ihre Gefühle für Noah gegen sie ausspielte.

Grace wollte nach Florida fahren, und Ben hatte sie davon überzeugen können, dass Noah sie brauchte. Wenn Noah das gewusst hätte, hätte er ihm sicher die Hölle heiß gemacht, letztlich aber hielt Ben das für nichts als die Wahrheit. Sein Bruder brauchte Grace in der Tat, ob ihm das nun klar war oder nicht. In ihrer Gegenwart war er ein ganz anderer Mensch. Kara gegenüber war er zwar auch immer sehr aufmerksam gewesen, aber bei Grace registrierte er einfach alles, was sie tat.

Das sagte alles. Mehr brauchte Ben gar nicht zu wissen.

Noah kam zu Ben geschlendert. »Ich weiß, warum ich hier bin«, sagte er, während er seinen Blick über die meist männlichen Gäste schweifen ließ. »Aber warum bist du hier?«

»Um mich zu amüsieren. Wenn ich in meine Suite ginge,

würde ich entweder nur irgendwelchen Papierkram erledigen oder mir einen Film im Fernsehen ansehen. Hier bekomme ich dich zu sehen, wie du Grace beobachtest, während alle anderen sie ebenfalls beobachten.«

Noah stieß zwar einen widerwilligen Laut aus, widersprach aber nicht. Er verschränkte die Arme vor der Brust und lehnte sich gegen den Tresen zurück.

Grace eilte an ihnen vorbei auf einen Tisch zu. Auf halbem Wege schien ihr aber etwas einzufallen, so dass sie noch einmal kehrtmachte. Ihre spektakulären Brüste schienen ihr stets ein Stück voraus zu sein. Wenn sie schnellen Schrittes ging, hüpften sie wild auf und ab, was offensichtlich keinem der anwesenden Männer entging. Noch bevor Noah sich darüber ärgern konnte, kam Grace schon wieder mit wippenden Brüsten an ihnen vorbei.

»Das macht sie fast ständig«, stellte Ben fest.

»Wahrscheinlich versucht sie, auf diese Weise ihr Gleichgewicht zu halten.«

Die beiden Brüder schauten sich an und prusteten los. »Sie hat aber auch ganz schön viel Holz vor der Hütte«, sagte Ben.

»Und diese verfluchte Uniform, die du ihr gegeben hast, unterstreicht das noch.«

»Ihre Vorzüge sind einfach schlecht zu verbergen«, meinte Ben achselzuckend. »Ich glaube kaum, dass es eine Rolle spielt, was sie trägt.«

Noah stöhnte und fuhr sich mit der Hand übers Gesicht. »Ja, ich weiß.«

In diesem Augenblick betraten drei Männer in zerschlissenen Jeans, engen T-Shirts und Arbeitsstiefeln die Bar. Sie setzten sich an einen der Tische, an denen Grace bediente.

Im Nu war Noah von seinem Barhocker herunter. Insgeheim überlegte Ben, ob er Noah in Anbetracht der ganzen Zeit, die er damit verbrachte, dafür zu sorgen, dass Grace nicht belästigt wurde, für seine Rausschmeißerdienste ein

Gehalt zahlen sollte. Noah sagte zwar kein Wort zu den Männern, passte Grace aber ab, um sie beim Kinn zu fassen und ihr mitten in der Bar einen langen Kuss zu geben. Das brachte Grace so durcheinander, dass sie ihr Tablett fast hätte fallen lassen.

Nachdem Noah sie wieder losgelassen hatte, sah er die Männer viel sagend an und setzte sich an einen freien Tisch, von dem aus er sie weiter im Auge behielt.

Ben wandte sich ab, damit niemand sah, wie er lachte. Falls es ihm jemals passieren sollte, sich derart in eine Frau zu verknallen, würde sich hoffentlich jemand seiner erbarmen und ihn erschießen, um ihn von seinem Elend zu erlösen. Nicht dass Noah irgendwie zu leiden schien. Ganz im Gegenteil. Doch Ben wusste, dass er selbst die Abwechslung viel zu sehr liebte, um jemals derart in eine einzelne Frau vernarrt zu sein. Mit neunundzwanzig hatte er noch einen ausgeprägten Spieltrieb.

Am späten Abend wurden in der Bar nur noch Drinks serviert. Ben sah sich noch einmal um, um sich zu vergewissern, dass alles in Ordnung war. Horace, der hier schon gearbeitet hatte, bevor Ben den Laden übernommen hatte, würde später dann abschließen. Doch gerade als Ben endgültig Feierabend machen und in seine Suite gehen wollte, betrat eine weitere kleine Gruppe das Lokal und erregte seine Aufmerksamkeit.

Als Ben sich nach ihnen umdrehte, wusste er sofort, dass es Ärger geben würde.

Grace stand nicht weit von ihm entfernt am Tresen, um weitere Drinks in Auftrag zu geben. Ben trat neben sie. »Arbeiten diese Jungs nicht in Agathas Restaurant?«

Als Grace sich umdrehte und die Neuankömmlinge sah, strahlte sie übers ganze Gesicht. »Aber das sind ja Andrew, Enrique und Benton.«

Zwei von ihnen hatte Ben einmal kurz kennen gelernt, nämlich Andrew, den Maître, und Benton, den Küchenchef.

Den dritten Mann kannte er nur vom Hörensagen. Enrique, der Bulle. Er schüttelte den Kopf.

Es sah nicht danach aus, als könne er schon Feierabend machen.

Grace beobachtete, wie die Neuankömmlinge sich in der Bar umsahen. Als sie Noah an seinem Ecktisch entdeckt hatten, steuerten sie auf ihn zu. Es freute Grace, dass sie ihn aufsuchten.

Noah hingegen schien davon nicht sonderlich erbaut zu sein.

Als Grace eine Minute später hinüberging, standen die drei immer noch betreten neben Noahs Tisch. Ohne auf Noahs finsteren Blick zu achten, fragte sie: »Warum schnappt ihr euch denn nicht ein paar Stühle? Es sind genug da!«

Als er ihre Stimme hörte, drehte Andrew sich um und starrte sie verblüfft an. »Grace? Was tust du denn hier?«

Voller Genugtuung deutete Grace einen Knicks an. »Ich arbeite jetzt hier.«

Benton zog sich einen Stuhl heran und prüfte den Sitz, als erwarte er, dass er schmutzig sei. Dann nahm er mit einer graziösen Bewegung Platz. »Ach ja«, meinte er. »Noah hat uns erzählt, dass Sie ebenfalls entlassen wurden, nachdem Sie diesen Kretin eingestellt hatten.«

Grace errötete. »Das war nicht meine Entscheidung, sondern die von Ms. Harper. Und das ist auch nicht der Grund, warum ich entlassen worden bin.«

»Und warum bist du dann rausgeschmissen worden?« Andrew hatte sich ebenfalls einen Stuhl genommen und sich rittlings darauf gesetzt.

Als Grace Noah einen schuldbewussten Blick zuwarf, fürchtete sie, dass alle es bemerken würden. Obwohl Noah nicht darauf aus zu sein schien, ihre Beziehung geheim zu halten, zögerte Grace aber noch, sie publik zu machen.

Enrique ging um sie herum und ließ auf beleidigend intime Weise seinen Blick über sie wandern. Noch bevor Grace irgendwie darauf reagieren konnte, stand Noah neben ihr.

»Was wollen Sie, Deltorro?«

Enrique zuckte mit den Achseln und wies auf die beiden anderen Männer. »Ich gehöre auch zu den Meuterern.« Er legte den Kopf schräg und lächelte Grace an. Sie sah, dass sein tiefschwarzes Haar zu einem Pferdeschwanz zusammengebunden war und in seinem Ohr ein dicker Diamant funkelte.

Irgendetwas an seinen schwarzen Augen beunruhigte Grace so, dass sie am liebsten Noahs Hand ergriffen hätte – doch damit hätte sie zu viel preisgegeben. Es war noch nicht allzu lange her, dass Noah mit Kara Schluss gemacht hatte, und Grace wusste, dass über den Grund der Trennung mehr als genug spekuliert werden würde.

Noah sah die drei an. »Ich habe euch doch schon gesagt, dass ihr euch an Agatha wenden müsst, wenn es Probleme gibt.«

»Das hilft nichts«, sagte Benton, indem er indigniert die Nase rümpfte. »Sie versteht einfach nichts von den Feinheiten der Führung eines Restaurants.«

»Das ist nicht mein Problem«, entgegnete Noah.

Enrique wirkte empört. »Kara hat vorausgesagt, dass Sie so reagieren würden.«

Obwohl Noahs Augen eine eisblaue Farbe annahmen, lächelte er. »Und Kara hatte Recht.«

»Sie ist jeden Abend im Restaurant, Noah.« Andrew schüttelte den Kopf. »Ich verstehe einfach nicht mehr, was hier gespielt wird.«

Grace besorgte einen weiteren Stuhl. »Hier, Mr. Deltorro. Warum machen Sie es sich nicht einfach alle gemütlich? Vielleicht darf ich Ihnen auch etwas zu trinken holen?«

Doch bevor sie den Stuhl an den Tisch stellen konnte,

nahm Noah ihn ihr weg. »Er wird sich nicht lange aufhalten, Grace.«

Sie blickte ihn finster an. »Was ist denn in dich gefahren? So was Unhöfliches!«, sagte sie mit gedämpfter Stimme.

Noah lächelte sie an und tippte ihr auf die Nasenspitze. Es schien ihn immer zu amüsieren, wenn sie wütend wurde. »Ich habe meine Gründe, Grace.«

Und diese Gründe gingen sie offenbar nichts an, denn er legte sie ihr nicht dar. »Bist du dir darüber im Klaren, dass du die ganze Bar unterhältst?«, fuhr sie ihn an.

Als Noah sich umsah, stellte er fest, dass das stimmte. Die zehn noch anwesenden Gäste beobachteten ihn voller Neugier. »Ist es nicht ohnehin an der Zeit, zu schließen?«

»Tut mir Leid«, meinte Grace mit einem Blick auf ihre Uhr. »Wir haben noch eine halbe Stunde.«

»Mist.«

Andrew streckte die Hand aus, um Noah auf den Arm zu boxen. »Na komm schon, hör dir wenigstens an, was wir zu sagen haben. Wenn nicht bald was passiert, werde ich kündigen müssen. Michael ist schon weg und Dean sieht sich nach einem neuen Job um.«

»Ich ebenfalls«, bemerkte Benton nickend.

Entsetzt drehte Grace sich Noah zu. Wenn das so weiterging, würde Agatha *Harper's Bistro,* das schon so lange in Familienbesitz war, innerhalb kürzester Zeit verlieren. »Noah?«

Stöhnend ließ sich Noah auf seinen Stuhl fallen. »Na gut, ich werde mir anhören, was ihr zu sagen habt. Aber mir ist völlig schleierhaft, was ihr von mir erwartet. Ich arbeite nicht mehr im Restaurant.« Und mit einem bohrenden Blick in Graces Richtung sagte er noch: »Ich wünschte, jemand ganz Bestimmtes würde das nicht immer vergessen.«

Ohne sich ihre Erleichterung anmerken zu lassen, nahm Grace Bestellungen für Bier, Wein und Scotch auf. Enrique, der nichts trinken wollte, schüttelte den Kopf, sah sie aber weiterhin mit durchdringendem, rätselhaftem Blick an.

»Was ist los?«, fragte Ben, der am Tresen auf Grace gewartet hatte.

»Keine Ahnung.« Nachdem sie ihre Bestellungen aufgegeben hatte, drehte sie sich Ben zu. »Im Restaurant gibt es Probleme, und jetzt wollen sie, dass Noah ihnen hilft.«

Er runzelte nachdenklich die Stirn. »Agatha hat ganz schön schnell Schiffbruch erlitten. Das hätte ich nicht erwartet. Ich habe eigentlich gedacht, sie hält länger durch.«

»Es ist nicht mehr das Restaurant, das sie einmal aufgebaut hat. Jetzt hat Noah ihm seinen Stempel aufgedrückt, indem er Schritt für Schritt Veränderungen und Verbesserungen vornahm. Agatha hat nicht sein Feingefühl. Wahrscheinlich ist sie so vorgegangen wie immer, nämlich mit der Peitsche in der Hand. Aber damit kommt sie heute nicht mehr durch.«

Ben bedachte sie mit einem schiefen Grinsen. »Du blickst voll durch, wie?«

Grace wurde knallrot. »Das sollte keine psychologische Analyse sein«, antwortete sie mit einem Achselzucken. »Es ist nur so, dass die beiden die Dinge sehr unterschiedlich angehen.«

»Dabei sind noch nicht einmal zwei Wochen vergangen, seit Noah gefeuert wurde.«

»Er hat alles im Griff gehabt. Ohne seine ständige Kontrolle wird alles zusammenbrechen.« Nach kurzem Zögern fügte Grace hinzu: »Deine Großmutter tut mir Leid.«

»Das hat sie sich selbst eingebrockt«, schnaubte Ben.

»Aber doch nicht absichtlich. Sie hat sich ihr ganzes Leben lang von ihrem Stolz lenken lassen. Etwas anderes kennt sie gar nicht. Meiner Meinung nach wäre es jetzt an dir und Noah, ihr einen anderen Weg aufzuzeigen.«

Der vorwurfsvolle Ton in ihrer Stimme wirkte auf Ben wie ein Schlag ins Gesicht.

Während Ben noch nach Worten rang, stellte Grace die Drinks aufs Tablett und ging davon. Sie hatte absichtlich nicht gewartet, bis ihm etwas eingefallen war, womit er ihre Ansicht widerlegen konnte. Es würde ihm ganz gut tun, eine Weile über diese Lage nachzudenken.

Als Grace sich dem Tisch näherte, hörte sie Noah sagen: »Ich glaube, ihr solltet euch schriftlich bei Agatha beschweren. Wenn ihr erst einmal klar wird, dass es nicht nur um Lappalien geht, muss sie sich mit der Sache befassen.«

»Das habe ich schon versucht.« Andrew nahm seinen Scotch entgegen und trank einen kräftigen Schluck. »Danke, Grace.«

Benton nippte an seinem Wein. »Das hat überhaupt nichts gebracht«, meinte er mit einem Blick auf Noah. »Sie hat so getan, als würden Sie bald wieder im Restaurant arbeiten.«

Enrique lümmelte sich mit blasierter, gelangweilter Miene auf seinem Stuhl. Sein schwarzes Hemd war so weit aufgeknöpft, dass Grace eine Menge lockigen schwarzen Brusthaars und drei silberne Kettchen sehen konnte. »Ihre Großmutter glaubt, dass bald *alles* wieder beim Alten sein wird.«

Während Noah ihn einfach ignorierte, meinte Andrew: »Seien Sie ruhig, Deltorro!«

Enrique zuckte die Achseln. »Stimmt das?«

Es war klar, dass Enriques Frage nicht nur auf die Situation im Restaurant zielte. Obwohl Noah immer wieder gesagt hatte, dass es mit Kara aus war, hielt Grace den Atem an.

»Meine Großmutter ist eine Optimistin«, sagte Noah nur.

Als Grace sich zum Gehen wandte, sah sie, wie Enrique die Hände zu Fäusten ballte. Mittlerweile hatte sie den starken Verdacht, dass *er* Karas Liebhaber war. Auch Kara tat ihr von Herzen Leid. Gewiss, ihre Eltern würden über ihre Wahl in keiner Weise glücklich sein. Aber wie konnte Kara selbst glücklich sein?

Enrique war ein Frauenheld reinsten Wassers. Es war sicher nicht einfach, einen solchen Mann zu lieben.

Grace winkte Ben kurz zu, als sie ins Hinterzimmer huschte. Sie brauchte eine Pause, um über alles nachzudenken. Da die Gäste ohnehin allmählich aufbrachen und Noah beschäftigt war, sprach nichts dagegen.

Grace warf Kleingeld in den Getränkeautomaten und setzte sich dann an den runden Tisch, während sie die Füße auf den Stuhl vor sich legte.

Gerade als sie einen kräftigen Schluck kalter Limo getrunken hatte, schob Enrique die Tür auf und kam herein. Als er Grace sah, breitete sich auf seinem Gesicht ein Lächeln aus.

»Enrique! Hier haben nur Angestellte Zugang!« Doch dann kam Grace ein Gedanke – und sie fragte: »Oder suchen Sie vielleicht die Herrentoilette?«

Ohne den dreisten Blick von ihr zu wenden, zuckte er die Achseln und kam weiter ins Zimmer. »Das habe ich zwar den anderen erzählt, aber eigentlich habe ich dich gesucht.«

Grace nahm die Füße vom Stuhl und richtete sich auf. »Warum das?«

»Necesito sentir tu piel contra la mia.«

Grace warf ihm einen finsteren Blick zu. Ihr Schulspanisch war zwar etwas eingerostet, aber das Wesentliche hatte sie verstanden. *Ich brenne darauf, deine Haut an meiner zu spüren.* Sie drohte ihm mit der Faust. »Du bekommst gleich was anderes zu spüren.«

Seine dunklen Augenbrauen schnellten in die Höhe. »Du sprichst Spanisch?«, fragte er entzückt.

»Nicht gut genug, um mich zu unterhalten, so dass du vielleicht ...«

Er kam näher, um den Tisch herum, bis er neben ihr stand. Rasch stand Grace auf. Es behagte ihr nicht, wenn er über ihr aufragte.

Er legte ihr die Hand auf die Wange und murmelte: *»Si tu fueras un postre, saborearia cada bocado, especialmente la crema azotoda.«*

Grace schlug seine Hand weg. »Was bildest du dir ein! Ich bin keine Nachspeise und habe auch nirgendwo Schlagsahne an mir.«

Er warf ihr einen durchtriebenen Blick zu und tastete ihren Körper mit den Augen ab. »Ah, aber ich glaube, du bist sahnig weich, sí«?

Vielleicht hat Noah ja Recht, dachte Grace mit einem Anflug von Panik. Sie hatte keinen blassen Schimmer, wie sie sich gegenüber einem wirklich aufdringlichen Mann verhalten sollte. Das Ganze war ihr so peinlich, dass sie am liebsten im Boden versunken wäre. Auf der anderen Seite war sie so empört, dass sie erwog, Deltorro mit dem Stuhl eins auf den Kopf zu geben.

Als er die Hand nach ihr ausstreckte, wich Grace zurück, strauchelte und plumpste auf den Stuhl. Während sie noch dachte, dass sie Glück gehabt hatte, weil sie nicht auf den Boden gestürzt war, stützte Enrique sich auf den Armlehnen des Stuhls ab, so dass sie zwischen seinen Armen gefangen war.

Er beugte sich weit zu ihr herunter und flüsterte: »*Tu tienes un cuerpo de un Diosa.*«

Jetzt reichte es Grace. Sie versuchte energisch, ihn von sich zu schieben. »Du Blödmann! Göttinnen sind nicht dick!«

»Ich habe dir doch verboten, solche Sachen zu sagen, Grace«, ließ sich Noah von der Tür her vernehmen.

Grace klappte der Unterkiefer herunter, während Enrique sich schnellstens von ihr zurückzog.

Noah stand ganz salopp da, seine Stimme klang ungezwungen. Auf jemanden, der ihn nicht kannte, hätte er wahrscheinlich in keiner Weise gefährlich gewirkt. Aber Grace kannte ihn, und ihr fiel sofort auf, dass seine verschränkten Arme derart angespannt waren, dass sich die Muskeln deutlich abzeichneten. Seine Füße stemmten sich gegen den Boden, als setze er bereits dazu an, sich auf Deltorro zu stürzen.

Und seine Augen loderten wie heiße blaue Flammen.

»Noah«, piepste Grace, während sie um den Tisch hastete, um sich zwischen die beiden Männer zu stellen. »Was immer du vorhast, du solltest es lieber bleiben lassen.«

Sein Blick richtete sich auf ihr Gesicht, und er verzog die Lippen zu einem Lächeln, das nichts Amüsiertes an sich hatte. »Diesmal nicht, Baby.«

Panik rieselte ihr das Rückgrat herunter. »Verdammt noch mal, Noah! Ich will nicht, dass du an meinem Arbeitsplatz Rabatz machst.«

Plötzlich tauchte Ben neben Noah auf. »Na hör mal, Grace, der Laden gehört schließlich mir, und ich persönlich kann es gar nicht erwarten, dass Noah den Kerl auseinander nimmt.«

»Ben!«

Lächelnd versuchte er, sie aus dem Gefechtsfeld zu ziehen.

Bevor einer der Brüder sie aufhalten konnte, warf Grace sich gegen Noah und schlang ihm die Arme um den Hals. »So weit wird es nicht kommen.«

Noah versuchte, sich von ihr loszumachen, was ihm aber nur gelungen wäre, wenn er ihr wehgetan hätte. Und sie wusste, dass er dies nicht tun würde. »Lass mich los, Grace!«

»Nein.« Sie presste ihr Gesicht gegen seinen Hals.

»Ich werde ihm nur ein oder zwei Schläge verpassen«, versuchte Noah abzuwiegeln.

Sie schlang die Arme noch fester um ihn. »Nein, nein – und nochmals nein! Du wirst niemanden schlagen, also vergiss es!«

Mit einem knurrenden Seufzer gab Noah sich geschlagen. Während Grace wie eine klotzige Kette um seinen Hals hing, ging er auf Enrique zu. Bei jedem stampfenden Schritt, den er machte, rempelte er gegen Grace.

Doch sie ließ ihn nicht los.

Noah hatte Grace eine Hand auf den Rücken gelegt, um

sie zu schützen. Dabei streichelte er sie sogar. Mit der anderen Hand packte er Enrique am Kragen. Der Anspannung der Brustmuskeln nach zu urteilen, die Grace unter ihrer Wange spürte, musste er Enrique in die Höhe gehoben haben.

Dann hörte sie, wie ein Körper gegen die Wand prallte.

»Ich sag's Ihnen nur einmal, Deltorro.« Noah hörte sich so bösartig an, dass selbst Grace zusammenzuckte. »Wenn Sie sie noch einmal anfassen oder auch nur *ansehen*, bring ich Sie um.«

Grace legte die Ohren an. Gute Güte, das hatte er wahrhaftig klar und deutlich formuliert.

Damit war, was ihre Beziehung betraf, die Katze aus dem Sack.

Erstaunlicherweise machte sich Enrique aber nicht mit eingezogenem Schwanz davon. »Um Kara haben Sie nicht gekämpft«, fauchte er.

»Stimmt.« Wieder war ein dumpfer Aufprall zu hören, da Noah den älteren Mann noch einmal gegen die Wand stieß. »Aber glauben Sie bloß nicht, dass es diesmal genauso ist. Sie wollten Kara, und jetzt haben Sie sie. Geben Sie sich damit zufrieden, denn wenn Sie Grace noch einmal zu nahe kommen, mach ich Sie fertig.«

Grace spürte, wie die Wut in Noah kochte. Da sie nicht wusste, was sie sonst tun sollte, klammerte sie sich weiter an ihn.

»Und wenn ich mich nicht damit zufrieden gebe?«, knurrte Enrique provozierend.

Grace hätte am liebsten vor Unmut aufgestöhnt. Sie rückte ein Stück von Noah ab und schickte sich an, Enrique gehörig die Meinung zu sagen.

In diesem Augenblick drang eine erstaunte weibliche Stimme in den Raum ein, in dem die männlichen Hormone nur so pulsierten.

»Enrique?«

Noah drehte sich um, was bedeutete, dass auch Grace

und Enrique sich umdrehten, da er den einen festhielt, während die andere ihn festhielt. Ben erhob sich. Alle hielten den Atem an, als Kara durch die Küche in den Aufenthaltsraum kam.

Während sie Enrique anstarrte, quollen ihr dicke Tränen aus den blauen Augen. Ihre Unterlippe zitterte.

Noah stieß Enrique von sich und legte beide Arme um Grace. Besorgt strich er ihr mit den Händen über den Rücken. Obwohl Grace spürte, wie er ihre Schläfe küsste, galt ihre ganze Aufmerksamkeit Kara.

Als Grace bedachte, was Kara gerade mit angehört hatte, zog sich ihr vor Mitgefühl das Herz zusammen.

Enrique starrte Kara an, als sei sie eine Geistererscheinung. »*Mi amor* ...«

Einen Moment lang sah Kara aus, als würde sie gleich zusammenbrechen. Sie war bleich, ihre Miene wirkte angespannt, müde und verwirrt. Doch dann reckte sie das Kinn vor. »Du ... du Dreckskerl!«

Mit erhobenem Kopf und durchgedrückten Schultern drehte sie sich um und ging durch die Küche hinaus.

Angewidert sah Ben Enrique an.

Noah betrachtete ihn mit finsterem Blick.

Grace machte sich von Noah los. »Sie mieser Kerl!« Ohne darüber nachzudenken, holte sie aus und gab Enrique eins auf die Nase.

Er heulte auf.

Noah starrte sie an und rief überrascht »*Grace*«, während Ben lachend gegen die Wand sank.

Während Grace ihre schmerzende Hand schüttelte, erwiderte sie: »Wenn du willst, kannst du ihn auch verprügeln. Er verdient es.«

Enrique hielt sich die blutende Nase und stürzte, ohne jemanden eines Blickes zu würdigen, aus dem Zimmer. »Kara!«, rief er.

Ben zog eine Augenbraue hoch. »Zum Glück war sie so taktvoll, durch die Küche hereinzukommen, denn sonst hätte sie mit dieser Einlage Enriques Programm im Restaurant echte Konkurrenz machen können.«

Bens scheinbare Gefühlskälte brachte Grace so auf, dass sie auf ihn losging.

Er hob die Hände. »Schlag mich nicht, du Boxerin!«

Grace hatte vor, ihm trotzdem eins zu verpassen, aber leider tat ihr die Hand zu weh.

Ben lachte auf. »Mensch, bei diesem ganzen Hin und Her kommt man sich ja wie in einer Seifenoper vor. Bin ich denn hier der Einzige, der keine heimliche Liebschaft hat?«

Noah gab ihm einen Schubs und versuchte, Grace wieder an sich zu ziehen. »Lass mich mal deine Hand sehen. Hast du dich verletzt?«

Grace entzog sich ihm. »Du solltest mal nach ihr sehen, Noah.«

Er schüttelte den Kopf. »Fällt mir gar nicht ein.«

»Sie ist eine Freundin von dir.«

»Das müssen sie und Deltorro unter sich ausmachen, Grace.«

Grace sah ihn wütend an. »Aber er hat ihr wehgetan.«

Noah nahm sich ihre Hand wieder vor, um die Knöchel zu untersuchen. »Kara ist erwachsen und hat sich ihn ausgesucht. Hauptsache, er rückt dir nicht mehr auf die Pelle. Ihre Probleme müssen sie selber lösen.«

Grace stieß seine Hände weg und stolzierte hinaus. Noah stürzte ihr nach. »Herrgott noch mal, Grace.«

Mit zornigem Hüftschwung ging sie weiter, ohne den Schritt zu verlangsamen.

Grinsend folgte Ben den beiden. »Jetzt bin ich aber gespannt, wie das Spiel ausgeht.«

Grace hörte, wie die beiden hinter ihr herstapften. In der Küche stießen sie auf Enrique, der Kara gerade in eine Ecke gedrängt hatte. Er hielt sich ein Geschirrtuch vor die Nase und redete auf Spanisch und Englisch auf sie ein.

Kara unternahm immer wieder halbherzige Versuche,

ihn von sich zu schieben. »Vergiss es, Enrique.« Sie zog diskret die Nase hoch. »Wie konnte ich nur so dumm sein, dem *Bullen* zu trauen!«

»Ich habe mir diesen Spitznamen nicht ausgesucht!«

»Nein.« Kara klang resigniert. »Aber du hast dir alle Mühe gegeben, ihm gerecht zu werden.«

Enrique schüttelte den Kopf. Da er sich immer noch das Geschirrtuch gegen die Nase presste, klang seine sonst melodische Stimme jetzt eher nasal. »Du schämst dich unserer Liebe. *Du* hast doch gesagt, ich solle ruhig weiterflirten, damit niemand Verdacht schöpft.«

Karas gequältes Gesicht nahm einen schuldbewussten Ausdruck an. »Ich habe dir nie gesagt, dass du mit ihr flirten sollst!« Sie zeigte über seine Schulter auf Grace.

Grace, der das Ganze peinlich war, beeilte sich zu erklären: »Er hat doch nur versucht, Noah zu ärgern, weil er wütend darüber ist, dass Noah nicht um dich gekämpft hat.«

»*Sí, sí!*«

Kara blickte ebenso skeptisch wie Noah und Ben drein. »Und das soll ich glauben? Nach allem, was ich gerade gehört habe? So blöd bin ich nun wirklich nicht, Enrique!« Abermals stiegen ihr Tränen in die Augen. »Du hast gesagt, dass ich dir nicht genug bin.«

»Nein, nein«, murmelte Enrique. »*Tu eres el aire que respiro.*«

»Du bist die Luft, die ich atme«, dolmetschte Grace, als sie sah, dass Kara ihn nicht verstand.

Als Kara nach ihm schlug, ließ er es geschehen. »Warum«, fragte sie, »sprichst du nur Spanisch, wenn du versuchst, mich zu verführen?«

Er gestikulierte mit der Hand und zeigte auf seinen Kopf. »Wenn ich dich will, ist es unmöglich, auf Englisch zu denken. Und ich will dich immer.«

Karas Gesichtsausdruck wurde milder, ihre Brust weitete sich. »Jetzt auch?«

»*Sí.*« Enriques Hand zitterte, als er sie auf Karas Wange legte. »*Necestio probarle.*«

Kara runzelte argwöhnisch die Stirn und sah Grace an.

»Ich muss dich schmecken«, übersetzte Grace lächelnd.

Ben stieß Noah in die Rippen. »Ich hätte nie gedacht, dass ich mal hören würde, wie Grace einer anderen Frau solche Sachen sagt. Ganz schön antörnend, was?«

Mit wütendem Blick gab Noah Ben eine Kopfnuss.

Enrique trat näher an Kara heran. Da seine Nase immer noch blutig war, küsste er sie zwar nicht, streichelte sie aber. »*Yo estube solamente medio vivo hasta el momento en que te conosi*«, flüsterte er ihr ins Ohr.

»Ich war nur ein halber Mensch, bevor ich dich kennen gelernt habe«, wiederholte Grace *sotto voce,* wobei ihr selbst das Herz flatterte. *Wie romantisch!*

Wie nicht anders zu erwarten, schmolz Kara dahin. »O Enrique!«

»*Yo te amo.*« Seine Liebe drückte sich in seinem Gesicht so deutlich aus, dass Grace von einer Übersetzung absah. Enrique zog Kara an seine Brust und murmelte ihr auf Spanisch Entschuldigungen ins Ohr, in die sich immer wieder Ausdrücke tiefer Leidenschaft mischten.

Zufrieden ging Grace zur Spüle, holte ein sauberes Geschirrtuch und fasste über Enriques Schulter, um es gegen das alte auszutauschen.

Als sein Blick sie streifte, lag in seinen dunklen Augen ein feierlicher Ausdruck. »*Gracias.*«

Mit Tränen in den Augen strahlte sie Noah an. »Ist Liebe nicht etwas Großartiges?«

Ben blickte zur Decke und pfiff vor sich hin.

Noah zog sie lächelnd an sich. »Dein rechter Haken ist großartig.« Während er sie aus der Küche führte, fügte er hinzu: »Ich kann es einfach nicht fassen. Mich hinderst du daran, ihn zu schlagen, aber du selbst verpasst ihm eins.«

Grace wurde rot. Als sie Ben hinter sich lachen hörte, errötete sie noch stärker. »Mein Temperament ist eben mit mir durchgegangen.« Mitleid heischend schüttelte sie die Hand. »Da es wehtat, kannst du davon ausgehen, dass es nicht wieder vorkommen wird.«

Noah führte ihre Hand an seine Lippen, um ihre Finger zu küssen. »Wenn Ben einverstanden ist, bring ich dich jetzt nach Hause und ... kümmer mich darum, dass es dir wieder besser geht.«

»Ja, geh ruhig, Grace«, meinte Ben großmütig. »Wir schließen sowieso gleich.«

»Bist du sicher?« Normalerweise wäre Grace bis zur allerletzten Minute geblieben. Doch es war ein ereignisreicher Abend gewesen, und morgen wollten sie nach Florida fliegen. Sie war schon ganz aufgeregt.

Ben beugte sich zu ihr hinunter, um ihr einen Kuss auf die Stirn zu geben. »Ganz sicher. Aber vergiss nicht, deine Trinkgelder einzustecken.«

Während Grace das Geld von den leeren Tischen einsammelte, verabschiedete sich Noah von Andrew und Benton. Ein paar Minuten später gesellte sich Enrique wieder zu ihnen. Jetzt hielt er sich nicht mehr die Nase, die allerdings rot und geschwollen war.

Andrew musterte Enrique mit erstauntem Blick. »Mussten Sie ein Hindernisrennen absolvieren, um zum Klo zu gelangen?«

Enrique ignorierte ihn einfach.

Von Kara war nirgendwo etwas zu sehen. Grace vermutete, dass die beiden ihre Beziehung weiterhin geheim halten wollten. Sie schüttelte den Kopf. Jetzt galt auch Enrique ihr Mitgefühl.

Während die drei Männer noch dastanden, rief Noah: »Grace, bist du so weit?«

Überrascht blickte sie auf. »Äh, ja.«

»Dann komm. Wir können alle zusammen gehen.«

Ohne genau zu wissen, was Noah vorhatte, ging sie zu ihm. Er legte ihr den Arm um die Taille und drückte sie liebevoll an sich, um allen zu zeigen, dass sie ein Paar waren.

Andrew zog die Augenbrauen hoch, Benton grinste, und Enrique schaute weg.

»Am Wochenende sind Grace und ich in Florida«, sagte Noah. »Aber wenn ich wieder da bin, werde ich mal sehen, was ich gegen die Situation im Restaurant tun kann.«

»Gott sei Dank«, murmelte Andrew, den es aber immer noch verwirrte, wie besitzergreifend Noah Grace im Arm hielt.

»Versprechen kann ich natürlich nichts«, warnte Noah sie, »aber Grace setzt mir in der ganzen Angelegenheit ziemlich zu. Da ich sie nicht enttäuschen will, werde ich sehen, was ich tun kann.«

Grace wurde ganz still, als sie hörte, was Noah sagte. So wie er es sagte, hörte es sich an, als seien ihm ihre Wünsche wichtig. Das gefiel Grace, wahrscheinlich sogar mehr, als gut war. Gleichzeitig wollte sie aber nicht, dass Noah etwas für sie tat, was ihm eigentlich gegen den Strich ging.

In einer einzigen Nacht hatte sich viel geändert.

Grace wusste zwar nicht, was das alles zu bedeuten hatte, aber trotzdem ließ es ihr Herz höher schlagen und erfüllte sie mit einer törichten Hoffnung. Denn je mehr Zeit sie mit Noah verbrachte, desto stärker wurde ihr Wunsch, das ganze Leben mit ihm zu verbringen.

Doch Noah hatte ihr von Anfang an reinen Wein eingeschenkt: Er wollte Sex von ihr, einzig und allein Sex.

Sie würde dafür sorgen, dass er ihr Abkommen nicht bedauerte.

Vierzehntes Kapitel

»Kara ist eine Närrin!«

Noah hatte es zwar nicht laut aussprechen wollen, doch während er zusah, wie Grace einen langen Sarong mit Blumenmuster auspackte, stürmten die Erkenntnisse nur so auf ihn ein. Verflucht, da hatte er sich doch in Grace verliebt! Oder vielleicht hatte er sie auch schon immer geliebt.

Als er gesehen hatte, wie Deltorro sie betrachtet hatte, war sein Blut ins Kochen geraten. Und als Andrew und Benton sie nachdenklich betrachtet hatten, hatte er sich verpflichtet gefühlt, sie zu beschützen und ihre Beziehung publik zu machen. Im Unterschied zu Kara wollte er, dass alle Welt wusste, dass Grace zu ihm gehörte.

Seit seiner einsamen Kindheit hatte Noah darüber nachgedacht, was er brauchen würde, um sich glücklich und ganz zu fühlen. Er hatte Pläne geschmiedet und auf seine Ziele hingearbeitet. Da er bei anderen erlebt hatte, wie es war, eine große Familie zu haben, hatte er das auf seiner Liste an die erste Stelle gesetzt. Eine Familie zu haben bedeutete, dass man zu jemandem gehörte, dass man kein Niemand war, der in einer dunklen Gasse herumsaß und sich unerreichbare Dinge wünschte. Er hatte sich ein Zuhause gewünscht, in das er jeden Abend zurückkehren konnte, und Geld, um nie wieder abgelegte oder gestohlene Sachen tragen zu müssen.

Noah schüttelte den Kopf. Er hatte jetzt mehr als nur eine Wohnung, fühlte sich aber nirgends richtig zu Hause. Jedenfalls nicht, bevor Grace in sein Leben getreten war. Mit ihr kam der Sonnenschein in jedes Zimmer, und Noah zweifelte nicht daran, dass sie sogar aus einem Pappkarton ein gemütliches Heim zaubern könnte. Wahrscheinlich würde er sich selbst in der bewussten dunklen Gasse wohl fühlen, wenn nur Grace bei ihm wäre.

Jetzt besaß er auch teure Kleidung, und zwar maßgeschneidert, damit ihm bei seiner großen Statur alles richtig passte. Eines der ersten Dinge, die Agatha ihm beigebracht hatte, war einzukaufen. Richtig angezogen zu sein war ihrer Ansicht nach ein unbedingtes Muss, wenn man einen guten Eindruck machen wollte. Noah lächelte.

Mit Grace wollte er lieber jeden Tag nackt sein, statt schicke Kleidung zu tragen.

Graces Wirkung auf ihn war beunruhigend und hatte ihm zunächst eine Heidenangst eingejagt. Doch allmählich gewöhnte er sich daran, akzeptierte es. Noah schnaubte. Verdammt noch mal, er akzeptierte es nicht nur, er liebte es. Lange bevor Grace in seinem Bett gelandet war, hatte sie sein Herz erobert. Er hatte es bloß nicht gewagt, sich seine Gefühle einzugestehen, weil das hieß, dass all seine anderen Pläne verkehrt gewesen waren. Es hieß, dass er zu viel Wert auf die falschen Dinge gelegt und vorgehabt hatte, die falsche Frau zu heiraten.

Er würde nicht denselben Fehler wie Kara machen und versuchen, seine Gefühle zu verbergen. Er würde Grace nicht glauben lassen, dass er sich ihrer schämte.

Grace blickte auf. Weil sie wegen ihres Kurztrips so aufgeregt war, bemerkte sie ausnahmsweise nicht, in welcher Stimmung er sich befand. »Es ist doch ganz verständlich, dass Kara Angst hat, aber weißt du, ich glaube, Enrique liebt sie wirklich. Es kränkt ihn, dass sie ihre Beziehung geheim halten müssen.«

In Graces Ton schwang nicht der geringste Vorwurf mit. Nichts deutete darauf hin, wie sie über ihre eigene Situation dachte. Noah hatte ihr Spielchen, bei dem sie die Sexsklavin und er der Zuchtmeister war, vollauf genossen, doch mit jeder Minute, die verging, wollte er mehr.

Er wollte alles.

»Grace, würdest du dich mit einem Mann einlassen, dessen du dich schämst?«

Ruckartig blickte sie hoch. Sie hielt sich den bunten Sarong vor die Brust. »Nein, natürlich nicht.« Einen Augenblick lang wirkte sie verwirrt, dann machte sie sich wieder ans Auspacken.

Noah lehnte sich gegen die Kommode und beobachtete sie. »Grace?«

»Hmm?«

»Zu Hause in deinem Regal steht ein Buch über Babys.«

Sie hob den Kopf. Ihre Blicke trafen sich. Heiße Röte ergoss sich über ihr Gesicht. »Ach, das habe ich schon sehr lange.«

»So?« Noah konnte den Blick nicht von ihr wenden. »Wie lange?«

»Äh ... ich habe es gekauft, als ich zwanzig war.« Sie wirkte jetzt sichtlich nervös.

»Weshalb?«

»Einige der Frauen, die ich damals kannte, hatten feste Beziehungen, waren verlobt oder wollten heiraten«, sagte sie achselzuckend. »Da habe ich angefangen, über diese ... Dinge nachzudenken.«

Noah stieß sich von der Kommode ab, um zu ihr zu gehen. In Graces Nähe zu sein und sie nicht zu berühren, war fast unmöglich. Besonders wenn sie über Dinge wie Babys sprachen. Es fiel ihm nicht schwer, sich Grace als liebevolle Mutter vorzustellen. Wenn er sich ausmalte, wie ein winziges Baby hungrig an Graces Brustwarzen saugen würde, krampfte sich ihm das Herz zusammen.

Er musste unbedingt herausfinden, wie Grace zu ihm stand. »Und denkst du auch jetzt noch darüber nach?«

Grace zuckte förmlich zusammen, eine Reaktion, die Noah ziemlich schleierhaft war. Ob ihr seine Fragen unangenehm waren? Ob er eine Grenze überschritten hatte, die er nicht hätte überschreiten dürfen?

»Im Augenblick bin ich einfach glücklich darüber, dass die Dinge so sind, wie sie sind«, antwortete sie mit maskenhaftem Gesichtsausdruck. Dann streckte sie die Hand aus, um ihm sanft über die Kinnlade zu streichen. »Sehr glücklich.«

Noah wusste nicht mehr weiter. Bei Kara war jeder davon ausgegangen, dass sie heiraten würden, und alle hatten häufig darüber gesprochen. Er war nie gezwungen gewesen, ihr offiziell einen Heiratsantrag zu machen.

Bei Grace würde das nicht so leicht sein, nicht nur weil sie weitaus vielschichtiger war als Kara, sondern auch weil sie eine viel stärkere Persönlichkeit war. Sie würde einen Mann nur aus Liebe und aus keinem anderen Grund heiraten.

Ob Grace ihn liebte?

Während Noah sie beobachtete, überlegte er, ob sie ihm mit ihrer ausweichenden Antwort auf subtile Weise zu verstehen geben wollte, dass sie überhaupt nicht heiraten wolle. Er wusste, dass er Grace etwas bedeutete. Er konnte sich noch lebhaft daran erinnern, wie sie für ihn in die Bresche gesprungen war, als Agatha ihn enterbt hatte. Das würde er nie vergessen.

Aber bedeutete er Grace so viel, dass sie sich ein Leben lang an ihn binden würde? Was hatte er ihr denn außer ekstatischem Sex noch zu bieten?

So wie Noahs Vergangenheit keine Rolle für sie spielte, so würden auch sein Reichtum und sein Einfluss keine Rolle für sie spielen, das wusste er. Was sah Grace in ihm? Was brauchte sie von ihm?

Noah versuchte es auf anderem Weg. »Meine Großmutter scheint zu glauben, dass wir übers Heiraten nachdenken sollten.«

Grace erstarrte. Dann trat sie von ihm weg. Sie öffnete die Balkontür und schlenderte hinaus, wie sie es seit ihrer Ankunft schon öfter getan hatte, ein ums andere Mal vom Meer und den sanften Brisen angezogen. Doch diesmal wirkte es etwas anders.

Das Rauschen des Meeres klang in Noahs Ohren wie ein dröhnendes Grollen. Die Luft war feucht und frisch. Palmen wiegten sich im Wind. Noah folgte Grace auf den Balkon.

Grace hatte das Gesicht der Sonne zugekehrt. Als er hinter sie trat, sagte sie: »Es ist wunderschön, findest du nicht auch?«

Noah stützte sich mit den Händen links und rechts neben ihr auf die Brüstung, so dass er sie praktisch gefangen hielt. Er schmiegte die Brust an ihren Rücken und küsste ihr Ohr. »Du bist wunderschön, Grace«, flüsterte er innig.

Er spürte, wie sie lächelte. Und wie sie ihm auswich.

»Werden wir uns wirklich auf dem Wasser lieben?«

»Wir können uns lieben, wo immer du möchtest.« Er küsste ihr den Nacken und die Schulter.

Sie legte den Kopf an seine Schulter. »Wo möchtest du denn?«

Bevor Noah antwortete, dachte er kurz nach. »Als ich ein junger Mann war, habe ich es überall getrieben. In der Gasse, im Theater, vorn und hinten im Auto. Einmal habe ich es sogar mit einem Mädchen hinten in der U-Bahn gemacht, während vorne andere Fahrgäste saßen.«

»Noah!«

Er knabberte ihr am Nacken herum. »Damals war Sex so alltäglich und langweilig für mich geworden, dass ich noch den Extrakick brauchte, vielleicht dabei erwischt zu werden.«

»Willst du damit sagen, dass Sex auf dem Meer keine große Sache für dich ist?« Grace stieß ihm den Ellbogen heftig in die Seite.

Grinsend drückte Noah sie an sich und hielt dabei ihre Arme fest, damit sie ihm nicht noch einmal eins mit ihrem spitzen Ellbogen versetzen konnte. »Ich will damit sagen, dass Sex mit dir überall großartig ist. Egal wie oft wir uns lieben, Grace, ich will dich einfach immer mehr.«

Darauf wurde Grace sehr still und hielt sogar den Atem

an. »*Noah*«, murmelte sie in dem Ton, der, wie er inzwischen wusste, signalisierte, dass sie erregt war.

Er fasste nach vorn und presste ihr die Hände auf den Bauch. Grace war immer weich, warm und hingebungsvoll. Wenn es zwischen ihnen nur um Sex ging, dann würde er das benutzen, um sie rumzukriegen. Er würde dafür sorgen, dass sie so süchtig danach war wie er.

»Willst du es vielleicht hier machen, Grace?« Eine Brise erfasste ihr Haar und blies es ihm gegen das Kinn. Während Noah sie streichelte, spürte er, wie seine Eier sich zusammenzogen und sein Blut anfing zu kochen. »Willst du das Meer sehen, während ich es dir besorge? Auf diese Weise komm ich zwar ziemlich tief rein, Grace, aber trotzdem wirst du meine Finger brauchen ...« Er berührte sie an entsprechender Stelle. »... und zwar hier, damit du auch kommen kannst.«

Ihr Hintern presste sich in seine Leistengegend und wackelte hin und her. Da sie nur ein dünnes Strandkleid trug, fühlte sich das Ganze einfach unglaublich an. »Ja, klar«, sagte sie atemlos.

Noah hätte fast aufgelacht. Grace war immer so willig, so begierig, dass es ihn jedes Mal erstaunte. »Glaubst du, dass du still bleiben kannst, wenn du kommst? Die Leute unten am Strand könnten sich sonst nämlich fragen, was wir hier tun, weißt du, wenn du anfängst, all diese sexy Geräusche von dir zu geben, die ich so liebe.«

»Ich werde ganz still sein«, versprach sie und wackelte abermals mit dem Hintern, um ihn zur Eile anzutreiben.

Noah hob ihr hinten den Rock hoch. Er streichelte ihre Schenkel und ihren Hintern und zog ihr das Höschen bis zu den Knöcheln herunter. Dabei küsste er ihr ununterbrochen den Hals, das Ohr, den Nacken, die Schultern.

Als Grace bereit war, öffnete er seine Hose, um seinen Schwanz herauszuholen. Zum ersten Mal missfiel es Noah, ein Kondom überzustreifen, doch er wusste, dass er Graces Gefühle nie in dieser Weise aufs Spiel setzen würde. Falls und wenn sie mehr von ihm wollte, würden sie vorher darüber sprechen müssen.

Doch als er langsam in sie eindrang, konnte er es sich nicht verkneifen zu sagen: »Du würdest eine tolle Mutter abgeben, Grace.«

Grace stöhnte und presste die Muskeln um ihn zusammen. Noah war sich nicht sicher, ob sie seine Worte gehört hatte. Jedenfalls ging sie nicht darauf ein.

»Du musst nach hinten drücken, Grace. So ist es gut. Jetzt mach die Beine breit, damit ich dich stoßen kann.«

Innerhalb weniger Minuten stand Grace kurz vor dem Höhepunkt. Noah griff ihr mit einer Hand zwischen die Beine und bearbeitete sie sachkundig, während er ihr die andere Hand auf den Mund legte, um ihren ekstatischen Aufschrei zu dämpfen. Doch schon im nächsten Augenblick musste er selbst den Mund auf ihre Schulter pressen, um sein lustvolles Stöhnen zu kaschieren.

Danach sanken beide nach vorn auf die Brüstung.

Kurz darauf fing Grace zu kichern an. »Noah«, flüsterte sie in schockiertem Ton, »wir müssen von hier weg.«

»Geht nicht, kann ich nicht.« Er hatte die Beine so unbeholfen abgestützt, dass er bei der geringsten Bewegung aufs Gesicht gefallen wäre. An Babys und ein gemeinsames Leben zu denken, während Grace ihn melkte, hatte ihn völlig ausgelaugt.

»Aber die Leute gucken schon«, insistierte sie.

Mit einem Auge linste er nach unten. In der Tat blickten die Leute unten neugierig zu ihnen hoch. Er lächelte. »Dieses neugierige Pack!« Noch immer war er in ihr, so eng mit ihr verbunden, wie zwei Menschen es nur sein können. Der Gedanke, sich aus ihr zurückzuziehen, gefiel ihm überhaupt nicht. »Die sind nur neidisch, weil sie nicht an meiner Stelle sind.«

»Ja, klar.« Obwohl Grace erneut kicherte, hörte Noah an ihrer Stimme, dass ihr das Ganze doch ein wenig peinlich war.

Nachdem er sich aus ihr zurückgezogen hatte, tätschelte er ihr den Hintern und sagte: »Heirate mich, Grace.«

Fast hätte er aufgestöhnt, als er seine Worte nachhallen hörte – und Graces fassungsloses Schweigen wahrnahm. Verflucht noch mal, er musste wirklich aufhören, so mit etwas herauszuplatzen. Es war ihm noch nie passiert, dass Sex ihn melodramatisch werden ließ, aber der Sex mit Grace brachte ihn dazu, die irrsten Dinge zu tun.

Als Grace sich sofort umdrehte, um ihn anzusehen, wäre sie beinah gestrauchelt, da sich ihr Höschen um ihre Knöchel gewickelt hatte. Als Noah sie auffing, schaute sie ihn mit riesigen Augen an.

»Warte mal, meine Süße.« Er bückte sich und hielt das Höschen fest, damit Grace heraussteigen konnte. Ohne ein Wort zu sagen, huschte sie an ihm vorbei und verschwand im Schlafzimmer.

»Spielen wir hier Fangen, Grace?« Er folgte ihr nach drinnen, hielt aber an der Balkontür inne. Grace lief erregt im Zimmer auf und ab.

Noah war extrem verunsichert, so ungern er das zugab. Grace sah nicht gerade so aus, als sei sie über seinen Antrag vor Freude außer sich. Eher wirkte sie bestürzt und befangen. In seinem Magen rumorte es.

»Grace?«

Als sie sich zu ihm umdrehte, hatte sie die Hände zu Fäusten geballt. »Mathew Dean und Jessica Marie.«

»Was?«

»Das sind die Namen, die ich mir in dem Buch über Vornamen ausgesucht habe. Ich wollte zwei Kinder haben, einen Jungen und ein Mädchen. Matt und Jessie.«

»Das sind schöne Namen.« Noah sah sie unverwandt an. »Sie gefallen mir.«

»Ich weiß, es könnte schwierig werden, einen Jungen und ein Mädchen zu bekommen. Aber das ist ja auch nur mein Ideal. Wenn es zwei Jungen oder zwei Mädchen wären, wäre ich genauso entzückt. Aber ich will nicht nur ein

Kind.« Mit ernster Miene sah sie auf. »Kinder sollten Geschwister haben. Sie sollten nicht allein aufwachsen.«

»Seh ich auch so.« Er hätte nichts gegen ein ganzes Rudel Kinder einzuwenden gehabt – Hauptsache, Grace war die Mutter.

»Ich wünsche mir ganz normale, gesunde und glückliche Kinder. Sie sollen herumtoben, laut sein und spielen, und ich würde jede einzelne Minute mit ihnen genießen.«

Noah würde ebenfalls jede einzelne Minute mit ihnen genießen. »Wie ich schon gesagt habe, du würdest eine großartige Mutti abgeben.«

»Das hoffe ich auch.« Als sie sich abwandte, konnte Noah die Spannung spüren, die sie ausstrahlte. Sie senkte den Kopf. »Noah, ich kann dich nicht heiraten«, sagte sie mit leiser Stimme.

Die Worte trafen ihn wie ein Schlag in den Magen. »Du denkst sicher, dass ich kein guter Vater wäre. Ich hatte ja nie einen und weiß deshalb auch nicht, wie man sich als Vater verhalten muss.«

»Nein!« Sie wirbelte herum, um ihn starr vor Zorn anzusehen. »Darum geht es überhaupt nicht. Ich glaube, dass du ein wunderbarer Vater wärst. Du würdest deine Kinder lieben, sie lenken und ...«

»Dann glaubst du also, ich würde einen lausigen Ehemann abgeben?«

Grace rieb sich die Stirn. »Du wärst auch ein wunderbarer Ehemann.« Dann fragte sie mit einer gewissen Schärfe in der Stimme: »Wie kommst du denn darauf, dass es nicht so sein könnte?«

»Und wie darf ich deine Antwort dann verstehen, Grace?«

Sie stürzte auf ihn zu. »Es hat nichts mit dir zu tun, Noah. Es hat etwas mit mir zu tun. Mein ganzes Leben lang bin ich ein langweiliger Mensch gewesen. Man hat mich ignoriert und übersehen.«

»Das kann ich mir absolut nicht vorstellen, Grace.«

Sie schüttelte so heftig den Kopf, dass ihre Haare hin und her peitschten. »Aber es ist die Wahrheit. Meine Eltern waren bis zu ihren Tod enttäuscht von mir. Ich war dick und schüchtern, das genaue Gegenteil von ihnen. Andere Kinder waren zwar nicht wirklich gemein zu mir, gaben sich aber auch keine große Mühe, sich mit mir anzufreunden. Und Jungs haben mich immer ignoriert.«

»Ich habe dich nicht ignoriert.«

»Stimmt. Aber du bist der erste Mann, der mich je gewollt hat. Und jetzt scheinen mich auch andere Männer zu beachten. Das ist alles so neu und so amüsant. Mehr als nur amüsant.«

Noah kam kaum dazu, zu sprechen. »Du willst mit anderen Männern rummachen? Ist es das?« Von wegen! Von dieser Idee würde er sie schnellstens abbringen.

»Nein!« Da seine Schlussfolgerung sie ehrlich zu verblüffen schien, entspannte sich Noah wieder. »Es ist schmeichelhaft, aber das ist auch alles. Andere Männer interessieren mich nicht.«

»Das ist gut, Grace, denn ich habe nicht die Absicht, dich mit jemandem zu teilen.«

»Das würde ich auch nicht von dir verlangen«, erwiderte Grace mit finsterer Miene. »Mir gefällt, was *wir* haben, Noah. Es gefällt mir, dass du mir gegenüber so aufmerksam bist, und ich mag den Sex, den wir miteinander haben.« Sie biss sich auf die Unterlippe und zwinkerte heftig mit den Augen. »Das ... das reicht mir völlig. Bitte versuch das zu verstehen.«

Oh, er hatte sie durchaus verstanden. Das Einzige, was Grace von ihm wollte, war Sex. Beinah hätte Noah über die Ironie des Ganzen gelacht.

Grace gab ihm genau das, was er von ihr gewollt hatte, obwohl er fast von Anfang an wusste, dass ihm das nicht reichen würde. Grace bedeutete für ihn Sonnenschein, Glück und Loyalität. Sie war der Typ Frau, der einen Mann besser, vollständiger machte. Sie war ein Ausbund an Erotik, solide, liebevoll und herzensgut.

Sie war einfach alles für ihn, und er hatte alles vermasselt.

Noah hätte sie vor Wut am liebsten geschüttelt, doch da trat Grace auf ihn zu, um ihn fest an sich zu drücken. »Du bedeutest mir sehr viel, Noah. Ich habe dich immer gemocht, das musst du mir glauben. Aber all das ist so neu für mich und kommt so ... unerwartet.« Mit einem Lächeln sah sie zu ihm hoch. »Lass es mich doch einfach genießen, ja?«

Er wäre für sie durchs Feuer gegangen, wie konnte er ihr also diesen Wunsch abschlagen? Noah berührte ihre warme Wange und strich ihr langes, dickes Haar glatt. »Ich tue alles, was du willst, Gracie.«

Ihre Augen wurden dunkler und nahmen einen viel sagenden Ausdruck an. Um die Spannung zwischen ihnen zu mildern, sagte sie neckend: »So ist's recht!«

Trotz des schmerzenden Verlustgefühls, das ihn erfüllte, brachte Noah ein Lächeln zu Stande. *Erstaunliche Grace.* Wie lange würde sie sich wohl mit ihm zufrieden geben? Die Vorstellung, dass sie sich einem anderen Mann hingeben könnte, machte ihn rasend. Das konnte, das würde er nicht zulassen. Er würde dafür sorgen, dass Gracie stets sexuell so befriedigt, so schlaff und satt sein würde, dass sie gar nicht mehr die Kraft hätte, andere Männer anzusehen. »Sag mir, was du willst, Honey!«

»Ich will, was du versprochen hast. Sex am Strand und auf dem offenen Meer. Ich möchte Florida erkunden und mir dein Wohnhaus ansehen. Ich möchte *dich* genießen, alles von dir. Ich möchte an diesem Wochenende so viel Spaß wie möglich haben.«

Und dann?, wollte Noah schon fragen. Stattdessen sagte er: »Sollst du alles haben.«

Die Schatten panischen Schreckens wichen aus Graces dunklen Augen, ihr Gesicht entspannte sich. »Womit wollen wir anfangen?«

Er kniff sie in die Taille und küsste ihre Nasenspitze. »Ich werde ein Boot mieten.« Als er zum Schreibtisch ging und nach dem Telefonbuch griff, meinte er: »Du kannst schon mal deinen Bikini anziehen.«

Grace wurde knallrot. »Ich habe dir doch gesagt, dass das unmöglich ist. Aber ich habe mich in Unkosten gestürzt und mir einen hübschen Einteiler gekauft, der gut zum Sarong passt.«

Sie holte den Badeanzug aus ihrem Koffer und hielt ihn sich vor den Körper. Noah musterte sie von oben bis unten und nickte. »Gut.« Dann fügte er noch hinzu: »Den werde ich dir ohnehin schnell wieder ausziehen.«

Grace zog zittrig den Atem ein. »Das erwarte ich auch.«

Mit einer gewissen Beklommenheit und voller Widerwillen klopfte Ben an die Haustür der Villa seiner Großmutter. Die wenigen Male, die er bei ihr gewesen war, war er stets von der Größe und Eleganz des Hauses beeindruckt gewesen. Im Vergleich dazu erschienen seine Räume im Hotel wie die reinste Bruchbude.

Trotzdem waren sie ihm lieber.

Zu seiner Überraschung öffnete ihm nicht die Haushälterin Nan die Tür, sondern Agatha höchstselbst.

Ben war absichtlich zehn Minuten zu spät gekommen. Jetzt erwartete er eigentlich einen entsprechenden Kommentar Agathas – der blieb aber aus. »Danke, dass du gekommen bist, Ben«, sagte sie stattdessen.

Ben versuchte sich zu entspannen, was ihm aber nicht gelingen wollte. »Tja, du hast mir schließlich keine andere Wahl gelassen«, meinte er, als er ins Haus trat.

Agatha sah ihn von der Seite an und sagte: »Ich wusste gar nicht, dass ich eine derartige Kontrolle über dich habe. Das kommt mir sehr gelegen.« Sie drehte sich um und ging zur Bibliothek voraus. Ben folgte ihr.

Mit finsterem Blick betrachtete er ihren schmalen, geraden Rücken. Ihr Sarkasmus war absolut fehl am Platze, andererseits aber hatte er ihn durch seinen eigenen Sarkasmus herausgefordert. Da Ben fair war, sagte er nichts weiter.

Wie üblich trug Agatha ein teures Seidenkostüm, diesmal eines von unruhiger grauer Farbe. Dazu flache Pumps, die ihre Schritte in der weitläufigen Eingangshalle widerhallen ließen. Das silberfarbene Haar hatte sie zu einem strengen, eleganten Knoten gebunden. Im Revers saß eine schlichte silberne Anstecknadel, die durch dazu passende Ohrstecker ergänzt wurde.

Ben schoss die Frage durch den Kopf, ob Agatha Harper wohl je eine weiche Frau oder wenigstens eine liebevolle Mutter gewesen war. Vielleicht war Pierce, sein Vater, ja lediglich das Produkt der rigiden Bedingungen gewesen, unter denen er aufgewachsen war. Ben schüttelte den Kopf und schloss die Bibliothekstür hinter sich. Er würde sich hüten, nach Entschuldigungen für den Mann zu suchen, der seine Mutter geschwängert und dann sitzen gelassen hatte.

»Okay, Aggie, schieß los. Was für eine finstere Sache soll ich für dich erledigen?«

Agatha schaute ihn kurz an, während sie auf einem dunklen, massiven Schreibtisch, den Ben nicht mal geschenkt genommen hätte, einen Stapel Papiere ordnete. »Das ist eine ernsthafte Angelegenheit, junger Mann. Du solltest also lieber aufhören, mich aufzuziehen.«

Wahrscheinlich hatte sie zumindest zum Teil Recht. Ben seufzte. »In Ordnung. Also, was gibt's?«

»Es geht um deinen Bruder.«

Bens Augenbrauen schossen in die Höhe. »Moment mal! Erkennst du etwa endlich an, dass Noah mein Bruder *ist*?« Sein Schock war nur halb gespielt. »Aber, Aggie, ist dir klar, dass das hieße, dass Pierce mein Vater war?«

»Ja. Und dass ich deine Großmutter bin.« Mit beschwerlichen Bewegungen nahm sie hinter dem Schreibtisch

Platz und deutete mit einem Kopfnicken auf einen Stuhl. »Bitte setz dich.«

Wie betäubt von Agathas Sinneswandel schob Ben den mit Leder gepolsterten Stuhl näher an den Tisch heran. Das verdammte Ding war unfassbar schwer und hatte wahrscheinlich so viel gekostet wie sein ganzes Hotel. Seufzend ließ er sich in die piekfeine Polsterung fallen. »Ich gebe zu, dass ich vor Neugier platze.«

Agatha faltete die alten, runzligen Hände auf dem Schreibtisch und sah Ben an. »Noah ist dabei, sich sein Leben zu ruinieren.«

Ben brach in schallendes Gelächter aus. »Klar. Und dabei ist er glücklicher als je zuvor.«

Agatha runzelte die Stirn. »Nach außen hin vielleicht. Er ist ein stolzer Mensch, der nicht will, dass andere wissen, was er wirklich empfindet.«

»Mir würde er es schon sagen. Er sagt mir nämlich alles.« Es bereitete Ben Vergnügen, ihr diese Tatsache aufs Butterbrot zu schmieren.

Diese Neuigkeit schien Agatha zwar zu überraschen, aber offenbar war sie in keiner Weise unglücklich darüber. »Verrat mir doch mal, Ben, wie er glücklich sein soll? Er hat im Restaurant so viel aufgebaut, und jetzt hat er es einfach verlassen. Er liebt Kara, hat die Verlobung aber aufgelöst. Er zerstört seinen Ruf, seine geschäftlichen Beziehungen und sein Liebesleben.«

Ben schüttelte mitleidig den Kopf. »Mein Gott, du kennst ihn wirklich überhaupt nicht! Ich dachte, da Noah dein auserwählter Enkel und gesetzlicher Erbe ist, hättest du genauer Acht gegeben. In Anbetracht deines ganzen Reichtums habe ich irgendwie angenommen, dass du eine ziemlich scharfsinnige Frau bist. Mensch, Aggie, dir ist so viel entgangen, als hättest du die ganze Zeit Scheuklappen getragen.«

Das war der Tropfen, der das Fass zum Überlaufen brachte. Agatha sprang auf, musste sich dann aber an der Kante des Schreibtischs festhalten, um nicht das Gleichgewicht zu verlieren. Ben erhob sich langsam und sah sie besorgt an. Sie schien ... ziemlich wacklig auf den Beinen zu sein. So hatte er sie noch nie erlebt.

Schuldgefühle befielen ihn, weil er sich so schlecht benommen hatte. Agatha war eine alte Frau, hoch in den Siebzigern, und er hatte seine Unverschämtheit ihr gegenüber auch noch genossen.

Ben schüttelte die Schuldgefühle schnell ab. Er schuldete ihr nichts.

Trotzdem war er nach wie vor besorgt.

Agatha brauchte ein Weilchen, um sich wieder zu sammeln. Dabei starrte sie auf den Schreibtisch. Als sie schließlich zu Ben hoch sah, hatte sie sich wieder unter Kontrolle. »Ich kenne meinen Enkelsohn. Er ist ein Macher, der die Dinge, die er angefangen hat, gern zu Ende bringt. Ich habe die Dinge im Restaurant schleifen lassen, weil ich weiß, dass Noah außer Stande sein wird, mit anzusehen, wie alles zusammenbricht.«

Ben kniff die Augen zusammen. »Aber du liebst das Restaurant.«

»Noah auch.«

Er schüttelte ungehalten den Kopf. »Nein, ich meine, ich dachte, du liebst es zu sehr, um es in die Binsen gehen zu lassen.«

Agatha trat hinter dem Schreibtisch hervor, um im Zimmer auf und ab zu gehen. »Ich glaube nicht, dass das passieren wird. Vorher wird Noah ganz bestimmt zurückkommen. Aber ...« Sie blickte auf und sah Ben unverwandt an. »Das Ganze ist das Risiko wert.«

Weil sie Noah liebte. Oh, Ben bezweifelte, dass sie das jemals zugeben würde, weil sie eine bärbeißig alte Hexe war, aber es war aus ihren verblassten blauen Augen und aus der Anspannung ihres aristokratischen Gesichts herauszulesen. Ben wandte sich von ihr ab und fuhr sich mit der Hand durchs Haar. Mit einem Mal war alles viel komplizierter geworden.

»Was zum Teufel willst du dann von mir?«

»Deine Hilfe, um die Dinge wieder ins Lot zu bringen.«

»Ah ja?« Er drehte sich ihr wieder zu. »Und wie gedenkst du das anzustellen?«

Auf eine für sie völlig untypische Weise biss sich Agatha nervös auf die Unterlippe. Doch dann reckte sie auch schon wieder herrisch das Kinn vor. »Was hältst du von Kara?«

Ben zuckte die Achseln. Er hielt Kara für verwöhnt, egozentrisch und schwach – ein typisches Produkt ihrer Erziehung. Davon sagte er jedoch nichts zu Agatha. »Sie ist okay.«

»Sie ist die ideale Frau für Noah.«

»Noch nicht mal von weitem.«

Agatha schien nicht gehört zu haben, was er gesagt hatte. »Ich möchte Noah endlich zur Vernunft bringen. Dafür brauche ich dich, denn du musst eine Weile seinen Platz einnehmen.«

»Seinen Platz einnehmen?«, fragte Ben schockiert. »Wo?«

»An allen entscheidenden Stellen. Du kannst im Restaurant und bei meinen anderen geschäftlichen Unternehmen als mein Manager fungieren. Da du erfolgreich ein Hotel führst, liegt es nahe, dass du fähig bist, diese Aufgabe zu bewältigen. Zumindest vorübergehend.«

Ben wagte es noch nicht einmal zu blinzeln. Schließlich wusste er nicht, ob er jemals wieder etwas so Bizarres zu Gesicht bekäme. Agatha machte ihm ein Kompliment? Aber war es auch eins gewesen? Sie hatte ja von ›vorübergehend‹ gesprochen. Während er noch darüber nachgrübelte, versetzte sie ihm den nächsten Schlag.

»Und ich möchte, dass du Kara den Hof machst.«

Ben klappte der Unterkiefer herunter. Nur Aggie konnte auf etwas derart Ungeheuerliches kommen.

»Das müsste Noah aufrütteln«, fuhr Agatha fort. »Wenn er glaubt, er könnte Kara verlieren, wird er seine Fehler einsehen und dahin zurückkehren, wo er hingehört.«

Ben verspürte ein Brennen in seinem Innern, das ihn am ganzen Körper zittern ließ. Er ging um den Schreibtisch herum auf Agatha zu. Zweifellos sah man ihm an, was er von ihrer Idee hielt, denn sie wich immer weiter vor ihm zurück.

»Du altes Miststück.« Er spuckte die Worte förmlich aus. Ben konnte sich nicht erinnern, je so wütend gewesen zu sein. »Gegen deinen eigenen Enkelsohn willst du intrigieren! Noah hat dir alles gegeben, was er hatte, und du hast ihn die ganze Zeit nur benutzt!«

Agatha tastete hinter sich herum, bis sie ihren Stuhl gefunden hatte. Dann ließ sie sich darauf fallen und umklammerte die Armlehnen mit den Händen. »Das ist nicht wahr.«

»Red keinen Müll!« Er beugte sich über sie. »Du tust so, als hättest du dich um ihn gekümmert ... umgekehrt wird ein Schuh draus, Aggie. Seit Noah zu dir gekommen ist, war er dir eine Stütze. Hast du ihm das je gedankt? Einen Dreck hast du! Du hast ihn getriezt, wann immer du konntest!«

Sie presste die Hand gegen die Brust »Das ist eine Lüge! Ich habe mein Bestes für Noah getan!«

Ben schnaubte. »So, wie du dein Bestes für Pierce getan hast? Ja, und wir alle wissen, was dabei herausgekommen ist, nicht wahr? In meinen Augen war der Mann der reinste Abschaum!«

Keuchend vor Wut stand Agatha so schnell auf, dass ihr Stuhl hinter ihr über den Holzfußboden schlitterte. »Wie kannst du es wagen!«, schrie sie. »Er war mein Sohn – und ich habe ihn geliebt!«

»So, wie du Noah liebst?«

Ihre dünnen Nasenflügel blähten sich und Tränen traten ihr in die Augen. »Was soll ich deiner Ansicht nach denn tun? Soll ich Noah einfach aufgeben und zusehen, wie er sich sein Leben kaputtmacht?«

»Tja, Agatha, das weiß ich auch nicht. Vielleicht solltest

du einfach mal versuchen, ehrlich zu sein? Wie wär's, wenn du Noah sagen würdest, wie sehr du ihn schätzt? Wenn du ihm die Achtung und die Anerkennung zuteil werden ließest, die er verdient?«

Eine ganze Weile lang bewegte sich keiner von beiden. Agatha schlang die Arme um sich und starrte an Ben vorbei. »Pierce war ein bedeutender und wohlhabender Mann. Als sein Sohn hättest du so viel haben können.«

Ben kniff die Augen zusammen. Wollte sie ihm drohen oder ihn ködern? Er wusste es nicht. »Du kapierst es einfach nicht, wie? Pierce hatte nichts, was ich haben wollte, ihn und dich inbegriffen. Ich schätze mich glücklich, dass er sich von mir fern gehalten hat. Und glaub mir, ich habe ihn nicht vermisst. Meine Mutter und ich sind bestens ohne ihn zurecht gekommen.«

»Du hättest viel mehr bekommen können. Autos, Luxusreisen, eine einflussreiche Stellung und ...«

»Alles, was Pierce hatte?«

Ihr Mund zitterte. »Ja.«

Mit einem Anflug von Mitleid sagte Ben sanft: »Tja, und was ist aus Pierce geworden?«

Agatha drehte sich von ihm weg. Mit hängenden Schultern stand sie da, so dass Ben sich wie ein Monster fühlte. Aber verflucht noch mal, sie musste einfach aufhören, sich in Noahs Leben einzumischen!

Ben wusste, dass es an der Zeit war zu gehen. Vorher sagte er aber noch: »Noah ist ein besserer Mann, als es Pierce je war.«

Mehrere Sekunden verstrichen. Schließlich sagte Agatha: »Ich weiß.«

»Wie bitte?« Ben starrte ihren Rücken an.

Sie richtete sich auf und drehte sich um. »Ich sagte, dass ich das weiß. Das Gleiche kann man von dir sagen.«

»Ist das wieder einer deiner Tricks, Aggie?«, fragte er misstrauisch. »Versuchst du jetzt mit Schmeichelei ans Ziel zu gelangen?«

»Nein.« Sie schüttelte den Kopf. »Es ist die Wahrheit, Ben. Du bist ein prächtiger junger Mann.«

»So leicht kriegst du mich nicht«, entgegnete er, während von neuem Zorn in ihm aufstieg. »Du hast mir schon vor Jahren deutlich zu verstehen gegeben, was du von mir hältst.«

»Ja«, erwiderte sie mit einem schiefen, aber aufrichtigen Lächeln. »Und du hast mir ebenso unmissverständlich zu verstehen gegeben, was du von mir hältst.«

Verflucht noch mal, war sie jetzt auf sein Mitgefühl aus? Panik erfasste Ben und gesellte sich zu seiner Unsicherheit und Unentschlossenheit.

Ben atmete langsam ein und aus. Er musste verschwinden, bevor er etwas Dummes sagte. »Noch eine Frage, bevor ich gehe, Agatha.«

Mit einem müden Nicken willigte sie ein. »Okay.«

Ben verschränkte die Arme vor der Brust. »Was zum Teufel hast du gegen Gracie?«

Ein verwunderter Ausdruck huschte über ihr Gesicht. »Na, überhaupt nichts. Sie ist ein liebenswerter Mensch.«

»Ja, das denke ich auch. Einer der feinsten Menschen, die ich kenne. Warum bist du dann so versessen darauf, sie und Noah auseinander zu bringen?«

»Da musst du etwas missverstanden haben«, sagte sie kopfschüttelnd. »Ich habe Noah sogar ermutigt, sie zu heiraten.«

Ben schloss die Augen, um sie dann langsam wieder zu öffnen. »Mein Gott, das ist einfach großartig!« In jedem seiner Worte schwang Skepsis mit. »Du hast ihn dazu *ermutigt*?«

»Ja. Ich habe ihm angeboten, ihn und Grace wieder aufzunehmen, wenn sie heiraten.«

Zum ersten Mal fragte sich Ben, ob Agatha es womöglich doch gut meinte und nur in der Wahl ihrer Methoden sehr kurzsichtig war. Sie hatte gelernt, sich mit Ellbogen den Weg durchs Leben zu bahnen und kannte eben keine andere Methode. Er lachte und lehnte sich mit der Hüfte gegen ihren riesig, protzigen Schreibtisch. Stabil war das Ding ja, das musste er zugeben.

»Mit anderen Worten, du hast versucht, ihn zu bestechen?«

»So habe ich das nicht gesehen.«

»Natürlich hast du das, Aggie.« Er zeigte mit dem Finger auf sie und zwinkerte ihr zu. »So verkalkt bist du noch nicht. Du wusstest genau, was du tatst. Ich könnte sogar wetten, dass du gedacht hast, ihn mit diesem Trick wieder Kara in die Arme zu treiben, stimmt's?«

Sie wurde knallrot. Eine weitere Antwort brauchte Ben nicht.

»Aggie, Aggie«, sagte er in scherzhaft tadelndem Ton. »Du kennst Noah wirklich überhaupt nicht, stimmt's?«

Sie wurde wütend und versetzte Ben dann einen gewaltigen Schock, als sie schnauzte: »Ach, halt doch die Fresse!«

Halt die Fresse?

»Ja, ich habe versucht, ihn wieder mit Kara zusammenzubringen«, gab Agatha zu. »Ich habe gedacht, dass sie die perfekte Partie für ihn ist, obwohl ich darüber noch einmal nachdenken muss.«

»Zweifel, Agatha?«

»Ja. Zweifel und Gewissensbisse. Der Schuss ist nach hinten losgegangen. Grace hat gehört, wie Noah meinen Vorschlag abgelehnt hat. Mein Gott, ich habe noch nie ein Mädchen gesehen, das so am Boden zerstört war.« Sie kniff die Augen zusammen und sah Ben mit durchdringendem Blick an. »Mir ist auch ohne deine klugscheißerischen Kommentare wegen dieser Sache schon mies genug.«

Ben blinzelte einige Male und brach dann in Gelächter aus. Agatha gab ihm einen Schubs, so dass er beinahe auf dem Schreibtisch gelandet wäre. Mit einiger Anstrengung richtete Ben sich wieder auf. »Verdammt noch mal, Aggie, du hast ja echt ein loses Mundwerk.«

»Das musst du gerade sagen!«

»Das muss ich von dir geerbt haben«, meinte Ben grinsend.

Agatha sah so aus, als würde sie gleich in die Luft gehen, doch dann breitete sich auf ihrem finsteren Gesicht langsam ein Lächeln aus. Sie kicherte sogar. »Halt bloß die Klappe, du ... Schlingel.«

»Ja, *Ma'am.*«

Agatha keuchte und fasste sich an die Brust, was Ben aufs Höchste alarmierte. Doch dann begriff er, dass sie so tat, als sei sie über seine letzten Worte schockiert. Erstaunt sagte sie: »Du kannst ja richtig höflich sein!«

»Ha, ha.«

Schon im nächsten Augenblick wurde Agatha wieder sachlich. »Seit diesem grässlichen Zwischenfall habe ich viel über Grace nachgedacht, Ben. Ich habe sie verletzt und mache mir deswegen große Vorwürfe. Ich habe nicht lange gebraucht, um darauf zu kommen, dass Grace vielleicht die Frau ist, die Noah braucht. Sie ist ebenso stark wie er, ebenso begabt, gut und ehrlich. Die beiden würden ein schönes Paar abgeben.« Sie verschlang die Hände miteinander. »Aber das habe ich verpfuscht.«

»Du kannst dein Büßergewand ruhig ausziehen, Aggie, denn im Gegensatz zu dir gebe ich Acht und kann dir versichern, dass Noah immer noch an der Angel hängt.«

»An der von Grace?«

»Klar.« Ben tat so, als werfe er eine Angel aus. »Geangelt, eingeholt und ausgeweidet.«

»Aber ... was ist mit Kara?«

In Anbetracht dessen, was er gerade erfahren hatte, kam Ben zu dem Schluss, dass Noah vielleicht doch ein bisschen Hilfe brauchen konnte. Und Agatha gab eine saugute Verbündete ab, wenn sie die richtige Seite wählte.

Ben würde ihr helfen, eine kluge Wahl zu treffen.

Er nickte in Richtung ihres Schreibtischstuhls, der es in puncto Protzigkeit voll und ganz mit dem ganzen Schreibtisch aufnehmen konnte und so groß war, dass zwei erwachsene Männer darauf Platz gehabt hätten. »Hiev deine alten Knochen auf den Stuhl, Aggie. Du siehst jetzt schon ein bisschen bleich aus, und ich habe dir etwas Wichtiges mitzuteilen, das dich ziemlich schockieren dürfte.«

Fünfzehntes Kapitel

Grace wartete, bis ihr hämmerndes Herz langsamer schlug und der Schweiß auf ihrer erhitzten Haut trocknete. Tränen stiegen in ihr auf, aber es waren Tränen des Glücks, der Befriedigung – und der Melancholie.

Noah ließ sich neben ihr auf den Rücken plumpsen. »Gute Güte, Grace, du wirst jedes Mal besser.«

Im Augenblick war Grace lediglich im Stande, matt zu lächeln. Ihr ganzer Körper kribbelte und prickelte noch, ihre Brustwarzen pulsierten.

Noah legte ihr seine heiße, schwere Hand auf den Bauch. Fast unmittelbar nachdem sie vor zwei Tagen in Florida angekommen waren, hatte sich eine seltsame Stimmung seiner bemächtigt. Er war ungewohnt still und schien stets nachdenklich und gereizt zu sein. Unablässig forderte er sie sexuell, setzte ihr hart zu, brachte sie in Ekstase.

Und er hatte ihr einen Heiratsantrag gemacht.

Allein die Erinnerung daran überwältigte Grace derart, dass sie zitternd einatmete und fest die Augen zusammenpresste. Das Verlangen, ja zu sagen, war so stark gewesen, dass sie fast erstickt wäre. Aber Noahs Großmutter hatte ihn schon genug manipuliert! Grace durfte nicht zulassen, dass er sich aus Verantwortungsgefühl ihr gegenüber erneut zu etwas zwingen ließ. Das hätte sie einfach nicht ertragen.

Ebenso wie sie es nicht ertragen hätte, ihn zu verlieren.

Sie war völlig hin und her gerissen. Einerseits wollte sie gern ja sagen, andererseits geboten ihr ihre Ehre und ihre Liebe, nein zu sagen. Ihre gemeinsame Zeit in Florida war wundervoll gewesen, obwohl gleichzeitig ein Druck auf ihr gelastet hatte, den es vor seinem Heiratsantrag nicht gegeben hatte. Heute war ihr letzter Tag am Strand. Grace wünschte, er möge nie zu Ende gehen.

Von ihren Gedanken überwältigt, drehte sie sich Noah zu und umarmte ihn.

Sofort schlossen sich seine Arme um sie und gaben ihr wie immer ein Gefühl von Sicherheit und Geborgenheit. »Hey.«

Grace presste die Nase gegen sein feuchtes Brusthaar und atmete den wunderbar männlichen Duft ein, der von ihm ausging und nach ihrem heftigen Liebesspiel noch intensiver war.

Noah bereitete es nach dem Sex immer ein außerordentliches Vergnügen, sich um sie zu kümmern, sie zu waschen und für ihr Wohlbehagen zu sorgen. Auch in dem Mietboot, das bei strahlendem Sonnenschein auf den Wellen schaukelte, hatte er sie gesäubert und ihr dabei die ganze Zeit Komplimente über ihren Körper gemacht – und sie überall geküsst.

Nachts war er mit ihr Händchen haltend am Strand entlanggeschlendert und in die Brandung gewatet. Als er ihr die Hand zwischen die Schenkel gelegt hatte, um ihr Fleisch zu besänftigen, was sie jedoch gleich erregt hatte, hatten seine scharfen Gesichtszüge im Mondlicht wie gemeißelt gewirkt.

Überall im Apartment hatten sie sich geliebt, unter der Dusche, auf dem Balkon, im Bett. Doch selbst wenn Noah ihr erbarmungslos Lust bereitete, war er doch stets zärtlich und behutsam. Grace fühlte sich von ihm verwöhnt.

Diesmal wollte Grace Noah verwöhnen. »Lieg mal still.«

Sie schob ein Bein über seinen Schoß und kroch über ihn. Ihre immer noch geröteten und heißen Brüste streiften seine Brust.

»Wenn du das noch mal machst, geb ich dir einen Dollar«, sagte Noah stöhnend.

Trotz des Gefühlschaos in ihr musste Grace lachen. »Du bist sexbesessen, Noah Harper.« Sie tätschelte ihm den behaarten Oberschenkel. »Nicht dass ich mich darüber beklagen wollte.«

Noah grinste noch, als Grace mit einem feuchten Waschlappen zurückkam. Fasziniert zog sie ihm langsam das gebrauchte Kondom ab und machte sich daran, mit dem kühlen Lappen genüsslich über Noahs Körper, seine Schenkel und seinen harten Bauch zu wischen. Dann kamen sein Penis und seine Hoden dran. Da ihr diese Arbeit gefiel, zog sie sie in die Länge. Noahs Beine rutschten unruhig auf dem Bett hin und her, seine Hände ballten sich zu Fäusten. Noch ehe sie fertig war, hatte er wieder eine Erektion.

Ihre Blicke trafen sich. Aus Noahs Augen leuchtete das Verlangen, während Graces Augen ganz dunkel waren und einen weichen Ausdruck hatten.

»Setz dich auf mich, Gracie!«

»Jetzt?«, fragte sie erstaunt. Noah war zwar unersättlich, aber immerhin war es noch nicht einmal eine halbe Stunde her, seit sie beide ihre Lust herausgeschrien hatten.

»Ja.« Knurrend streckte er die Hände nach ihr aus. »Jetzt sofort, bevor ich hier vergehe.«

Als Grace verblüfft, aber mehr als willig ein neues Kondom vom Nachttisch nahm, klingelte Noahs Handy.

Beide starrten auf das Telefon, das am anderen Ende des Zimmers auf der Kommode lag. Fluchend schob Noah Grace von sich. »Tut mir Leid, Gracie. Aber der Einzige, der diese Nummer hat, ist Ben. Und der würde nicht anrufen, wenn es nicht wirklich wichtig wäre.«

Nackt ging Noah zum Telefon und stellte die Verbindung her. »Ja?«

Grace kniete sich im Bett hoch. Vor Angst schlug ihr das Herz bis zum Hals. »Noah?«, fragte sie, als sich sein Gesichtsausdruck verfinsterte.

Er hob die Hand und hörte weiter zu. An die Stelle sexueller Erregung trat rasch Sorge. Mit gesenktem Kopf ging er im Zimmer auf und ab. »Hast du sie gesehen?«

Welche sie?, überlegte Grace. *Kara, Agatha? Was war da passiert?*

Noah warf Grace einen um Entschuldigung bittenden Blick zu. »Wir können in weniger als einer Stunde von hier los. Ich nehme den ersten Flieger, den ich kriegen kann.« Er zögerte einen Moment und fragte dann: »Kannst du bei ihr bleiben, Ben?« Er nickte. »Gut. Danke.«

Noah beendete das Gespräch und öffnete gleichzeitig die Kommode. »Agatha ist im Krankenhaus. Sie und Ben waren gerade dabei, sich zu streiten, als sie plötzlich ganz bleich wurde und umfiel. Ben hat es gerade noch geschafft, sie aufzufangen. Jetzt liegt sie auf der Intensivstation.«

»O mein Gott!« Grace sprang aus dem Bett und fing an, hastig ihre Sachen zusammenzusuchen.

»Immer mit der Ruhe, Grace«, meinte Noah, als er in seine Hosen stieg. »Laut Ben geht es ihr schon wieder besser, und sie regt sich darüber auf, dass man solch ein Gewese um sie macht. Um Ben zu zitieren, ›Sie meckert unaufhörlich, dass sie alt und gebrechlich wirkt.‹«

»Kann ich mir vorstellen.« Als Grace sich ein Hemd über den Kopf zog, verhedderte sie sich in den Ärmeln. Noah half ihr und zog das Kleidungsstück zurecht.

Als ihr Kopf wieder frei war, sagte sie: »Noah?«

»Ja?« Nachdem er sich ebenfalls ein Hemd angezogen hatte, legte er ihre Koffer auf das zerwühlte Bett und öffnete sie.

»Was hat Ben denn bei eigentlich ihr gemacht?«

Noah blickte auf. »Keine Ahnung. Ich hab noch nicht mal daran gedacht, ihn danach zu fragen.«

Grace schüttelte den Kopf, um ihn wieder klar zu bekommen, und machte sich daran, ihre Sachen einzupacken. »Macht nichts. Das spielt im Moment ja auch keine Rolle, und wenn wir wieder zu Hause sind, wird Ben dir sicher alles erzählen.«

»Klar.« Aber Noah stand immer noch mit gerunzelter Stirn und wie angewurzelt mitten im Zimmer.

»Noah«, sagte Grace sanft, als sie die tiefe Beunruhigung in seinen Augen sah. Trotz der Differenzen in letzter Zeit liebte er seine Großmutter sehr. »Warum rufst du nicht bei den Fluggesellschaften an, während ich zu Ende packe? In genau zehn Minuten bin ich mit allem fertig.«

»Ja, mach ich.«

Anderthalb Stunden später saßen sie im Flugzeug nach Gillespe. Grace hielt Noahs Hand, der schweigend und gedankenverloren neben ihr saß. Sie sah, wie er sich quälte, und das quälte auch sie.

Vom Flughafen aus fuhren sie direkt ins Krankenhaus – und stießen dort auf eine kleine Menschenansammlung.

Kara stand mit tränenfleckigen Wangen zwischen zwei Freundinnen. Ben stand etwas abseits und ignorierte geflissentlich die bewundernden Blicke, die ihm immer wieder zugeworfen wurden. Noah drückte Graces Hand, als sie auf die Gruppe zugingen.

»Wie geht es ihr?«

Als Kara aufblickte und Noah sah, brach sie erneut in Tränen aus. Sie warf sich an ihn, so dass Noah keine andere Wahl hatte, als sie in die Arme zu nehmen. Grace war gezwungen, zur Seite zu treten, worauf Noah sich sehr verlassen vorkam.

Eine entsetzlich Angst packte ihn. Sein Blick suchte den Bens.

»Es geht ihr gut, Noah.« Ben warf einen angewiderten Blick auf Kara und verdrehte die Augen. »Sie wird gerade gründlich durchgecheckt. Offenbar hat ihr Herz versagt. Sie ist noch ein bisschen schwach, aber bei Bewusstsein, und sie redet – oder besser gesagt beschwert sich – in einem fort. Der Arzt meint aber, mit Medikamenten kriegen sie das alles wieder hin.«

Noah wurde ganz flau zu Mute. Er schob Kara von sich und streckte die Arme nach Grace aus, die sich ohne zu zögern an ihn schmiegte. »Gott sei Dank«, sagte sie.

Karas Freundinnen stellten sich neben sie. Noah erkannte beide wieder, konnte sich aber nicht mehr an ihre Namen erinnern. Sie starrten Noah und Grace finster an.

Ben trat unhöflicherweise vor sie. »Wir müssen miteinander reden.«

Noah nickte. Grace stellte sich neben ihn und griff nach seiner Hand.

Ben holte tief Luft. »Agatha hatte um meinen Besuch gebeten. Ich hab dir nichts davon erzählt, weil ich wusste, dass es dich verärgern würde. Oder beunruhigen. Das war natürlich dumm von mir. Agatha hatte die unausgegorene Idee, ich solle dich eifersüchtig machen, damit du zu der Frau zurückeilst, zu der du gehörst. Als wir uns darüber stritten, ist mir zwar aufgefallen, dass sie gereizter war als sonst, aber ich dachte, das liege nur daran, dass diese Dinge an ihren Nerven zerren. Schließlich ist sie nicht mehr die Jüngste.«

»Und was ist dann passiert?«, fragte Noah, während Grace ihm die Hand drückte.

Ben spähte über Noahs Schulter zu Kara und den beiden anderen Frauen hinüber. Dann nahm er Noah beim Arm und führte ihn und Grace ein wenig beiseite. Als sie Halt gemacht hatten, stemmte Ben die Hände in die Hüften und betrachtete seine Füße. »Ich habe ihr die Wahrheit gesagt. Zumindest einen Teil der Wahrheit.« Er sah auf und schüttelte den Kopf. »Tut mir Leid, Noah. Aber erst hat sie mich auf die Palme gebracht, und dann ist mir klar geworden, dass sie tatsächlich keinen blassen Schimmer hat. Sie wollte wirklich nur dein Bestes, begriff aber nicht, dass Kara nichts fur dich ist.«

»Hast du ihr was von Deltorro erzählt?«

»Nein. Aber ich habe ihr erzählt, wie sehr du an Grace hängst und dass es Karas Schuld ist, dass die Hochzeit geplatzt ist, nicht deine. Ich glaube, sie hat ziemlich genau kapiert, dass noch jemand Drittes in die Geschichte verwickelt ist, aber dann wurde sie auf einmal ganz kurzatmig und sah richtig schlecht aus und ... wär fast zusammengebrochen.«

Noah drückte Bens Schulter. »Wann kann ich sie sehen?«

»Keine Ahnung. Die Ärzte sind noch bei ihr.«

»Es ist nicht deine Schuld, Ben.«

Er rieb sich die Stirn. »Ich hab sie provoziert.«

»So wie ich Agatha kenne, hat ihr das wahrscheinlich sogar Spaß gemacht«, meinte Noah lächelnd. »Und von dir dürfte sie ohnehin nichts anderes erwartet haben, das kannst du mir glauben. Habe ich dir eigentlich schon mal erzählt, dass ihr euch sehr ähnlich seid?«

Ben schluckte schwer. »Red keinen Schrott!«

Grace machte sich von Noah los. »Ich werd uns allen mal einen Kaffee holen. Ich kann jedenfalls einen gebrauchen.«

Noah lächelte Grace abwesend an. Sie sah zwar müde und abgespannt aus, strahlte aber immer noch große Kraft aus. Der einzige Flug, den er so kurzfristig hatte bekommen können, war mit zweimaligem Umsteigen verbunden gewesen. Grace hatte sich nicht eine Minute entspannt. Er wusste, dass auch sie Agatha sehr liebte. »Danke, Baby.«

Als Grace zu Kara und ihren Freundinnen trat, um zu fragen, ob auch sie einen Kaffee wollten, ging eine der Frauen auf sie los. Noah hörte, wie sie zischte: »Sie sollten sich schämen, hierher zu kommen.«

»Wie bitte?«, fragte Grace überrascht.

»Haben Sie nicht schon genug Schaden angerichtet?«, sagte die Frau. »Sie haben Noahs Verlobung und seine Beziehung zu Mrs. Harper zerstört. Dass sie jetzt hier ist, liegt wahrscheinlich an dem ganzen Stress, dem sie ausgesetzt war.«

Entsetzt trat Kara vor, aber Noah war schneller als sie. Er zog Grace an seine Seite und sagte zu Kara: »Sorg dafür, dass die beiden verschwinden. Und zwar sofort.«

»Noah ...«, stammelte Kara.

Er packte sie beim Arm und zog sie näher zu sich heran. »Ich lasse dir ja eine Menge durchgehen, Kara, aber ich werde es nicht hinnehmen, dass man Grace beleidigt. Schick sie fort, sonst sage ich ihnen die Wahrheit.«

Kara traten Tränen in die Augen.

»Und reiß dich zusammen, falls du Agatha sehen willst.« Noah hatte kein Mitleid mit ihr. »Ich will nicht, dass du sie mit deinem Geflenne noch mehr aufregst.«

Kara nickte, doch ihre Freundinnen empörten sich. Die Frau, die schon Grace verbal angegriffen hatte, nahm nun Noah aufs Korn. »Du hast wohl nicht das geringste Schamgefühl, wie? Ich finde es einfach unglaublich, dass du *sie* mit hierher gebracht hast.« Sie warf Grace einen gehässigen Blick zu.

Grace schüttelte nur den Kopf und legte die Hand auf Noahs Brust. »Ist schon okay, Noah. Wirklich.«

»Blode Kuh«, murmelte Ben so laut, dass die Frauen es hören konnten.

Noah verengte die Augen zu Schlitzen. »Jetzt reicht's, Kara.«

Kara schnappte sich die beiden Frauen und zog sie weg. An der automatischen Tür gab es noch eine kurze Auseinandersetzung, doch schließlich konnte Kara ihre beiden Freundinnen überreden abzuziehen.

Mit schleppendem Schritt kehrte Kara zu den anderen zurück. »Noah, ich ...«

»Hier ist weder der Ort noch die Zeit für lange Diskussionen, Kara. Deshalb sage ich dir klipp und klar: Ich werde es nicht dulden, wenn irgendjemand Grace schlecht macht. Also stell die Dinge klar, sonst werde ich es tun.«

»Was erwartest du denn von mir?«

»Ich erwarte, dass du die Wahrheit sagst und dich endlich wie eine Erwachsene benimmst. Was glaubst du denn, wie lange Deltorro dein Spielchen noch mitmacht? Interessiert es dich überhaupt, was er denkt oder empfindet, oder denkst du die ganze Zeit nur an dich?«

Sie biss sich auf die Lippe. »Meine Eltern ...«

»Haben nur die Kontrolle über dich, die du ihnen einräumst. Was zählt denn mehr für dich? Der Mann, den du liebst, oder die Zufriedenheit deiner Eltern?«

Niedergeschlagen und mit zitterndem Mund nickte Kara. »In Ordnung.«

Zu Noahs Erstaunen klopfte Grace Kara aufmunternd auf den Rücken. »Es kommt schon alles in Ordnung, Kara. Wenn deine Eltern erst einmal begriffen haben, wie sehr ihr euch liebt, werden sie sicher einverstanden sein. Sie wollen doch nur, dass du glücklich bist.«

Kara wischte sich die Augen und atmete zitternd ein. »Ich hoffe, du hast Recht.«

Dann erstarb jedes weitere Gespräch, weil ein Arzt auf sie zukam. »Mr. Harper?«

»Ja?«

»Ihre Großmutter verlangt nach Ihnen und einer gewissen Grace Jenkins.«

Grace trat vor. »Wie geht es ihr?«

»So, dass sie uns allen mit ihrer Kratzbürstigkeit zusetzt.« Der Arzt lächelte. »Sie ist erstaunlich fit für ihr Alter. Ich habe ihr ein harntreibendes Mittel verabreicht und möchte sie ein paar Tage zur Beobachtung hier behalten. Eine Idee, von der sie jedoch in keiner Weise erbaut ist.«

»Sie wird hier bleiben.« Notfalls würde Noah das störrische Weibsbild am Bett festbinden.

Der Arzt lächelte erneut. »Ich werde ihr ein herzstärkendes Mittel geben. Außerdem bekommt sie salzarme Kost, lassen Sie sich also nicht überreden, ihr Essen hineinzuschmuggeln. Man muss ein bisschen auf sie aufpassen ...«

»Man wird«, verkündeten Noah, Grace und Ben unisono. Dann sahen sie einander an.

Der Arzt nickte zufrieden. »Wir bringen sie jetzt von der

Intensivstation herunter. Sobald das geschehen ist, möchte sie Sie sehen.«

Noah schaute Grace und Ben an. »Wir werden hier warten«, sagte Grace.

»Sind Sie Ben Badwin?«, fragte der Arzt. Als Ben nickte, sagte er: »Sie möchte Sie alle drei sehen. Und wo ist Kara?«

Kara eilte herbei. »Sie will mich sehen?« Sie schniefte und betupfte sich die Augen.

»Ja. Sie sagte, sie wolle zwei Fliegen mit einer Klappe schlagen, und hat mich dann losgeschickt, um Sie alle zu holen. Als ich gesagt habe, sie müsse noch warten, bis wir sie in ein anderes Zimmer gebracht haben, war sie sehr unzufrieden.« Etwas konsterniert fügte der Arzt dann noch hinzu: »Sie hat sogar damit gedroht, für meine Entlassung zu sorgen.«

»Es wird schwierig mit ihr werden«, prophezeite Noah, nachdem der Arzt gegangen war.

»Verdammt wahr.« Ben nickte. »Und ich habe die Absicht, mich sehr zurückzuhalten.«

»Ich glaube, wir sollten sie nicht aufregen«, stimmte Grace zu.

Kara trocknete sich die Augen und lächelte. »Ich bin so froh, dass es ihr gut geht.«

Fünfzehn Minuten später betrat Noah als Erster Agathas Zimmer. Sie lag halb aufgerichtet im Bett. Das sonst zu einem eleganten Knoten gebundene graue Haar hatte sich halb gelöst, was ihr ein leicht irres Aussehen verlieh. Ihr Gesicht wirkte bleicher, als Noah es je bei ihr gesehen hatte. Sie sah sowohl entschlossen als auch abgespannt aus, was ihm einen gewaltigen Schrecken einjagte.

Agatha drehte ihm auf dem Kopfkissen das Gesicht zu. »Verdammt noch mal, Noah, warum kommst du denn erst jetzt?«

Von ihrer Heftigkeit überrascht, ging Noah langsam auf

sie zu und lehnte sich mit der Hüfte gegen die Bettkante. »Ich habe schon im Gang gewartet. Aber du musstest erst noch in ein anderes Zimmer verlegt werden. Wie fühlst du dich?«

»Besser als ich aussehe. In Krankenhäusern nimmt man keine Rücksicht auf die Würde der Leute.«

»Du siehst gut aus, Agatha.«

»Du bist ein schlechter Lügner, Noah.« Noch bevor er etwas erwidern konnte, polterte sie los: »Ihr drei da, hört auf, euch zu verstecken! Kommt hierher, wo ich euch sehen kann.«

Ben ging auf die andere Seite des Bettes, Grace trat neben Noah, während Kara sich ans Fußende stellte.

»Jetzt«, sagte Agatha und bemühte sich, möglichst streng zu wirken, »erwarte ich einige Erklärungen von euch. Und Ben, wag es ja nicht, die Augen zu verdrehen!«

»Jawohl, *Ma'am*«, meinte Ben.

»Nun, wie ihr alle sehen könnt, bin ich etwas angeschlagen. Dieser impertinente Arzt meint, meine Knöchel seien geschwollen und ich hätte zugenommen. Obwohl ich ihn auf sein ungehobeltes Benehmen aufmerksam gemacht habe, war er nicht zu bremsen. Er besteht darauf, dass ich mich ausruhe und entspanne.« Sie blickte listig zu Noah hoch. »Unter diesen Umständen wirst du die Arbeit sicher wieder aufnehmen.« Sie kniff die Augen zusammen und fügte hinzu: »Ich brauche dich.«

Noah seufzte. Agatha hatte Recht – unter diesen Umständen blieb ihm keine andere Wahl. Trotz ihrer herrischen Art und ihrer tyrannischen Neigungen liebte er sie, und jetzt war nicht die rechte Zeit, irgendetwas unter Beweis zu stellen. Abgesehen von seiner Liebe zu Grace. Das musste er klären. Er würde zu Agatha zurückkehren, aber er würde Grace mitbringen. Wenn Agatha damit ein Problem hatte, mussten bestimmte Dinge doch noch aufs Tapet gebracht werden.

Denn er würde sich nicht von Grace trennen.

Nachdem er diese Entscheidung getroffen hatte, kam ihm jedes andere Problem belanglos vor. »Okay, ich komme zurück«, sagte Noah grinsend zu Agatha.

Mit einem zufriedenen Lächeln tätschelte Grace Noahs Hand.

Dann überraschte Agatha sie beide, indem sie knurrte: »Und was dich betrifft, Grace ... du wirst ebenfalls zurückkommen.«

Grace blinzelte erstaunt. »Aber ...«

»Kein Aber!« Agatha schaute von Noah zu Grace. »Ich werde dir reichlich Zeit freigeben, damit du weiter mit meinem Enkelsohn balzen kannst, aber im Augenblick brauche ich dich, und daher *wirst* du für mich da sein.«

Grace trat mit einem Schuh auf den anderen und zog ein finsteres Gesicht. Noah, der wusste, wie ihr zu Mute war, drückte ihr die Hand. »Okay«, murmelte Grace schließlich.

Ben konnte es sich nicht verkneifen, angesichts der Zwangslage, in der die beiden sich befanden, glucksend zu lachen. In dem Moment wandte Agatha sich jedoch ihm zu. Er schluckte.

»Und du«, sagte sie und klang dabei so dämonisch, wie sie aussah. »Du bist mein verdammter Enkelsohn.«

Mit bemüht gleichgültiger Miene zog Ben eine Augenbraue in die Höhe. »Was dich ja dann wohl zu meiner verdammten Großmutter macht, nicht wahr?«

»Genau.« Der zufriedene Ausdruck in Agathas Gesicht ging plötzlich in ein Lächeln über. »Dieses ganze Gefluche gefällt mir. Irgendwie ist das sehr vergnüglich.«

Ben stammelte herum, worauf Agatha sagte: »Teufel noch mal, Ben, du bist zu alt, um vor Verlegenheit kein Wort herauszubringen, also hör auf damit.«

Ben richtete den Blick gen Himmel und tat so, als ob er bete.

Seltsam, wie sich die Dinge plötzlich gewendet haben, dachte Noah. Die Umstände waren zwar nicht ideal, und geplant hatte er das Ganze ganz gewiss nicht so. Aber dafür war jetzt seine ganze Familie bei ihm – sein Bruder, die Frau, die er liebte, eine gute Freundin und seine bärbeißige alte Großmutter.

Das Leben war schön.

Als Noah zu Ben hinübersah, bemerkte er, dass dieser um die Ohren herum leicht rot war. Und er spürte, wie Grace sich neben ihm vor Lachen schüttelte. Seine Großmutter blickte äußerst selbstzufrieden drein. Wahrscheinlich dachte sie, dass sie alle da hatte, wo sie sie haben wollte.

Womit sie Recht hatte.

»Und du ...«, sagte Agatha, indem sie die am Fußende stehende Kara anschaute, »... du musst die Hochzeit offiziell absagen.«

»Natürlich«, sagte Kara ohne Zögern, wenn auch mit leiser, unsicherer Stimme.

»Gut«, fuhr Agatha fort. »Ich bin froh, dass du mir nicht widersprichst, denn Noah und Grace können ja schlecht einen Hochzeitstermin festlegen, solange diese Sache noch nicht geklärt ist.«

Grace zuckte heftig zusammen, doch Noah hielt sie fest. Er sah seine Großmutter an und sagte: »Wie kommst du darauf, dass Grace und ich heiraten werden?«

Als sage sie es nicht zum ersten Mal, grummelte Agatha: »Ich liebe dich, Noah, wirklich, aber manchmal kannst du entsetzlich beschränkt sein.«

Noah war sprachlos.

»Er ist nicht beschränkt!«, widersprach Grace.

»Nein? Hat er dir schon gesagt, dass er dich liebt?«

Jetzt war es an Grace, zu verstummen.

Agatha schnaubte. »Hab ich's mir doch gedacht. Das ist ein Fehler, den er zweifellos von mir hat.«

»Ja, einer von vielen«, murmelte Ben. Ohne ihn auch nur anzusehen, gab Agatha ihm eine Kopfnuss.

Ben wich lachend zurück.

»Also?«, fragte Agatha. »Ich habe es weiß Gott versäumt,

dir das zu sagen, Noah, aber ich liebe dich wirklich. Mein Leben war schöner, weil du da warst. Also mach nicht dieselben Fehler wie ich. Sag es Grace.«

Wie üblich setzte Grace schon wieder an, Noah zu verteidigen. Doch Noah kam ihr zuvor. »Ja, ich liebe sie.«

Grace sah ihn überrascht an, während ihr der Unterkiefer herunterklappte. Dann packte sie ihn beim Hemd. »Wirklich?«

Agatha schnaubte erneut. »Grace, du bist doch nicht blöd. Ein bisschen zu weichherzig vielleicht, aber nicht dumm. Natürlich liebt Noah dich. Das ist so offenkundig wie die Tatsache, dass ich eine Nase im Gesicht habe.«

»Und die ist ja kaum zu übersehen«, frotzelte Ben, der sich schnell duckte, bevor Agatha ihm wieder eine Kopfnuss verpassen konnte. Zu Noahs Überraschung schienen Agatha Bens Sticheleien zu gefallen, und Bens Grinsen ließ darauf schließen, dass er sich königlich amüsierte.

Noah nahm die Hand von Graces Rücken. »Jetzt bist du dran, Gracie, und du, Agatha, sagst jetzt mal kein Wort. Ich will nicht, dass sie zu irgendetwas genötigt wird.«

»Genötigt? Ha! Wenn es um dich geht, ist sie wie ein altmodischer weißer Ritter, Noah. Ich möchte bezweifeln, dass irgendjemand sie nötigen könnte.«

Grace wurde ganz rosig im Gesicht. Ihr Blick huschte von Agatha zu Ben und Kara und dann wieder zu Noah, die sie jetzt alle unverwandt ansahen. Noah fühlte, wie unsicher sie war und wie sehr es sie verlegen machte, im Mittelpunkt der Aufmerksamkeit zu stehen.

Und er fühlte ihre Liebe, noch bevor sie etwas sagte.

Sie berührte seine Wange, während ihr süßer Mund zitternd lächelte. »Ich habe dich schon immer geliebt, Noah.«

Noah spürte, wie die Spannung ganz langsam von ihm wich. Sein Herz weitete sich, seine Seele jubilierte. »Schon immer, ja?«

»Noah!« Sie warf sich an seine Brust und umarmte ihn fest.

Agatha wischte sich diskret die Augen. Als sie sah, wie Ben sie anlächelte, grummelte sie: »Diese blöden Medikamente machen mich ganz rührselig.«

»Ah ja«, sagte Ben.

Kara wischte sich ebenfalls die Augen. Dann beugte sie sich vor, um Noahs Schulter zu berühren. »Darf ich euch als Erste gratulieren?«

Noah schlang den Arm um sie und zog sie an seine andere Seite. Nachdem er sie auf die Wange geküsst hatte, sagte er: »Danke, Kara, dass du mir geholfen hast, wieder zur Besinnung zu kommen.« Grace lachte mit tränenerstickter Stimme.

»Nichts zu danken.« Kara lächelte. »Ich freue mich für dich, dass sich alles so gut entwickelt hat, Noah.«

Agatha gab einen ungehaltenen Laut von sich. »Wenn ihr mit euren überschwänglichen Gefühlsbezeigungen fertig seid, würde ich gern noch was sagen.«

Ben verschränkte die Arme. »Na, da sind wir aber gespannt.«

Agatha ignorierte Ben. »Kara, ich liebe dich wie eine Tochter, das weißt du. Aber es ist höchste Zeit, dass du Rückgrat zeigst. Deshalb solltest du meiner Ansicht nach Folgendes tun.«

Während Agatha ihren Plan entwickelte, wurde Karas Miene immer entsetzter. Trotzdem hörte sie weiter zu.

Noah fand, dass seine Großmutter ausnahmsweise absolut Recht hatte.

Epilog

»Sag bitte«, murmelte Grace und küsste erneut Noahs Bauch.

Noah vergrub die Hände in ihrem Haar und knurrte: »*Bitte.*«

Grace grinste in sich hinein. Wie sehr sie dieses Machtgefühl doch genoss! Behutsam nahm sie seine Hoden in die Hand und soufflierte ihm: »Bitte, bitte.«

»Grace«, stöhnte er, »Rache ist süß.«

»Soll das eine Drohung sein?« Sie leckte ihm über die Schwanzwurzel, genau oberhalb der Stelle, an der ihn ihre Finger gepackt hatten.

»Ein Versprechen«, versicherte ihr Noah. Dann dirigierte er ihren Mund zu seiner Eichel. »Grace ...«

Sie öffnete den Mund weit, um ihn aufzunehmen, seine Hitze zu schmecken, seine salzige Flüssigkeit zu kosten, sein Verlangen zu spüren. Noahs Körper wurde ganz starr, dann bäumte er sich auf. Grace fuhr ihm mit der Zunge über die Eichel, bis Noah sich ruckartig aus ihr zurückzog.

»Ich habe ein Monster gezüchtet«, murmelte er mit belegter Stimme und setzte sie sich schnell auf den Unterleib. »Ich muss endlich kommen, Grace. Dringend. Ich zittere wie eine Jungfrau, aber du bist noch nicht so weit.«

Das stimmte nicht. Grace war so angetörnt, dass sie das Gefühl hatte, gleich explodieren zu müssen.

Noah sah sie unverwandt an, als sein Schwanz gegen ihre glitschige Öffnung stieß. »Nichts ist zwischen uns, Grace.«

»Nein.« Obwohl sie erst seit einem Monat verheiratet waren, hatten sie beschlossen, sofort zu versuchen, ein Kind zu zeugen. Agatha war von dem Plan ganz begeistert, denn sie wollte unbedingt noch etwas von ihren Urenkeln haben, bevor sie zu gebrechlich wurde.

»Ich werde dich voll spritzen«, versprach Noah und drang langsam in sie ein.

Das brennende, erregende Gefühl ließ Grace aufkeuchen. »Ich liebe dich, Noah.«

Bei ihren Worten wurde er ganz starr, jeder Muskel spannte sich. Er fluchte leise und stieß ein heiseres Lachen aus, als er die Kontrolle über sich verlor. *»Du Hexe!«*

Im nächsten Augenblick packte Noah sie fest bei den Hüften, um mit schnellen und tiefen Stößen in sie einzudringen. Immer und immer wieder.

Grace beobachtete, wie seine schönen Züge sich vor Lust verzerrten, sah, wie seine blauen Augen einen benommenen Ausdruck annahmen, und hörte sein Ächzen, als ihm Erleichterung zuteil wurde.

Mit geschlossenen Augen ließ sie sich auf seine Brust sinken und kam ebenfalls zum Höhepunkt. Manchmal war ihre Lust so intensiv, dass sie meinte, es kaum noch aushalten zu können.

Während Noahs Herz noch unter ihrer Wange hämmerte, sagte er: »Ich werde dich immer lieben, Grace.«

Trotz ihrer Sättigung lächelte sie überzeugt. »Ich weiß.« Nachdem sie sich einige Minuten erholt hatte, stemmte sie sich mit den Ellbogen hoch.

Noah schaute sie schläfrig an und glättete ihr Haar. »Den größten Teil meines Lebens habe ich versucht, Dinge zu planen, um mich gegen alle Überraschungen abzusichern. Agatha nahm mich auf – und das gefiel mir. Ich wollte nie wieder ohne Zuhause oder allein dastehen.«

Grace küsste ihn zärtlich auf den Mund. »Du hast alles im Voraus geplant. Auch dein Leben mit Kara.«

»Ja. Aber dich habe ich nicht eingeplant. Ich hatte alles

genau ausgearbeitet – wie mein Leben verlaufen würde, was ich brauchte und was ich wollte.« Er schüttelte den Kopf. »Dabei brauche und will ich nur dich.«

»Du hast mich ja.«

Noah umspannte ihren Hintern mit den Händen und richtete sich auf, um ihr einen langen, gemächlichen Kuss zu geben. »Zuerst«, sagte er, ohne die Lippen von ihrem Mund zu lösen, »wollte ich dich nur ins Bett kriegen und dich nicht mehr rauslassen.«

»Das war ziemlich leicht, wie? Schließlich wollte ich da ja landen.«

Noah lachte. »Ja, bloß dass es nicht dabei geblieben ist. Seit der ersten Nacht warst du nämlich auch in meinem Kopf und hast mich den ganzen Tag beschäftigt. Und du warst in meinen Träumen und in meinem Herzen.« Mit heiserer Stimme fügte er hinzu: »Du bist so verflucht sexy.«

Grace grinste. »Freut mich, dass du das so siehst.«

»Das sieht jeder Mann so.« Seine Miene verfinsterte sich. »Jede Nacht lecken sich die Typen in der Bar die Lippen nach dir, aber das liegt nicht nur daran, wie du aussiehst, Grace. Genau wie ich können sie nämlich auch hinter deine prächtige Fassade gucken.«

»Und was sehen sie da?«

»Wie du wirklich bist. Du bist eine ... angenehme Frau. Ungekünstelt, aufrichtig und so verdammt süß, dass ich dich am liebsten aufessen möchte.« Er zog ein finsteres Gesicht. »Und ich weiß, dass jeder Typ, der dich anquatscht, genauso denkt.«

Grace versuchte, ihre Freude zu verbergen. Sie wollte Noah bestimmt nicht eifersüchtig machen, aber sie konnte es einfach immer noch nicht fassen, dass er überhaupt eifersüchtig war. »Es ist sehr mannhaft von dir, dich mit diesem Umstand abzufinden.«

Noah schnaubte verächtlich. »Wenn jemand es wagen sollte, dich anzufassen ...«

»Sch!« Grace lehnte sich zufrieden gegen ihn. »Du bist der einzige Mann, der mich je anfassen wird.«

»Genau«, sagte Noah und kniff sie.

Grace liebte die Arbeit in der Bar und war froh, dass Noah deswegen nicht mehr sauer war.

Nach ihrer Hochzeit schien es irgendwie unpassend, dass sie weiterhin für Agatha arbeitete. Grace half ihr zwar noch bei einigen Dingen, doch sowohl Noah als auch Agatha hatten verkündet, dass sie als Agathas angeheiratete Enkeltochter nicht für sie arbeiten könne. Daher war sie weiterhin in der Bar beschäftigt.

Das gefiel Noah zwar auch nicht sonderlich, aber er hatte sehr schnell gelernt, dass Grace ihre Entscheidungen selbst traf. Einzig und allein im Schlafzimmer überließ sie ihm die Führung. Und selbst dort lernte sie nach und nach, eigene Formen sinnlicher Tortur zu entwickeln.

Noah liebte das. Weil er sie liebte.

»Glaubst du, dass es Kara und Enrique in Florida gefällt?«

Kurz nachdem Noah in Florida den Wohnkomplex gekauft hatte, hatte er dort auch ein Restaurant eröffnet, das er *Grace* genannt hatte. Er hatte Kara in alles eingearbeitet, damit sie sowohl das Mietshaus verwalten als auch das in der Nähe gelegene Restaurant leiten konnte. Enrique, dem der entspannte, heitere Lebensstil dort unten natürlich zusagte, trat jeden Abend im Restaurant auf.

Agatha hatte zwar herumgekrittelt und sich darüber beklagt, dass Noah ein eigenes Restaurant aufmachte, doch sehr bald prahlte sie schon überall mit den Talenten und Leistungen ihres Enkelsohns. Zu Graces Amüsement schien Agathas Lob ihn jetzt eher zu verdrießen.

Agatha hatte auch behauptet, die Hälfte der Gäste ihres Restaurants sei nach Süden gezogen, nur um Enrique zu hören, was natürlich übertrieben war. Aber da die Sache Kara und Enrique die Möglichkeit gab, fern von ihren Eltern einen Neuanfang zu machen, hatte Agatha sie dann doch unterstützt.

Nach Enriques Weggang hatte Noah in *Harper's Bistro* eine hübsche junge Frau eingestellt, die sanfte Folksongs vortrug. Nach einer kurzen Gewöhnungsphase hatte sie die Herzen des Publikums gewonnen. *Harper's Bistro* hatte vielleicht einen Teil der weiblichen Gäste verloren, aber dafür drängten nun jeden Abend Horden junger Männer ins Restaurant.

»Wenn Enrique einigermaßen schlau ist«, sagte Noah, »wird er dafür sorgen, dass es Kara in Florida gefällt, und seine Freizeit darauf verwenden, sie glücklich zu machen. Ihre Eltern haben schließlich erklärt, dass sie jederzeit nach Hause zurückkommen kann.«

»Ich weiß.« Gedankenverloren berührte Grace Noahs Brustwarze unter dem dichten Brusthaar. »Insgesamt haben sie doch ganz anständig reagiert. Nachdem sie den Schock erst einmal verwunden hatten.«

»Vor allem als die große Erziehungsexpertin Agatha ihnen einen Vortrag darüber gehalten hat, dass sie Kara und ihre Entscheidungen akzeptieren müssen, wenn sie sie nicht verlieren wollen«, sagte Noah mit einem Hauch von Ironie. Sie hatten alle Probleme, sich auf die neue, sensiblere Agatha einzustellen. Ben behauptete zwar, bei dem Ganzen drehe sich ihm der Magen um, aber Grace merkte, dass er sich darüber freute.

»Sie gibt sich jedenfalls Mühe, und Karas Eltern auch.«

»Dass Enrique in Lederhosen und einem offenem Hemd aufgekreuzt ist, war zwar nicht gerade sehr förderlich.« Noah gluckste vor Lachen, als ihm die Szene wieder einfiel. »Der Blödmann hätte sich wenigstens die Haare schneiden lassen können, bevor er Jorge mitteilt, dass er Kara heiraten wird.«

Grace stützte sich erneut auf, um ihn anzusehen. »Kara mag Enriques Pferdeschwanz, und wahrscheinlich mag sie auch seine Lederhosen. Ich glaube, Enrique wollte, dass sie ihn ohne Wenn und Aber akzeptiert, als Beweis, dass sie sich seiner nicht schämt.« Nachdem Grace Noah nachdenklich gemustert hatte, fügte sie hinzu: »Weißt du, du würdest in Lederhosen echt heiß aussehen, Noah.«

»Du brauchst gar nicht so mit deinen hinreißenden braunen Augen zu funkeln, Grace. Das ist absolut nicht drin.«

Grace lachte. »Okay.« Sie beugte sich vor, um ihm die Brust zu küssen. »Aber nur, weil du ohne Hosen genauso gut aussiehst wie in Hosen.«

Noah umfasste sie mit seinen großen Händen und presste sie gegen seine Leistengegend. »Und da ich im Augenblick keine Hosen anhabe, kannst du dir vielleicht vorstellen, was ich gleich mit dir anstellen werde, Grace.«

Der viel sagende, leidenschaftliche Ton seiner Stimme ließ Grace erbeben. »Okay.«

»Grace.« Noah lächelte zärtlich. »Du stimmst immer zu schnell zu, obwohl ich dir noch gar nicht gesagt habe, was ich vorhabe.«

»Ich gehöre dir, Noah. Du kannst mit mir machen, was du willst.«

Noah stöhnte, und schon im nächsten Moment fand sich Grace unter ihm wieder – eine Stellung, die ihr sehr gefiel. »Verflucht noch mal, ich liebe dich, Grace.«

Sie lächelte. »Darum gehöre ich dir ja auch.« Grace strich Noah mit der Hand bis zur Hüfte über den Rücken und ließ die Finger über eine der muskulösen Gesäßbacken gleiten. »Und jetzt erzähl mir ganz genau, was du im Sinn hast, Noah.«